1

Wie mit wildem Pinsel eine Spur zu dramatisch hingeworfen und entschieden zu goldgetränkt setzte sich der Himmel von den Bergen ab, die durch die langsam einbrechende Dämmerung in ein sattes, an Lapislazuli erinnerndes monochromes Blau getaucht waren. Die Oberfläche des Lago Maggiore reflektierte dieses unwirkliche Spiel der Farben, nur hier und da von einzelnen silbernen Gischtstreifen durchzogen. Hätte man diese Landschaft auf einem Gemälde gesehen, man hätte dem Künstler Verklärung oder gar Kitsch vorgeworfen.

Aber dieser Anblick war zweifelsohne echt. Matteo lächelte in sich hinein. Auch nach all der Zeit, die er nun wieder am Lago Maggiore lebte, konnte er sich nicht sattsehen an dem See und der üppig bewachsenen Berglandschaft, die diesen umgab. In den höheren Lagen dominierten Buchen, Erlen und Kastanien das Bild, und entlang des Ufers verwandelten Kamelien, Rhododendren, Azaleen, Mimosen, Oleander, Palmen und Orangenbäume die Landschaft in einen südländischen Garten Eden.

Vielleicht, das allerdings musste Matteo eingestehen, war die Isola dei Pescatori, auf der Luigi heute Abend seinen Geburtstag feierte, noch ein wenig idyllischer als seine kleine Terrasse in Cannobio, wo er die meisten Tage ausklingen ließ. Die Isola war wie ein Miniatur-Wunderland, wo sich auf wenigen Metern beinahe alles fand, was der Romantiker oder die zahllosen Sehnsuchtsreisenden mit *Bella Italia* verbanden. Ein Dorf aus hellgetünchten Häusern mit grünen oder blauen Fensterläden, roten Ziegeldächern und länglichen Balkonen, die von dem spitzen Glockenturm von San Vittore überragt und von engen Gässchen durchschnitten wurden. Es gab den kleinen Hafen mit den Fischerbooten am Südufer der Insel, dessen Einfahrt von einer Statue der betenden Madonna beschützt wurde, und zu guter Letzt war da der malerische, schmale und von mächtigen Bäumen flankierte Landstreifen im Nordosten, wo die Fischer früher ihre Netze eingefärbt und zum Trocknen ausgelegt hatten.

Und dann diese einzigartige Lage inmitten des Borromäischen Golfs: Man wusste gar nicht, wohin man zuerst schauen sollte. Gegenüber lag das lombardische Ostufer des Sees, wo die Lichter Lavenos wie Glühwürmchen im Dunkel flackerten. Wendete Matteo den Blick nach rechts, sah er die altehrwürdige Uferpromenade Stresas mit ihren Grandhotels. Und wenn er jetzt die 300 Meter zum anderen Ende der Insel schlendern würde, hätte er die barocke Pracht der Isola Bella vor sich. Am liebsten aber, das war ihm eben klar geworden, war ihm der weite Blick bis nach Verbania mit seinen Ortsteilen Pallanza und Intra, das von hier aus fast großstädtisch anmutete.

Matteo atmete die laue Spätsommerluft ein, strich die Locken zurück, die der Wind ihm ins Gesicht geweht hatte, und wunderte sich darüber, wie opulent seine Gedanken waren und wie operettenhaft und fast heiter-beschwingt er

DAS BUCH

Ein goldener Septembertag am Lago Maggiore. Matteo Basso, ehemaliger Polizeipsychologe und nun Betreiber einer Macelleria, könnte endlich sein neues Leben in Cannobio genießen und in Ruhe Verdi-Opern hören. Hätte er nicht seinem Freund Luigi jede Menge Fleisch- und Wurstspezialitäten für dessen Geburtstagsfeier auf der malerischen Isola dei Pescatori versprochen. Als Matteo sich vom rauschenden Fest davonstiehlt, bietet sich ihm ein grausamer Anblick: Aufgespießt am weithin sichtbaren Einhorn-Denkmal der benachbarten Isola Bella hängt ein lebloser Körper. Gemeinsam mit Kommissarin Nina Zanetti, der sich Matteo in seinem letzten Fall zaghaft angenähert hat, macht er sich an die Ermittlungen. Was treibt jemanden zu einer so plakativen Hinrichtung? Haben die Sportfunktionäre, die in der Nacht auf jener Nachbarinsel feierten, etwas damit zu tun? Und was hat es mit dem Gemälde auf sich, auf dem der Mord vorweggenommen wurde? Die Spuren führen Matteo und Nina an berühmte Wallfahrtsorte hoch in den Bergen, an die ligurische Küste und bis auf die legendäre Mailänder Galopprennbahn.

»Empfohlen allen Italienurlaubern und Liebhabern der oberitalienischen Seen« *Stuttgarter Zeitung*

»Urlaubslektüre mit viel Lokalkolorit, echten Typen und einem außergewöhnlichen Ermittler. Mehr davon!« *Mokka*

DER AUTOR

Bruno Varese lebt im Valle Vigezzo und in der Schweiz. Mit »Intrigen am Lago Maggiore« setzt er seine Reihe um den ermittelnden Fleischer und ehemaligen Polizeipsychologen Matteo Basso fort.

KiWi

1537

sich fühlte. Und weil das so gar nicht zu ihm passte, kramte er in den Tiefen seiner Hosentasche nach der Futura-Packung und dem Zippo, um sich mit dem herben Rauch einer Zigarette umgehend zu erden.

»Glückwunsch, du verschrumpelte Peperoni, das scheinst du ja ausnahmsweise einigermaßen anständig hinbekommen zu haben!«

Matteo sackte durch die Heftigkeit des Schlags, der ihn an der Schulter getroffen hatte, in die Knie. Neben ihm stand, verschmitzt grinsend, der alte Luigi und begutachtete das Buffet, das Matteo neben der Geburtstagstafel aufgebaut hatte und an dem sich die Gäste schon reichlich bedient hatten.

Woher nahm ein alter Mann wie Luigi nur diese Kräfte? Unauffällig betastete Matteo seine Schulter. Natürlich, die kleine Autowerkstatt, die Luigi mit seinen Kompagnons Flavio und Beppo betrieb, mochte ihren Teil dazu beitragen, dass die drei Alten erstaunlich fit waren. Aber es wäre ein Irrtum zu behaupten, dass allein die Reparaturen, die sie ausnahmslos an Liebhaberstücken vornahmen, sie sonderlich auf Trab halten würden. Den Großteil ihrer Energie verwendeten sie darauf, sich in ihrer Garage in Cannobio in nicht enden wollenden Zänkereien und gegenseitigen Beschimpfungen zu ergehen, die in der Regel mehrmals täglich durch die benachbarten Gassen des Städtchens am Ufer des Lago Maggiore hallten.

Dass diese Auseinandersetzungen eher eine Mischung aus Ritual und sportlichem Wettstreit waren, durchschaute man schnell. In Wirklichkeit liebten die Alten sich heiß und innig, auch wenn sie das niemals öffentlich zugeben würden. Matteo hatte die drei schrägen Vögel unmittelbar ins Herz geschlossen, nachdem er in seine alte Heimat zurückgekehrt war und die Macelleria seines verstorbenen Vaters übernommen hatte. Und das lag nicht nur daran, dass die drei sein geliebtes, aber leider äußerst prätentiöses und über dreißig Jahre altes Lancia Gamma Coupé schon einige Male wieder fahrtüchtig gemacht hatten. Natürlich nicht, ohne Matteo dafür zu verhöhnen, dass er mit so alberner Hingabe an einem dermaßen berguntauglichen Wagen hing. Aber Matteo ahnte, dass die drei seinen Lancia ebenfalls für ein Schmuckstück hielten, sonst würden sie sich dessen Macken nicht so leidenschaftlich zuwenden.

War es tatsächlich schon mehr als anderthalb Jahre her, dass er sein Mailänder Leben und seine Arbeit als Polizeipsychologe hinter sich gelassen hatte? Davor geflohen war, wäre wohl die korrektere Formulierung. Wer Seelen sezieren kann, der wird es auch mit ein paar Rinderhälften aufnehmen können, hatte er sich damals gesagt, und sich das Hinterzimmer der Macelleria mit dem Wenigen eingerichtet, das er aus seiner Mailänder Wohnung mitgebracht hatte. Matteo schüttelte den Kopf, um die unliebsamen Gedanken zu vertreiben. An die Vergangenheit wollte er heute Abend nicht denken.

»Gratulieren muss man heute vor allem dir, mein Lieber«, wandte Matteo sich an Luigi. »Wie alt bist du geworden? Siebzig? Fünfundsiebzig?«

Luigi schnaufte empört, ohne dass eindeutig festzustellen war, ob sich das Schnaufen auf die Frage nach seinem Alter bezog, oder ob Luigi doch etwas an Matteos Salsiccia-Ragout auszusetzen hatte, in dem er währenddessen ausgiebig mit einem Finger gerührt hatte, als könne er auf diese Weise nicht nur die Konsistenz des Gerichts, sondern seine Qualität insgesamt beurteilen. Nachdem er den Finger mit einer raschen Bewegung in den Mund gesteckt und wieder herausgezogen hatte, nickte er allerdings zufrieden. Hätte Matteo auch gewundert. Zwar war er alles andere als ein gelernter Fleischer, aber in den vergangenen Monaten hatte er seinen ganzen Ehrgeiz darauf verwendet, die alten Rezepturen seines Vaters wiederzubeleben und hier und da zu variieren.

Das Ergebnis konnte sich sehen lassen. Mit seinen Wurst- und Fleischspezialitäten hatte er sich mittlerweile einen Ruf erarbeitet, der seinen Vater sicherlich mit Stolz erfüllt hätte. Wahrscheinlich trug an diesem Abend nicht zuletzt die Kulisse des Lago und der Berglandschaft ihren Teil dazu bei, dass Luigis Geburtstagsmenü bei den Gästen auf so viel Begeisterung stieß. Matteo hatte sich, so war es verabredet gewesen, auf Gerichte aus der Region beschränkt.

Vom hinteren Ende der Tafel, an der die gut dreißig Gäste fröhlich aßen, tranken und plauderten, prosteten Beppo und Flavio Matteo und Luigi zu.

»Wirklich, nicht übel, Signor Basso!«, krähte Beppo hinüber. »Aber wo hast du Hornochse denn das Steinpilz-Risotto versteckt?«

Matteo zuckte mit den Schultern.

»Gestrichen. Es waren noch keine zu finden, leider.«

Ein brüllendes Lachen der beiden, in das Luigi sofort einstimmte, war die Antwort. Verdammt noch mal, ja. Matteo wusste selbst, dass September der ideale Monat war, um in den Bergen des Valle Cannobina oder im benachbarten Valle Vigezzo Steinpilze zu finden. Er hatte in den vergangenen Tagen viele Stunden vergeblich damit zugebracht, durch den Wald zu streifen und die Stellen zu suchen, zu denen ihn sein Vater als Kind mitgenommen hatte. Jedes Mal waren sie damals mit gefüllten Körben zurückgekommen. Seine Mutter hatte daraus die herrlichsten Gerichte zubereitet, und was an Pilzen übrig blieb, wurde zum Trocknen auf ein großes Drahtgeflecht gelegt.

Beppo japste nach Luft. Reichlich theatralisch, wie Matteo fand. Während Flavio zwischen seinen kaum weniger ausgestellten Lachsalven hervorstieß:

»Die Wälder sind voll davon, du Blindfisch! Ist ja schlimmer als beim Angeln.« Einige Gäste mussten nun ebenfalls kichern, was Matteo, wie er erstaunt feststellte, tatsächlich traf. Vor allem deshalb, weil er es als Spott über sein Ritual empfand, das er allmorgendlich, bevor er den Rollladen der Macelleria hochzog, zelebrierte und das er eigentlich für sich hatte behalten wollen. Nicht etwa, weil es ihm peinlich war, nicht, weil »überschaubar« ein reiner Euphemismus war, wenn es um seine Fang-Quoten ging, nein, im Gegenteil. Es ging ihm, wenn er seine Angel auswarf, nicht um den Erfolg. Es ging ihm um die Ruhe und Einsamkeit, die er jeden Morgen aufs Neue finden konnte, wenn er die steinige Böschung ans Ufer hinabstieg. Andere mochten andere Gewohnheiten haben.

Dem See und seinen Bewohnern beim langsamen Erwachen zuzusehen, die sanften Wellen ans steinige Ufer schwappen zu hören und die klare Luft zu atmen, war seine Art, den Tag zu beginnen. Und dieser morgendliche Zeitvertreib bannte wie durch ein Wunder die Schatten und düsteren Gedanken, die ihn während der Nächte bisweilen heimsuchten. Der See war seine Rettung gewesen. In dieser Hinsicht hatte Matteos Humor Grenzen.

Dass er keine Pilze gefunden hatte, hatte mit seinen Fähigkeiten als Angler absolut nichts zu tun. Matteo goss sich ein großzügig bemessenes Glas Dolcetto ein. Der Geschmack des Weines, die saftige Fruchtigkeit, die seinen

Gaumen umspülte, stimmte ihn wieder mild. Der Wind vermischte sich mit dem Geplapper der Gäste und dem Geklapper der Messer und Gabeln, mit deren Hilfe die verschiedenen Salsicce, die Saltimbocca-Spieße oder die Bistecche alla fiorentina in mundgerechte Stücke portioniert wurden. Dazu gab es Polenta, die in einem großen holzbefeuerten Kupferkessel zubereitet wurde, in dem ein Bruder von Luigi, den Matteo nie zuvor gesehen hatte, zufrieden und ohne Unterlass rührte. Und wer danach immer noch hungrig war, dem würde ein Becher mit Vanilleeis, Schlagsahne und gesüßtem Kastanienpüree den Rest geben.

Matteo klopfte Luigi auf den Rücken, sehr viel sanfter selbstverständlich, als der Alte es zuvor bei ihm getan hatte, schlenderte zum Anleger hinüber und ließ sich auf der Kaimauer nieder. Die angebrochene Flasche Dolcetto nahm er mit. Für seinen Geschmack hatte er heute Abend genug geplaudert. Nicht, dass er Luigis Gäste nicht gemocht hätte. Aber irgendwann überkam ihn in Gesellschaft stets das Bedürfnis nach Alleinsein. Er konnte sich nicht daran erinnern, dass das jemals anders gewesen war. Wie gern würde er jetzt in seinem Zimmerchen sitzen und Musik hören, zurückgelehnt in dem alten Ledersessel, eines der Möbelstücke, die er aus Mailand mitgenommen hatte.

Aber es war, wie ihm ein Blick auf seine Courage zeigte, gerade einmal neun Uhr, und es machte nicht den Eindruck, als ob dieses Fest bald vorbei wäre. Ganz im Gegensatz zu der Veranstaltung, die heute auf der benachbarten Isola Bella stattgefunden, aber mit dem Einbruch der Dämmerung wohl ihr Ende gefunden hatte. Wahrscheinlich hatte man eines der Passagierschiffe, die für gewöhnlich zwischen den Inseln und Stresa verkehrten, gechartert, um wieder ans Festland zu kommen. Während der späten Nachmittagsstunden waren immer wieder angestrengt klingende Jazz-Fetzen zu ihnen herübergeweht worden. Sicher irgendein steifer Empfang mit Vertretern aus Wirtschaft oder Politik.

Matteo war froh, dass dort nun Ruhe eingekehrt war. Nicht nur, weil er Jazz verabscheute und sein Herz den alten Opern gehörte. So ein Menschenauflauf von Wichtigtuern passte ganz einfach nicht zu den Inseln, fand er. Er für seinen Teil hätte auch auf die Touristen verzichten können, aber sie waren seit mehr als hundert Jahren Teil der Folklore, die sich hier täglich abspielte. Und sie garantierten den einfachen Menschen einen Wohlstand, für den man dankbar sein musste. Doch nur jetzt, wo keine Boote mehr verkehrten, entfalteten die kleinen Inseln und der Lago ihren wahren Zauber. Stille. Selbst die Bewohner und die Gäste der wenigen Hotels schienen ihre Stimmen gedämpft zu haben. Aber das konnte auch Einbildung sein.

Matteo fiel ein, dass er Luigi gar nicht gefragt hatte, warum er seinen Ehrentag ausgerechnet hier beging. Eine romantische Ader hatte Matteo bei ihm bisher nicht entdecken können. Oder wenn, dann nur, wenn Luigi in den Zeiten schwelgte, die er in linken Pariser Studentenkreisen verbracht hatte, was allerdings Jahrzehnte zurücklag. Vielleicht ein kleines amouröses Abenteuer in Jugendzeiten? Matteo holte erneut die Futura-Packung aus der Hosentasche.

Vermutlich steckte ein sehr viel profanerer Grund dahinter. Weil nachts keine Schiffe mehr zum Festland übersetzten, konnte Luigi sicher sein, dass keiner der Gäste frühzeitig die Feier verließ. Für jeden hatte er deshalb ein Zimmer im Belvedere reservieren lassen. So auch für ihn, und das schmeckte Matteo gar nicht. Oder sollte er einfach über seinen Schatten springen? Was war so schlimm daran, noch eine Weile der friedlichen Stimmung des Lago nachzuspüren und dann angenehm angetrunken in eines der Betten zu fallen?

Die zierliche, bronzene Madonna, die auf der äußersten Kante der Kaimauer thronte, schien, ähnlich wie er, versunken in den Anblick des Sees.

»Und du sorgst dafür, dass es friedlich bleibt, habe ich recht?«

Ein kurzer Schmerz durchfuhr Matteo. Natürlich hatte er heute Abend, wie an so vielen Abenden zuvor, an Gisella gedacht, die im vergangenen Frühjahr im Lago ermordet worden war. Die Polizei hatte ihren Tod zunächst für einen Badeunfall gehalten, und weil Matteo instinktiv gewusst hatte, dass das nicht stimmen konnte, war er unfreiwillig zum Ermittler geworden. Der Tod der guten Freundin und die tragischen Verwicklungen, die sich daraus entsponnen hatten, machten ihm noch immer zu schaffen.

Längeren Gesprächen mit Gisellas älterer Schwester Anna etwa, war er seither ausgewichen. Auch heute Abend hatte er sie gemieden. Vielleicht, weil er die Traurigkeit, die sich in ihr Gesicht eingegraben hatte, nicht ertragen konnte.

Als Psychologe, der sich über lange Zeit vor allem mit traumatisierten Polizeibeamten beschäftigt hatte, war er häufig mit Schmerz und Verlust konfrontiert gewesen. Doch die professionelle Distanz, die Anteilnahme zwar nicht ausschloss, aber vor allem darauf fokussiert war, den ihm anvertrauten Menschen zu helfen, hatte alles im Gleichgewicht gehalten. Natürlich war ihm manches nahegegangen, aber er hatte sich immer darauf verlassen können, dass die Rolle, die er bei den Behandlungen einnahm, ihn davor schützte, sich die Ängste und Erlebnisse der anderen zu eigen zu machen, sich davon überwältigen zu lassen. Aber sobald es sein eigenes Leben betraf, zappelte er hilflos wie ein Fisch am Haken.

Matteo seufzte, wobei er im letzten Moment versuchte, dem Seufzer noch einen grimmigen Beiklang zu verleihen. Er wollte jetzt nicht in Schwermut verfallen. Die gestattete er sich nur in der Einsamkeit seiner Macelleria. Oder an seinem Plätzchen unten am See. Rasch goss er sich ein weiteres Glas Dolcetto ein und stürzte es hinunter. Ihm war klar, dass er zu schnell trank, und dass der Rotwein es dennoch nicht schaffen würde, ihn in eine gelöste Stimmung hinübergleiten zu lassen. Aber vielleicht immerhin in eine gleichgültige.

Auf dem Festland brannten nur noch einzelne Lichter. Selbst die Grandhotels, die die mondäne Uferstraße von Stresa säumten, hatten ihre Kronleuchter schon gedimmt. Das Einzige, was die Beschaulichkeit des Abends störte – wenn auch nur marginal –, war das Flackern eines roten Lichts in Höhe des Fähranlegers von Stresa. Wahrscheinlich ein Wackelkontakt, dachte Matteo, oder wurde der Anleger gar nicht von Signallampen flankiert? Mit den Lichtfeuern von Häfen kannte er sich ebenso wenig aus wie mit der Lichterführung von Schiffen. Rot war Backbord, grün war Steuerbord – aber sonst? Für ein paar Augenblicke beobachtete er das nervöse rote Flackern, dann verlor sich sein Blick im Schwarz, in das die Oberfläche des Lago mittlerweile gehüllt war. Gegen den Schlag, der ihn nun am Rücken traf, war der von Luigi eine Streicheleinheit gewesen.

»Na, Dottore! Sonnst du dich hier schön in deinem Ruhm?!«

Matteo musste sich nicht umdrehen, um zu wissen, wer ihn da hinterrücks anranzte. Dino, der Wirt der Osteria aus der Via Umberto, bei dem er hin und wieder ein Glas Nebbiolo trank, hatte ihn schon den ganzen Abend böse angefunkelt. Das musste man nicht ernst nehmen. Dino wurde von allen nur »der General« genannt, weil er einen überaus robusten Umgang mit seinen Gästen pflegte. Was aber nur bei denjenigen, die zum ersten Mal die Osteria betraten, für Irritationen sorgte. Für alle anderen gehörte die raue Behandlung irgendwie dazu, so wie das Essen, das selbst an guten Tagen allenfalls mittelmäßig war. Trotzdem war die Osteria eine Institution. Der Frage nach dem Warum war Matteo noch nie nachgegangen. Vermutlich lag es einfach an den Gästen selbst. Sie sorgten für eine gute Atmosphäre, und der Rest war egal.

Dass Dino beleidigt war, weil Luigi nicht ihn, sondern Matteo mit dem Geburtstagsbuffet betraut hatte, war absehbar gewesen. Matteo überlegte kurz, ob er Dino darauf hinweisen sollte, dass es wirklich überflüssig war, ihn als »Dottore« anzusprechen. Er war jetzt Fleischer. Nicht mehr Psychologe. Aber auch den Hinweis, dass »sonnen« angesichts der Lichtverhältnisse nicht unbedingt die treffendste Formulierung war, verkniff Matteo sich. Stattdessen streckte er Dino wortlos die Futura-Packung entgegen. Schnaufend ließ sich der Wirt neben ihn plumpsen und nestelte umständlich nach einer Zigarette. Offensichtlich war er betrunken.

Schweigend saßen die beiden nebeneinander und Matteo hing seinen Gedanken nach, als Dino ihn plötzlich grob am Arm packte.

»Verdammter Mist, Dottore«, flüsterte er entsetzt. »Hast du das gesehen?«

Matteo grummelte unwillig, woraufhin Dino ihn noch kräftiger schüttelte.

»Die bringen den um. Dottore. Die bringen den um!«

Matteo setzte sich auf und blickte ihn verwundert von der Seite an.

Mit flattriger Hand und ausgestrecktem Finger deutete Dino in die Dunkelheit des Sees.

»Über Bord geschmissen. Die haben den einfach über Bord geschmissen.« Mit vor Schreck aufgerissenen Augen starrte der Wirt ihn an. »Der ersäuft. Der ersäuft doch.«

»Wovon sprichst du? Was denn? Wo denn?«

Dino sprang auf und versuchte, Matteo ebenfalls zum Aufstehen zu bewegen.

»Verdammt noch mal, Dottore!«, in seiner Stimme lag echtes Entsetzen. »Wir müssen was tun, wir müssen den rausholen.« Hektisch blickte er sich um. »Mach ein Boot klar!«

Die ersten Gäste wurden auf das Geschrei aufmerksam und wandten mehr oder weniger interessiert die Köpfe um. Dass Dino laut wurde, war nichts Besonderes.

»Was genau hast du denn gesehen?«

»Eins dieser, dieser«, Dino geriet ins Stottern, »na, dieser Touristen-Fährschiffe. Da haben sie jemanden über Bord geschmissen.«

Matteo erhob sich, kniff erneut die Augen zusammen und schaute angestrengt in die Richtung, in die er gezeigt hatte. Den ganzen See, soweit er von hier aus einsehbar war, suchte er ab. Da war nichts. Absolut nichts. Tiefe Schwärze. Kein Boot, keine Lichter. Geschweige denn ein Mensch, der ins Wasser geschmissen worden war.

»Das hast du alles so genau gesehen? Bei der Dunkelheit?«

»Verdammt noch mal«, fuhr Dino ihn an. »Das Schiff war da. Jetzt seh ich es auch nicht mehr. Keine Ahnung, wohin es verschwunden ist.«

»Vielleicht ein Geisterschiff?«, frotzelte Matteo und legte dem Wirt den Arm um die Schulter. »Kann es sein, dass dir der Wein und zu viele alte Geschichten im Hirn herumspuken?«

Unwirsch machte Dino sich von ihm los.

»Was für eine alte Geschichte, Dottore? Was redest du? Willst du sagen, ich spinne?«

»Ich will nicht sagen, dass du spinnst«, gab Matteo besänftigend zurück. »Ich glaube nur, dass in einer bestimmten Umgebung, einer bestimmten Stimmung, plötzlich Erinnerungen aufgerufen werden, die ganz real erscheinen, aber eben nur Bilder sind.«

Verdammt noch mal, ja, wer wusste das besser als Matteo selbst. Plötzlich fröstelte ihn, als eine unvermutet kräftige Böe vom See über den Kai wehte. Dino blickte ihn konsterniert an. Matteo beeilte sich, das Pathos, das er gerade fabriziert hatte, aufzulösen. Er grinste und stieß Dino in die Seite.

»Diese alte Erzählung, meine ich. Die kennst du doch sicher. Von dem Jungen, der im Palazzo auf der Isola Bella aufwächst und bei einem nächtlichen Spaziergang durch den Garten auf diesen Mönch trifft, der sich ›Vater des Todes‹ oder so ähnlich nennt.

Dieser Mönch erzählt dem Jungen, dass dessen Schwester, die in Spanien lebt, in dieser Sekunde gestorben sei. Und dass er gleich ihren Leichnam über dem Lago schweben sehen wird. Der Junge fährt sofort auf den See. Und tatsächlich schwebt da für ein paar Momente ein totes Mädchen über dem Wasser.«

Dino zog seine buschigen Augenbrauen hoch. Dann brach er in grimmiges Gelächter aus.

»Dottore, du willst mich wohl für dumm verkaufen?! Ich habe gesehen, was ich gesehen habe. Und wer verzapft so einen Unsinn? Dante? Oder Dario Fo? Überhaupt, hör mir doch auf mit deinem Kulturquatsch. Davon verstehst du genauso wenig wie vom Essen. Geh doch deine Opern hören und lass mich in Ruhe.«

Dino machte auf dem Absatz kehrt, gab sich alle Mühe, sein Straucheln zu überspielen, und strebte eilig in Richtung des Buffets, wo die Getränke aufgebaut waren.

Kopfschüttelnd sah Matteo ihm nach. Der Alkohol machte seltsame Dinge mit den Menschen.

»Jean Paul ist es gewesen«, rief er dem Wirt hinterher, aber der drehte sich nicht um.

Matteo hatte als Sechzehnjähriger begonnen, Jean Pauls fast tausendseitiges Mammutwerk »Titan« zu lesen, nachdem er aufgeschnappt hatte, dass der erste Teil auf der Isola Bella spielte. Ein paar Abende hatte er durchgehalten, ohne wirklich viel zu verstehen von dem über 200 Jahre alten Buch. Und vielleicht hatte es auch nur daran gelegen, dass in dem kleinen Bergdorf Orasso, in dem er mit seinen Eltern damals noch lebte, obwohl sein Vater die Macelleria schon unten an den See verlegt hatte, wegen der Herbstgewitter ständig das Licht ausfiel, dass er den Roman irgendwann zur Seite gelegt hatte. Viel mehr als die Episode mit dem Mönch, die ihn damals zum Schaudern gebracht hatte, war ihm nicht im Gedächtnis geblieben.

Noch einmal suchte er mit den Augen den See ab. Blödsinn. Es hätte ja nicht nur ein Mensch, sondern gleich ein ganzes Schiff verschwinden müssen. Davon hatte der Mönch nichts gesagt. Und Dino hatte einfach zu viel getrunken.

Das Stimmengewirr der Festgesellschaft wurde zusehends lauter und klirrte schrill in seinen Ohren. Matteo spielte gerade mit dem Gedanken, sich einen ruhigeren Platz zu suchen oder während eines Spaziergangs die kleine Insel einmal zu umrunden, als schon wieder jemand neben ihn trat.

»Was macht denn so ein großer und schöner Mann ganz allein hier?«, raunte es. »Magst du nicht zu uns herüberkommen?« Eine üppige Mittvierzigerin in einem für diesen Anlass um einige Pailletten zu mondänen und für ihre Figur entschieden zu knappen Abendkleid hielt ihm ein Weinglas unter die Nase.

»Es ist noch genug zu trinken da«, säuselte sie. Matteos Blick blieb an ihrem kanariengelben Lidschatten hängen, den die vergangenen Stunden einigermaßen ramponiert hatten. Er merkte, wie sich alles in ihm verspannte. Hatte Luigi sie ihm nicht vorhin vorgestellt? Eine Nichte oder Großnichte? Aus Bergamo? Oder Turin? Auf jeden Fall war sie verspätet angekommen, weil sie noch einen Geschäftstermin gehabt hatte. Vermutlich erklärte das auch ihren Aufzug.

»Na, was ist nun?«, sie blinzelte zu ihm hinauf. Unverkennbar war das Glas, das sie schwungvoll vor ihm schwenkte, auch nicht das erste oder zweite, das sie sich an diesem Abend genehmigte. Warum auch. Hier wurde gefeiert. Aber wenn es nicht schon vorher klar gewesen war, dann wusste er nun endgültig, dass die Party für ihn vorüber war. Mit aller Kraft versuchte er, das Lachen Teresas aus seinem Kopf zu vertreiben, das diesem hier so ähnlich war. Sein Herz krampfte sich zusammen. So hatte sie immer gelacht, wenn es ihm auf einer Operngala oder einer Party zu viel geworden war. Es war ein liebevoll spöttisches und zugleich nachsichtiges Lachen gewesen. Matteo hatte sich so fest vorgenommen, nicht an Teresa zu denken. Nicht an Mailand. Nicht an die Vergangenheit.

Die Dame vor ihm strich ihm leicht über den Arm.

»Ich lass dich mal, hm?«

Matteo nickte dankbar. Gedankenverloren schaute er auf die Schaumkronen, die sich auf dem Wasser kräuselten. Ein Scharren riss ihn abrupt aus seiner Nachdenklichkeit. Er fuhr herum.

»Sagt mal, ihr Verbrecher. Das kann doch jetzt echt nicht wahr sein!«

Das Rumpeln hinter dem hölzernen Verschlag, in dem einige Fischer der Isola dei Pescatori ihre Gerätschaften lagerten, verriet Matteo, dass er sich nicht geirrt hatte.

»Na, kommt schon raus«, knurrte er.

Mit schlecht geschauspielerten schuldbewussten Mienen trottete Luigi mit Beppo und Flavio im Gefolge hinter der Längsseite des Verschlags hervor.

»Jungs, wie oft hab ich euch schon gesagt: Hört auf, mir nachzuspionieren.«

»Na ja«, Beppo senkte den Kopf und bohrte die Fußspitze in den Kies, konnte aber das Kichern in seiner Stimme kaum verbergen. »Sooo oft ja nun auch wieder nicht.«

Flavio reckte die Hände zum Himmel.

»Dio, Matteo, du bist jung. Wie alt bist du genau? Dreiundvierzig, vierundvierzig? Du brauchst eine Frau.«

Matteo schüttelte unwirsch den Kopf.

»Wo es doch letztes Jahr schon mit der Kommissarin

nicht geklappt hat!« Luigi verdrehte versonnen die Augen. »So schön war die.«

Gegen seinen Willen musste Matteo schmunzeln. Ausnahmsweise hatte der Alte recht. Kommissarin Nina Zanetti hatte ihm wirklich gefallen. Sie war – gemeinsam mit ihrem abscheulichen Kollegen Buffon – mit den Ermittlungen zu Gisellas Tod betraut gewesen. Und obwohl er hin und wieder darüber nachgedacht hatte, sich bei ihr unter irgendeinem Vorwand zu melden, hatte er sie seit damals nicht mehr gesehen.

»Eure Motoren sind wohl zu heiß gelaufen, verschont mich mit diesem Blödsinn«, knurrte Matteo. Er wusste, dass er ihnen keine größere Freude bereiten konnte, als in ihre verbalen Gemetzel einzusteigen. »Eure Verkupplungsversuche sind noch plumper als eure knollennasigen Visagen. Ja, grinst nur. Ihr seid schlimmer als Kinder.« Vergnügt zogen die drei von dannen.

Aus den Augenwinkeln bemerkte Matteo, dass sich einer der jungen Männer, die Luigi für diesen Abend als Kellner engagiert hatte, an einem der Motorboote zu schaffen machte, die am Hafenbecken der Insel vertäut lagen. Er hatte angenommen, dass alle Anwesenden auf der Isola dei Pescatori übernachten würden. Nun sah er die Chance, dem Trubel hier zumindest für eine Weile zu entkommen. Niemand würde ihn vermissen. Und mit dem ersten Boot am Morgen wäre er wieder da, um aufzuräumen.

»He«, rief er in Richtung des jungen Mannes. »Stresa?«

Der schüttelte den Kopf.

»Nicht ganz. Piazzale Lido. Du weißt schon, die Anlegestelle an der Seilbahnstation zum Monte Mottarone.«

Umso besser. An diesem kaum frequentierten Bootsanleger kurz vor Stresa hatte Matteo seinen Lancia geparkt.

»Ich würde mitkommen, wenn du nichts dagegen hast.«

»Momento, Matteo, was soll das denn?«

Luigi stand plötzlich neben ihm und war wirklich empört.

»Sei mir nicht böse, mein Lieber. Es war herrlich. Aber jetzt brauche ich ein bisschen Ruhe.«

Luigi murmelte beleidigt vor sich hin.

Der Motor des Bootes tuckerte schon leise. Der junge Kellner machte eine fragende Geste. Gleich, gleich, bedeutete Matteo ihm.

»Du hast doch viel zu viel getrunken. Wie willst du es denn bis nach Cannobio schaffen?«, versuchte der Alte, ihn umzustimmen.

»Keine Sorge. Ich mach ein kleines Nickerchen im Wagen, und morgen früh bin ich wieder da.«

Luigi winkte ab. Dann ging er langsam zu der Festgemeinschaft zurück, nicht ohne dabei nach Kräften zu schimpfen.

»Diese Rübe«, hörte Matteo noch, als er das Motorboot bestieg. »Genauso eine Diva wie sein albernes Auto.«

Als das Boot Fahrt aufnahm, nickte Matteo dem Mann am Steuer zu.

»Danke fürs Mitnehmen.«

»Da niente. Gern. Auch nicht so ein großer Partyfreund?«

Matteo grinste schief.

»Geht so.«

»Du hast das Buffet gemacht, oder? Sei froh, dass du nicht auf der Party da drüben gewesen bist.« Der Mann deutete zur Isola Bella hinüber. »Die Schnösel hätten kräftig die Nase gerümpft über so viel Hausmannskost.« Er grinste. »Aber mir hat es geschmeckt.«

»Was war das für eine Veranstaltung?«

»Keine Ahnung. Ich bin ja hier die ganze Zeit eingespannt gewesen. Aber wenn da etwas stattfindet, sind das meistens irgendwelche steifen Empfänge. Geschäftsleute aus Mailand oder Turin oder was weiß ich. Hab ein paarmal dort gekellnert. Aber ich frag nicht groß nach, wenn ich irgendwo Geld verdiene. Die Party von dem schrägen alten Vogel hat eindeutig mehr Spaß gemacht.«

»Was machst du sonst?«

Der junge Mann streckte Matteo die Hand entgegen.

»Roberto. Ich betreibe den kleinen Kiosk auf dem Parkplatz der großen Anlegestelle von Stresa. Abends bessere ich meine Einnahmen durch solche Kellnerjobs hin und wieder ein bisschen auf.«

»Matteo«, erwiderte Matteo. Da Roberto wusste, dass er für das Buffet zuständig gewesen war, war ihm sicher ohnehin klar, wen er da in seinem Boot mitnahm.

Es war nur ein vager Impuls, der Matteo zu seiner folgenden Frage bewog.

»Weißt du zufällig, ob hier nach Einbruch der Dunkelheit noch Schiffe verkehren?«

»Natürlich, wir fahren doch auch. Von einem Nachtfahrverbot habe ich noch nichts gehört.«

»Ich meine keine privaten Motorboote, sondern die Fährschiffe, die zu den Inseln und hinüber zum Ostufer des Lago fahren.«

»Nicht, dass ich wüsste. Die letzten Schiffe legen gegen 19.00 Uhr von den Inseln ab, dann sind sie gegen 19.15 Uhr in Stresa. Danach ist der Laden dicht.«

Matteo nickte nachdenklich. Sein Blick wanderte über die dunklen Wellen, die gegen das Boot schwappten. Die Anlegestelle war nicht mehr weit entfernt.

»Und wurde schon mal eins gestohlen oder entwendet?«

»Gestohlen? Die alten Kähne? Wozu das denn?«

Roberto fuhr eine so scharfe Kurve, dass Matteo unsanft gegen die Bordwand prallte, dann hatten sie den Anleger von Piazzale Lido erreicht.

2

Als Matteo nach ein paar denkbar unbequemen Stunden erwachte und sich in dem Sitz seines Lancias hochrappelte, spürte er als Erstes einen stechenden Schmerz im Nacken. Vielleicht wäre ein Bett auf der Insel doch die bessere Variante gewesen.

Dann erstarrte er. Gänsehaut zog ihm den Rücken hinauf und ließ ihn seine Schmerzen unmittelbar vergessen. Matteo war der Überzeugung, schon relativ viel gesehen zu haben in seinem Leben. Live oder auf Bildern. Aber dieser Anblick war mit Abstand das Grausamste, was ihm je untergekommen war. Mit weichen Knien stieg er aus dem Lancia. Umständlich und mit fahrigen Fingern wühlte er sein Handy hervor. Ein kurzer Blick darauf sagte ihm, dass es kurz nach halb sieben war. Vielleicht war er der Erste, der sah, was sich auf der Isola Bella in der Nacht zugetragen hatte. Er drückte die Nummer der Kommissarin. Noch vor dem zweiten Klingeln war sie am Apparat.

»Pronto.«

»Basso, Matteo Basso hier. Sie erinnern sich an mich? Entschuldigen Sie die frühe Störung. Sie müssen sofort zur Isola Bella fahren. Es ist etwas passiert.«

»Was für eine Überraschung. Buongiorno Signor Basso, grazie. Wir wurden bereits informiert.«

In diesem Moment erblickte Matteo ein Polizeiboot, das mit Hochgeschwindigkeit über den Lago raste.

»Wie kommt es, dass Sie die Leiche entdeckt haben? Sieht man die etwa von Cannobio aus?« Nun hörte Matteo auch den Fahrtwind, gegen den die Kommissarin anschreien musste.

»Nein«, antworte er, »ich war zufällig in der Nähe.«

»Wie bitte? Sie müssen lauter sprechen.«

Matteo räusperte sich.

»Ich hatte in der Gegend zu tun«, brüllte er in den Apparat. Kurz zögerte er. Dann setzte er hinzu: »Ich war gestern Abend auf der Isola dei Pescatori und habe in Stresa übernachtet.«

»Seltsamer Zufall«, kam es von der anderen Seite. »Dass Sie wieder in der Nähe sind, wie im vergangenen Jahr.« Matteo sah, wie das Polizeiboot kurz vor dem Bootsanleger der Isola Bella abbremste. »Ich muss mir hier erst mal ein Bild von der Lage verschaffen. Ich melde mich gegebenenfalls später noch mal bei Ihnen.«

Damit hatte sie aufgelegt. Matteo ließ sich auf die Motorhaube des Lancias sinken und zündete sich eine Futura an. Nachdem er zwei tiefe Züge genommen hatte, fühlte er sich gestärkt genug und schaute wieder zur Isola Bella hinüber.

Auf dem Horn des Einhorns, das nicht nur am höchsten Punkt der barocken Gartenanlage stand, sondern wie ein Wahrzeichen über der Insel thronte und von weit her zu sehen war, hing ein Mensch. Der Körper durchbohrt von der eisernen Spitze. Matteo schauderte.

Wie viele Meter Luftlinie mochten es sein von der Leiche bis hin zu dem Platz, an dem er vor einigen Stunden noch am Kai gesessen und auf den See geschaut hatte?

Die Polizei, so viel konnte er aus der Entfernung sehen, hatte den Tatort mittlerweile erreicht und würde sich, auch da war er sicher, alle Mühe geben, den Toten von seiner Zurschaustellung zu befreien. Und umgekehrt das Einhorn von seiner makabren Last.

An sein Verspechen, beim Aufräumen zu helfen, dachte er keine Sekunde, stattdessen fuhr er nach Cannobio, um auf den möglichen Anruf der Kommissarin zu warten. Als Matteo eine gute Stunde später im Hinterzimmer seiner Macelleria stand und routiniert das Brät für die Salsiccia zubereitete, um danach den Naturdarm damit zu füllen, kreisten seine Gedanken unentwegt um den unbekannten Toten. Oder war es eine Sie?

Wer beging einen Mord, der darauf angelegt war, von möglichst vielen Menschen in möglichst kurzer Zeit gesehen zu werden? Organisierte Kriminalität? Aber selbst die ging, wenn auch brutal, doch in der Regel diskret vor. Eine Warnung? Ein Exempel? Da hatte jemand eine Hinrichtung vollzogen, wie sie plakativer kaum sein konnte.

Er griff nach den Fenchelsamen, die er in einer Tasse aufbewahrte, und durch eine ungeschickte Bewegung landete ihr gesamter Inhalt auf dem Fleisch. Sei es drum. Das würden die Kunden heute verkraften.

Und warum das Einhorn? Es zierte das Familienwappen der Familie Borromeo, der die Insel gehörte. Und wenn ihn nicht alles täuschte, sollte es Werte wie Ehre und Ergebenheit symbolisieren.

Himmel, schoss es ihm mit einem Mal durch den Kopf. Warum stand er eigentlich hier? Nicht bei ihm würde sich die Polizei zuerst melden, sondern bei Luigi und seinen Gästen. Schließlich waren sie ganz in der Nähe des Tatorts gewesen. Er hatte die drei Alten alleine gelassen. Matteo biss sich auf die Lippen. Was für ein schlimmes Erwachen mochte es wohl für die Gäste auf der Isola dei Pescatori gewesen sein? Hoffentlich hatte die Polizei sie nicht allzu sehr in die Mangel genommen. Aber wenn Matteo an Buffon, den älteren Kollegen von Nina Zanetti, an diesen untersetzten cholerischen Kerl mit Bürstenschnitt dachte, dann schwante ihm Böses.

Er warf einen Blick auf die Uhr, die über der Arbeitsplatte hing.

Kurz nach neun. Wenn er sich beeilte, erwischte er sie vielleicht noch. Rasch band Matteo die Schürze ab, warf sie achtlos zur Seite, wusch sich die Hände und band die Armbanduhr um. Sogar das Handy steckte er ein, auch wenn er dem kleinen Ding nach wie vor skeptisch gegenüberstand. Dass es von einer gewissen Nützlichkeit war, hatte er mittlerweile immerhin eingesehen.

Als er gute zwei Minuten später in seinem Lancia saß, hing das »chiuso«-Schild in der Ladentür, und nur der dichte Verkehr hinderte ihn daran, sich in den Straßenverkehr einzufädeln. Bauarbeiten, die sich nun schon seit Monaten hinzogen, stellten die Autofahrer beinahe täglich auf eine harte Geduldsprobe. Wollte man keinen erheblichen Umweg über die Berge in Kauf nehmen, war man gezwungen, die Uferstraße zu nehmen. Eine andere gab es nicht.

Die Reifen des Lancias kreischten empört auf, als Matteo eine winzige Lücke nutzte, um auf die Straße zu gelangen.

»Entschuldige, meine Schöne«, Matteo tätschelte das Lenkrad. »Ich weiß, das magst du nicht besonders. Ging gerade nicht anders.«

Hinter Verbania löste sich der dichte Verkehr auf. Matteo gab Gas und warf, bevor er zu einigen Überholmanövern der etwas rabiateren Art ansetzte, wiederholt einen sehnsüchtigen Blick auf den See. Sein idealer Morgen bestand nun wirklich nicht darin, Kleintransporter auf der SS34 zu überholen. Welchen Spaß empfanden nur die vielen Radrennfahrer inmitten dieses Verkehrs? Sie ruinierten ihre Gesundheit und hielten ihn zusätzlich auf.

Plötzlich schoss etwas laut hupend an der Fahrertür des Lancias vorbei, bremste scharf ab und war dann wieder hinter ihm. Von vorne kam ihm ein Reisebus gefährlich nahe. Matteo riss das Steuer zur Seite. Verdammter Mist. Wütend schaute er in den Rückspiegel, um zu sehen, was für ein Stümper da beinahe einen Kratzer in den Lack seiner schönen Diva gemacht hätte.

Die Vespa samt dem leuchtend roten Helm der Fahrerin kannte er nur allzu gut. Augenblicke später, nachdem noch ein paar entgegenkommende Wagen teils erschrocken, teils genervt gehupt hatten, schloss die Kommissarin zu ihm auf und gab ihm durch Handzeichen zu verstehen, dass er bei nächstbester Gelegenheit halten solle.

»Zufall? Oder wollten Sie zu mir?«, fragte Matteo, als er den Lancia an einer kleinen Tankstelle gestoppt hatte und ausgestiegen war.

Die Kommissarin nahm den Helm ab, schüttelte ihre halblangen, blondmelierten Haare und zog mit einem süffisanten Lächeln eine Augenbraue hoch. Einen Wimpernschlag lang war Matteo unbegreiflich, warum er seinen Plan, sich bei der Kommissarin zu melden, nicht umgesetzt hatte. Und nun war es schon wieder ein unschöner Anlass, der sie zusammenführte.

»Nun ja«, die Kommissarin wischte sich eine Haarsträhne aus dem Gesicht. Eine Geste, die Matteo sofort vertraut war. »Nachdem das mit Ihnen und dem Telefon immer eine knifflige Sache ist, dachte ich, ich versuche es lieber gleich auf direktem Weg.«

Dann wurde ihr Gesicht ernst.

»Eine ziemlich üble Sache, die da passiert ist.«

Matteo hatte derweil sein Handy aus der Tasche gezogen, um zu demonstrieren, dass er durchaus technikaffiner geworden war. Aber die drei entgangenen Anrufe, die ihm sein Display anzeigte, bewiesen ihm, dass er in dieser Hinsicht offenbar etwas zu optimistisch gewesen war.

»Haben Sie heute Morgen irgendwas bemerkt, das uns weiterhelfen könnte?«

Matteo schüttelte den Kopf.

»Nein, ich war heute Morgen, als ich den Toten sah, vollkommen überrascht. Und«, er suchte kurz das passende Wort, »entsetzt.«

Die Kommissarin nickte.

»Es handelt sich um eine männliche Leiche. Ende vierzig, vermutlich. Wir versuchen gerade, die Identität zu ermitteln. Sie haben also nichts gesehen. Auch gestern Abend nicht? Die Kollegen überprüfen momentan die Teilnehmer des Empfangs, der auf der Isola Bella stattgefunden hat.«

»Wenn ich das richtig mitbekommen habe, war der schon vor Einbruch der Dunkelheit vorbei«, merkte Matteo an. »Obwohl es natürlich möglich wäre, dass einer der Anwesenden dort geblieben ist. Oder besser: zwei.«

»Möglich.« Wieder dieses Lächeln. Matteo beeilte sich, den Blick ein paar Meter weiter auf den Tankwart zu lenken, der gerade einen Kunden abkassierte.

»Möglich wäre natürlich ebenso«, fuhr Nina Zanetti fort, »dass später noch jemand zurückgekommen ist. Warum haben Sie eigentlich nicht wie die anderen Gäste auf der Isola dei Pescatori übernachtet?«

Matteo zuckte die Schultern.

»Es ergab sich spontan die Gelegenheit, doch noch hinüber aufs Festland zu fahren.«

»Etwas präziser, wenn möglich.«

»Ein Kellner, der auf der Feier gearbeitet hat, war mit seinem eigenen Boot gekommen und hat mich mit nach Stresa genommen. Oder, um genauer zu sein: zum Anleger am Piazzale Lido, dort stand mein Wagen.«

»Und wohin sind Sie dann gefahren?«

»Nirgendwohin. Ich habe es mir im Auto bequem gemacht.«

Die Kommissarin schaute ihn halb belustigt, halb ungläubig an.

»In diesem Wagen? Wollen Sie mich auf den Arm nehmen? Es ist ein Wunder, dass Sie überhaupt Platz hinter dem Lenkrad finden. Da schläft man ja besser im Stehen.«

Wenn Matteo an das Stechen im Nacken dachte, das ihn seit dem Aufwachen begleitete, konnte er ihr nur zustimmen.

Nina Zanetti schien ein weiterer Kommentar auf den Lippen zu liegen, den sie sich aber verkniff.

»Können Sie mir den Namen dieses Kellners sagen?«, fragte sie stattdessen und zückte ein kleines, reichlich zerfleddertes Notizbuch aus der Innentasche ihrer schwarzen Lederjacke.

»Ich kenne nur seinen Vornamen: Roberto«, sagte Matteo. »Wenn er nicht kellnert, betreibt er einen Kiosk in der Nähe des Schiffsanlegers in Stresa.«

»O. k.«, Nina Zanetti notierte etwas in ihrem Büchlein. Matteo erwischte sich dabei, dass er auf ihre Finger schielte. Noch immer kein Ring. Das besagte jedoch nichts. Und überhaupt interessierte ihn das alles im Grunde nicht.

»Irgendwelche Auffälligkeiten, äußerlich oder in dem, was er gesagt oder wie er sich verhalten hat? Können Sie ihn beschreiben?«

Matteo besann sich einen Augenblick.

»Da fällt mir nichts ein. Er ist Mitte zwanzig, würde ich sagen. Vielleicht auch Ende zwanzig. Ein netter Typ. Allerweltsfrisur. Schlank. Kleiner als ich.«

Die Kommissarin blickte von ihren Notizen auf.

»Das ist ja auch nicht sonderlich schwierig.«

Matteo ging über ihre spöttische Bemerkung hinweg. Er wusste selbst, dass seine Größe durch seine hagere Gestalt nur noch mehr betont wurde.

»Sagen Sie, ist der Mann ertrunken?«, fragte Matteo, denn er musste an das denken, was Dino gestern Abend gesehen haben wollte: ein Schiff und einen Menschen, der über Bord gegangen war.

»Die genaue Todesursache steht noch nicht fest. Aber auf Ertrinken oder auf eine längere Verweildauer im Wasser weist bis jetzt nichts hin. Gibt es einen Grund, dass Sie danach fragen?«

»Nein, gibt es nicht.«

Er wollte die Ermittlungen nicht durch Dinos fixe Idee auf unnötige Nebengleise führen.

»Hören Sie, ich darf Sie natürlich offiziell nicht in Ermittlungsergebnisse einweihen. Ich würde Sie in diesem ungewöhnlichen Fall aber dennoch gern in Ihrer Eigenschaft als Psychologe um Rat fragen.«

»Sie wollen vermutlich wissen, was für ein Täterprofil ich prognostiziere, wenn jemand sein Opfer öffentlich zur Schau stellt, und zwar so, dass es sofort entdeckt wird?«

Die Kommissarin nickte.

»Naheliegend wäre zunächst mal die Frage, wie man den Mann dorthin geschafft hat«, überlegte Matteo. »Nicht nur auf die Insel, sondern auf die Spitze des Horns. Das sind doch vom Boden aus sicher an die vierzig Meter.«

»Ich bin heute tatsächlich zum ersten Mal auf der Isola Bella gewesen«, fiel ihm die Kommissarin ins Wort. »Ich bin ja noch nicht so lange in der Gegend, ähnlich wie Sie. Oder nein, bei Ihnen ist das ja ganz anders.«

Sie bedachte ihn mit einem warmen Blick. Matteo seufzte innerlich auf. Es war wirklich eine Herausforderung, konzentriert zu bleiben.

»Man kommt näher heran an die Einhorn-Statue, als man aus der Entfernung denken würde«, erklärte die Kommissarin. »Von der Rückseite aus lässt sich die Statue durchaus besteigen. Der steinerne Schweif des Pferdes, äh, Einhorns, reicht fast bis zum Boden. Aber Sie haben dennoch recht. Unkompliziert ist es sicher nicht, einen Toten dort hinaufzuwuchten. Und bedenken Sie die Kraft, die nötig ist, ihn dann so aufzuspießen.«

»Mehrere Täter?«

Die Kommissarin wiegte den Kopf.

»Möglich.«

»Das heißt«, fragte Matteo, »Sie gehen davon aus, dass der Mann an einem anderen Ort ermordet und dann dort ausgestellt wurde?«

»Das tun wir«, bestätigte Nina Zanetti. »Aber noch mal zu dem Profil des Täters.«

»Das lässt sich natürlich besser einkreisen, wenn man eine Idee davon hat, was diese Zurschaustellung symbolisiert. In Verbindung mit dem Einhorn oder der Insel.«

Das ungeduldige Nicken der Kommissarin sollte wohl so

viel heißen wie: So weit war ich mit meinen Überlegungen auch schon.

Matteo straffte den Rücken.

»Also, dem ersten Anschein nach würde ich sagen: Entweder organisierte Kriminalität oder ein Täter mit einem gesteigerten, aber gestörten Geltungsbedürfnis.«

Nina Zanettis Züge verdüsterten sich, was nicht an der Sonne liegen konnte, die mittlerweile auf sie niederbrannte. Nachdenklich ließ sie sich auf die Vespa sinken, als könne sie sich in dieser Position besser konzentrieren.

»Da ist noch etwas, zu dem ich gern Ihre Meinungen hören würde, weil es das Ganze noch eigenartiger macht. Aber bitte behalten Sie es für sich, die Aufregung der Leute ist schon groß genug. Dem Toten wurde eine Rippe herausgetrennt.«

»Ihm wurde was?«

»Sie haben schon richtig verstanden«, wütend trommelte sie mit den Fingern auf die Sitzbank der Vespa.

Matteo fuhr sich durch die Haare und bemerkte mit Schrecken, dass eine der Spangen, mit denen er seine widerspenstigen Locken während der Arbeit aus der Stirn klemmte, immer noch darin steckte. Unauffällig machte er die Spange los, und ließ sie in seiner Hosentasche verschwinden.

»Wer um alles in der Welt macht so etwas?«, fragte die Kommissarin in einem Ton, als würde sie ihm diese Frage zum wiederholten Mal stellen, »ein Verrückter?«

»Nun ja, der Prominenteste, der so etwas getan hat, ist meines Wissens bisher nicht unbedingt für seine Verrücktheit geächtet worden.«

»Helfen Sie mir auf die Sprünge?«

»Genesis. Adam. Rippe.«

»Mensch Basso, Sie halten sich wohl für besonders witzig.«

Auf der Stirn der jungen Kommissarin hatte sich eine kleine Zornesfalte gebildet. Das Klingeln ihres Handys hielt Matteo von einer Erwiderung ab. Sie entfernte sich ein paar Schritte und nahm dabei, unterbrochen von knappen Nachfragen, weitere Informationen ihrer Kollegen entgegen, wenn Matteo die Gesprächsfetzen richtig deutete.

Er hatte gar keinen Witz machen wollen. Abgesehen davon, dass das nun wirklich nicht seine Stärke war, war die Assoziation zur Schöpfungsgeschichte wirklich das Erste gewesen, was ihm in den Sinn gekommen war.

»Hat man die Rippe bei der Leiche gefunden?«, fragte er die Kommissarin, nachdem sie sich wieder zu ihm gesellt hatte.

Nina Zanetti verneinte.

»Aber die Identität des Toten ist mittlerweile geklärt. Ein gewisser Vittorio Ferretti, aus Santa Maria Maggiore. Sagt Ihnen der Name etwas?«

»Bedauere, nein.«

»Hat offenbar als Fotograf gearbeitet.«

Matteo überlegte. »Bei einem Fotografen denkt man natürlich als Erstes daran, dass er etwas festgehalten haben könnte, das er besser nicht gesehen hätte.«

»Und dass jemandem ganz und gar nicht gefallen hat, dass Ferretti das gesehen hat, und dass derjenige deswegen dafür sorgt, dass er künftig nichts mehr sehen wird«, setzte die Kommissarin Matteos Satz fort, ohne dass klar war, wie viel Bedeutung sie dieser Überlegung beimaß.

»Wir überprüfen ihn und seine Arbeit natürlich. Aber zunächst muss ich seine Frau informieren.«

Matteo holte die Futura-Schachtel aus der Tasche, klopfte eine Zigarette hervor und hielt sie der Kommissarin hin. Die nickte dankbar.

»Wollen Sie ihr sagen, in welchem Zustand ihr Mann gefunden worden ist?«

Nina Zanetti ließ sich Feuer geben.

»Ich befürchte, es ist besser, wenn ich es ihr sage, als wenn sie es morgen in der Zeitung liest oder im Fernsehen sieht.«

»Dann hoffe ich sehr«, Matteo gelang es nur mit mäßigem Erfolg, den ironischen Unterton zu unterdrücken, »dass Ihr Kollege Buffon die passenden Worte finden wird. Wenn er so auftritt, wie ich ihn in Erinnerung habe, wird die Wirkung nicht weniger erschütternd sein als die der Bilder, wenn es denn welche gibt.«

Buffon und er waren nach Gisellas Tod einige Male auf unangenehme Weise aneinandergeraten. Matteo bekam noch jetzt schlechte Laune, wenn er an den unangenehmen Typen dachte, der sich für unfassbar großartig hielt und dem es bei seinem Job um alles Mögliche ging, nur nicht um die Menschen selbst.

Nina Zanetti blies den Rauch der Futura aus.

»Keine Sorge. Buffon wird nicht dabei sein.«

»Wie erfreulich. Er ist doch nicht etwa krank?«

»Nein, er macht einen längeren Urlaub.«

»Was soll das denn sein, ein längerer Urlaub?«

Unwillig musterte Nina Zanetti ihn.

»Eine Pause eben. Er war überarbeitet, hat in einigen Situationen ein bisschen überreagiert.«

Matteo konnte sich nur zu gut vorstellen, wovon die Kommissarin sprach.

»Wie auch immer. Derzeit bin ich allein zuständig.«

»Wo sagten Sie, wohnt die Frau des Toten? Santa Maria Maggiore? Ich weiß nicht, ob ich Ihnen eine Hilfe wäre. Aber wenn Sie möchten, begleite ich Sie.«

Mit quietschenden Reifen hielt ein Wagen auf der gegenüberliegenden Straßenseite. Die Kommissarin schaute sich erstaunt um. Matteo musste das nicht. Er wusste auch so, wer da fluchte.

»Porca Miseria, Matteo, du stinkender Truthahn! Was soll das? Welche Irren veranstalten ein solches Gemetzel? Und du schleichst dich einfach davon. Du gehörst doch in deine eigene Wurst gehäckselt. Oh –«

Luigi verstummte, als er sah, mit wem Matteo sich gerade unterhielt.

Matteo warf einen anerkennenden Blick auf den tadellos restaurierten dunkelgrünen Fiat 600 D Multipla, einer winzigen Großraumlimousine aus dem Jahre 1960, die von den drei Alten den Sommer über instand gesetzt worden war. Flavio, der auf die Rückbank verbannt worden war, reckte neugierig den Kopf, um zu erfahren, warum Luigi nicht weiterredete.

Die drei sahen einigermaßen mitgenommen aus. Schwer zu sagen, ob das an der Party lag, die sicher bis weit in die Nacht gegangen war, oder an dem, was sie am Morgen hatten entdecken müssen.

»Luigi, entschuldige«, rief Matteo durch die vorbeifahrenden Autos hindurch. »Ich war gerade auf dem Weg zu euch.«

Luigi machte eine abfällige Handbewegung. Beppo starrte stur geradeaus durch die Frontscheibe. Flavio schien sich nun brennend für irgendetwas zu interessieren, das sich am gegenüberliegenden Ostufer des Lago abspielte.

»Ich schaue nachher noch mal bei euch vorbei.«

»Tu, was du nicht lassen kannst«, raunzte Luigi.

Dann tuckerte der von einem 633 Kubikzentimeter Motor betriebene Sechssitzer davon.

Die Kommissarin schaute dem Wagen nach, halb belustigt, halb irritiert. Dann wandte sie sich an Matteo.

»Vielleicht ist es in diesem Fall wirklich ganz sinnvoll, wenn Sie mitkommen. Wer weiß, wie die Frau des Toten reagiert.«

Mit einer flinken, festen Fußbewegung trat sie die Zigarette aus.

»Aber dann ist Schluss. Dieses Mal mischen Sie sich nicht wieder in Sachen ein, die Sie nichts angehen. Ermittlungsarbeit ist Angelegenheit der Polizei. Und die Polizei bin ich. Haben wir uns verstanden?«

Matteo unterdrückte ein Grinsen.

Ihm gefiel, wenn Nina Zanetti ernst wurde. Und noch mehr gefiel ihm, dass er unverhofft Zeit mit ihr verbringen konnte. Um die Macelleria würde er sich am Nachmittag kümmern.

Die Kommissarin deutete auf ihre Vespa.

»Ich habe einen zweiten Helm dabei.«

»Danke vielmals. Wir treffen uns oben. Haben Sie die genaue Adresse?«

Für kein Geld der Welt würde er sich auf so eine höllisch kleine Maschine setzen.

»Aber bitte zügig, ewig warte ich nicht auf Sie.« Die Kommissarin tippte auf ihrem Handy herum, schrieb eine Adresse auf einen Zettel und reichte ihn Matteo. Dann setzte sie den Helm auf, schmiss die Vespa an und fädelte sich so schnell in den Verkehr ein, dass Matteo sich beeilte, ebenfalls zu seinem Wagen zu kommen.

Er hatte Glück. Die Strada Statale war beinahe leer gewesen und auch die SS337, die Serpentinenstraße, die hinter Domodossola ins Valle Vigezzo führte, war kaum befahren und der Lancia schnurrte selbst die steileren Anstiege hinauf wie ein Kätzchen. Nun ja, Matteo tätschelte liebevoll das Lenkrad, was man bei so einem Wagen eben Schnurren nannte. Röhren traf die Sache wohl eher.

Vielleicht hätte er es sogar geschafft, vor der Kommissarin anzukommen, wären nicht alle Parkplätze hoffnungslos überfüllt gewesen. Santa Maria Maggiore war der touristische Mittelpunkt des Vigezzo und vor allem bei italienischen Urlaubern sehr beliebt. Hier erfrischten sich Mailänder und viele andere Bewohner der im Sommer brütend heißen Poebene traditionell gern. Aber warum es heute so voll war, konnte sich Matteo nicht erklären. Die Ferien waren vorbei.

Erst tippte er auf Markttag. Wenn der unten in Cannobio war, gab es den kompletten Vormittag kein Vorwärtskommen. Aber dann bemerkte er etliche schwarz gekleidete Personen, von denen die meisten Zylinder trugen, und da wusste er, warum heute so viel los war. Er war in das Fest der Kaminfeger geraten. Aus aller Welt reisten sie an. Angeblich selbst aus Amerika und Japan, weil hier im Tal dieser Beruf vor Jahrhunderten seinen Anfang genommen hatte. 1000 bis 1200 Schornsteinfeger waren es meist, die sich hier einmal im Jahr einfanden, dazu kamen Folkloregruppen und unzählige Zuschauer.

Seit den 1980er-Jahren gab es sogar ein Museum, das Museo dello Spazzacamino, das die Geschichte der Rusca, wie die Schornsteinfeger im örtlichen Dialekt genannt wurden, erzählte.

Die Kommissarin wartete am Anfang der Via G. M. Farina, in der Vittorio Ferretti mit seiner Frau gelebt hatte.

»Bedeutende Adresse«, bemerkte Matteo und deutete auf das Straßenschild, froh, ein Thema zu haben, mit dem er von seiner Verspätung ablenken konnte.

»Wie meinen?«

»Farina, nach dem die Straße hier benannt ist, hat das Eau de Cologne erfunden. Damit ist die Firma seines Bruders, der schon vor ihm nach Deutschland ausgewandert war, reich geworden.«

»Ach bitte, keine Stunde in regionaler Geschichte. Oder vielleicht doch? Der Trubel gehört doch sicher zu dem berühmten Schornsteinfegerfest, auf das die Zeitungen sich schon seit Wochen freuen? Aber gut, davon können Sie mir ja ein andermal erzählen.«

Ohne eine Antwort abzuwarten, drückte Nina Zanetti die Klingel der Ferrettis.

Eine zierliche Person öffnete die Tür. Matteo schätzte, dass sie etwa in seinem Alter war.

»Signora Ferretti?«

»Ganz richtig.«

Nina Zanetti zückte ihren Dienstausweis.

»Ich bin Nina Zanetti. Können wir Sie einen Augenblick sprechen?«

Carla Ferretti schaute unsicher zwischen Matteo und der Kommissarin hin und her.

»Wir müssen Ihnen leider eine traurige Mitteilung machen«, erklärte die Kommissarin.

Als sie erfahren hatte, dass ihr Mann tot war, verharrte Carla Ferretti einige Momente bewegungslos, die Augen in eine unbestimmte Ferne gerichtet. Dann drehte sie sich um und ging mit langsamen, unendlich schwer erscheinenden Schritten in die Wohnung.

Matteo und die Kommissarin wechselten einen Blick, dann folgten sie der Witwe ins Wohnzimmer, wo diese in ein geblümtes Sofa sank, auf dem zahllose Kissen drapiert waren. Matteo betrachtete die Frau, die nun noch schmaler wirkte als zuvor. Sie weinte nicht, aber durch den Schock hatten sich binnen Sekunden tiefe schwarze Schatten unter ihren Augen gebildet.

Die Kommissarin zog sich einen Sessel heran, Matteo blieb vorerst im Türrahmen stehen.

»Wie«, setzte Carla Ferretti an, aber ihre Stimme war brüchig.

Nina Zanetti atmete einmal tief ein.

»Signora Ferretti, ich muss Ihnen leider sagen, dass wir davon ausgehen müssen, dass Ihr Mann ermordet worden ist.«

Carla Ferrettis Kopf zuckte. Der ganze Körper vibrierte. Nicht wie bei einem Menschen, der zitterte. Irgendetwas anderes schien diese Bewegung zu verursachen.

Die Kommissarin blickte zu Matteo hinüber. Der nickte kaum merklich. Es war besser, Carla Ferretti gleich mit der ganzen Wahrheit zu konfrontieren. Als sie ihn unverwandt anstarrte, verstand Matteo, dass es sich nicht nur um eine Frage, sondern um eine Aufforderung handelte. Er räusperte sich und versuchte, Blickkontakt mit der Frau aufzunehmen.

»Signora Ferretti?« Behutsam nahm er auf einem Sessel Platz.

»Signora Ferretti«, begann er noch einmal, und nun schaute sie ihn endlich an. »Was ich Ihnen sagen muss, wird Ihnen sehr nahegehen. Aber wir können Ihnen diese Einzelheiten leider nicht ersparen. Ihr Mann wurde nicht nur ermordet, seine Leiche wurde aufgehängt. Sicher kennen Sie den Ort. Es handelt sich um das Einhorn-Denkmal auf der Isola Bella. Das Horn hat seinen Körper durchbohrt.«

Matteo zuckte zusammen, so schrill war Carla Ferrettis abruptes Auflachen. Als wäre sie selbst erschrocken, schlug sie sich die Hand vor den Mund und schüttelte ungläubig den Kopf. Fast war Matteo erleichtert, dass durch diese Mitteilung eine gewisse Lebendigkeit in die Frau zurückgekehrt war.

»Können Sie sich diese«, die Kommissarin zögerte, »diese Hinrichtung erklären?«

Carla Ferretti schüttelte den Kopf.

»Fällt Ihnen irgendetwas zu diesem Ort ein? Hatte Ihr Mann eine besondere Verbindung dorthin? Hat er dort vielleicht eine Verabredung gehabt? Einen Fototermin?«

»Nein«, Carla Ferretti starrte mit glasigen Augen durch sie hindurch, »nein, ich wüsste nicht, was ihn dorthin geführt haben sollte.«

»Hat Ihr Mann sich in letzter Zeit merkwürdig verhalten? Hat er sich verändert?«, fragte Matteo.

Wieder schüttelte sie nur stumm den Kopf.

An der Längsseite des Wohnzimmers hing ein überdimensionales Foto, sepiafarben, das die beiden eng aneinandergeschmiegten Gesichter von Carla Ferretti und ihrem Mann zeigte. Matteo durchzuckte ein heißer Schmerz. Die verlorene Innigkeit der beiden erfüllte mit Macht den Raum.

»Hatte Ihr Mann Feinde?«, schaltete sich die Kommissarin ein.

»Feinde?«, flüsterte Carla Ferretti, als hätte sie das Wort noch nie gehört. Dann rückte sie an die Sofakante vor.

»Nein, nicht dass ich wüsste«, sie gab sich hörbar Mühe, ihrer Stimme mehr Festigkeit zu verleihen, was nur mäßig gelang. Matteo fielen ihre Hände auf, die älter wirkten als ihr Gesicht. Die hageren Finger hielt sie ineinander verschränkt.

»Gab es Personen, die ihm besonders nahestanden? Freunde, Familie?«, fragte die Kommissarin weiter.

Carla Ferretti schaute sie an.

»Nein«, antwortete sie schließlich. »Nein, Vittorio war gern für sich. Er war sich selbst genug. Seine Arbeit. Wir.«

Matteo ging zu dem Sideboard hinüber, auf dem neben einigem Nippes verschiedene Fotos dekoriert waren. Auch auf ihnen war hauptsächlich das Paar Ferretti zu sehen. Auf einigen auch Vittorio Ferretti allein. Matteo vermochte nicht zu sagen, ob es sich bei ihm um einen schönen Mann gehandelt hatte. Sein Gesicht war rundlich, aber dennoch markant, die Haare waren aus der hohen Stirn nach hinten gekämmt, die elegant geschwungenen Augenbrauen waren das hervorstechendste Merkmal, die Augen selbst waren vergleichsweise klein. Dennoch erkannte man den forschenden Ausdruck, der in ihnen lag. Als würde Ferretti seinem Gegenüber – sei es derjenige, der das Foto gemacht hatte oder derjenige, der es betrachtete – bis tief in die Seele blicken wollen.

»Wer hat diese Bilder gemacht? Sie?«

»Fotografiert hat nur mein Mann«, erklärte Carla Ferretti.

»Auch sich selbst?«, fragte Matteo erstaunt.

»Ja, mit dem Selbstauslöser, natürlich«, Carla Ferretti lächelte schwach. »Er war der Profi, warum hätte ich die Bilder machen sollen? Es war seine große Leidenschaft.«

Aber auch wenn es seine große Leidenschaft gewesen war, über die Arbeit ihres Mannes konnte sie nur spärlich

Auskunft geben. Er habe vor allem für Werbekampagnen fotografiert. Hauptsächlich für mittelständische Firmen und Auftraggeber aus der Region. Mehr wusste sie nicht zu sagen.

»Wann haben Sie Ihren Mann zuletzt gesehen?«, fragte Nina Zanetti.

Carla Ferretti verharrte und dachte angestrengt nach. »Vorgestern Morgen, als er hier aufgebrochen ist.«

»Hat er Ihnen gesagt, was er vorhatte, wen er treffen wollte?«, fragte die Kommissarin.

Ein trauriger Schatten huschte über das Gesicht Carla Ferrettis. »Er wollte mögliche Auftraggeber treffen. In letzter Zeit hat er manchmal davon gesprochen, dass es nötig sei, sich nach neuen Kunden umzusehen. Er hatte mehrere Termine in Novara und wollte dort übernachten. Und er sprach von einer Art Image-Broschüre, die er in der dortigen Druckerei herstellen lassen wollte, um seine Dienste noch besser bewerben zu können.«

»Haben Sie danach noch mal mit Ihrem Mann telefoniert?«

Carla Ferretti tastete nach ihrem Handy, das in der Tasche ihres Kleides steckte.

»Gestern Morgen habe ich versucht, ihn zu erreichen. Dann noch mal am Mittag. Aber er ist nicht rangegangen. Ich habe mir nichts dabei gedacht. Vorgestern, kurz nachdem er aufgebrochen war, habe ich noch eine Nachricht von ihm bekommen: dass er kurzfristig einen zusätzlichen Termin hereinbekommen habe.«

»Was das für ein Termin war, hat er nicht geschrieben?«

Carla Ferretti verneinte.

»Nun gut«, befand die Kommissarin. »Ich würde mir jetzt gern das Atelier Ihres Mannes ansehen. Wenn Sie einverstanden sind, nehme ich seinen Computer mit und die Festplatten, auf denen sich seine Bilder befinden.«

Zu Matteo gewandt fügte sie hinzu:

»Ich denke, ich komme nun allein klar.«

Matteo nickte ihr und Carla Ferretti zu. Dann fiel ihm noch etwas ein.

»Darf ich eines der Fotos mitnehmen?«

Carla Ferretti nickte.

»Ist dieses recht?« Er deutete auf ein Bild, das Ferretti allein zeigte, bekleidet mit einem schwarzen Rollkragenpullover, direkt und irgendwie argwöhnisch in die Kamera blickend.

»Natürlich, bitte.«

Matteo reichte Carla Ferretti das Bild und ignorierte die missbilligende Geste der Kommissarin, die aber in Anwesenheit der Witwe nicht thematisieren wollte, dass er seine Befugnisse überschritt.

»Ich dachte, den Rahmen wollten Sie sicher behalten«, erwiderte er auf den verständnislosen Blick Carla Ferrettis. »Natürlich bringe ich Ihnen auch das Bild wieder. Ich werde ganz vorsichtig damit sein.«

»Ja, natürlich, das ist nett.« Mit fahrigen Fingern befreite Carla Ferretti das Foto, das kaum größer war als ein Passbild, aus dem Rahmen und reichte es Matteo, der es in der Innentasche seiner Jacke verstaute.

3

Obwohl der große Umzug der Schornsteinfeger erst am morgigen Sonntag stattfinden sollte, wimmelte es in den Straßen von Santa Maria Maggiore mittlerweile von Männern und sogar einigen Frauen in traditioneller Arbeitskleidung. In der Luft lag eine aufgekratzte Vorfreude. Matteo schob sich an den dunklen Gestalten vorbei, die fröhlich miteinander plauderten. Manchmal mussten die Hände zu Hilfe genommen werden, damit sich die Schornsteinfeger aus den verschiedenen Nationen verstanden. Morgen würden sich einige von ihnen auch noch die Gesichter schwarz bemalen, um den Auftritt zu perfektionieren.

Natürlich war all das nur noch romantischer Karneval. Die Schornsteinfeger von heute waren keine Kaminkehrer mehr, sondern gut bezahlte, moderne Techniker, die darauf spezialisiert waren, Abfälle, Schlacken oder Abgase zu analysieren, und die häufig den Kommunen oder sogar dem Umweltministerium beratend zur Seite standen.

Aber Matteo erinnerte sich noch gut an die Erzählungen seiner Eltern über das frühere Elend der Schornsteinfeger. Vor allem die Kinder waren die Leidtragenden dieser harten, schlecht bezahlten Schufterei gewesen. Unter ärmeren Familien aus den Bergdörfern war es durchaus üblich gewesen, eines oder mehrere Kinder an herumreisende Padroni, wie die älteren Schornsteinfeger genannt wurden, zu vermieten. Allerdings, was hieß: Üblich? Aus Not hatten die Eltern ihre Kinder weggeben müssen.

Für die Padroni waren die sechs oder sieben Jahre alten Kinder ideal, weil sie sich mit ihren mageren Körpern problemlos in die engen Kamine zwängen konnten. Monatelang, fernab von zu Hause, mussten sie schwerste Arbeit verrichten, zu essen gab es selten und immer zu wenig. Oft wurden sie vom Padrone sogar noch zum Betteln geschickt. Wie Sklaven waren die kleinen Wesen behandelt worden, dabei hatte der Padrone selbst in der Regel in seiner Kindheit ein ganz ähnliches Schicksal erfahren, wusste also nur allzu gut, was er ihnen antat. Bei Matteo hatte gerade diese Wiederholung einen tiefgehenden Widerwillen verursacht, weil sich ihm darin ein grundsätzlicher Wesenszug des Menschen widerzuspiegeln schien. Noch nicht einmal das selbst erlebte Leid führte dazu, Mitleid und Gnade mit anderen zu empfinden. Im Gegenteil, das eigene Elend machte die meisten Menschen noch unerbittlicher anderen gegenüber. Natürlich gab es auch diejenigen, die das Gebot der Nächstenliebe über den eigenen Vorteil stellten. Aber das waren die wenigsten.

Als Jugendlicher hatte Matteo sich gedanklich nicht so sehr mit den Padroni selbst, deren Grausamkeit außer Frage stand, beschäftigt, sondern mit den Gesellen, die von den Padroni zu Assistenten auserkoren wurden. Dem Kreis der malträtierten Kinder gerade entronnen, attackierten die Gesellen diese mitunter noch härter, als der Padrone es tat. Nicht alleine, weil sie auf diese Weise Vergeltung übten für das, was sie selbst erlitten hatten, sondern aus Berechnung: um sich dem Padrone anzudienen.

Das hatte Matteo als noch verachtungswürdiger empfunden. Und als er älter wurde und allmählich begriff, dass es zwischen gut und böse und falsch und richtig unendlich viele Abstufungen gab, beschloss er, sich beruflich mit dem Seelenleben des Menschen zu beschäftigen. Genau diese Schattierungen, die einen Charakter ausmachten, wollte er damals erkennen und zu deuten lernen, weil sie ihm wie das größte Geheimnis des Daseins erschienen. Und er verband dieses grundsätzliche Interesse mit dem Idealismus, durch sein Tun dem Einzelnen helfen zu können, und so die Welt ein Stückchen besser zu machen. Gerade Letzteres relativierte sich mit den Jahren, aber zumindest hatte Matteo nie das Gefühl gehabt, beruflich einer unnützen oder langweiligen Beschäftigung nachzugehen.

Dass aus traumatisierten Opfern Täter werden, die wiederum andere traumatisieren, war ihm auch in seinem Alltag als Polizei-Psychologe häufig begegnet. Aber das war nur eine mögliche Reaktion. Wie ein Individuum auf ein emotionales Trauma reagierte, war komplex und schwierig vorherzusagen. Das Alter eines Menschen, das soziale Umfeld, die Kultur, die Biografie der nächsten Verwandten, der Eltern vor allem, all das waren Faktoren, die die emotionale Stabilität eines Menschen beeinflussten. Auch und umso mehr, wenn ihm Schreckliches wiederfahren war.

»*Wenn du nicht brav bist, schicken wir dich zu den Schornsteinfegern!*«, war eine Drohung gewesen, die zwar längst gegenstandslos geworden war, als Matteo klein war, halb im Scherz, halb im Ernst hatte seine Mutter sie dennoch hin und wieder geäußert. Vielleicht täuschte er sich im Nachhinein, aber Matteo war sich relativ sicher, dass er diese

Warnung nie aus dem Mund seines Vaters gehört hatte. Das hing sicher damit zusammen, dass Erziehungsdinge eher von seiner weitaus resoluteren Mutter geregelt worden waren.

Erst jetzt kam Matteo der Gedanke, dass sein Vater vielleicht ähnlich erschreckt wie er auf die verblichenen Fotografien geschaut hatte, die aus dieser Zeit noch existierten, oder auf die Zeichnungen und Gemälde, auf denen zeitgenössische Maler das Schicksal der kleinen Schornsteinfeger festgehalten hatten. Ihm hätte ein ähnliches Schicksal drohen können, wäre er nur etwas früher geboren worden. Denn erst in den späten 1940er-Jahren endete diese brutale Form der Kinderarbeit.

Eines der Bilder war Matteo besonders nahegegangen, und oft, wenn er Abschiedsszenen beobachtete, an Bahnhöfen etwa, kam ihm wieder dieses Bild von Puricelli in den Sinn. Wenn Matteo das richtig in Erinnerung hatte, war der Stich kurz vor dem Ende des 19. Jahrhunderts entstanden. Er zeigte eine Szene am Hafen von Cannobio, eine Gruppe von Müttern übergab ihre Söhne an die Padroni, die die Kinder mit einer kleinen Segeljolle über den See und hin zu ihrer neuen Bestimmung bringen sollten.

Für Außenstehende war auf Puricellis Bild keine besondere Dramatik zu erkennen. Noch nicht einmal nach einem Abschied sah es aus, eher nach einem etwas unschlüssigen Herumstehen der beinahe zwanzig Kinder und ihrer Mütter. Die Padroni und die Bootsleute sah man nur von hinten, wie schwarze Schatten. Aber wer die Geschichten der Schornsteinfeger kannte, der sah unweigerlich das Prophetische in der Darstellung dieser Schatten, die sich bald über das Leben der Kinder legen würden.

Gedankenverloren schlenderte Matteo eine der verkehrsberuhigten Gassen entlang. Hin und wieder musste er einer Gruppe Schornsteinfeger ausweichen. Er hegte keinen Groll gegen sie, aber sollte das Gedenken an diese Kinder nicht auch eine Rolle spielen? War da nicht etwas mehr Besinnung und Respekt gefragt? Matteo blieb vor einem Schaufenster stehen, an dem das Programm des diesjährigen Festes angeschlagen war. Es gab einen Umzug und Tanz, aber auch zwei Gottesdienste und eine Art Prozession zu einem Denkmal im Nachbarort. Das Denkmal erinnerte, so las er, an den vierzehnjährigen Faustino Cappini, der 1931 in Mailand zu Tode gekommen war.

Matteo bemerkte erst jetzt, dass es eine kleine Galerie war, vor der er stehen geblieben war. Gerade noch rechtzeitig, um nicht über den riesigen Hund zu stolpern, der sich vor dem Laden ausgestreckt hatte und mit seinem massigen schwarzen Körper nicht nur den Eingang, sondern auch einen beträchtlichen Teil der Gasse versperrte.

»Mannaggia!«, schimpfte Matteo. Der Hund öffnete nur leicht die Augen.

Die im Schaufenster des Ladens auf Staffeleien ausgestellten Bilder vermochten kaum Matteos Interesse zu wecken, dafür genügte ihm schon ein flüchtiger Blick. Berglandschaften, dazwischen reichlich aus der Zeit gefallene Porträts hochgestellter Persönlichkeiten. Dazu ein paar Blumenstillleben.

Matteo schickte sich an, einen Bogen um den Hund zu machen, der da dösend in der Sonne lag.

»Nur nicht zu eilig«, raunte eine Stimme, die aus einer dunklen Tiefe zu kommen schien. Nicht rau, sondern fast tonlos, dennoch durchdringend.

Erst jetzt bemerkte Matteo den älteren Herrn, offenbar der Galerist, der seinem Laden gegenüber auf einem Gartenstuhl saß. Sein Äußeres passte nur allzu gut zu seiner Stimme. Das Gesicht war aschfahl und das offensichtlich gefärbte, rostbraune Haar umrahmte den Kopf wie ein Helm. Die Augen des Mannes waren hinter einer Sonnenbrille verborgen, die so undurchsichtig wirkte, dass man sich nicht vorstellen konnte, dass der Träger durch sie mehr als die Umrisse seiner Umgebung wahrzunehmen vermochte.

Mit einer müden Handbewegung forderte der Mann Matteo auf, die Galerie zu betreten. Nicht, dass Matteo der Sinn nach alten Schinken stand. Es war eher eine vage Unlust, dem Galeristen zu widersprechen. Und auf die paar Minuten, die ihn das kosten würde, kam es nicht an. Solange nicht erwartet wurde, dass er eins der angestaubten Dinger kaufte.

Im Innern empfing Matteo ein schmaler, schlauchartiger Raum. An den dunkelgrün getünchten Wänden hingen, in schweren, aufwendig verzierten Rahmen, weitere Landschafsmalereien, und auf dem Fußboden standen Dutzende Bilder hintereinander, als hätte man sie hier nur zwischengelagert.

Wahllos begann Matteo, eine der Bilderreihen durchzuschauen. Eine Landschaftsmalerei, von der er glaubte, dass sie ein Hochtal im Val Grande zeigte, ein Blumenarrangement, ein von Figuren nur so wimmelndes Bild, das Matteo nicht recht deuten konnte, auf dem aber, wenn er sich nicht täuschte, mythologische und christliche Figuren wild durcheinandergewürfelt waren.

Beim folgenden Bild hielt Matteo überrascht inne. Seltsam erregt zog er das in einen dunklen Holzrahmen gefasste Bild aus dem Stapel und ging ein paar Schritte in Richtung Ladentür, wo das Licht besser war.

Es zeigte eine Ansicht des Lago Maggiore, wie es sie auf Gemälden und Kunstdrucken häufig gab. Etwas aus dem Zentrum des Bildes nach rechts gerückt sah man die Isola Bella mit ihrem barocken Garten, und darüber thronend und nicht ganz maßstabsgetreu, wie Matteo schien, das steinerne Einhorn. Und an dem Einhorn hing, Matteo traute seinen Augen kaum, ein lebloser Körper. Durchbohrt an der gleichen Stelle wie der Leib Ferrettis: Eine gespenstische Verdoppelung des Mordes, der in der zurückliegenden Nacht geschehen war. Wie konnte das sein?

Matteo untersuchte das Bild auf Vorder- und Rückseite, ohne eine Jahreszahl zu entdecken. Dem Anschein nach war es alt. Ein dunkler Firnis überdeckte die wohl ehemals leuchtenden Farben und unzählige kleine Risse auf der Leinwand sprachen ebenfalls dafür, dass das Bild vor langer Zeit gemalt worden war.

»Schönheit und Grausamkeit liegen oft nah beieinander.« Unbemerkt war der Galerist neben ihn getreten.

»Von wem stammt dieses Bild?«, fragte Matteo, ohne den Blick von dem Leichnam wenden zu können.

»Von einem Künstler, der es vorzog, unbekannt zu bleiben«, krächzte der Galerist. Matteo tippte auf eine Kehlkopferkrankung.

»Sympathisch, oder?«, hakte der Galerist nach, als Matteo ihm nicht antwortete.

»Wieso gehen Sie davon aus, dass der Maler unbekannt bleiben wollte?«

»Nun, sonst hätte er, wie es üblich ist, seine Signatur auf dem Bild hinterlassen. Nicht anfassen«, fuhr ihn der Galerist an. Matteo zog die Hand zurück, mit der er unwillkürlich über die Leiche hatte fahren wollen.

Der Mann neben ihm atmete scheppernd. Matteo konnte nur mit Mühe den Eindruck ignorieren, dass mit dem Galeristen ein nasser, geradezu modriger Gestank in den Laden gekommen war.

»Vergangene Nacht ist auf der Isola Bella ein Mann ermordet worden.«

Matteo prüfte den Galeristen von der Seite, aber hinter der Sonnenbrille war keine Regung zu erkennen. »Und die Leiche des Ermordeten ist genauso hingerichtet worden wie hier auf dem Bild.«

Unendlich langsam, als müsste er jeden Muskel einzeln durch eine ungeheure Kraftanstrengung in Bewegung versetzen, verzog sich das Gesicht des Galeristen zu einer sarkastischen Grimasse.

»Die Kunst war dem Menschen schon immer einen Schritt voraus.«

»Was wollen Sie damit sagen?«

Die Stimme des Galeristen schien noch eine Spur heiserer geworden zu sein.

»Genau das, was ich gesagt habe. Die Kunst ist immer ein Stück weiter als der Mensch. Nur deshalb lieben wir sie ja.«

»Wir alt ist das Bild in etwa?«

Der Galerist ließ nicht erkennen, dass er die Frage gehört hatte. Dennoch antwortete er schließlich.

»Erstes Drittel des 19. Jahrhunderts vermutlich. Ein Vertreter der Schwarzen Romantik. Die Abbildung des menschlichen Wahnsinns, des Bösen, die Freude am Pittoresken. Die Darstellung einer Todessehnsucht, Bilder mit satanischem Charakter – Liebhaber für so was gab es zu allen Zeiten. Aber meistens handelt es sich dabei um eine

Allegorie, nicht um die Wahrheit. Das wäre ein bisschen einfach.«

Matteo zog das Foto des Ermordeten aus der Innentasche seiner Jacke.

»Kennen Sie diesen Mann?«

»Bedaure«, antwortete der Galerist, ohne dem Foto wirklich Aufmerksamkeit geschenkt zu haben.

»Sein Name ist Vittorio Ferretti, ein Fotograf, hat nur einige Straßen entfernt von hier gelebt.«

Der Galerist verzog keine Miene.

»Der Name sagt mir nichts. Mag sein, dass ich ihm mal über den Weg gelaufen bin. Aber wie gesagt, ich erinnere mich nicht daran.«

Ein rasselndes Husten schüttelte den Mann.

»Können Sie mir sagen, wer Ihnen das Bild verkauft hat?«, fragte Matteo, nachdem der Anfall vorüber war.

»Warum interessiert Sie das?«

»Können Sie sich das nicht denken?«

Matteo ging die Arroganz des Galeristen langsam auf die Nerven.

»Sind Sie von der Polizei?« Nun klang der Galerist noch spöttischer als zuvor.

»Die Polizei«, ahmte Matteo seinen Tonfall nach, »wird sich sicher dafür interessieren, warum Sie Ermittlungsarbeiten behindern.«

Der Galerist krächzte dumpf.

»Wie dem auch sei«, fuhr Matteo fort. »Ich kaufe das Bild. Was wollen Sie dafür haben?«

»1.200«, gab der Alte zurück. Diese Antwort kam eindeutig schneller als die vorangegangenen.

Porco dio, dieser Halsabschneider, fluchte Matteo innerlich. Aber sicher würde ihm das Geld ersetzt werden. Oder er könnte den Kauf später rückgängig machen. Immerhin war es ein Beweisstück, das ganz offensichtlich auf den Mord verwies, der sich am See zugetragen hatte. Oder wo auch immer dieser Mord geschehen war.

Eine Allegorie? So ein Unsinn! Die Zurschaustellung des gepeinigten Körpers sollte der Abschreckung dienen. Oder die Macht der Täter zum Ausdruck bringen. Und der herausgetrennten Rippe lag eine Symbolik zugrunde, die dieses Verbrechen zusätzlich rätselhaft machte. Wie hing alles miteinander zusammen? Noch war es eine Gleichung mit drei Unbekannten. Doch ganz sicher würde dieses Bild dazu beitragen, der Lösung näherzukommen.

»Gut«, wandte er sich an den Galeristen. »Ich bin in ein paar Minuten wieder da. Ich muss das Geld erst abheben. Packen Sie mir das Bild in der Zwischenzeit bitte ein. Und ich wäre Ihnen sehr verbunden, wenn Sie in Ihren Unterlagen nachsehen, wer Ihnen das Bild verkauft hat.«

Dankbar atmete Matteo die frische Luft ein, die ihn in der Gasse empfing. Zum zweiten Mal wäre er beinahe über das Ungetüm von einem Hund gestolpert, der seit ihrer letzten Begegnung seine Haltung anscheinend um keinen Millimeter verändert hatte.

Während er einen Geldautomaten suchte, rief er die Kommissarin an, aber es meldete sich nur die Mailbox. Wahrscheinlich war sie gerade auf dem Weg hinunter an den See und hatte keinen Empfang. Matteo hinterließ eine Nachricht, in der er von einer interessanten Entdeckung sprach und sie dringend um Rückruf bat.

Ungeduldig versuchte er zum wiederholten Mal, die Geldkarte in den Schlitz des Automaten zu schieben, der wegen seiner Eile allerdings blockierte. Endlich schluckte der Apparat die Plastikkarte.

Den Weg zurück zur Galerie legte Matteo beinahe rennend zurück, weil ihn plötzlich die diffuse Befürchtung überfiel, das Bild oder gar die gesamte Galerie könne verschwunden sein, weil alles nur ein Produkt seiner Fantasie war. So wie in dem Epos von Jean Paul.

Aber als er um die Ecke in die Gasse bog, saß der Galerist wieder auf seinem Gartenstuhl, neben ihm das in Papier eingeschlagene Bild. Matteo reichte dem Mann das Geld und versicherte sich, indem er das Papier kurz lüftete, dass es sich um das richtige Gemälde handelte.

Ein schartiges, quietschendes Geräusch, das aus der Kehle des Mannes drang, sollte wohl dessen Verachtung darüber Ausdruck verleihen, dass Matteo so misstrauisch war. Matteo ging darüber hinweg.

»Den Namen des Verkäufers und eine Quittung über den Kauf bräuchte ich noch.«

Der Galerist zog, wieder in unendlicher Langsamkeit, einen kleinen Block aus der Innentasche seines Jacketts. Der modrige Geruch ging tatsächlich von ihm aus, stellte Matteo fest, als die Bewegung des Mannes eine Wolke davon freisetzte. Mit abgehackten, wie unwillig wirkenden Bewegungen begann er das erste Blatt auszufüllen. Matteo erkannte jetzt, dass es sich um einen altmodischen Quittungsblock handelte.

Mit einem schweren Seufzer erhob sich der Hund und trottete ein paar Schritte auf Matteo zu. Unwillkürlich musste er schmunzeln. Er mochte Hunde, aber dieser war wirklich ein besonderes Exemplar. Er hätte nicht gewagt, eine Wette darauf abzuschließen, welche Rassen sich in ihm niedergeschlagen hatten. Das schwarze Fell hing in drahtigen Locken vom bulligen Körper, die Beine waren zu lang geraten, was deshalb besonders komisch aussah, weil die Pfoten wiederum relativ groß waren. Als trüge der Hund plüschige Hausschuhe. Der Schwanz, soweit Matteo das sehen konnte, war nicht mehr als ein kleiner Stummel. Der Kopf erinnerte an einen Pudel, war aber massiger und wurde von kleinen spitzen Ohren gekrönt.

»Bitte sehr.«

Matteo erkannte auf der Quittung einen Stempel mit der Anschrift der Galerie. Mercurio, ein ganz schön hochtrabender und auch seltsamer Name für so einen engen, dunklen Laden, fand Matteo. Als Inhaber war ein Arturo Angelini vermerkt.

»Ich rufe Sie an, wenn ich den Namen des Verkäufers gefunden habe«, röhrte der Galerist, »schreiben Sie mir Ihre Nummer auf.«

»Grazie«, Matteo stopfte die Quittung in seine Tasche. Erst im letzten Moment fiel ihm ein, dass er sie besser nicht allzu sehr knittern sollte, wenn er vorhatte, sich bei der Kommissarin das Geld für die Sicherung des Beweisstücks zurückzuholen.

Matteo reichte dem Galeristen eine seiner Visitenkarten, die er für die Macelleria hatte anfertigen lassen. Ohne eine Reaktion zu zeigen, ließ der Alte sie in der Tasche seines Jacketts verschwinden.

Der unförmige Hund drehte eine träge Runde um sich selbst. Dann ließ er sich mit einem neuerlichen Seufzer fallen und schien auf der Stelle wieder eingeschlafen zu sein.

Auf seinen Abschiedsgruß reagierte Angelini nicht mehr. Als sei er, synchron mit seinem Hund, in apathische Starre verfallen. Komischer Kauz, dachte Matteo, als er zu seinem Lancia lief.

Die Kommissarin war noch immer nicht zu erreichen.

Die sollte sich noch mal über seine Handygewohnheiten mokieren!

Die Gassen von Santa Maria Maggiore waren nun wie ausgestorben. Matteo schaute auf seine Courage. Kein Wunder, es war schon längst Siesta. Sogar die Schornsteinfeger hatten sich zurückgezogen und ruhten sich aus, bevor am Abend die Feierlichkeiten begannen, die am Sonntagmorgen mit dem Umzug ihren Höhepunkt finden würden.

Mit schlechtem Gewissen dachte Matteo an die Macelleria, die er heute allenfalls noch für ein oder zwei Stunden öffnen konnte. Seine Kunden, die für das Wochenende einkaufen wollten, würden nicht begeistert sein.

Auf der Strecke bis Malesco gab er Gas, und auch den Abschnitt zwischen Malesco und Finero, wo die Straße zwar an den Rändern felsig und bewaldet, dafür aber einigermaßen breit und mit weniger Kurven versehen war, legte der Lancia zügig zurück. Dann begann die enge Serpentinenstraße, die hinab nach Cannobio führte, und Matteo musste das Tempo drosseln. Auf dieser Straße war es sowieso gleich, ob er schnell oder langsam fuhr. Ausgebremst von den unzähligen Kurven, brauchte man immer eine halbe Stunde. Und selbst wenn man glaubte, schnell unterwegs zu sein, bewies einem der Blick auf die Uhr das Gegenteil.

Doch heute wollte die Fahrt definitiv kein Ende nehmen, und während Matteo beinahe im Schritttempo eine der engen Kehren nahm, verwandelten sich die Geschehnisse des Tages in seinem Kopf in eine zähe Masse. Vergeblich versuchte er, das Erlebte zu ordnen, um auf einen Gedanken zu kommen, der ihn weiterbrachte.

War dieses Gemälde überhaupt eine Spur, oder nur eine

Laune des – ja, wessen? Der Natur? Des Schicksals? Matteo angelte eine Futura aus seiner Tasche und ließ das Fenster herunter.

Aber was ging ihn das alles überhaupt an? Gisellas Tod hatte ihn unmittelbar berührt. An der Aufklärung des Mordes mitzuwirken, hatte dem Verbrechen keinen Sinn verliehen, aber es hatte Matteo bei der Trauerbewältigung geholfen. Das hier hatte mit ihm nichts zu tun. Er war da reingestolpert und unfreiwillig Zeuge geworden. Und nun würde er der Kommissarin das Bild vorbeibringen und damit hatte es sich.

In den vergangenen Monaten war er sehr gut damit gefahren, sich in seinem kleinen Leben einzurichten, sich um die Macelleria zu kümmern, und ansonsten den großen Tragödien, so gut es eben ging, aus dem Weg zu gehen. Er hatte eine Aufgabe, ein Zuhause, seine Opern, sein tägliches Angelritual, und wenn ihm die Decke auf den Kopf fiel, trank er ein Glas Wein mit den drei Alten. *Anche i pesci del re hanno spine*, fiel ihm ein. *Auch die Fische des Königs haben Gräten.* Er war zufrieden, irgendwie. Alles war gut.

Himmel. Die drei Alten. Er sollte unbedingt bei ihnen vorbeifahren und sich noch mal für seinen überstürzten Aufbruch entschuldigen, wenn er es nicht auf eine längere Phase des Beleidigtseins ankommen lassen wollte.

Flavio, Beppo und Luigi werkelten tatsächlich in der offenen Garage, die ihnen als Werkstatt diente. Und, so wie Matteo es erwartet hatte, hoben sie nicht wie üblich die Köpfe, als er vorbeifuhr, obwohl sie seinen Lancia ohne Zweifel am Motorengeräusch erkannten. Matteo seufzte. Dann rangierte er den Wagen mit einer schnellen Bewegung in eine Parklücke, die er am Straßenrand erspäht hatte, ohne sich um das Hupen der nachfolgenden Autos zu kümmern.

Kurz vor der Werkstatt verlangsamte er seine Schritte und überlegte, was die bessere Taktik war. Defensiv oder offensiv? Dass er überhaupt seine Zeit hier verschwendete, anstatt gleich nach Verbania aufs Präsidium zu fahren, war im Grunde lächerlich.

»Oh, welche Ehre! Jungs, schaut mal, der große Commissario lässt sich zu einem Besuch herab.« Flavio wischte sich mit einer Hand die Haare aus der Stirn, was einen schwarzen Öl-Striemen hinterließ.

»Wie großmütig«, überschlug sich Luigi beinahe. Beppo blieb ähnlich stumm wie am Vormittag, grummelte lediglich etwas Unverständliches vor sich hin. Matteo stöhnte so laut auf, wie es dem Gebaren der sturen Böcke angemessen war.

»Jetzt hört mal zu, ihr vernagelten Rindviecher, ich bin kein Commissario, und ich habe auch nicht vor, einer zu werden. Das mit heute Morgen tut mir leid. Mich hat der Anblick des Toten tatsächlich aus der Bahn geworfen. Ich möchte mich dafür entschuldigen, dass ich euch mit dem Aufräumen allein gelassen habe. Können wir jetzt bitte wieder wie normale Menschen miteinander reden?«

Schon als er, während seiner kurzen Rede, Flavios unterdrücktes Glucksen gehört hatte, wusste Matteo, dass die Sache erledigt war. Das ließ er sich natürlich nicht anmerken, weil er sicher war, dass die drei ihr Theater noch ein wenig verlängern würden.

Aber er hatte sich getäuscht. Als hätten sie es verabredet, ließen die Alten ihre Werkzeuge sinken und traten zu Matteo hinaus. Natürlich, auch für sie war es kein schönes Erwachen gewesen.

»Hat deine Freundin schon herausgefunden, welcher Mistkerl das angerichtet hat?«, brummelte Luigi.

»Sie ist nicht meine Freundin.«

»Hat sie oder hat sie nicht?« Luigi stierte ihn wütend an, wobei seine Wut nicht Matteo zu gelten schien, sondern demjenigen, der seiner Party einen so üblen Nachgeschmack beschert hatte.

Matteo schüttelte den Kopf.

»Nicht, dass ich wüsste. Lassen wir die Polizei ihre Arbeit machen und lasst uns probieren, diesen Irren aus dem Kopf zu bekommen.«

»Wen meinst du mit ›diesen Irren‹?«, schaltete sich Flavio ein.

Matteo blickte ihn verständnislos an.

»Ich weiß ja nicht, wie du das siehst. Aber wenn jemand einen Menschen derart hinrichtet und ihm noch eine Rippe als Trophäe herausschneidet, dann finde ich das einigermaßen irrsinnig.«

»Er hat was?« Flavios Gesicht verzog sich vor Abscheu.

»So ein Schweinehund«, zischte Luigi.

Matteo biss sich auf die Lippen. Die Sache mit der Rippe hatte die Kommissarin ihm mit der Bitte um Verschwiegenheit erzählt, und er hatte nichts Besseres zu tun, als dieses Ermittlungsdetail den drei berüchtigtsten Klatschtanten des Ortes auf dem Silbertablett zu servieren.

»Jungs«, sagte er mit einem zerknirschten Blick in die Runde, »vergesst, was ich gerade gesagt habe. Dürfte ich eigentlich nicht wissen. Und ihr deshalb auch nicht. Wenn ihr versteht, was ich meine. Aber wenn ihr mir einen Gefallen tun wollt, schaut euch dieses Foto einmal an.«

Er holte die Aufnahme Vittorio Ferrettis hervor.

»Kennt ihr den?«

Flavio und Luigi verneinten. Matteo zögerte, als er die nachdenkliche Miene von Beppo bemerkte. Nicht nur grüblerisch, regelrecht verzweifelt sah der Arme aus, die Stirn von einem Moment auf den anderen mit tiefen Furchen durchsetzt.

»Was ist mit dir?«

Beppo schüttelte nur unwirsch den Kopf. Dann drehte er sich um und schlurfte in die Werkstatt zurück. Fragend schaute Matteo zwischen Flavio und Luigi hin und her. Die zuckten die Schultern. In der Werkstatt rumpelte es vernehmlich.

»Was soll dieser Unsinn mit der Rippe?« Flavio rieb sich den Kopf und verteilte noch mehr schwarze Schmiere auf seiner Stirn. »Ein Ritualmord? Oder wollte der Mörder ein Zeichen hinterlassen, zur Abschreckung?«

»Wenn du schon von Zeichen faselst, du schlecht geschrubbte Kohlrübe, dann solltest du vorher mal für eine Sekunde die verrosteten Gewinde deines nicht vorhandenen Hirns in Bewegung setzen«, brüllte Beppo aus der Werkstatt.

Flavio zog pikiert die Augenbrauen hoch, Luigi kicherte, ohne dass es den Anschein hatte, dass er den Grund für Beppos Verstimmtheit verstanden hätte.

Matteo ging zu dem Alten hinüber, der misslaunig und ohne ersichtlichen Nutzen auf der äußeren Abdeckung einer Trommelbremse herumhämmerte.

»Kanntest du den Toten wirklich nicht?«

Beppo brummte eine Verneinung.

»Dann hilf mir mal auf die Sprünge«, Matteo legte ihm den Arm um die Schulter. »Was macht dich so ungehalten?«

Beppo funkelte ihn wütend an.

»Wann bist du zuletzt in unserer altehrwürdigen Santissima Pietà gewesen oder in Sant' Anna?!«

Matteo machte eine Geste, die irgendwo zwischen Entschuldigung und Nicht-Wissen verendete.

»Und in San Vittore!?«

»Beppo, bitte.«

Matteo wusste natürlich, dass Beppo nicht nur ein unverwüstlicher Sammler erschreckend hässlicher Baseballkappen war, die er liebevoll an den Wänden der Werkstatt drapierte, ohne dass die Proteste seiner beiden Mitstreiter ihn dazu bewegen würden, auch nur eine der Mützen abzunehmen. Mindestens ebenso glühend war Beppos Leidenschaft für die katholische Kirche. Allmorgendlich, am Sonntag sogar zweimal, ging er hinüber zu San Vittore und zündete eine Kerze für die heilige Mutter Gottes an, während Flavio und Luigi ihre Energie lieber darauf verwendeten, sich über ihre unterschiedlichen politischen Auffassungen die Köpfe einzuschlagen.

Luigi war seinen linken Überzeugungen aus Studententagen nie untreu geworden, Flavio hingegen sympathisierte neuerdings unverhohlen mit der *MoVimento 5 Stelle*, der Fünf-Sterne-Bewegung von Beppe Grillo, der in seinem Ansehen mittlerweile den ersten Platz einnahm, seitdem Berlusconis Stern gesunken, oder besser gesagt, wie ein Meteorit verglüht war. Ein Komiker wie Grillo passte auch besser zu ihm, fand Matteo.

»Madonna mia«, Beppo warf einen dramatischen Blick gen Himmel, der allerdings von der Decke der Autowerkstatt verdeckt wurde. »Habe ich es hier nur mit Idioten zu tun?!«

Polternd flog der Schraubenschlüssel zur Seite.

»Wie lange wohnst du nun schon wieder hier?«, er machte eine wegwerfende Handbewegung, die wohl andeuten sollte, dass hier ohnehin alle Hoffnung vergeblich war.

»Wenn du nur einen Funken Verstand oder eine Prise Anstand besitzen würdest – eine Prise, das ist übrigens das, was du an Salz in deine Salsicce zu viel tust – also, wenn du nur einen Funken Anstand besitzen würdest, dann wüsstest du, warum wir alljährlich am Vorabend des 8. Januar das Fest der Allerheiligsten Pietà feiern.«

»Du meinst das Lichterfest?«

»Ja, genau das. Weißt du wirklich nicht, was da feierlich durch die Straßen getragen wird?«

Natürlich kannte Matteo das Fest und die Kirche, die nur ein paar Schritte vom Lago entfernt lag und deren Hauptportal man von der Piazza aus über eine ausladende Treppe erreichen konnte. Aber bei der Bedeutung des Festes musste er passen.

»Hilf mir, Beppo.«

Beppo holte tief Luft, als müsse er sich darauf vorbereiten, eine schwere Last auf seine Schultern zu wuchten.

»Im 16. Jahrhundert, um genau zu sein, im Jahre 1522 stand an der Stelle, an der heute die Santuario della Santissima Pietà steht, eine kleine Osteria. In dieser Osteria hing eine Darstellung der Pietà.« Er sah Matteo prüfend von der Seite an. »Was die Pietà ist, muss ich dir hoffentlich nicht auch noch erklären?!«

Matteo schüttelte begütigend den Kopf.

»Aus dem Leib Christi strömte am Abend des 8. Januar 1522 Blut. Echtes, frisches Blut. Und aus den Augen von Maria und Johannes flossen Tränen, sie stöhnten vor Schmerz. Und aus der Brust von Christus spritzte das Blut, unaufhörlich, unaufhörlich.«

Beppo nickte andächtig, als würde er sich den Anblick

noch einmal vor Augen rufen. Matteo merkte, dass er langsam ungeduldig wurde. Zu all den Heiligenlegenden und Wundererzählungen, die hier in der Gegend kursierten und zu deren Ehren unzählige Kirchen gebaut worden waren, hatte er kein sonderlich inniges Verhältnis.

»Attenzione, Attenzione. Die Story geht noch weiter!«, trompetete Luigi, der sich mittlerweile am Motor eines Autobianchi Bianchina zu schaffen gemacht hatte, der vor der Werkstatt geparkt war. Beppo warf Luigi einen vernichtenden Blick zu.

»Am darauffolgenden Tag«, fuhr er fort, »fiel aus der Pietà ein kleiner Knochen. Eine Rippe, verstehst du? Der Knochen war noch mit Fleisch behaftet, ganz so, als wäre er regelrecht aus dem Körper Christi herausgerissen worden.«

Nun begriff Matteo, worauf Beppo hinauswollte. Er kniff die Augen zusammen und tastete nach einer Futura, um besser nachdenken zu können.

»Aber was würde das heißen?«, murmelte er und balancierte dabei die Zigarette zwischen den Lippen, weil er mit beiden Händen nach dem Zippo suchte.

»Was würde das heißen«, setzte er noch einmal an, »wenn es tatsächlich einen Zusammenhang gäbe zwischen dem Mord und dieser Legende? Dass es sich bei dem Ermordeten um einen Heiligen handelte?« Das hielt er für einen abstrusen Kurzschluss.

Beppos Euphorie über seine vermeintliche Entdeckung war nun auch mit gehörigem Tempo verpufft. Etwas ratlos ruckelte er seine Baseballmütze zurecht. Heute hatte er sich für ein rotes Modell mit wilden Feuerapplikationen entschieden.

»Was ist aus der Rippe geworden?«, erkundigte Matteo

sich etwas halbherzig, weil ihm leider der Glaube daran fehlte, dass tatsächlich ein Stück Knochen aus dem Heiligenbild gefallen oder gerissen worden war.

»Die Heilige Rippe«, erklärte Beppo, »wird in einem wertvollen Reliquiar aufbewahrt, das den Einwohnern von Cannobio im Jahr 1605 von Kardinal Federico Borromeo geschenkt wurde.«

Beppo klang wieder, als würde er einen Vortrag halten, an dessen eminenter Wichtigkeit er keinerlei Zweifel hegte.

»Der Heilige Kardinal Carlo Borromeo hatte bereits zuvor seinen Architekten Pellegrini beauftragt, eine Kirche zu bauen, um dem Wunder von Cannobio einen würdigen Gedenkort zu schaffen.«

Der Name Borromeo fiel oft in dieser Gegend, dennoch war Matteo hellhörig geworden. Schließlich gehörten dem Adelsgeschlecht bis auf die Isola dei Pescatori alle Inseln des kleinen Archipels sowie die mittelalterliche Burg Rocca di Angera und etliches mehr.

»Die Heilige Rippe übrigens«, unterbrach Beppo seine Gedanken, »liegt heute in San Vittore.«

Matteo klopfte Beppo auf die Schulter.

»Ich danke dir sehr.«

»Aber was ich dir sage, hilft dir ja gar nicht weiter, oder? Ich denke trotzdem, das mit der Rippe ist kein Zufall, Matteo. Die Menschen hier glauben, sie wären modern, aber ihre Köpfe sind voll von den alten Geschichten. Und manche handeln vom Teufel selbst.«

»Commissario Basso, sieht ganz so aus, als würdest du uns in den nächsten Tagen noch ein ganzes Stück mehr danken müssen.« Flavio und Luigi waren herangeschlichen und grinsten Matteo erwartungsvoll an.

»Helft mir auf die Sprünge, Jungs. Danken, wofür?«

»Na, wenn du nun doch wieder in Mordangelegenheiten unterwegs bist«, begann Flavio.

»Wird sich ja wohl oder übel irgendjemand um die Macelleria kümmern müssen«, beendete Luigi den Satz.

»Heute nämlich«, riss Flavio das Wort wieder an sich, »hat es ganz schön finster ausgesehen hinter deinen Rollläden.«

Das stimmte allerdings. Matteo hatte dennoch keine Lust, sich nun mit den Alten darüber auseinanderzusetzen, wie er die kommenden Tage verbringen würde. Sein Entschluss, sich aus der Sache rauszuhalten, war in den letzten Minuten beträchtlich ins Wanken geraten. So oder so, jetzt würde er erst einmal das Bild zu Nina Zanetti bringen.

»Ich melde mich bei euch, Jungs. Ciao«, er winkte den Dreien noch einmal zu, verließ die Werkstatt und ging in Richtung des Lancias. Die Tür zu Dinos Osteria war nur angelehnt. Leises Klappern von Töpfen drang aus dem Inneren, obwohl mit warmem Essen hier vor achtzehn Uhr nicht zu rechnen war. Matteo guckte auf die Courage, noch beinahe zwei Stunden. Mit einem Schlag merkte er, wie hungrig er war. Kein Wunder, das Letzte, was er gegessen hatte, war am Morgen in der Macelleria ein Baguette mit Prosciutto gewesen.

Matteo ließ den Blick die Via Umberto hinunterwandern und überlegte, wo er auf die Schnelle etwas Annehmbares zum Essen auftreiben konnte. Plötzlich packte ihn eine Hand im Nacken.

»Dottore, du kommst wie gerufen, komm rein, ich muss mit dir reden.«

Matteo befreite sich aus Dinos eisernem Griff, den er nur allzu gut kannte. Dino pflegte auf diese Weise die Gäste seiner Osteria an den Tisch zu befördern, den er für den geeigneten hielt. Oder aber diejenigen aufzuhalten, die erschreckt durch das rustikale Auftreten des Wirts oder den nicht immer verführerischen Duft aus der Küche an der Tür beschlossen, ihren Abend doch in einem anderen Ristorante zu verbringen.

»Scusi, Dino, ich bin in Eile.«

»Du siehst hungrig aus, Dottore, komm rein, komm rein. Ich hab was Leckeres für dich.«

Das klang aus Dinos Mund eher wie eine Drohung. Allerdings hatte der Hunger Matteo mittlerweile in einen leichten Schwindel versetzt, sodass ihm selbst die Aussicht auf ein allenfalls annehmbares Essen wie eine Erlösung schien. Ganz zu schweigen davon, dass ihm die Kraft fehlte, sich gegen Dino zur Wehr zu setzen.

Ehe er sich versah, hatte Dino ihn an einem der vorderen Tische platziert, polternd Besteck vor ihn geworfen und war in die Küche geeilt. Nachdem es einmal gehörig gescheppert und Matteo Dinos unterdrücktes Fluchen vernommen hatte, kam der Wirt wieder durch die Schwingtür, schwenkte eine Pizza durch die Luft und ließ sie krachend vor Matteo auf den Tisch fallen.

An den Rändern war sie reichlich verkohlt und, wovon Matteo sich unauffällig mit dem Finger überzeugte, aus dem Ofen war sie offensichtlich vor mehr als einer Stunde gekommen. Aber das störte ihn herzlich wenig. Die Mischung aus würziger Salsiccia, Artischocken, kleinen Tomaten und Frühlingszwiebeln überzeugte ihn schon beim ersten Bissen. Er musste sich regelrecht bemühen, die Pizza nicht gierig in sich hineinzuschlingen, obwohl er ahnte, dass Dino sich nicht daran stören, sondern es eher als Kompliment auffassen würde.

Der Wirt hatte sich zu ihm an den Tisch gesetzt und schaute ihm beim Essen zu, ohne ein Wort zu sagen. Erst als Matteo das letzte Stück heruntergeschluckt und den schwarzen Rand ordentlich zusammengeschoben hatte, packte Dino ihn plötzlich am Handgelenk.

»Dottore«, er beugte sich zu Matteo über den Tisch. »Ich weiß, dass du denkst, ich spinne. Aber ich sage dir Dottore, ich habe mir das nicht eingebildet. Dieses Boot gestern, das ist dort gewesen.«

Matteo nickte zögerlich, ohne sich selbst ganz schlüssig darüber zu sein, ob er mittlerweile auch in Erwägung zog, dass an Dinos Beobachtung etwas dran war, oder ob er den zum Aufbrausen neigenden Wirt einfach nur nicht verärgern wollte.

Abrupt ließ Dino sein Handgelenk los, lehnte sich im Stuhl zurück und schlug mit beiden Händen so fest auf den Tisch, dass die Gläser hinter der Theke klirrten.

»Mir ist noch etwas eingefallen. Auf diesem Schiff, da war etwas. Ein Lichtstrahl. Rot und gelb.«

»Was meinst du damit?«

»Na, Dottore, wie ich es sage. Rot und gelb. Wie ein speiender Drache.«

»Und?«

»Dann war er weg.«

Matteo atmete tief durch und rieb sich mit der Hand durchs Gesicht. Ein speiender Drache auf einem Boot. Natürlich. Vermutlich hatte der gerade die schöne Prinzessin aus irgendeinem Schloss geklaut.

»Du glaubst mir nicht Dottore, hab ich recht?«

Matteo schüttelte den Kopf, was in diesem Fall nicht als Antwort auf Dinos Frage gemeint war, sondern eher ein Zeichen seiner grundsätzlichen Ratlosigkeit. Was sollte er mit diesen Dingen – Informationen wollte er das nun beileibe nicht nennen – anfangen?

»Sagt dir der Name Vittorio Ferretti etwas?«

Dino verneinte.

»Oder kennst du das Gesicht?«

Matteo zeigte dem Wirt das Foto Ferrettis.

»Tut mir leid Dottore, nie gesehen.«

Matteo steckte das Foto ein, schob den Stuhl zurück und deutete auf die Reste der Pizza.

»Die war gut. Exzellent gewürzt. Was bekommst du von mir?«

Dino machte eine abwehrende Handbewegung.

»Das war eine Einladung.«

Matteo klopfte als Dank und zugleich als Verabschiedung auf den Tisch und ging zur Tür. Er hatte sie schon einen Spaltbreit aufgeschoben, als ihm noch etwas einfiel.

»Dino«, wandte er sich noch einmal an den Wirt. »Könnte es sein, dass dieses Leuchten, das du gesehen hast, eine Lampe war? So ein Handscheinwerfer zum Beispiel, wie es sie im Baumarkt zu kaufen gibt?«

»Möglich«, antwortete Dino angesichts einer derart prosaischen Mutmaßung spürbar enttäuscht.

Matteo stieß die Tür nun ganz auf und trat auf die Gasse hinaus. Irgendwas rief Dino ihm hinterher. Er verstand nur einzelne Worte. »Reste«, »Aufräumen«.

Während er sich beeilte, die Via Umberto hinauf zu seinem Lancia zu kommen, wurde ihm plötzlich klar, was Dino ihm hinterhergerufen hatte. Offensichtlich hatte er auf der Isola dei Pescatori die Reste vom Buffet zusammengeklaubt und verwertete sie jetzt in seiner Küche. Matteo war der Geschmack der Wurst seltsam bekannt vorgekommen. Natürlich, das waren die Salsicce, die er für Luigis Feier produziert hatte!

Wie dreist konnte man eigentlich sein? Den aus unersichtlichen Gründen unter seinem Scheibenwischer steckenden Strafzettel – das hier war eindeutig ein regulärer Parkplatz – wollte er schon empört wegwerfen, als er im letzten Moment sah, dass es sich gar nicht um eine Buße, sondern um ein kopiertes Blättchen mit einem Heiligenbildchen handelte, auf dem geschrieben stand: *»Niente e più nero del diavolo«. Nichts ist so schwarz wie der Teufel?* Er knüllte den Zettel zusammen und warf ihn achtlos hinter den Fahrersitz, während er sich fragte, wer sich hier die Mühe gemacht hatte, ihn und die übrigen Automobilista auf den rechten Weg zu bringen.

4

Während Matteo den Lancia mit einer Hand ausparkte, ging endlich die Kommissarin ans Telefon. Allerdings war sie kurz angebunden. Und sie klang verwundert, weil Matteo darauf bestand, ihr nicht am Telefon, sondern persönlich von seiner Entdeckung zu berichten. Sie würde es allerdings, teilte sie ihm mit, erst in anderthalb Stunden schaffen, im Präsidium zu sein. Die Zeugenvernehmungen zogen sich hin. Matteo streifte den Ärmel seiner Jacke von der Uhr. Gegen sechs also.

Als er gut vierzig Minuten später die Wagentür zuschlug, wäre er, wenn ihn die Kommissarin dabei ertappt hätte, wohl oder übel in Erklärungsnot geraten. Die zu überbrückende Zeit wäre die einzige, wenngleich fadenscheinige Begründung dafür gewesen, dass er nun den Vorplatz des Bootsanlegers von Stresa inspizierte. Nicht, dass er nur einen Deut auf Dinos Spukgeschichte gab, die durch die Episode mit dem speienden Drachen noch um eine Wendung absurder geworden war. Aber es konnte nicht schaden, ein paar Worte mit dem Kioskbesitzer zu wechseln. Vielleicht hatte Roberto noch etwas gesehen, nachdem er ihn gestern Nacht abgesetzt hatte.

Vielleicht trügte Matteos Eindruck. Ihm schien das Treiben am Bootsanleger gedämpfter als üblich. Zehn, zwölf der Schiffsleute standen auf dem Platz herum, übten sich aber eher in Zurückhaltung. Für gewöhnlich überfielen sie die ankommenden Touristen, gleich nachdem diese aus ihren Wagen gestiegen waren oder zu Fuß den Platz erreicht hatten, um sie mit charmantem Werben davon zu überzeugen, anstelle der offiziellen Fähren die kleineren Motorboote zu nutzen, um auf die Borromäischen Inseln überzusetzen.

»Isola Bella, Isola dei Pescatori, Isola Madre?!«, rief nun doch ein Mann in Seemannspullover und einer aus der Zeit gefallenen Uniformhose über den großen, dem Fähranleger vorgelagerten Parkplatz. Der kahle Schädel war ebenso sonnenverbrannt wie das vom Wetter gegerbte Gesicht. Mit einer Handbewegung lenkte er Matteos Aufmerksamkeit auf die links von der offiziellen Anlegestelle liegenden Boote. Weil er nicht sofort verneinte, war der Mann mit ein paar Schritten neben ihm.

»Kann man denn wieder auf die Inseln fahren?«, kam Matteo ihm zuvor. »Ich habe gehört, die Polizei hat sie abgesperrt?«

Das war eindeutig ein Thema, das dem Mann nicht schmeckte. Unwillig murrte er etwas von vorübergehenden Vorsichtsmaßnahmen, die längst aufgehoben seien.

»Ich möchte eigentlich nicht jetzt auf die Inseln fahren, sondern später«, erklärte Matteo. »Bis wann ist das möglich?«

»Was meinen Sie mit später?«, der Mann kniff die Augen zusammen. Matteo setzte ein Lächeln auf, das möglichst verbindlich aussehen sollte.

»Später, abends, am liebsten sogar in der Nacht.«

»Was wollen Sie nachts auf den Inseln? Da ist alles geschlossen, da bekommen Sie noch nicht mal ein Glas Wein. Um halb acht ist die letzte Überfahrt, die ich Ihnen anbieten kann. Wenn Sie unbedingt nachts über die Inseln laufen wollen, nehmen Sie sich ein Hotelzimmer.«

Matteo schüttelte den Kopf.

»Zum Übernachten habe ich keine Lust. Ich muss vor Sonnenaufgang zurück sein. Lässt sich das machen? Wenn nicht bei Ihnen, dann bei einem Ihrer Kollegen?«

Matteo fingerte die Futura-Packung aus der Tasche und bot seinem Gegenüber eine Zigarette an. Der ignorierte das Angebot, verschränkte demonstrativ die Arme vor der Brust und musterte Matteo misstrauisch.

»Was willst du? Willst du mich auch aushorchen? Hört bloß auf, hier rumzuschnüffeln. Hier gibt es nichts. Die Polizei hat heute Morgen schon genug Ärger gemacht.«

Ohne sich selbst eine Zigarette anzuzünden, ließ Matteo die Packung wieder in der Tasche verschwinden. Der Mann hatte recht. Sein Verbrüderungsangebot war plump.

»Werdet ihr euch nicht einig?«, ein vollbärtiger Mann in voller Kapitänsmontur war neben sie getreten. »Der Kerl hier hat eh nur so einen wackligen Kahn, fahren Sie mit mir, ich bring Sie komfortabel hinüber. Wohin soll die Reise denn gehen?«

»Lass mal gut sein«, der Glatzkopf schob seinen Kollegen ein Stück beiseite und schickte sich an, ebenfalls wegzugehen und Matteo stehen zu lassen. »Der will nur rumschnüffeln.«

»He«, mit ein paar Schritten war Matteo wieder neben den beiden Seeleuten. »Kann man das wirklich nicht arrangieren, so einen nächtlichen Ausflug? Vielleicht mit einem der anderen Boote? Oder noch besser, mit einer der großen Fähren?«

Abrupt blieb der Mann mit der Kapitänsuniform stehen.

»Hier passiert nachts nichts. Hier ist alles geschlossen. Wenn Sie hinüberfahren wollen, fahren wir Sie jetzt.«

Matteo wusste, dass jede weitere Frage überflüssig war. Er würde keine Antwort erhalten. Und er selbst würde genauso reagieren, wenn ihn irgendwer, den er nicht kannte, nach irgendwas fragte, das denjenigen nichts anging.

»Na dann, viel Erfolg weiterhin«, grüßte er zum Abschied und schlenderte zum Fähranleger hinüber, vorbei am Kassenhäuschen, in dem eine ältere Frau saß und sich die Nägel lackierte. Auch hier war nichts los. Nur eine Gruppe Asiaten studierte den Fahrplan. Matteo lief bis zum Landungssteg, wo links von dem abgesperrten Teil der Gangway ein Gestell mit drei großen blauen Uhren hing, deren rote Zeiger sich per Hand einstellen ließen, um die nächsten Abfahrzeiten der Schiffe anzugeben. Darunter hingen auf weißen Blechschildern die Ortsnamen der Häfen, die angesteuert wurden. Am Ende des Stegs stand in blauen Lettern, von einem Metallbogen eingerahmt, STRESA und links davon, angebracht an einer Eisenstange, erkannte Matteo die rote, zylindrische Signallampe.

Also doch. Die Lampen gab es hier und vermutlich an jedem Steg, der von den Fährschiffen angefahren wurde, und wenn er Dinos Beobachtungen auch eher in die Rubrik »Erscheinung« einsortierte, was er selbst gesehen hatte, wusste er. Es hatte dieses flackernde Licht am Ufer gegeben. Mit einem Mal, während er zu der Lampe hinaufblickte, kam ihm in den Sinn, dass nicht ein Wackelkontakt Ursache des zuckenden Lichtscheins gewesen sein könnte, sondern dass es sich womöglich um einen optischen Code, eine Art Morsecode, gehandelt hatte.

Mit der wechselnden Abfolge von kurzen und langen

Signalen und von Pausen konnten Zahlen, Buchstaben und somit Botschaften übermittelt werden. Und war das in Zeiten, wo jede Kommunikation via Telefon oder Computer im Nachhinein rekonstruiert werden konnte, nicht weitaus sicherer? Ein analoger Code, dessen Bedeutung nur Eingeweihte kannten. Und alle anderen dachten, wenn sie ihn sahen, wie er auch, an einen Defekt.

Wenn es sich, wie die Kommissarin vermutet hatte, um mehrere Täter handelte, hätten sie sich auf diese Weise über den Transport der Leiche zur Insel verständigen können, sofern Ferretti nicht dort umgebracht worden war.

Matteo verließ den Steg und ging in Richtung seines Wagens, als er ein paar Meter weiter einen Mann wahrnahm, der sich hinter einem geparkten SUV versteckte.

»He!«

Er hatte ihn sofort erkannt.

»Versteckst du dich vor mir?«

»Was? Nein!«, entgeistert hob Roberto den Kopf. Die linke Hälfte seines Gesichts war blau angelaufen. Auf der rechten Wange versteckte ein großes Pflaster notdürftig eine Schürfwunde. Roberto rappelte sich auf.

»Was ist mit dir passiert?«, besorgt betrachtete Matteo das ramponierte Gesicht des Jungen.

»Nichts weiter«, murmelte Roberto und senkte den Kopf. »Ein paar Typen wollten meinen Laden überfallen. Aber denen habe ich es gezeigt. Die werden sich hier nicht mehr hertrauen.«

Er verzog das Gesicht zu einem frechen Grinsen, das ihm aber sofort wieder verging. Augenscheinlich bereitete ihm jede Bewegung seiner Gesichtsmuskulatur Schmerzen.

»Dein Kiosk ist überfallen worden? Hier? Am helllichten

Tag?« Matteo konnte den Argwohn in seiner Stimme kaum verbergen.

»Tja, die Typen werden immer dreister.«

Geradezu trotzig hatte Roberto nun die Augen auf Matteo geheftet. Er schien fest entschlossen, sich von seiner Version der Ereignisse nicht abbringen zu lassen.

Die Bootsleute schenkten ihrem Gespräch scheinbar keine Beachtung, sondern konzentrierten sich auf die wenigen Autos, die auf den Parkplatz fuhren. Dennoch hatte Matteo das unbestimmte Gefühl, dass sie sehr genau zur Kenntnis nahmen, dass Roberto und er miteinander sprachen.

»Hast du viel mit diesen Bootsleuten zu tun?«, fragte er Roberto.

Der zuckte die Schultern.

»Geht so. Man kennt sich. Die sind in Ordnung. Spielen sich hier vielleicht manchmal als große Kapitäne auf. Aber daran gewöhnt man sich.«

»Von meiner Frage, ob man auch nachts auf die Inseln fahren könne, waren sie nicht sonderlich begeistert.«

»Niemand wird hier gern ausgefragt«, gab Roberto zurück.

»Warum nicht?«

»Lässt du gern Fremde in deiner Wurst herumstochern?«

Matteo fand diesen Vergleich etwas unpassend.

»Jeder macht hier seine Arbeit. Das ist schwer genug.«

»Wenn es keine Nachtfahrten gibt, warum sendet dann die Signallampe am Anleger nachts Lichtsignale?«

Roberto schüttelte den Kopf.

»Hier ist nachts alles aus«, antwortete er und fügte etwas verspätet an: »Soweit ich weiß.«

»Aber gestern Nacht, als wir zurückgefahren sind, da brannte die Signallampe am Anleger. Leuchtete in unregelmäßigen Abständen auf. Du willst mir doch nicht erzählen, dass du das nicht gesehen hast?«

Unpassenderweise, wie es Matteo schien, musste Roberto plötzlich lachen. Vielleicht fand er seine Beharrlichkeit wirklich komisch. Matteo konnte sich aber auch an Patienten aus seiner Mailänder Zeit erinnern, bei denen das Lachen eine Art Übersprungreaktion war und ausgerechnet dann aus ihnen herausbrach, wenn sie es am wenigsten gebrauchen konnten. Robertos Lachen nahm geradezu groteske Züge an, weil auf jeden Lacher eine schmerzhafte Fratze folgte.

»Was ist nun mit den Signallichtern?«, fragte Matteo und ignorierte die hektischen Zuckungen im Gesicht des jungen Mannes.

»Ich habe keine Ahnung, wirklich«, japste er.

»Roberto, wie du weißt, bin ich Fleischer. Im Grunde interessieren mich eure Geheimnisse nicht. Aber ich habe diesen Toten gesehen. Und ich sehe dich. Dein Gesicht, wie zerschunden es ist. Wenn dich meine Meinung interessiert: Ich glaube, es gibt eine Verbindung zwischen diesem Verbrechen und dem Ort, an dem wir uns gerade befinden. Die Signale der letzten Nacht gehören dazu, der Argwohn der Schiffsleute, deine Blessuren. Vielleicht wäre es klüger, mit dem, was du weißt, zur Polizei zu gehen. Jeder, der in diese Sache involviert ist oder der auch nur etwas gesehen hat, ist in Gefahr. Da bin ich mir sicher.«

Robertos Lachen war verebbt. In seinen Augen flackerte wieder Unsicherheit. Matteo holte das Foto von Ferretti hervor.

»Das hat dir die Polizei sicher schon gezeigt?«

»Ein anderes, ja. Aber ich kenne den Mann nicht.«

»Der Tote war ein Fotograf aus Santa Maria Maggiore.

Eigentlich verdiente er sein Geld mit kleinen Werbeaufträgen. Glaubst du, das war der Grund, ihn so hinzurichten? Und sag mir: Wo bitte ist der Unterschied zwischen einem Fotografen und einem Kioskbesitzer?«

»Willst du mir drohen?«, fuhr Roberto abrupt auf. »Spinnst du? Gut, ich habe mein Maul zu weit aufgerissen und damit geprahlt, dass ich gestern auf der Isola dei Pescatori gewesen und erst spät zurückgekommen bin. Und dafür habe ich die Quittung erhalten. Ist doch logisch, dass hier alle Angst haben, dass das Geschäft leidet oder dass sie da irgendwie mit reingezogen werden. Wir alle schuften hart, um unser Geld zu verdienen. Das wollen die Leute wenigstens in Frieden machen. Und die Erfahrung zeigt, dass das am besten geht, wenn man sich aus allem raushält. Das habe ich jetzt begriffen.«

»Tutto va bene, Roberto. Ich lasse dich jetzt in Ruhe.« Matteo war sicher, dass Roberto ihm etwas verschwieg. Aber gerade war offenbar nicht der richtige Zeitpunkt, um ihn zum Reden zu bewegen. Er steckte das Foto ein.

»Entschuldige. Ich wollte dir keine Angst machen. Ich habe mir nur Sorgen gemacht.«

Als Matteo zu seinem Auto ging, winkte er zu den beiden Anwerbern hinüber, die seinen Gruß aber ignorierten.

Als er kurz darauf in das Büro der Kommissarin trat, lehnte Nina Zanetti am Schreibtisch, die Arme vor der Brust verschränkt. Es war verdammt schwierig, sich von der Mischung aus Coolness und Grazie, die sie ausstrahlte, nicht verunsichern zu lassen.

Allerdings war Matteo ja nicht mit leeren Händen gekommen. Als er das Gemälde enthüllte, pfiff die Kommissarin durch die Zähne.

»Per carità! Was zur Hölle ist das?«

»Tja«, Matteo legte den Kopf schief und betrachtete noch einmal das makabre Spektakel, das sich beinahe unauffällig und auf irritierende Weise harmonisch in die in Öl gebannte barocke Gartenlandschaft einfügte. »Entweder hat jemand in der Kunst Inspiration für seinen Mord gefunden. Oder aber wir haben es mit einer sehr merkwürdigen Überschneidung von Kunst und Wirklichkeit zu tun.«

Ohne auf seine Ausführungen einzugehen, fuhr die Kommissarin mit dem Zeigefinger vorsichtig das Bild ab.

»Wo haben Sie das aufgetrieben?«

Nachdem Matteo ihr von der Galerie und von deren seltsamem Besitzer erzählt hatte, griff Nina Zanetti nach ihrem Handy.

»Ich habe hier ein Gemälde. Ich muss wissen, von wann das stammt und wer der Maler ist. Schickt ihr jemanden hoch, der das abholt?«

Sie schüttelte unwirsch den Kopf.

»Ist mir vollkommen egal, welcher Tag heute ist. Ja, auf die Uhr habe ich auch geschaut.«

Sie drückte den Anruf weg.

»Die spinnen doch.«

Sie wandte sich wieder an Matteo.

»Ich brauche die Adresse der Galerie.«

»Der Galerist versucht gerade in seinen Unterlagen herauszufinden, von wem er das Bild gekauft hat. Könnte etwas dauern. Das ist eine ziemliche Rumpelkammer.«

»Verstehe, da haben Sie ja schon alles in Bewegung gesetzt. Herzlichen Dank, Herr Kollege.«

Es war nicht herauszuhören, ob sie den Dank ernst meinte oder ob sie sich über seine Einmischung ärgerte. Deshalb überging Matteo ihre Bemerkung.

»Da ist noch etwas.«

Die Kommissarin hob erwartungsvoll die Augenbrauen. Während Matteos Schilderungen von Dinos Beobachtungen verzog sie keine Miene. Als er Beppos Hinweis auf die heilige Rippe erwähnte, machte sie sich eine Notiz. Als er mit seinem Bericht bei seinen erfolglos verlaufenden Befragungen am Fähranleger angelangt war, wurde ihr Gesichtsausdruck skeptisch.

»Uns wurde heute Morgen auch nichts anderes erzählt, an keinem der Anleger. Die Schiffsleute haben nichts gesehen. Aber irgendwie und irgendwann muss Ferretti ja auf die Insel gekommen sein. Ob tot oder noch lebendig, stellt die Gerichtsmedizin gerade fest.«

Erst jetzt fiel Matteo auf, wie erschöpft die Kommissarin aussah. Das war nicht verwunderlich. Sie war seit frühmorgens auf den Beinen. Und so gehetzt, wie sie vorhin geklungen hatte, hatte sie wahrscheinlich ohne Pause durchgearbeitet. Er erinnerte sich daran, dass er schon bei ihrer Begegnung im vergangenen Jahr den Eindruck gewonnen hatte, dass Nina Zanetti sich immer dann ironisch oder süffisant gab, wenn sie glaubte, eine Schwäche überspielen zu müssen. Das einzig probate Mittel für Frauen, um sich in einer männlich dominierten Hierarchie durchzusetzen, wie Matteo wusste, wenngleich nicht aus eigener Erfahrung, sondern nur durch Beobachtung. Um diese Mechanismen zu erkennen, musste man noch nicht einmal ein sonderlich sensibler Beobachter sein.

»Was Ihr Wirt gesehen haben will, klingt allerdings nach einer ziemlichen Räuberpistole.«

»Absolut«, stimmte Matteo ihr zu. »Ich habe dem auch erst keine Bedeutung beigemessen. Angesichts der Umstände würde ich allerdings denken, dass man vielleicht doch schauen sollte, ob da nicht etwas dran sein könnte.«

»Nun, das haben Sie ja bereits mehr oder weniger erfolgreich getan.« Nina Zanetti klang spitz.

Verdammt. Genauso hatte Matteo nicht wirken wollen. So altväterlich, wie so viele Männer jüngere weibliche Mitarbeiterinnen behandelten. Dem ersten Vernehmen nach freundlich, aber in Wirklichkeit mit kaum verhohlener Herablassung und Besserwisserei. Ehrlich betroffen suchte Matteo den Blick der Kommissarin.

»So habe ich das nicht gemeint, das müssen Sie mir glauben. Entschuldigen Sie.«

Die Kommisssarin erwiderte Matteos Blick erstaunt. Zum Glück schaffte Matteo es, seine Aufmerksamkeit auf die Unordnung auf ihrem Schreibtisch zu lenken, bevor ihm eine Röte ins Gesicht stieg, die sicher nicht zu übersehen war.

»Das Schiff, das Ihr Wirt gesehen haben will, muss ja, wenn ich Sie richtig verstanden habe, etwa zwischen halb zehn und zehn Uhr abends unterwegs gewesen sein.«

Matteo nickte.

»Mal angenommen, es hat dieses Schiff gegeben und es hat etwas mit dem Mord zu tun, hätten Sie oder irgendjemand anders von der Feier dann nicht doch etwas mitbekommen müssen von dieser«, sie stockte kurz, »von dieser Hinrichtung, die auf der Nachbarinsel geschehen ist? Oder zumindest später, als Roberto und Sie mit dem Boot zum Ufer gefahren sind?«

»Die Isola dei Pescatori ist nicht weit von der Isola Bella entfernt. Das ist richtig. Aber der Palazzo Borromeo verstellt die Sicht auf Park und Statue. Ich würde mich gerne besser erinnern. Ich kann nicht mit Bestimmtheit sagen, ob ich bei der Bootsfahrt auf die Statue geachtet habe. Roberto und ich haben uns während der Überfahrt unterhalten. Ich glaube aber schon, dass es mir aufgefallen wäre, wenn die Leiche schon dort gehangen hätte. Wissen Sie denn mittlerweile den genauen Todeszeitpunkt?«

Die Kommissarin verdrehte die Augen.

»Die Kollegen arbeiten gerade im Schneckentempo. Keine Ahnung, ob es daran liegt, dass Wochenende ist oder dass ihr eigentlicher Chef nicht da ist.«

»Buffon? Die sollen doch froh sein, dass sie den Idioten für ein paar Wochen los sind.«

»Danke für die Blumen, können Sie gern so weitergeben. Wo steckt denn überhaupt die Spurensicherung?«

Nina Zanetti griff nach ihrem Handy. Fast gleichzeitig ging die Tür auf und ein kleiner, dicklicher Mann mit schief sitzender Brille und einer mehr als mutigen Portion Pomade im Haar betrat das Büro.

»Wo ist es denn, das gute Stück?«, lispelte er mit einer für seine Korpulenz viel zu hohen Stimme und trippelte auf das Gemälde zu. »Heilige Mutter Maria, das ist ja wirklich ein Prachtexemplar.« Er klatschte in die Hände.

»Huuuh«, er schüttelte sich. »Wie grausam!«

Die Kommissarin grinste, ihr Unwillen war verflogen.

»Fabio, mein Lieber, wie schön, dass du heute da bist. Nimmst du dich des Patienten an?«

»Ich kann mir nichts Schöneres vorstellen«, der dickliche Beamte zwinkerte der Kommissarin verschwörerisch zu. Dann griff er behutsam das Bild und tänzelte, ohne ein weiteres Wort zu verlieren, aus dem Büro.

»Wir werden der Beobachtung des Wirts nachgehen«, fuhr die Kommissarin fort. »Ich danke Ihnen für die Begleitung heute Vormittag. Und für das Bild. Aber ab jetzt halten Sie sich aus der Sache raus, das muss klar sein.«

Die Geste, mit der die Kommissarin Matteo um ihren Schreibtisch dirigierte, während sie sprach, stand in eigentümlichen Gegensatz zu ihren Worten. So als würde sie diese Zurechtweisung nur für einen nicht anwesenden Zuhörer aussprechen.

Mit einer Schwere, die für ihre Müdigkeit sprach, ließ sie sich auf den Schreibtischstuhl fallen und klappte das Laptop auf.

»Hier ist alles Material drauf, was wir bei dem Toten gefunden haben. Viel zu wenig Fotos für jemanden, der das professionell gemacht hat. Sieht aus, als hätte er fast sein gesamtes Archiv gelöscht. Listen oder Adressen von Auftraggebern haben wir auch noch keine gefunden.«

»Was ist mit dem Mail-Account?«

»Es gibt keinen.«

»Ungewöhnlich.«

»Jedenfalls nicht auf diesem Rechner. Andere Geräte oder ein Handy haben wir bisher nicht sicherstellen können. Keine Festplatten, kein Hinweis auf einen Cloudspeicher, niente.«

Die Kommissarin runzelte die Stirn.

»Entweder hat er alles gelöscht. Oder jemand anders hat das getan.«

»Wenn es jemand anders war, dann hätten Sie damit sehr wahrscheinlich auch denjenigen, der unseren Fotografen aus der Welt geschafft hat.«

»Vielleicht können unsere Experten zumindest die Daten wiederherstellen, die er auf diesem Rechner gehabt hat.« Nina Zanetti öffnete einen Ordner mit Fotos. »Dieser Ordner allerdings ist beim Löschen vergessen worden. Vielleicht ist derjenige gestört worden. Oder aber Ferretti, wenn er es selbst gewesen ist.«

Matteo betrachtete die Fotos, die Nina Zanetti langsam durchklickte. Einige waren derart verschwommen, dass nur noch bunte Schlieren zu erkennen waren.

»Schon wieder Pferde.«

»Immerhin keine Einhörner«, gab sie zurück.

Auf den schärferen Aufnahmen ließen sich Szenen von Pferderennen erkennen.

»Fällt Ihnen an den Fotos etwas auf?«, fragte die Kommissarin.

Matteo tastete nach den Futuras. Ohne den Blick vom Bildschirm abzuwenden, angelte die Kommissarin nach einem Aschenbecher, den sie zielsicher aus dem Wust von Aktenordnern, leeren Tassen und losen Zetteln hervorzog, die sich auf ihrem Schreibtisch türmten. Für einen Moment fühlte Matteo sich an seinen alten Kollegen Cesario erinnert, auf dessen Schreibtisch sich auch stets bedenkliche Türme aus Akten gebildet hatten, ohne dass Cesario je den Überblick verloren hätte. Was anderen als Chaos erschien, bedeutete für Cesario eine wohldurchdachte Ordnung.

»Fällt Ihnen nun etwas auf?«, wiederholte die Kommissarin ihre Frage.

Matteo hielt den Rauch der Futura für einige Augenblicke im Mund, bevor er ihn in die Lunge gleiten ließ.

»Dass Ferretti ein schlechter Fotograf war?«

Die Kommissarin lachte auf.

»Absolut. Das heißt, wenn das hier Bilder sind, die er gemacht hat. Die sehen eher aus wie mittelmäßige Handyaufnahmen. Als Sportfotos kann man die doch noch nicht mal ans übelste Provinzblatt verkaufen.«

Matteo klickte selbst noch einmal durch die Bilder.

»Sieht mir nicht aus, als seien die für eine Veröffentlichung bestimmt gewesen. Derjenige, der die Bilder gemacht hat, scheint irgendwo auf der Tribüne zu sitzen, zwischen den Zuschauern.«

»Haben Sie eine Vermutung, welche Rennbahn das sein könnte?«

»Ja, jetzt wo Sie fragen. Ich kenne die Rennbahn. Vor allem dieses Bild hier«, Matteo klickte auf eines der Fotos. »Ich bin mir ziemlich sicher, dass es das Ippodromo San Siro in Mailand ist.«

Teresa und er waren in seinen Mailänder Zeiten regelmäßig auf der Galopprennbahn gewesen und hatten sich über die wie direkt der Oper entsprungenen Gestalten amüsiert und wie Kinder haltlos gejubelt, wenn sie für kleine Wetteinsätze ähnlich kleine Gewinne eingestrichen hatten. Matteo atmete ein paarmal tief durch und versuchte, den schmerzhaften Druck in seiner Brust zu vertreiben. Ob es irgendwann einmal aufhörte, dass ihn der Gedanke an sein Leben mit Teresa derart erschütterte?

»Geht es Ihnen nicht gut?«, die Kommissarin sah ihn besorgt an.

»Alles in Ordnung, danke«, Matteo räusperte sich, seine Stimme war unangenehm belegt. »Wie gesagt, ich denke, das ist San Siro in Mailand.«

»Sicher?«

»Absolut.« Matteo zögerte und klickte sich zu einem der letzten Bilder durch. »Das hier muss allerdings woanders aufgenommen worden sein.«

»Woran erkennen Sie das nun wieder?«

»Die Pferde laufen in die andere Richtung.«

Die Kommissarin zog verständnislos die Stirn kraus.

»Mit dem Uhrzeigersinn oder gegen den Uhrzeigersinn, das variiert von Bahn zu Bahn. Aber wenn es einmal feststeht, dann wird es in der Regel nicht mehr geändert. In Mailand laufen die Pferde von rechts in die Zielgerade ein. Also von der Haupttribüne aus gesehen rechts.«

»Logisch, hätte ich auch drauf kommen können!« Mit einem Ruck schob Nina Zanetti ihren Stuhl zurück und stand auf. »Ich danke Ihnen, sehr wertvolle Informationen, die Sie mir gegeben haben. Aber jetzt sollten Sie wirklich gehen. Sie haben einen ganzen Arbeitstag verplempert, habe ich recht?«

Matteo winkte ab.

»Ich hoffe, dass Sie den Fall schnell aufklären«, sagte er und ging zur Fensterbank hinüber, wo er Handy und Schlüsselbund abgelegt hatte.

»Was ist das eigentlich für ein Ungetüm?«

Er deutete auf das große vierteilige Gebäude, das sich etwa hundert Meter von ihnen entfernt befand. Während der Bauarbeiten in den vergangenen Monaten war es ihm im Vorbeifahren immer mal wieder aufgefallen, wirklich interessiert hatte ihn der seltsame Bau aber nie.

»Das ist das neue Kulturzentrum und Theater von Verbania.«

»Ein Kulturzentrum und Theater? Sieht eher aus wie eine etwas ambitionierte Wasseraufbereitungsanlage, finden Sie nicht?«

»Seit ich weiß, warum es so aussieht«, antwortete die Kommissarin, »finde ich es gar nicht mehr so schlimm. Und der Theatersaal soll von innen sehr schön sein.«

»Und warum sieht es so aus? Für mich sind das hässliche graue, wie soll ich sagen, Tropfen.«

»Fast«, lachte Nina Zanetti, »die Tropfen sind Steine.

Form und Farbe sind den Kieseln nachempfunden, die es im See gibt. Nehmen Sie morgen früh, wenn Sie angeln gehen, mal einen davon in die Hand. Vielleicht ändern Sie dann Ihr Urteil. Ich finde das originell. Es muss doch nicht immer alles aussehen wie aus dem vorletzten Jahrhundert.«

»Ich habe nichts gegen moderne Architektur«, verteidigte sich Matteo. »Aber das Gebäude muss mir gefallen, nicht die Idee, die dahintersteht. Und wenn ich das sehe, denke ich an ein Industriegebäude und nicht an Kunst und Kultur. Würden Sie da eine Oper ansehen wollen?«

»Wenn Sie mich einladen.«

Die Kommissarin grinste frech und Matteo spürte, dass ihm das Blut wieder in die Wangen schoss. Er nahm seinen Schlüssel und das Handy und warf einen letzten Blick aus dem Fenster. Dann erschrak er. Das konnte nicht sein. Seine Sinne mussten ihm einen üblen Streich gespielt haben. Er kniff die Augen so fest zusammen, dass es schmerzte, in der Hoffnung, aus seinem Kopf verscheuchen zu können, was er gerade auf dem Vorplatz des Theaters gesehen hatte. Wen er zu sehen gemeint hatte. Was für ein Irrwitz! Natürlich lag das nur an den Fotos von San Siro. Sie konnte nicht hier sein.

Die Kommissarin war neben ihn getreten.

»Ihnen ist nicht gut, das sehe ich doch. Was ist los? Warten Sie, ich hole Ihnen ein Glas Wasser«, hörte Matteo wie aus der Ferne.

Er wusste nicht, wie lange die Kommissarin weg gewesen war. Aber als er die Augen wieder öffnete, machte es den Eindruck, als würde Nina Zanetti ihm das Glas schon seit geraumer Zeit entgegenhalten. Dankbar griff Matteo danach und trank es in zwei großen Schlucken aus.

»Noch eins?«

Er schüttelte den Kopf und strebte Richtung Tür.

»Danke«, murmelte er. »Entschuldigen Sie, ein kleiner Schwindel. Alles gut.«

»Halt!« Die Stimme der Kommissarin ließ ihn unmittelbar stoppen. »Sie glauben doch nicht, dass ich Sie so gehen lasse. Da«, sie deutete auf einen Stuhl. »Hinsetzen.«

Widerwillig folgte Matteo ihrer Aufforderung. Das konnte unmöglich Teresa gewesen sein, die er eben in das Theater hatte hineingehen sehen. Er hatte das Gesicht der Frau, hinter dem Berg von Kostümen, den sie getragen hatte, ja auch nur teilweise erkennen können. Und was um alles in der Welt sollte sie an den Lago verschlagen haben? Das war absurd, schon allein deshalb, weil sie sich denken konnte, dass er sich hier aufhielt. Wenn sie noch an ihn dachte. Er musste sich geirrt haben. Obwohl er stets geschworen hätte, dass er Teresas Gang unter Tausenden erkennen würde.

Verwirrt hob Matteo den Kopf und registrierte, dass die Kommissarin ihn eindringlich anschaute und darauf wartete, dass er sich erklärte.

»Alles in Ordnung, nur eine Verwechslung. Kurz habe ich gedacht, eine alte Bekannte gesehen zu haben. Aber das ist Unsinn.«

»Warum ist das Unsinn?«

»Weil es eben Unsinn ist«, erwiderte Matteo harsch. »Mailand. Das Gespräch über Mailand und die Galopprennbahn hat mich kurz aus dem Konzept gebracht. Plötzlich schien da ein Gespenst aus meiner Vergangenheit aufzutauchen. Aber, wie gesagt, ein Irrtum. Entschuldigen Sie die Umstände.«

»Ich will Ihnen wirklich nicht zu nahe treten. Aber Sie sehen sehr mitgenommen aus. Vielleicht hilft es, wenn Sie darüber reden.« Sie zögerte kurz. »Nur, wenn Sie mögen, natürlich.«

Bei allem Widerwillen spürte Matteo auch einen Anflug von Freude über die Besorgnis der Kommissarin.

»Nichts weiter, eine Eselei. Ich habe geglaubt, meine ehemalige Frau gesehen zu haben. Sie hat auch am Theater gearbeitet, an der Scala. Aber ich habe mich geirrt, sie würde nie hierherkommen.«

Nina Zanetti schaute ihn erschrocken an.

»Aber Ihre Frau, Ihre Frau ist doch tot.« Sie stockte. »Dachte ich.«

»Teresa, tot?« Nun war es Matteo, der die Kommissarin konsterniert ansah. »Wie kommen Sie darauf?«

Aus dem Gesicht der Kommissarin sprach Ratlosigkeit.

»Ich, ich … Wahrscheinlich habe ich da etwas verwechselt, das tut mir leid. Sie hatten ein paar Andeutungen gemacht, damals. Und Sie waren so, so … in Trauer.«

Matteo lachte, halb schmerzlich, halb bitter.

»Ja, in Trauer. Das war wohl so.« Ist wohl so, hatte er eigentlich sagen wollen. Er setzte sich aufrecht hin.

»Nein, Teresa ist nicht gestorben. Sie hat mich verlassen. So einfach ist das.«

Sein Magen krampfte sich zusammen. Aber immerhin, er hatte es geschafft, diese Tatsache auszusprechen. Das hatte er seit seinem fluchtartigen Aufbruch aus Mailand nicht mehr getan. Bleischwer hingen die Sätze im Raum.

»Warum?«, fragte die Kommissarin und schien gleich darauf die Aufdringlichkeit ihrer Frage zu bereuen.

Matteo fuhr sich mit den Händen durchs Gesicht und durch die Locken, wie er es oft unbewusst bei unliebsamen Themen tat.

»Ich habe einen Fehler gemacht, einen unverzeihlichen.«

»Es gibt keine unverzeihlichen Fehler.«

»Doch, die gibt es.«

Matteo konzentrierte seine Aufmerksamkeit auf die vollgestopften Aktenregale, aber er konnte die Erinnerung an den Tag nicht mehr vertreiben, an dem Teresa ihre Sachen gepackt hatte und gegangen war. Mit einer kalten, unbewegten Miene, wie er sie noch nie an ihr gesehen hatte. Er hatte keine Sekunde daran gezweifelt, dass sie nicht mehr zurückkommen würde.

»Was ist geschehen?«

Vielleicht hatte ihn die Müdigkeit durchlässig gemacht. Vielleicht war es der Schock, der bewirkte, dass Matteo von dem Polizeibeamten, der von einer schleichenden Angststörung heimgesucht worden war, zu erzählen begann. In den ersten Monaten hatte dieser Mann, der der Auslöser für alles war, was danach folgte, mithilfe von Beruhigungsmitteln und Angstblockern im Dienst die Fassade gewahrt. Dann war der Zusammenbruch gefolgt und er hatte sich nicht einmal mehr aus der eigenen Wohnung hinausgetraut. Das war der Zeitpunkt gewesen, an dem Matteo eingeschaltet worden war. Einige Wochen später stellten sich erste Therapieerfolge ein, sodass Matteo zu der Prognose gelangte, dass der Mann in absehbarer Zeit in einen normalen Alltag zurückfinden würde.

Es konnte durchaus vorkommen, dass Patienten anfingen, in ihrem Therapeuten eine Art Retter zu sehen und das professionelle Gespräch als einen Akt persönlicher Zuneigung missverstanden. Diese Patienten waren nicht in der Lage, zu abstrahieren, dass sich die Verantwortung des Psychologen nur auf den Raum der Praxis und die Länge der Therapie erstreckte.

Matteo war so etwas bis dahin in abgemilderter Form

zwei- oder dreimal passiert. Aber bei diesem Mann war es anders gewesen. Er hatte sich, manisch geradezu, in Matteos Privatleben eingeschlichen, kannte bald seine täglichen Routinen, saß schon, wenn Matteo die kleine Bar betrat, in der er morgens einen Caffè zu trinken und die Zeitungen zu lesen pflegte, an einem der Tische und erwartete ihn. Er kaufte im selben Supermarkt ein, ging im selben Park spazieren.

Immer wenn Matteo den Mann für dessen Verhalten zur Rede gestellt hatte, hatte dieser sich unterwürfig, beschämt und ertappt gezeigt. Dennoch war er stets ein oder zwei Tage später wieder aufgetaucht, um sein zwanghaftes Verhalten erneut aufzunehmen. Matteo hatte diese Vorfälle nicht gemeldet, weil er wusste, dass der Mann dann seinen Job verlieren würde. Und weil er glaubte, damit allein umgehen zu können.

Schließlich war der Mann, Matteo konnte und wollte den Namen nicht mehr denken, geschweige denn aussprechen, auch noch auf einer Premiere in der Scala erschienen, hatte der Aufführung keinerlei Aufmerksamkeit geschenkt und stattdessen nur zu Matteo und Teresa hinübergestarrt.

Teresa hatte Matteo daraufhin, nicht zum ersten Mal, beschworen, etwas zu unternehmen. Ohne Rücksicht darauf, mit welchen Konsequenzen dieser Irre, wie sie ihn nur noch genannt hatte, zu rechnen hatte. Erst hatte sie ihn gebeten, dann war sie wütend geworden. Ihr war der Mann zutiefst unheimlich gewesen. Dass man nicht wisse, was er als Nächstes tun werde, hatte sie gesagt. Als der Mann begonnen hatte, nachts bei ihnen anzurufen, ohne ein Wort zu sagen, wenn jemand von ihnen den Hörer abnahm, war es irgendwann zu einem heftigen Streit zwischen ihm und Teresa gekommen.

Matteo hatte sonst immer viel auf Teresas Urteil gegeben, aber in diesem Fall hatte er sich über ihre Meinung – und über ihre Angst – hinweggesetzt, weil er sich sicher gewesen war, die Situation im Griff zu haben. Er hatte gemeint, das Ganze aussitzen zu können, bis der Mann wieder von ihm ablassen würde.

Aber er hatte sich getäuscht, so furchtbar getäuscht wie noch nie in seinem Leben. Er war längst nicht mehr Herr der Lage gewesen. Der Mann suchte unbeirrbar seine Nähe, Matteos Worte erreichten ihn längst nicht mehr. An einem Nachmittag, etwa zwei Wochen nach dem Vorfall in der Scala, hatte Matteo, nachdem er nach Hause gekommen war, seinen Anrufbeantworter abgehört, und jene Nachricht vorgefunden, die ihn seither bis in den Schlaf verfolgte. Sofort hatte er damals gewusst, dass ein schreckliches Unglück, dass die Katastrophe seines Lebens bevorstand. Dass der Irre tatsächlich entschlossen war, das Unfassbare zu tun, das Teresa wie eine unterschwellige Drohung immer gespürt hatte.

»Wenn ich nicht bei dir sein kann, dann darf es auch niemand anders«, hatte er auf Matteos Anrufbeantworter gesprochen, mit einer Stimme so emotionslos, als hätte der Wahn nicht nur den Verstand, sondern auch schon das Sprachzentrum befallen.

Matteo war die Treppen hinunter auf die Straße gestürzt und hatte panisch versucht, Teresa zu erreichen, aber sie war nicht ans Telefon gegangen.

»Ich habe dann«, sagte Matteo, der nicht wusste, was er der Kommissarin bisher erzählt und welchen Teil der Erinnerungen er nur vor seinem inneren Auge hatte ablaufen lassen, »ein Taxi angehalten. Und als es im dichten Mailänder Verkehr stecken geblieben ist, habe ich blind vor Angst und Wut die Tür aufgerissen und bin in Richtung Canale Naviglio gerannt, weil dort die Werkstätten der Scala beheimatet sind. Aber ich bin zu spät gekommen. Der Irre hatte Teresa mit einer gestohlenen Waffe aufgelauert. Und nicht ich habe sie befreit, sondern drei Passanten, die den Mann überwältigten, während ich, starr vor Schreck, dastand, nur wenige Meter entfernt.«

Matteo nahm, wie durch einen Schleier, nur die Umrisse der Kommissarin wahr und sprach dann tonlos weiter: »Nachdem die Polizei und ein Notarzt eingetroffen waren, ließ sich Teresa wortlos in den Krankenwagen führen. Und ihr leerer Blick, von dem ich dachte, er sei Folge dieses unglaublichen Schocks, hat mir gegolten. Acht Tage später ist sie ausgezogen. Ohne sich auf mein Flehen um Vergebung einzulassen. Sie war für mich nicht mehr erreichbar, als hätte es die gemeinsamen Jahre nicht gegeben.«

Das Letzte, was Teresa zu ihm gesagt hatte, blieb auch jetzt unaussprechlich.

Teresa war in der neunten Woche gewesen. Die Ärzte hatten den Schock für die Fehlgeburt verantwortlich gemacht.

5

Matteo fühlte sich erst wieder halbwegs klar, als er ein Glas Barbera geleert hatte. Verwundert nahm er zur Kenntnis, dass er auf seiner Terrasse saß, der Autoschlüssel auf dem Tisch vor ihm lag, und dass sich im Aschenbecher bereits zahllose Futuras versammelt hatten. Doch, natürlich, er konnte sich erinnern, wie er der Kommissarin von dem Unglück mit Teresa erzählt hatte. Er erinnerte sich auch, dass er, als er gerade in den Lancia steigen wollte, dem Drang nicht hatte widerstehen können und zu dem futuristischen Kieselstein-Gebäude hinübergelaufen war.

Als er vor den dort ausgehängten Plakaten mit den Gastspielen angekommen war, auf denen unten in kleiner Schrift die Besetzung stand, war das schwarze Flimmern vor seinen Augen zurückgekommen. Aber er hatte sich gezwungen, weiterzulesen. Er hatte sich nicht getäuscht, er hatte ihren Gang erkannt. *Kostüme: Teresa Valenti*, ihr Mädchenname, den sie wieder angenommen hatte, stand dort schwarz auf rotem Untergrund.

Für einen Moment hatte ihn helle Freude durchzuckt. Sie hatte es geschafft. Auch wenn ihr die Arbeit in der Gewandmeisterei gefallen hatte, auch wenn sie den Umgang mit Stoffen liebte und den Prozess, dass nach und nach aus einer Idee auf dem Papier ein Kostüm wurde, so hatte sie doch immer davon geträumt, ihre eigenen Entwürfe auf der Bühne zu sehen. Unvermutet heftig traf ihn die Erkenntnis, dass er an diesem Erfolg keinen Anteil mehr nehmen konnte, dass er nicht derjenige war, dem Teresa mit fiebriger Aufregung ihre Skizzen präsentierte.

Langsam, als würde er jeden seiner Schritte auf unsicheren Boden setzen, hatte er sich von dem Plakat und von dem Theater entfernt. Nur mit halber Aufmerksamkeit war noch zu ihm vorgedrungen, welches Stück auf dem Plakat angekündigt wurde. *Rigoletto*. Ausgerechnet Verdi.

Mit einem Schlag war ihm etwas eingefallen: Wenn Teresa vorhin hineingegangen war, dann konnte sie jederzeit wieder herauskommen. Dann würde sie vielleicht gleich vor ihm stehen. Diese Kälte und Verachtung in ihren Augen würde er kein zweites Mal in seinem Leben ertragen. Unvermittelt war er losgerannt und hatte im Laufen schon den Wagenschlüssel aus der Tasche gezerrt. Hier, auf seiner Terrasse in Cannobio, war er wieder zu sich gekommen. Er widerstand dem Impuls, nachzuschauen, ob mit dem Lancia alles in Ordnung war. Autofahren vermochte er auch im Schlaf.

Matteo goss sich ein weiteres Glas Rotwein ein. Über dem See war die blaue Stunde angebrochen. Heute aber gab sich der Himmel bescheiden, die große Inszenierung gestern hatte er offenbar nur zu Ehren von Luigi veranstaltet. Die Berge oberhalb von Laveno waren nur mehr zu erahnen. Dennoch spürte Matteo, wie immer, wenn er hier saß oder unten am See mit seiner Angel, dass die Berge, die den See und die kleinen Städtchen am Ufer einrahmten, wie ein Puffer wirkten gegen vielleicht nicht alle, aber doch sehr viele Unbill der Welt.

Angestrengt versuchte er sich daran zu erinnern, ob er sich von der Kommissarin verabschiedet hatte. Er hatte den unangenehmen Verdacht, dass er nach seinem Bericht, »seiner Offenbarung«, die zunächst stockend, dann aber immer unbeirrbarer aus ihm herausgebrochen war, den Raum grußlos verlassen hatte. Dann fiel ihm Nina Zanettis verständnisvoller Blick wieder ein und diese unvollendete Geste, die Berührung, die nicht stattgefunden hatte zwischen ihnen.

Rigoletto. Verdi. Und das vor seiner Haustür, oder immerhin beinahe vor seiner Haustür. Matteo wusste selbst, dass es vollends irrational war, zu denken, dass es Teresa nicht zustand, ausgerechnet seinen Lieblingskomponisten und ausgerechnet in seiner Gegend ... Madonna mia, sie lebte ihr Leben, sie machte ihre Kunst. Was sollte sie auf die Befindlichkeiten ihres Exmannes Rücksicht nehmen? Wahrscheinlich hatte sie noch nicht einmal so weit gedacht. Rigoletto, der alte Narr. Der tragische Narr. Matteo stürzte den Rest Barbera hinunter und stellte das Glas hart auf dem Tisch ab. Es war wirklich lächerlich, das als eine Anspielung auf sich selbst zu verstehen.

Wie merkwürdig. Es wurde ihm erst in diesem Moment bewusst, aber es war wohl so: Noch immer war nicht mit aller Konsequenz in seinem Bewusstsein angekommen, dass diese Verbindung in seinem Leben gekappt worden war. Vielleicht lag es an der Brutalität, an der Abruptheit, mit der diese Katastrophe über ihn hereingebrochen war, dass er nie wirklich begriffen hatte, dass es vorbei war mit seiner alten Existenz, die er für so unerschütterlich gehalten hatte.

Auch wenn er sich das nie mit dieser Deutlichkeit vor Augen geführt hatte: Dass Teresa ihn verlassen hatte, hatte ihn ereilt wie der plötzliche Tod einer geliebten Person. Und er hatte, nach dem anfänglichen Schock, nicht mit der Trauerarbeit begonnen, sondern hatte verdrängt, hatte sich in seinem kleinen Exil hier am Lago eingerichtet, in einem abgeschotteten Provisorium weitab von allem, was ihn in seiner Vergangenheit tangiert hatte. Und er hatte gehofft, dass es irgendwann überstanden sein würde. Dass ihm die Geschichte nichts mehr anhaben konnte. Das war, wie ihm nicht erst heute, aber heute mit aller Macht klar geworden war, ein Irrtum. Der Boden, auf dem er stand, war mehr als unsicher. Jederzeit konnte er einbrechen.

Matteo hatte keine Ahnung, was diese Einsicht für seine kleine Macelleria bedeutete. Vielleicht zunächst einmal gar nichts. Aber etwas anderes schien ihm in diesem Moment unumgänglich: Er würde aufhören müssen, vor seiner Trauer davonzulaufen. Sie übermannte ihn ohnehin immer wieder, hinterrücks, tückisch. Wahrscheinlich war das der einzige Weg, damit sie irgendwann von ihm abließ.

Anfangen würde er genau jetzt. Beinahe aufgekratzt, als hätte diese Erkenntnis ihm einen unverhofften Energieschub beschert, lief er in den kleinen, weiß getünchten Raum, der ihm zugleich als Schlaf- und Wohnzimmer diente, und wuchtete den alten Plattenspieler vom Kleiderschrank. Die Staubwolke, die ihm entgegenschlug, zeugte davon, dass er ihn seit geraumer Zeit nicht mehr in Gang gesetzt hatte.

Matteo unterdrückte eine Mischung aus Husten und Niesen, schüttelte sich einmal kräftig und stöpselte Gerät und Lautsprecher ein. Mit fahrigen Fingern durchsuchte er seine Plattensammlung. Ziemlich ramponiert sah die Hülle aus, so oft hatte er die Aufnahme bereits gehört. Matteo zog die erste Scheibe heraus. Die Nadel schien ein paarmal Anlauf nehmen zu müssen, bevor sie in die Rillen der Ouvertüre griff. Matteo ließ sich in seinen alten Ledersessel sinken.

Was war das für eine Prophezeiung, die Verdi da gleich mit den ersten Takten erklingen ließ! Das Stoßen der Bläser mochte noch dem Signal zum Aufbruch gleichkommen. Aber der führte, wenn überhaupt irgendwohin, dann nur ins Unheil. Verzweiflung, die immer dramatischer anschwoll. Von nichts anderem kündete die Ouvertüre *Rigolettos*. Hart und schwer zu ertragen dann der Übergang zur Festlichkeit, die im ersten Akt zelebriert wurde und auf der das Ränkespiel aus Liebe und Verrat seinen Anfang nahm.

Es gab kaum Opern, die so voller Gegensätze steckten, in denen die Musik vom Dräuenden, Düsteren so übergangslos ins Helle, Schwelgerische hinüberglitt. Vielleicht liebte Matteo diese Komposition Verdis deshalb so sehr. Vor allem war es natürlich Rigolettos widersprüchlicher Charakter, der ihn anzog, ihn faszinierte die Figur dieses missgestalteten, buckligen Hofnarren, der aus Liebe zu seiner Tochter ein Netz aus Intrigen und Mord spann, um am Ende vor dem Scherbenhaufen seiner Existenz zu stehen.

Nein, Matteo würde jetzt nicht in Selbstmitleid versinken, ebenso wenig in Tatenlosigkeit. Er würde etwas tun. Und sei es nur, seinen Teil dazu beizutragen, dass hier am Lago wieder Frieden einzog. Was kümmerten ihn die Mahnungen der Kommissarin. Und wer sagte überhaupt, dass die Machenschaften am Fähranleger etwas mit dem Mord an Ferretti zu tun hatten? Das wäre reine Spekulation. Aber dass dort etwas vor sich ging, von dem einige Leute wollten, dass es nicht öffentlich wurde, davon war Matteo mittlerweile überzeugt.

Dinos Beobachtungen mochten Hirngespinste sein, aber

Robertos übel zugerichtetes Gesicht, das verstockte, unterschwellig aggressive Gebaren der Männer waren nicht nur damit zu erklären, dass sie möglichst schnell zum Alltag zurückkehren wollten. Dahinter steckte mehr.

Vorsichtig nahm er den Plattenarm nach oben, ließ die Schallplatte aber vorerst auf dem Teller liegen. Er würde sie zu Ende hören. Und er würde sich dann nicht verbieten, darüber nachzudenken, was Teresa auf den Proben erlebte. Oder welches Kostüm sie für Gilda, Rigolettos schöne Tochter, entworfen hatte.

Nur Minuten später saß er hinter dem Steuer des Lancias und fuhr tatsächlich zum dritten Mal an diesem Tag die Uferstraße hinunter Richtung Stresa. Das Handy hatte er auf den Beifahrersitz geworfen. »*Deh, non parlare al misero del suo perduto bene*«, summte er und trommelte sacht mit den Fingern Verdis Takte aufs Lenkrad, »*ach, sprich nie mit einem Armen von dem verlorenen Glücke*«. Er hatte schon recht, der alte Narr. Nur noch vereinzelte Wagen kamen ihm entgegen. Die Uhr sagte ihm, dass es bereits nach zehn war. Matteo gab Gas und hatte trotz der halben Flasche Wein, die er getrunken hatte, nicht das Gefühl, auch nur im Mindesten angetrunken zu sein.

Als er an Verbania vorbeikam, sah er, dass im Büro der Kommissarin noch immer Licht brannte. Er verwarf den Gedanken, sie in sein Vorhaben einzuweihen und sie zu fragen, ob sie ihn begleiten wolle. Der Vorplatz des Theaters war nur spärlich beleuchtet. Matteo versuchte, einen betont flüchtigen Blick hinüberzuwerfen, merkte aber, dass dieses Unternehmen einigermaßen verkrampft geriet. Dafür aber fiel ihm etwas ein, das er vorhin zwar kurz gesehen, aber nicht wirklich registriert hatte. Bei der Ankündigung des *Rigoletto* hatte es sich nicht um ein Plakat der Mailänder Scala gehandelt, an der Teresa damals gearbeitet hatte, sondern um eines des Teatro Regio di Torino.

In Stresa angekommen, parkte er den Lancia nicht auf dem Platz am Fähranleger, sondern stellte ihn am Ortseingang vor einem der Grandhotels ab, in denen noch reges Treiben herrschte. Die letzten Meter legte er zu Fuß zurück, wobei er sich darauf konzentrierte, entgegen seinem Impuls, möglichst rasch anzukommen, den gemütlichen Gang eines abendlichen Spaziergängers zu simulieren.

Als Matteo den ausgestorbenen Hafenvorplatz erreichte, war er beinahe enttäuscht. Alles war dunkel, so wie man es ihm angekündigt hatte. Auch der Kiosk von Roberto war geschlossen und der Rollladen heruntergelassen.

Das Bootshaus beherbergte linkerhand eine kleine, aber um diese Zeit bereits geschlossene Bar und rechterhand den Fahrkartenschalter sowie das Schifffahrtsbüro. Es schepperte unerwartet laut, als Matteo den Durchgang zum Fähranleger betrat. Er zischte einen Fluch durch die Lippen und setzte die folgenden Schritte sorgsamer. Alles war finster. Das Gitter, das zum Landungssteg führte, war versperrt, so viel konnte Matteo im fahlen Licht des Mondes immerhin erkennen. Er verharrte und lauschte in die Nacht.

Nur das leise Schlagen des Wassers gegen die Kaimauer und im Hintergrund, auf der Uferstraße, hin und wieder ein Auto waren zu hören. Ansonsten nichts. Darauf bedacht, jedes Geräusch zu vermeiden, schlich Matteo zur Rückseite des Schifffahrtsbüros. Wenn er sich recht erinnerte, musste dort ein Zugang sein. Hinter dem Gebäude, wohin es noch nicht einmal ein Rest des Mondlichtes oder die weit entfernte Beleuchtung der Straße schafften, war es stockdunkel. Sein Handy hatte er im Wagen gelassen, so dass auch das Display ihm kein Licht spenden konnte. Vorsichtig tastete Matteo sich vorwärts, eine Hand an der Mauer. Seine Erinnerung hatte ihn nicht getäuscht. Dort war die Tür. Matteo presste das Ohr an das Metall, lauschte einige Augenblicke. Nichts.

Er trat einen Schritt zur Seite und drückte langsam die Klinke nach unten. Sie gab seinem Druck widerstandslos bis zum Anschlag nach. Die Tür allerdings bewegte sich keinen Millimeter. Auch beim zweiten Versuch tat sich nichts. Matteo ließ von der Klinke ab.

Ein paar Meter abseits der Anlegestelle senkte sich die Kaimauer schräg in den Lago. Matteo ließ sich auf den Steinen nieder, die noch einen Rest der Wärme des Tages gespeichert hatten.

»Piano, piano«, murmelte er vor sich hin, um den aufkommenden Unwillen zu unterdrücken. Nur keine voreiligen Schlüsse ziehen. Er würde abwarten, ob sich nicht doch noch etwas tat.

Ein metallisches Kratzen ließ ihn aufschrecken. Verdammt, er musste kurz gedöst haben. Zum Glück hatte er seine Sinne so weit beisammen, dass er nicht reflexhaft aufsprang, sondern bewegungslos blieb, wo er war. Ein gedämpftes, aber dennoch vernehmliches Krachen durchbrach nun die Stille. Matteo robbte über die schräge Kaimauer in Richtung Anlegestelle.

Tatsächlich, er hatte sich nicht getäuscht. Den Lärm hatte die Gangway eines Schiffes verursacht. Vollends unbeleuchtet lag es am Anleger. Eine mittelgroße Passagierfähre, wie sie üblicherweise Touristen auf die Borromäischen Inseln oder zum Ostufer des Sees brachte.

Welche Ladung mochte sie heute Nacht bergen? Eine schwarze Gestalt huschte zwischen Schiff und Bootsanleger hin und her. Jetzt kam noch eine zweite, die einen Karton oder eine Kiste trug, genau konnte Matteo das in der Dunkelheit nicht erkennen. Aus der Behändigkeit, mit der die Gestalten sich bewegten, schloss er allerdings, dass es keine allzu schwere Fracht war, die sie auf das Schiff brachten. Ein paarmal liefen die Gestalten hin und her. Schließlich schienen sie ihre Arbeit erledigt zu haben.

Matteo wartete sicherheitshalber noch ein paar Sekunden. Aber sie tauchten nicht wieder auf, was nur bedeuten konnte, dass das Schiff jeden Moment ablegen würde. Und tatsächlich vernahm er nun das gedrosselte Tuckern des Motors. Ohne über die Konsequenzen nachzudenken, lief Matteo in gebückter Haltung in Richtung des Anlegers und kletterte über das nun wieder verschlossene Tor. Um ein Haar hätte er das auslaufende Schiff verfehlt, als er mit einem Sprung auf das hintere Deck hechtete.

Er drückte sich gegen die Bordwand und überlegte, was nun das Klügste war. Das Schiff hielt Kurs auf das gegenüberliegende Seeufer. Wenn es nur um eine Überfahrt nach Laveno, Ceresolo oder Reno ging, dann blieb nicht viel Zeit. Matteo kannte sich auf Schiffen wie diesem nicht aus, jedenfalls nicht mehr, als es ein normaler Fahrgast für gewöhnlich tat. Oben befand sich das zum Teil überdachte Deck. Darunter der geschlossene Fahrgastraum mit Bänken, der Bordtoilette und dem etwas erhöhten Steuerraum. Umlaufend an den Längsseiten schmale Gänge, vorn und hinten, an Bug und Heck, gab es auf manchen Schiffen ebenfalls noch Sitzplätze für Passagiere.

Langsam löste Matteo sich von der Bordwand. Ob Schiffe wie dieses neben dem Maschinen- auch einen Lagerraum hatten, vermochte er nicht zu sagen. Wenn es sich, wie Matteo vermutete, nur um eine kurze Fahrt handelte, der sich ein rasches Entladen anschließen sollte, dann hatten die Männer die Kisten sicher in der Nähe der Gangway platziert.

Matteo pirschte zum Fenster des Fahrgastraums und probierte einen Blick ins Innere zu erhaschen, ohne selbst sichtbar zu sein. Es war zwecklos, die Scheibe reflektierte nur die sternenklare Nacht. Im Innern herrschte noch immer Dunkelheit. Matteo ging in die Hocke, damit seine Silhouette nicht im Fenster auftauchte, und beeilte sich, so gut das in dieser Haltung ging, zur Gangway zu gelangen.

Seine Intuition hatte ihn nicht getäuscht. Hier standen die Kisten, die eben heimlich auf das Schiff gebracht worden waren. Aus der Nähe erkannte Matteo, dass sie aus grobem Holz gezimmert waren. Wein konnte man darin genauso gut transportieren wie Geschirr oder elektronisches Gerät.

Er tastete in seinen Taschen, in der Hoffnung etwas zu finden, mit dem er sie aufstemmen könnte. Als Fleischer sollte ich mir endlich mal angewöhnen, ein kleines Messer mit mir zu führen, dachte Matteo, aber vielleicht würde es auch der Schlüssel tun.

Vorsichtig platzierte er ihn an der Furche zwischen Kiste und Deckel und versuchte, den Spalt zwischen den beiden Holzlatten zu vergrößern. Eine unvermutet starke Bewegung des Schiffes ließ ihn abrutschen. Unsanft schrammte der Schlüssel an Matteos Hand entlang. Er unterdrückte ein Fluchen und setzte noch einmal an. Es funktionierte, langsam lösten sich die Nägel, und der Deckel ließ sich in die Höhe drücken.

In diesem Moment traf Matteo ein Schlag auf den Rücken. Er schrie vor Schmerz, wollte aufspringen, taumelte jedoch durch die Wucht des Schlags nach vorn und stürzte über die Kiste. Noch bevor er sich aufrappeln konnte, war der Angreifer zu ihm gesprungen, riss ihn am Kragen zu sich heran und verpasste ihm einen weiteren Schlag, der Matteos Gesicht halb verfehlte, stattdessen schmerzhaft seinen Adamsapfel traf. Er röchelte und schnappte nach Luft.

Von hinten packte ihn ein weiterer Mann, drückte ihm die Arme brutal nach oben und hatte ihn auf diese Weise innerhalb weniger Sekunden an die Reling befördert. Mit aller Kraft versuchte Matteo, dem Druck des Mannes etwas entgegenzusetzen, aber der blieb unter seiner schwarzen Strumpfmaske ebenso unerbittlich wie stumm. Das Schiff schaukelte nun heftiger, bekam einen deutlichen Drall nach links. Matteo atmete schwer und brüllte, um dem Versuch, den anderen abzuschütteln, mehr Energie zu verleihen. Erfolglos. Der Mann hatte ihn wie ein überdimensionaler Schraubstock eingezwängt. Schmerzhaft bohrte sich die Reling in Matteos Brust.

Das Schiff schwankte. Hatte der Wind so enorm aufgefrischt? Plötzlich wusste Matteo, woran es lag. Offenbar stand niemand mehr am Steuer. Es waren also nur diese beiden Männer an Bord. Nun stand der zweite Mann ebenfalls dicht hinter ihm, packte seine Beine. Matteo schrie auf vor Wut. Sein Körper registrierte schneller als sein Verstand, was nun mit ihm geschah. Sie warfen ihn über Bord!

Hart schlug er im nächsten Augenblick auf der Wasseroberfläche auf. Durch die Geschwindigkeit des Falls wurde er in die Tiefe gezogen, schluckte Wasser und verlor für ein paar panische Augenblicke die Orientierung. Nicht unter das Schiff geraten! Nicht in die Schiffsschraube! Dann war er verloren! Weg hier, nur weg!

In seinen Ohren gurgelte das Wasser, der Schmerz in seiner Brust pochte. Endlich schoss sein Kopf an die Oberfläche. Er hustete, spuckte. Schwer zog ihn das Gewicht der Kleidung und der Schuhe nach unten. Das Schiff war immer noch dicht neben ihm. Er kraulte gegen den Wellengang an, versuchte, die Schuhe loszuwerden. Es ging nicht, sie hatten sich fest um seine Füße gelegt.

Als er den Kopf umwandte, sah er, dass einer der Männer an der Reling stand. Ein Schuss krachte durch die Nacht. Hektisch tauchte Matteo unter, kam kurz hoch, tauchte wieder. Kam dann für einen Moment an die Oberfläche, tauchte wieder ab. Als er sich endlich traute, den Kopf zu wenden, hatte er einigen Abstand zu dem Schiff gewonnen, das seinen Kurs offenbar nicht geändert hatte. Matteo versuchte, tief durchzuatmen, seinen Puls mit aller Willenskraft zu drosseln.

Warum hatten sie ihn nicht gleich an Bord erschossen? Oder hatten sie ihn nur loswerden und erschrecken wollen? Wahrscheinlich war er einer Schmugglerbande in die Quere gekommen.

Er hatte keine Ahnung, wie lange er schwimmend, die schweren Kleider am Körper, durchhalten würde. Für ein paar Züge kniff er fest die Augen zusammen. Immerhin war das Wasser selbst an dieser tiefen Stelle des Sees nicht unerträglich kalt. Ich muss mich beruhigen, dachte er. Wenn ich das Ufer lebend erreichen möchte, muss ich mit meinen Kräften haushalten und einen klaren Kopf bewahren. Ich bin kein guter Schwimmer, aber auch kein schlechter. Und was die unzähligen Schwimmer schaffen, die am Schweizer Nationalfeiertag den See bei Brissago überqueren, kann ich auch. Ich kann das!

Als Matteo die Augen wieder öffnete, erkannte er die

Rückseite des barocken Gartens der Isola Bella. Sicher waren es noch fünf- bis sechshundert Meter, der Wellengang bereitete ihm einige Mühe und er spürte, wie seine Arme schwer wurden. Aber er würde es schaffen.

In den folgenden Minuten versuchte er, alle Gedanken auszuschalten. Seine ganze Konzentration verwendete er darauf, sich stoisch und in gleichbleibendem Takt durchs Wasser zu pflügen. Immer wieder brachen Wellen seitlich über ihn herein. Aber bald gelang es ihm, sie während eines kurzen Aussetzens seiner Atmung über sich ergehen zu lassen, um anschließend beinahe übergangslos zu seinem Rhythmus zurückzufinden. Ab und zu vergewisserte er sich, dass er nicht von seinem Ziel abkam. Die Entfernung zum Ufer verringerte sich quälend langsam.

Abrupt, wie ein Stromschlag, durchzuckte ihn die Einsicht, dass er an der Seite der Isola Bella ankommen würde, an der der barocke Garten – einer Festung gleich – mit senkrechten Steinmauern in den See hineinragte. Matteos Arme schmerzten, trotz der Anstrengung hatte er zu frieren begonnen. Gerade hielt er es für eine unüberwindbare Aufgabe, auch noch die halbe Insel zu umkreisen. Verbissen schwamm er weiter.

Plötzlich fiel ihm etwas ein. Wenn ihm seine Erinnerung keinen Streich spielte, dann gab es an der hinteren Seite des Gartens eine steinerne Treppe, die in den Lago hinunterführte.

Kaum dass Matteo dies eingefallen war, begann sich die Mauer des Gartens in der Dunkelheit abzuzeichnen. Wider Erwarten schaffte Matteo es, das Tempo noch einmal anzuziehen. Und tatsächlich, da waren die Stufen.

Schwer atmend ließ er sich kurz darauf auf die rettende Treppe fallen. Die Windböe, die ihn erfasste, ließ ihn frösteln. Es war ihm egal. Hauptsache an Land. Der See lag in Schwarz gehüllt. Das Schiff war nicht mehr zu sehen. Matteo hatte jegliches Zeitgefühl verloren. Wie lange war er geschwommen? Ihm kam es vor wie Stunden. Auf seine geliebte Courage zu schauen, wagte er nicht. Das Wasser würde ihr zweifelsohne arg zugesetzt haben.

Mit weichen Knien erhob er sich. Er musste aus den nassen Klamotten raus. Wahrscheinlich war das schwieriger, als es sich anhörte. Hotels gab es nur auf der Isola dei Pescatori. Hier war zwar tagsüber Betrieb, nachts waren die Restaurants geschlossen. Matteo hatte keine Ahnung, ob überhaupt jemand außerhalb der Sommermonate auf der Isola Bella lebte. Vielleicht ein paar Alte, die sich nachts in der Abgeschiedenheit wohlfühlten und denen die tägliche Überfahrt zu beschwerlich war.

Vorsichtig, um in der Dunkelheit nicht neben die Stufen zu treten, stieg Matteo die Treppe hinauf.

»Ich dachte, die könnten Sie vielleicht brauchen.«

Matteo taumelte vor Schreck zurück, nur mühsam konnte er das Gleichgewicht halten. Er hatte den Mann, der plötzlich vor ihm stand, weder kommen gesehen noch gehört. Hatte der schon die ganze Zeit hier am Ende der Treppe gestanden? Mitten in der Nacht in dem borromäischen Barockgarten, in den man üblicherweise nur tagsüber durch das Palais und nach Entrichtung eines nicht eben geringen Eintrittsgeldes gelangen konnte?

»Was machen Sie hier? Wer sind Sie?«, fragte Matteo irritiert.

»Nun, wenn ich mich nicht täusche, dann bin ich zunächst einmal derjenige, der Ihnen etwas gegen die Kälte bringt.« Der Mann reichte Matteo eine Decke aus grober Wolle.

Erstaunt, aber dankbar nahm Matteo die Decke und hüllte sich darin ein. Augenblicklich ging es ihm besser, weil der Wind nicht mehr durch seine nasse Kleidung pfiff. Trotzdem machte ihn das Auftauchen des Mannes misstrauisch.

»Wie kommt es, dass Sie ausgerechnet jetzt hier auftauchen? Haben Sie gesehen, was passiert ist?«

»Nun, ich habe Ihnen schon eine ganze Weile zugesehen. Sie sind ein guter Schwimmer.« Matteo schätzte den Mann auf Anfang fünfzig, er war eher schmächtig und für einen nächtlichen Spaziergang ungewöhnlich gut gekleidet. Gediegen traf es wohl besser. Unter einem Anzug, dessen Farbe Matteo in dem schlechten Licht nicht erkennen konnte – er tippte auf ein dunkles Grün – trug er Hemd und Weste.

»Aber kommen Sie«, fuhr der Mann unbeirrt fort, als Matteo ihm nicht antwortete. »Wir sollten hier nicht länger herumstehen. Sie müssen Ihre nassen Sachen ablegen. Und ich werde Ihnen ein heißes Getränk bereiten.« Der Mann schickte sich an, loszugehen, wandte sich dann aber noch mal zu Matteo um:

»Verzeihen Sie, ich habe mich noch gar nicht vorgestellt. Mario Gerini ist mein Name. Es freut mich, Sie kennenzulernen.«

Matteo war noch immer perplex.

»Matteo Basso, danke für die Decke.«

»Das ist doch selbstverständlich«, antwortete Gerini und begann mit flinken Schritten durch den dunklen Garten zu laufen. Matteo musste sich beeilen, um hinterherzukommen.

Ohne darauf zu achten, ob er Gerini aus den Augen verlor, blieb Matteo dennoch stehen, als sie am Einhorn-Denkmal vorbeikamen. Nina Zanetti hatte gesagt, dass man von der Rückseite des Einhorns auf die Statue klettern konnte. Wenn das so war, dann war es nicht allzu schwer, den Leichnam mithilfe einer Art Flaschenzug von hier nach oben zu ziehen.

»Hier werden Sie nichts mehr finden. Die Polizei hat jeden Stein umgedreht.« Gerini war zu ihm getreten.

»Sie haben mitbekommen, was hier passiert ist?«

»Wenn Sie mit ›mitbekommen‹ meinen, dass ich gesehen habe, wer den armen Mann aufgespießt hat – bedaure, nein. Oder ich sollte lieber sagen: Glücklicherweise bin ich diesem Ungeheuer nicht begegnet. Kommen Sie, Ihnen ist kalt.«

Das stimmte. Und ebenso richtig war vermutlich, dass die Polizei hier alle Spuren gesichert hatte.

Nachdem sie durch eine Drehpforte den Garten verlassen hatten, eilte Gerini durch die engen, gewundenen Gässchen, und Matteo stolperte hinterher, weil es ihm unmöglich war, die schmalen Stufen zu erkennen, mit denen immer wieder die Höhenunterschiede überbrückt wurden.

Nach einem für die geringe Größe der Insel, wie es Matteo schien, ungewöhnlich langen Weg, schloss Gerini die Tür eines Ladenlokals auf, schaltete das Licht an, und Matteo erkannte, dass sie sich in einer kleinen Buchhandlung befanden. Nachdem Gerini ihm bedeutet hatte, sich auf einen der wackligen Stühle zu setzen, die an einem kaum weniger wackligen runden Tischchen standen, und in einem Hinterzimmer verschwunden war, ließ Matteo seinen Blick über die Wände wandern. Nicht in einer Buchhandlung, in einem Antiquariat war er gelandet.

Matteo rang mit sich, ob er zu erschöpft war, um sich

aufzuraffen und näher zu betrachten, welche Bücher Gerini in seinen Regalen versammelt hatte, da nahm ihm der Antiquar, der zurück in den Laden trat, die Entscheidung ab. Mit beinahe entschuldigender Geste reichte er Matteo einen Stapel trockener Kleidung.

»Nur ein paar alte Stücke, die ein Bekannter hiergelassen hat, aber sie sollten in etwa Ihre Größe haben. Sie können sich hinten umziehen, das linke Zimmer. Ich werde uns derweil ein Getränk holen.«

Als Matteo in den Raum trat, den Gerini ihm angewiesen hatte, musste er schmunzeln. Bei dem kleinen Zimmer handelte es sich um eine ähnliche Improvisation aus Schlaf- und Wohnraum wie bei dem Hinterzimmer seiner Macelleria.

»Bringen Sie bitte Ihre durchnässte Kleidung mit. Ich habe den Ölradiator angestellt, darauf können wir sie trocknen«, rief Gerini von vorne.

Tatsächlich hatte sich in dem mit Büchern vollgestopften Raum bereits eine Hitze ausgebreitet, die Matteo, als er in trockener Kleidung zurückkehrte, für einen Augenblick den Atem verschlug. Gerini hatte mittlerweile eine Platte mit Käse, einen Korb Brot und Rotwein auf den Tisch gestellt. Nun brachte er noch zwei dampfende Tassen Caffè herein. Dankbar ließ Matteo das heiße Getränk die Kehle hinunterrinnen.

»Ich habe Ihre Frage noch nicht beantwortet«, Gerini reichte ihm die Platte mit dem Käse. »Was mich mitten in der Nacht in den Garten geführt hat.«

Konzentriert beobachtete Matteo den Antiquar, während er sich ein Stück Käse abschnitt.

»Ich lebe seit Jahren auf dieser Insel«, fuhr Gerini fort, »und natürlich erschüttert es einen, wenn so etwas Grausames geschieht wie dieser Mord. Abscheulich.« Er schüttelte sich. »Ich wollte nicht, dass dieser wunderbare Garten für mich ein Ort des Schreckens wird. Ich hatte gehofft, dass er zumindest einen Teil seiner Friedlichkeit zurückgewinnt durch so einen Spaziergang.«

»Und, hat es geklappt?« Matteo trank einen Schluck Wein. »Oh, köstlich«, er konnte sich nicht verkneifen, rasch das Etikett der Flasche zu studieren. Es war ein sardischer Cannonau.

Gerini wiegte den Kopf.

»Sie da im Wasser zu sehen, war ein ziemlicher Schreck.«

Prüfend sah Matteo den Antiquar an. So verschreckt hatte er gar nicht gewirkt.

»Was ist Ihnen passiert? Sind Sie gekentert?«, fragte Gerini.

In knappen Worten erzählte Matteo von dem Vorfall auf dem Schiff, ohne genau zu erklären, warum er sich als blinder Passagier überhaupt an Bord geschlichen hatte. Gerini war während seines Berichts kreidebleich geworden. Mit viel Überzeugungskraft konnte Matteo ihn davon abhalten, die Polizei zu verständigen. Ihm war vollkommen klar, dass es nur Ärger geben würde, wenn die Kommissarin auf diese Weise erfahren würde, dass er sich doch nicht aus den Ermittlungen herausgehalten hatte. Und was sollte die Polizei jetzt noch ausrichten? Das Boot war längst weg und würde sicher nicht so bald wieder nach Stresa zurückkommen. Jedenfalls nicht vor Einbruch der nächsten Nacht. Und bis dahin würde er der Kommissarin das Ganze schon in seinen eigenen Worten plausibel gemacht haben.

Die Hitze war mittlerweile so trocken, dass Matteo überlegte, ob die Bücher womöglich in absehbarer Zeit in Flammen aufgehen würden. Aber das sollte Gerini besser wissen. In jedem Fall schien es sinnvoll, den aufgewühlten Mann auf ein anderes Thema zu bringen.

»Können Sie mir etwas über den Garten erzählen? Über das Einhorn?«

»Ich weiß nicht, ob ich Ihnen mehr sagen kann, als ohnehin bekannt ist«, entgegnete Gerini. Aber Matteo sah bereits an der Art und Weise, wie sich der Mann auf seinem Stuhl zurechtsetzte, dass er durchaus einiges zu berichten wusste.

»Alexandre Dumas hat die Insel ›einen Ort unvergleichlichen Zaubers‹ genannt. Ein zauberhafter Ort ist es ohne Frage, dass es ihn gibt, ist der Fantasie und dem Geld der Familie Borromeo zu verdanken, dem Geschick etlicher Architekten und der unermüdlichen Schufterei unzähliger, heute vergessener Handwerker und Arbeiter. Vorher war das kaum mehr als ein großer bewachsener Fels im See. Alles, was Sie jetzt sehen, dieses fantastische Ensemble aus Gebäuden und tropischen Gärten, das wie ein übergroßes Fantasieschiff vor Stresa vor Anker liegt, ist ein Gebilde aus Menschenhand.«

Gerini stockte.

»Langweile ich Sie?«

Matteo nickte ihm aufmunternd zu.

»In keinster Weise. Erzählen Sie weiter.«

»Den Anfang, das war im 17. Jahrhundert, bildete der Bau des Palastes und es dauerte fünfzig Jahre, bis die Isola Bella endlich eingeweiht wurde. Da gab es den Barockgarten noch gar nicht. Doch von da an besuchten viele berühmte Persönlichkeiten die Insel, es wurden prunkvolle Feste gefeiert, Seeschlachten nachgestellt, Konzerte und Theateraufführungen fanden statt.

Der Palast besteht aus fast 200 Räumen. Stellen Sie sich

das vor! Säle, Galerien, Bibliotheken, aber das Besondere sind die sechs Grotten, die der Sagen- und Unterwasserwelt gewidmet sind.«

»Vor allem würde mich der Garten interessieren«, warf Matteo ein und nahm noch ein Stück Käse. »Und das Einhorn-Denkmal.«

»Der Barockgarten symbolisiert den Triumph des Menschen über die Natur. Oder zumindest der Architektur über die Natur, die man effektvoll inszeniert und überhöht. Ursprünglich waren die Gartenflächen nur mit Kräuter- und Blumenbeeten und die Vasen der Terrassenspaliere mit Immergrün und Zitrusgewächsen bepflanzt. Erst im 19. Jahrhundert wurden die Statuen und tropischen Pflanzen hinzugefügt. Entschuldigen Sie, ich gerate schnell ins Dozieren.« Er deutete auf die Bücher. »Berufskrankheit.«

Gerini goss Matteo Wein nach. An seinem eigenen Glas hatte er nur einmal genippt.

»Und weil Sie nach dem Einhorn gefragt haben: Sie wissen sicher, dass das Einhorn Teil des Familienwappens der Borromeos ist. Das macht die Tat nur noch scheußlicher.«

»Das weiß ich«, erwiderte Matteo. »Und es verkörpert Ehre und Werte, wenn ich mich nicht irre.«

»Ehre, Wert und Ergebenheit«, bestätigte Gerini. »Mitunter sagt man sogar, dass es für die Menschwerdung Christi stehe. Aber es ist nicht so einfach, dieses Wesen zu fassen. In anderen Deutungen versinnbildlicht es auch gottfeindliche Mächte. Dem Einhorn wird die Fähigkeit zugesprochen, eigentlich unbesiegbare Kräfte zu überwinden.«

»Wie kommt das?«

Nun nahm Gerini doch einen Schluck Wein.

Dann besann er sich auf die Frage.

»Ganz genau kann ich das nicht sagen. Ich denke, es

rührt aus der Alchemie. Dort ist dem Einhorn der Planet Merkur zugeordnet, und damit das Quecksilber. Sind Sie nie in Venedig gewesen?«

»Doch, natürlich«, antwortete Matteo. »Was hat das damit zu tun?«

»Haben Sie nicht die Einhorn-Reliquien angeschaut, die im Markusdom aufbewahrt werden?«

Matteo hob bedauernd die Hände.

»Nun, in Wirklichkeit handelt es sich natürlich nicht um das Horn eines Einhorns, sondern um den Stoßzahn eines Narwals. Aber sei es drum. Die Menschen glauben – oder glaubten daran, dass diese Reliquie sie vor allen Arten von Vergiftungen schützen könne, vor allem vor der schleichenden Vergiftung durch Quecksilber. Wer an Wunder glaubt, bitte.«

Gerini lächelte mokant.

»Die degenartigen Hörner der Narwale wurden übrigens tatsächlich verzehrt. So wie noch heute die Hörner von Nashörnern vor allem in pulverisierter Form als Medikament gegen Fieber und Schmerzen oder als Aphrodisiakum verwendet werden. Nicht mehr in Europa, wie ich hoffe, aber in vielen anderen Kulturen. Auch wenn eigentlich klar war, dass es sich nicht um Einhorn-Knochen handelte, blieb der Glaube daran, dass man sich dadurch schützen könne.«

»Das heißt«, gedankenverloren griff Matteo ein Stück Käse, »das Einhorn symbolisiert eigentlich etwas Gutes. Etwas Hilfreiches.«

»So einfach ist es eben nicht. Das Einhorn symbolisiert beides. Die Menschwerdung Christi genauso wie die gottfeindlichen Mächte. Kein Zufall natürlich, dass es auch als Hermaphrodit gilt.«

»Als Zwitter?«

Gerini nickte gütig. Matteo zerbröselte nachdenklich ein Stück Brot zwischen den Fingern. Gerinis Erklärung, warum er sich nachts im Garten aufgehalten und ihn geradezu empfangen hatte, kam ihm nicht wirklich plausibel vor. Andererseits waren es mitunter gerade die unwahrscheinlichsten Erklärungen, die den Tatsachen entsprachen. Und wäre es nicht auch vollkommen unsinnig von Gerini, ihn anzusprechen, wenn er irgendetwas mit dem Mord zu tun hätte? Aber womöglich war er auch dabei, eine Spur zu verwischen, die der Polizei entgangen ist, überlegte Matteo. Er wischte die Brotkrümel zusammen und war gespannt, wie Gerini nun reagieren würde.

»Der Garten der Isola und das Einhorn wurden sicher häufig gemalt.«

»Unzählige Male«, bestätigte Gerini.

»Ich bin zufällig in einer Galerie auf ein sehr merkwürdiges Gemälde gestoßen. Auf diesem Gemälde, es scheint sehr alt zu sein, ist der Garten dargestellt, das Einhorn und die Leiche.«

»Die Leiche?!«

»Ich war genauso verblüfft. Aber es ist, wie ich sage: Es gibt ein Gemälde, auf dem ein Körper an dem Einhorn hängt. Vielleicht kennen Sie es ja auch?«

Gerini verneinte, offenkundig verblüfft.

»Das ist unmöglich. So etwas gibt es nicht. So ein Bild hätte man sofort verboten. Was hätte das für ein Licht auf die Insel geworfen. Absolut undenkbar.«

Matteo erhob sich und schlenderte zu einem der Bücherregale, in der leisen Hoffnung, dass dort die Luft ein bisschen besser wäre. Offenbar sah man ihm an, dass ihm unwohl wurde.

»Ich stelle das Gerät ab, Ihnen ist zu warm«, mit ein paar Schritten war Gerini an der Tür des Antiquariats. »Ich lasse ein wenig Luft herein.«

Matteo betrachtete den schmalen Mann, als er sich umständlich an der Tür zu schaffen machte, die er vorhin abgeschlossen hatte. Eine skurrile Erscheinung, und diese Eilfertigkeit! Aber vielleicht machten lange, einsame Lektürestunden das aus einem Menschen.

Matteo hatte das Gefühl, dass die Müdigkeit, der Wein und nicht zuletzt die Wärme sein Gehirn in einen sämigen Brei verwandelt hatten.

»Könnte es sich um einen Aberglauben handeln oder um«, Matteo ging in dem kleinen Raum umher, als könnte das seine Gedanken in Schwung bringen, »eine Art Fluch?«

»Verzeihen Sie, wobei, bitte?«

»Bei diesem Bild. Könnte es sein, dass das Bild gerade deshalb gemalt wurde, weil es etwas Verbotenes darstellt? Etwas«, Matteo suchte nach dem passenden Wort, »Frevelhaftes?«

»Ich müsste das Bild sehen, um etwas dazu sagen zu können. Gerade kommt es mir sehr unwahrscheinlich vor, dass solch ein Gemälde überhaupt existiert.«

Das tat es ja nun zweifelsohne. Aber Matteo merkte, dass er an diesem Punkt nicht weiterkam. Vielleicht hatte man im Präsidium etwas herausgefunden. Zudem fiel ihm ein, dass er der Kommissarin die Quittung für das Bild nicht gegeben hatte. Zum Glück hatte er sie ins Handschuhfach des Lancias gelegt, um sie nicht noch stärker zu zerknittern, sonst wäre sie sicher hin. Das war doch immerhin ein Grund, sich noch einmal nach den Ergebnissen der Untersuchung zu erkundigen.

Matteo war vor einem alten Stich stehen geblieben, der eine Ansicht des Lago Maggiore zeigte.

»Was ist das hier?« Matteo deutete auf einen Vorsprung des Ostufers, auf dem ein kleines Gebäude eingezeichnet war. »Eine Kirche?«

Gerini war neben ihn getreten.

»Das ist die Santa Caterina del Sasso Ballaro, ein Wallfahrtskloster, angeblich wurde es im 13. Jahrhundert von einem wohlhabenden Kaufmann gestiftet, aus Dankbarkeit, weil er nach einem Schiffbruch nicht ertrunken war, sondern es an dieser Stelle noch glücklich ans Ufer geschafft hatte.«

Matteo zog vielsagend die Augenbrauen hoch.

»Oh, ich kann mir durchaus vorstellen, wie es ihm ergangen ist.«

»Der Kaufmann, so ist es überliefert, ist nach der überstandenen Katastrophe zum Eremiten geworden. Seine Gebeine werden immer noch in der Kirche aufbewahrt. Das Heiligtum selbst ist in den vergangenen Jahrhunderten immer mehr ausgebaut worden, um die Pilgerströme aufnehmen zu können, obwohl Kloster und Kirche wegen der Hanglage sehr schwer zugänglich sind.«

»Ein seltsamer Name. Sasso Ballaro.«

»Ja, ›wackelnder Stein‹. So hieß die Kirche nicht immer. Mitte des 17. Jahrhunderts, meine ich, muss es gewesen sein, als eine Steinlawine von den Bergen kam und große Teile der Anlage zerstörte. Überhaupt ist das ein gefährdeter Ort. Vor nicht allzu langer Zeit hat man das Kloster restauriert und dabei das gesamte Fundament erneuert, wegen akuter Einsturzgefahr. Das Ensemble steht ja unmittelbar über dem Wasser. Fast sechzehn Jahre haben diese Arbeiten gedauert.«

Ein Eremitenkloster, eine Wallfahrtsstätte. Natürlich musste Matteo an die Wundererzählung mit der Rippe denken, auf die ihn Beppo gebracht hatte. Sein Kopf pochte dumpf vor Erschöpfung. Er hatte nicht den Schimmer einer Idee, wie das alles zusammenhängen konnte. Musste Gerini nicht auch müde sein? Wie spät mochte es mittlerweile sein?

Gerini schien seinen Gedanken zu erraten.

»Ich sollte Sie nach Hause bringen, damit wir noch ein wenig Schlaf bekommen. Es ist bald zwei Uhr.«

»Eine Frage noch«, Matteo wandte sich noch einmal dem Stich zu. »Gibt es neben diesem Kloster am Ostufer noch irgendwelche besonderen Orte oder abgelegene Anlegestellen?«

Gerini dachte angestrengt nach.

»Nun, es gibt die Anlegestellen der einzelnen Ortschaften. Sonst fällt mir keine ein. Wollen wir?«

Gerini hatte Matteos Kleidungsstücke zusammengefaltet, die trotz des aufgedrehten Radiators immer noch klamm waren, und streckte sie ihm entgegen.

»Behalten Sie die Sachen an, Sie können sie mir irgendwann zurückbringen. Es eilt nicht. Oder, Unsinn, behalten Sie sie. Ich fahre Sie jetzt hinüber.«

Gerini schien ihm auf einmal eigentümlich beharrlich. Für den Antiquar war die Unterhaltung beendet, das war nicht zu übersehen.

»Schuhe habe ich leider keine passenden für Sie.«

»Kein Problem, danke. Sie haben schon so viel für mich getan. Wie kann ich Ihnen danken?«

»Niente, gern geschehen.«

Auf dem Weg zur Tür griff Gerini nach einem Taschenbuch, das auf einem der schmalen Büchertische lag.

»Hier, noch eine kleine Bettlektüre.«

Verwundert nahm Matteo das Cover zur Kenntnis. *Vor Gericht*. Ein Krimi, noch dazu von Georges Simenon. Wie kam Gerini dazu, ihm ausgerechnet dieses Buch zu geben? Oder hatte er es zufällig ausgewählt?

»Sie verkaufen Kriminalromane?«

»Das ist nicht irgendein Kriminalroman«, erklärte Gerini und blieb an der Schwelle stehen. »Sie wissen doch sicher, wo der entstanden ist?«

Matteo zuckt hilflos die Schultern. Ihm wurde es nun wirklich zu viel mit den Vorträgen.

»Simenon war im Jahr 1937 Gast in der Pension Verbano, die es übrigens immer noch gibt, dort drüben auf der Isola dei Pescatori. Nicht der einzige berühmte Gast, nebenbei bemerkt. Charles de Gaulle hat nur ein paar Häuser weiter seine Flitterwochen verbracht. Und *Vor Gericht*, um darauf zurückzukommen, hat Simenon dort auf der Insel geschrieben.«

»Der gehört nicht zur berühmten *Maigret*-Reihe, wenn ich das richtig sehe«, bemerkte Matteo, um immerhin etwas halbwegs Kluges zu äußern.

»Nein, gehört er nicht. Aber lesen Sie das Buch. Eigentlich ist es kein richtiger Krimi. Ich bin gespannt, was Sie davon halten.«

Kaum waren sie auf der Gasse, legte Gerini wieder seinen flinken Gang an den Tag. Matteo musste erneut achtgeben, nicht über das unbeleuchtete, unebene Pflaster zu stolpern.

Erst als sie am Kai angelangt waren, fragte Matteo sich, wie Gerini ihn denn nach Stresa bringen wollte. Die Fähren fuhren schließlich erst bei Tagesanbruch wieder, wie er gelernt hatte. Jedenfalls die offiziellen.

»Im Grunde hat jeder, der auf der Insel lebt oder arbeitet, ein eigenes Boot«, erklärte Gerini, während er sich an einem Motorboot zu schaffen machte. Natürlich, das war logisch. Das bedeutete aber eben auch nicht weniger, als dass jeder, der mit der Insel zu tun hatte, Ferrettis Leiche hinübergebracht haben könnte. Oder jeder andere der zigtausend Bootsbesitzer in der Gegend.

Behutsam steuerte Gerini das Boot aus dem kleinen Hafenbecken hinaus. Die Überfahrt nach Stresa verlief schweigend. Noch nicht einmal die Bilder von Teresa verscheuchte Matteo vor lauter Kraftlosigkeit. Sollten sie kommen, er ließ es geschehen, während das Motorboot durch die Nacht glitt.

Erst als Matteo mit schmerzenden Gliedern in seinen Lancia stieg, fiel ihm noch etwas ein. Warum hatte Gerini bei seinem Spaziergang eine Decke dabeigehabt? Doch nicht für sich selbst, es war eine laue Spätsommernacht gewesen. Das würde er ihn fragen, wenn er die geliehene Kleidung zurückbrachte.

6

Obgleich Matteo erst um vier Uhr ins Bett gefallen war, zeigte sein Telefon gerade einmal halb neun an, als er am nächsten Morgen erwachte. Ein paarmal war er während der Nacht aufgeschreckt, und zwar immer dann, wenn in seinem wirren Traum der Moment gekommen war, in dem er endgültig keine Luft mehr bekam und zu ertrinken drohte.

Immerhin: Der hartnäckige Albtraum der vergangenen Monate war ihm erspart geblieben – sein panisches Rennen durch ein nebelverhangenes Mailand, getrieben von dem Wissen, dass er verhindern musste, dass dieser Irre Teresa etwas antat. Für ein paar Minuten schloss Matteo noch einmal die Augen und konzentrierte sich darauf, nicht an Teresa zu denken. Verwundert stellte er fest, dass ihn die gestrige Begegnung mit ihr, wenn man es denn überhaupt eine Begegnung nennen konnte, zwar aus dem Gleichgewicht gebracht hatte, doch keineswegs so massiv wie er gedacht hatte.

Er setzte sich im Bett auf, fuhr sich durch die verknoteten Haare und stellte fest, dass er in der geliehenen Kleidung geschlafen hatte. Vielleicht war es gar nicht so dumm gewesen, was er früher, in seiner Funktion als Psychologe, denjenigen unter seinen Patienten geraten hatte, die unter traumatischen Ereignissen oder Angstneurosen litten: Sie sollten die Auslöser ihres Leidens nicht zu Gespenstern werden lassen, sondern sich ihnen immer mal wieder vorsichtig annähern, um zu überprüfen, ob deren erschütternde Wirkung nicht verflogen oder zumindest schwächer geworden wäre. Wenn man doch nur häufiger die Ratschläge, die man Patienten gab, selbst beherzigen würde, dachte er.

Vorsichtig tastete Matteo nach der Courage, die er auf seinem Nachttisch abgelegt hatte. Seine geliebte Armbanduhr bot einen jämmerlichen Anblick. Das Glas war vom eingedrungenen Wasser beschlagen, die Zeiger standen still. Als er die Uhr schüttelte, antwortete der Minutenzeiger mit einem hilflosen Zittern. Wütend, als würde das Gerät die Schuld daran tragen, dass es selbst unversehrt davongekommen war, stierte er sein Handy an, bevor er sich aus dem Bett erhob und schlaftrunken unter die Dusche wankte. Hätte er doch bloß die Uhr im Auto gelassen, nicht das Telefon.

Eigentlich, dachte Matteo, während er heißer als üblich duschte, hielt sich sein Bedürfnis nach Wasser gerade in Grenzen. Der Lago gestern hatte ihm gereicht. Aber als er den heißen Strahl über Gesicht und Körper laufen ließ, spürte er sofort, wie sich seine Muskeln entspannten.

Heute war Sonntag. Heute würde er alles auf sich beruhen lassen. Selbst die Küche der Macelleria, die er seit zwei Tagen sträflich vernachlässigt hatte. Und auch die Kommissarin würde er erst morgen über den nächtlichen Vorfall informieren. Sie würde ohnehin nicht begeistert sein von seiner Unternehmung, von der Matteo selbst mittlerweile den Eindruck hatte, dass sie zur Aufklärung des Mordes nichts beigetragen hatte.

Tiefschwarz schoss der Caffè aus der Maschine und ergoss sich in die Tasse. Brot war keines mehr da, also mussten es zwei Scheiben Prosciutto tun. Zusammen mit dem heißen Caffè war das allemal ein annehmbares Frühstück.

Ohne dass er genau zu sagen vermochte, was der Auslöser dafür war, stellte Matteo fest, dass sich eine ungewöhnlich gute Stimmung in ihm ausbreitete. Als stünde ein lang ersehntes Ereignis bevor oder als läge ein beglückendes Erlebnis unmittelbar hinter ihm. Fühlte sich so die Erleichterung darüber an, der Gefahr gestern Nacht entgangen zu sein? Matteo kannte sich lange genug, um zu wissen, dass Euphorie oder Überschwang nicht unbedingt zu seinen hervorstechenden Eigenschaften gehörten. Deshalb beschloss er, seine Laune einfach hinzunehmen, ohne sonderlich viele Gedanken an sie zu verschwenden. Und er entschied spontan, dass heute ein optimaler Tag war, um sein Steinpilz-Desaster von vergangener Woche wettzumachen. Sollte die Polizei ihre Arbeit erledigen. Er konzentrierte sich jetzt auf seine. Basta – er würde die Episode der gestrigen Nacht einfach zu den Akten legen. Er war mit dem Schrecken davongekommen. Sollten diese Typen mit ihrem Schiff doch treiben, was sie wollten. Ihn ging das nichts an.

Mit einem zweiten Caffè in der Hand trat er auf die Terrasse, die noch sein Vater angelegt und mit einer Pergola versehen hatte. Wie jeden Morgen aufs Neue, wenn er die blank geputzte Oberfläche des Lago sah, in der sich der blaue Himmel spiegelte, schlug Matteos Herz unvermittelt ein paar Takte schneller. Der Lago schien seine Unschuld stets zu bewahren. Schon nach Gisellas Tod hatte Matteo diese Erfahrung gemacht.

Er vergewisserte sich, dass er eine Packung Futuras und

das Zippo dabeihatte, dann hangelte er sich mit geübten Schritten die Böschung hinab zum Ufer des Sees. Er zog seine Angel aus der kleinen Felsspalte, genauso wie den Rest der Utensilien. Endlich wieder ein Morgen, wie er ihn liebte, befand er, nachdem er Haken, Köder und Schwimmer befestigt, die Sehne ausgeworfen und sich eine Zigarette angesteckt hatte. Das Wasser schwappte gegen die Steine am Ufer. Genüsslich ließ Matteo den Rauch in die Lunge gleiten. Nun, sagte er zu sich, werde ich tatsächlich mal einen Fisch fangen. Denn was gibt es Besseres als ein in Butter gebratenes Fischfilet mit frischen Steinpilzen.

»Entschuldigen Sie den Überfall.«

Überrascht blickte Matteo sich um.

»Ich hoffe, ich habe Sie nicht erschreckt.«

Matteo musterte Nina Zanetti verwundert. Die Kommissarin trug Jeans und Lederjacke und machte einen angeschlagenen Eindruck.

»Was verschafft mir denn die Ehre?«

Der ironische Unterton in Matteos Frage, der sonst eher ihre Sache war, ließ sie die Stirn runzeln.

»Nichts Besonderes«, bemerkte sie knapp. »Ich war gerade in der Gegend.«

Matteo legte die Angel ab und beschwerte sie provisorisch mit einem Stein.

»Zigarette?«

Er reichte der Kommissarin die Packung. Hastig nahm sie eine Futura heraus und ließ sich Feuer geben. Matteo hatte den Eindruck, dass es sinnvoll war, Nina Zanetti den Zeitpunkt wählen zu lassen, an dem sie mit der Sprache herausrückte. Nach zwei Zügen sah sie Matteo mit ernstem Ausdruck an.

»Ich mache das nicht gern.« Sie stockte. »Ich mache das

überhaupt nicht gern. Aber ich möchte Sie um Hilfe bitten.«

»Tatsächlich?« Matteo konnte ein Grinsen nur schwer unterdrücken. »Dann werden Sie mir sicher auch gleich verraten, wie ich Ihnen behilflich sein kann.«

Er war selbst verwundert. Üblicherweise reagierte er ungeschickt und unsicher, wenn er der Kommissarin begegnete. Heute fühlte er sich, als ob er Oberwasser hätte. Wahrscheinlich hing das mit seiner guten Stimmung zusammen, die er sich weiterhin nicht erklären konnte. Am zornigen Blick der Kommissarin ließ sich unzweifelhaft ablesen, dass seine gute Laune ihr absolut nicht behagte.

»Entschuldigen Sie, ich hatte eine turbulente Nacht. Ich bin noch etwas aufgedreht. Wie kann ich Ihnen helfen?«

Kommentarlos reichte Nina Zanetti ihm ein zusammengerolltes Stück Papier. Matteo drückte seine Zigarette an einem Felsvorsprung aus und ließ sie in die Jackentasche gleiten, damit das Ufer nicht verschmutzt wurde. Als er den Zettel entrollte, erschrak er.

Es handelte sich um den Ausdruck eines Fotos, eine Nahaufnahme der Kommissarin. Auf der Stirn von Nina Zanetti prangte, nachträglich aufgemalt, ein rundes Loch, von dem aus sich eine einzelne rote Spur über das Gesicht schlängelte. Das Foto war grob gepixelt, so als wäre es aus großer Entfernung aufgenommen und stark vergrößert worden.

»Was soll das bedeuten?«

»Was meinen Sie?«, fragte die Kommissarin zurück. »Mir scheint die Botschaft relativ eindeutig.«

»Wie kommen Sie zu diesem Bild?«

»Es wurde mir gestern Nacht in den Briefkasten gesteckt.«

»Bei Ihnen zu Hause?«

»Leider ja.«

»Merda«, murmelte Matteo.

»Und Sie glauben, dass diese Drohung mit dem Fall zu tun hat? Könnte es nicht auch mit irgendeiner anderen Ermittlung zusammenhängen?«

»Nein«, die Kommissarin nahm ihm das Foto aus der Hand, »mir scheint es relativ sicher, dass diese Botschaft mit dem Mord auf der Isola Bella in Verbindung steht. Schauen Sie«, Nina Zanetti stellte sich neben ihn und Matteo atmete den dezenten Duft ihres Parfüms ein. So nah war er ihr noch nie gewesen.

Sie fuhr mit dem Finger auf dem Foto entlang. »Der Hintergrund ist unscharf, aber erkennen Sie die Straßenecke, an der es aufgenommen wurde?«

Matteo konzentrierte sich auf die groben Pixel, die sich zu undeutlichen Häuserfronten zusammensetzten. Ungeduldig nahm die Kommissarin ihm das Foto aus der Hand.

»Das ist in Santa Maria Maggiore, gestern, als ich auf Sie gewartet habe!«

»Verdammt«, entfuhr es Matteo.

»Ja, verdammt. Da will offenbar jemand nicht, dass ich mich in die Sache einmische.«

»Der Mörder? Aber wäre das nicht unlogisch?«, gab Matteo zu bedenken. »Dass die Polizei in so einem Fall ermittelt, ist doch klar. Und auf diese Weise legt er ja nur eine weitere Spur, die zu ihm führen könnte.«

»Finden Sie? Ich halte es für eine Demonstration von Macht. ›Du glaubst zu ermitteln, aber ich überwache jeden deiner Schritte. Ich weiß sogar, wo du wohnst‹.« Die Kommissarin lehnte sich an den Olivenbaum und scharrte mit einem Schuh im lehmigen Boden.

»Hören Sie«, sie richtete sich ein Stück auf, sah aber nicht Matteo an, sondern fixierte einen Punkt irgendwo am anderen Ufer des Lago. »Ich bin nicht feige, das müssen Sie mir glauben. Aber das lässt mich nicht unbeeindruckt.«

Matteo setzte zu einer Zustimmung an, aber die Kommissarin ließ ihn nicht zu Wort kommen.

»Außerdem musste ich meinem Vater, der, wie Sie ja wissen, auch Polizist gewesen ist, versprechen, dass ich niemals die Heldin spielen werde. Jedenfalls nicht, wenn es nicht unbedingt sein muss. Wenn ich dieses Versprechen breche, wird er für den Rest seines Lebens kein Wort mehr mit mir wechseln. Sie kennen ihn. Sie haben ihm geholfen, als es ihm sehr schlecht ging. Sie werden erlebt haben, wie stur er ist. Er wird diese Ankündigung wahrmachen.«

Matteo hegte nicht den geringsten Zweifel daran.

Sie atmete tief durch.

»Ich würde gern prüfen, wie ernst ich diese Nachricht nehmen muss, bevor ich riskiere, dass sie in die Tat umgesetzt wird.«

Matteo beobachtete Nina Zanetti von der Seite. Es fiel ihr schwer, ihm das zu erzählen. Mehr noch: Es widerstrebte ihr. Aber mit der Einschätzung ihres Vaters lag sie zweifelsohne richtig. Matteo hatte ihn behandelt, nachdem er im Dienst einen Menschen erschossen hatte. Maurizio Zanetti hatte sich das nicht verzeihen können, obwohl er in Notwehr gehandelt hatte. Nina Zanettis Vater war großherzig, aber in seinen Prinzipien unbeugsam.

»Buffon ist gerade nicht im Dienst, wie Sie wissen«, fuhr die Kommissarin fort. »Ich bin noch nicht lange dabei. Wenn die Kollegen jetzt mitbekommen, dass ich mich von so etwas erschrecken lasse, dann kann ich gleich meine Sachen packen.«

»Was schlagen Sie also vor?«, unterbrach Matteo sie, um die Kommissarin aus ihrer unangenehmen Rechtfertigungsposition zu erlösen.

Ihn streifte ein flüchtiger Blick.

»Ich nehme Ihnen nicht übel, wenn Sie ablehnen. Aber ich vertraue Ihnen, ganz im Gegensatz zu vielen von denen, die sich bei mir im Präsidium herumtreiben.«

Matteo nickte.

»Ich wollte Ihnen vorschlagen, nein, Sie bitten, dass Sie an meiner Stelle ein paar Erkundigungen einholen, sich ein wenig umsehen. Nicht lange, heute, allenfalls noch morgen. Dann sollte ich herausbekommen haben, was dran ist an dieser Botschaft. Ich würde im Büro bleiben und mich um alles kümmern, was man vom Computer aus erledigen kann.«

Erstaunt lauschte Matteo dem Vorschlag, den Nina Zanetti ihm unterbreitete. Wenn das aufflog, würde sie mit einem Disziplinarverfahren rechnen müssen, mindestens. Sie schien ihm tatsächlich zu vertrauen. Matteo versuchte, sich nicht allzu sehr von der warmen Woge, die ihm durch den Magen strömte, ablenken zu lassen. Dennoch schien er die letzte Frage der Kommissarin überhört zu haben.

»Also?«

»Einverstanden.«

»Gut«, abrupt wandte sie sich um und begann, die Böschung hinaufzusteigen, »dann bringe ich Sie auf den neuesten Stand der Ermittlungen.«

»Eine Minute«, rief Matteo ihr hinterher und verstaute seine Angel in der Felsspalte. Dann eilte er zur Terrasse, wo die Kommissarin bereits am Tisch Platz genommen hatte.

»Die Untersuchung des Gemäldes hat nichts Nennenswertes ergeben. Fabio hat es an einen internen Gutachter übergeben, der es auf das späte 19. Jahrhundert datiert hat. Ihm steht hier im Präsidium nur ein Stereomikroskop zur Verfügung. Zwar ist er ein passionierter Kunstliebhaber, er weiß viel über die alten Meister, aber seine Einschätzung bleibt vage. Sie kann die Analyseergebnisse eines Museumslabors nicht ersetzen. Er glaubt, dass sich die Craquelure, das sind die feinen Risse, die sich über die Zeit bei Ölgemälden bilden, auf natürliche Weise entstanden ist. Bildträger und Spannrahmen sind alt. Und er hat ein paar Überarbeitungen festgestellt.

Zum Motiv selbst konnte er kaum etwas sagen«, fuhr die Kommissarin fort. »Er kannte keine vergleichbaren Bilder aus dieser Zeit. Im Barock, also lange vor der Entstehung des Bildes, spielten bei Malern wie Caravaggio düstere und gespenstische Szenen eine große Rolle, sagt er. Da gibt es Gemälde, die Giftmorde oder Enthauptungen zeigen. ›Provokante Wirklichkeitserfassung mit theatralischen Effekten und packender Lichtregie‹, so hat er das genannt. Wenn ich ihn reden gelassen hätte, säße ich noch jetzt bei ihm.«

Nachdem Gerini so ungläubig auf seine Beschreibung des Bildes reagiert hatte, hegte Matteo tatsächlich Zweifel daran, dass diese Analyse richtig war. Möglich war, dass es sich um ein bisher unbekanntes Stück handelte, über das Gerini noch nichts gelesen hatte. Und natürlich war es fahrlässig, sich in diesem Fall auf die aus der Ferne erstellte Expertise eines Unbekannten zu verlassen, nur weil dessen Bücher davon zeugten, dass er über ein erhebliches kulturgeschichtliches Wissen verfügte. Womöglich hatte auch der Galerist recht und das Bild sollte beim Betrachter lediglich auf billige Weise Grusel erzeugen.

Matteo strich nachdenklich über den Gartentisch, auf

dem sich ein paar Blütenblätter des Oleanders gesammelt hatten. Vermutlich könnte Maria ihm weiterhelfen. Eigentlich war es ihm nicht lieb, eine seiner Mailänder Freunde zu kontaktieren. Er hatte sich bei niemandem mehr gemeldet, seit er aus seinem alten Leben geradezu geflüchtet war. Nun nach so langer Zeit wieder anzuklopfen und das nur, weil er Marias Hilfe benötigte, war kein besonders feiner Zug. Andererseits arbeitete sie als Restauratorin. Wenn es jemanden gab, der etwas an dem Gemälde feststellen konnte, das über die bloße Datierung, die der Gutachter der Polizei vorgenommen hatte, hinausging, dann war es seine alte Freundin aus Studientagen.

Als wäre ihr nicht entgangen, dass Matteo in Gedanken abschweifte, räusperte die Kommissarin sich. Entschuldigend bedeutete er ihr fortzufahren. Die Gäste, die den Abend auf der Isola Bella verbracht hätten, erklärte Nina Zanetti ihm nun, seien alle aus dem Bereich des Sports gewesen. Sponsoren von Sportveranstaltungen oder einzelnen Vereinen seien ebenso darunter gewesen wie Funktionäre verschiedener Verbände und Vertreter politischer Parteien.

»Sport?«, fragte Matteo unnötigerweise nach.

Nina Zanetti nickte.

»Was die Disziplinen angeht, bunt gemischt.«

»Und der Anlass des Empfangs?«

Die Kommissarin zuckte mit den Schultern.

»Nichts Außergewöhnliches, eine jährliche Feier, die verschiedene Verbände gemeinsam ausrichten. Ein geselliger Schulterschluss, um Kontakte zu pflegen, den Sponsoren zu danken, so was in der Art.«

Matteo dachte an die wenigen Fotos, die sie auf Ferrettis Computer gefunden hatten.

»Galopprennen ist auch eine Sportart, vielleicht besteht da ein Zusammenhang.«

Die Kommissarin nickte: »Die Bilder von den Pferderennen scheinen mir einer der rar gesäten Anhaltspunkte zu sein, die wir haben.«

»Und Sie sind der Meinung, ich sollte mich mal in Mailand umsehen?«

»Die Rennen beginnen um zwölf Uhr.«

Matteo schaltete nicht gleich.

»Heute ist Renntag in San Siro. Also, wenn Sie es einrichten können.«

Längst hatte sich sein Entschluss, die Sache auf sich beruhen zu lassen, in Luft aufgelöst.

»Kann ich.«

»Gut. Ich werde mich in der Zwischenzeit darum kümmern, dass wir einen detaillierten Überblick über Ferrettis Kontobewegungen bekommen. Bisher kann ich Ihnen nur so viel sagen, dass auf einem seiner Konten in unregelmäßigen Abständen größere Summen eingegangen sind. Aber die Unterlagen, die uns die Banco Populare di Milano geschickt hat, sind noch längst nicht ausgewertet.«

»Und kamen die Zahlungen immer von derselben Firma oder Person?«

»Nein, von verschiedenen Auftraggebern. Allerdings hat keines dieser Unternehmen seinen Sitz in Italien. Die Konten gehören, so unsere derzeitige Vermutung, zu Briefkastenfirmen. Die Überweisungen wurden jedenfalls von Geldhäusern in Monaco und auf den Kanalinseln getätigt.«

»Wie viel Geld hat Ferretti erhalten?«

»Unterschiedlich. Die Beträge variieren zwischen 20 000 und 60 000 Euro. Mehrmals pro Jahr.«

Matteo pfiff durch die Zähne.

»Daneben gibt es noch einige kleinere Überweisungen. Zwischen 1 000 und 2 000 Euro.«

»Glauben Sie, dass seine Frau eingeweiht war? Denken Sie, sie wusste, wie wohlhabend Ferretti in Wirklichkeit war und woher dieses Geld stammte?«

»Seine Frau hat uns ja gesagt, er habe sein Geld vor allem mit Werbekampagnen verdient. Und sie hat angegeben, kaum Einblick in seine beruflichen Angelegenheiten gehabt zu haben. Dieser Eindruck hat sich mir noch einmal bestätigt, als wir das Atelier angeschaut haben. Sie kannte sich darin offensichtlich überhaupt nicht aus. Schien fast ängstlich, irgendetwas kaputt zu machen oder auch nur anzufassen. Und sie selbst hatte nur eine Vollmacht für das andere Konto, das auf Ferrettis Namen lief. Darauf wurden monatlich nie mehr als 3000 Euro bewegt. Krankenkassenbeiträge gingen davon ab, kleinere Einkäufe, 200 Euro für eine private Zusatzrente. Das Übliche. Auf der Einnahmenseite finden sich lokale Auftraggeber. Die Nationalparkverwaltung des Val Grande, die SSIF, die auf italienischer Seite die Centovallibahn betreibt, ein Händler aus Domodossola, der mit Natursteinen und Marmor handelt. Ich glaube, Ferrettis Frau wusste nichts von den anderen Geldströmen.«

»Und hat Ferretti größere Summen von dem anderen Konto abgehoben? Hat er vielleicht ein Doppelleben geführt und in Santa Maria Maggiore den kleinen Fotografen und andernorts den großen Zampano gespielt?«

»Nein, er hat das Geld nicht angerührt. Auf dem Konto befinden sich über 400 000 Euro! Vielleicht verfolgte er einen größeren Plan. Vielleicht träumte er von einer Villa an der Costa Smeralda oder davon, sein altes Leben auf andere Weise hinter sich zu lassen. Vielleicht ja sogar mit seiner Frau? Er hat ihre Beziehung ja geradezu verherrlicht. Oder wie haben Sie die vielen Fotos interpretiert, die wir im Wohnzimmer der Ferrettis gesehen haben?«

»Das stimmt allerdings.«

Nina Zanetti schaute auf ihr Handy.

»Sie sollten demnächst aufbrechen, um pünktlich in San Siro zu sein. Eine Sache müssen Sie noch wissen. Die Gerichtsmedizin geht davon aus, dass Ferretti bereits eine Weile tot war, als ihn das Horn des Einhorns durchbohrte. Ich will Ihnen die unappetitlichen Details ersparen. Durch bestimmte Zersetzungsvorgänge im Körper beginnt sich die Totenstarre 24 bis spätestens 48 Stunden post mortem zu lösen und setzt danach auch nicht wieder ein. In diesem Stadium befand sich die Leiche. Bei Hitze vollzieht sich der Prozess schneller, bei Kälte langsamer. Um den tatsächlichen Todeszeitpunkt bestimmen zu können, fehlen noch letzte Untersuchungen.«

»Und das haben Sie alles erfahren, nachdem ich gestern Abend so überstürzt aufgebrochen bin? Oder haben Sie das da schon alles gewusst? Und gibt es noch etwas, das ich wissen sollte?«, fragte Matteo mit einem leicht beleidigten Unterton. »Was sagt die Gerichtsmedizin über die Todesursache?«

»Seien Sie nicht so eingeschnappt. Sie wissen, dass ich Kopf und Kragen riskiere, weil ich Sie ins Vertrauen ziehe. Und umgekehrt gilt: Ich hätte es vorgezogen, das alles für mich zu behalten. Nicht, weil ich Ihnen misstraue, sondern weil Sie an Ihrem neuen Leben hängen. Oder nicht? Jedenfalls brauchen Sie es, um Ihr altes hinter sich zu lassen. Das habe ich gestern begriffen. Es fällt mir schwer, Sie da mitreinzuziehen. Das können Sie mir glauben. Aber ich wusste keinen anderen Ausweg.«

Matteo schaute über den See und auch Nina Zanettis Blick war auf die Landschaft gerichtet. »Äußere Einwirkungen gibt es keine.«

»Abgesehen von der herausgeschnittenen Rippe«, ergänzte Matteo.

»Abgesehen von der Rippe, ja. Außerdem gibt es noch Spuren, die darauf hinweisen, dass der Körper mit einem Seil irgendwo hochgezogen oder heruntergelassen wurde. Und offenbar wurde er über einen Steinboden geschleift.«

»Daran stirbt man aber nicht.«

»Nein, daran stirbt man nicht. Gestorben ist Vittorio Ferretti an Lungenversagen. Die Kollegen arbeiten daran, den Grund dafür herauszufinden.«

Nina Zanetti weigerte sich, wie von Matteo vorgeschlagen, in der Macelleria zu bleiben, während er sich auf den Weg nach Mailand machte. Und Matteo musste einsehen, dass sie recht hatte. Im Präsidium konnte ihr eigentlich nichts zustoßen. Und wenn derjenige, der diese beunruhigende Botschaft geschickt hatte, sie so eingehend beobachtete, wie das Foto suggerierte, war sie in der Macelleria ebenfalls nicht sonderlich gut aufgehoben.

Bevor er losfuhr, überzeugt sich Matteo mit einer raschen Suche in den Kontaktdaten auf seinem Handy davon, dass er die Nummer von Maria nicht gelöscht hatte. Maria arbeitete in der Pinacoteca di Brera, dem Museum für mittelalterliche und moderne Kunst in Mailand.

Kurz zögerte er, dann schickte er ihr eine SMS, was doppelt feige war und wofür er sich schämte, weil sie sein beinahe zweijähriges Schweigen, das ein Ignorieren ihrer Anrufe eingeschlossen hatte, auf so profane Weise beendete. Er informierte Maria darüber, dass er heute in Mailand sein würde und bat sie um ein kurzes Treffen. Dass es um ihre Einschätzung zu einem Bild ginge, fügte er ebenfalls hinzu.

Die Antwort blinkte Sekunden später auf seinem Handy auf. Dass sie sich freue. Er solle das Bild in der Pinacoteca vorbeibringen, am Hintereingang beim Pförtner, der auch am Wochenende dort sei, sie wohne ja gleich um die Ecke, dann würde sie es sich so bald wie möglich anschauen.

Das Gemälde holte Matteo im Präsidium ab, bevor er bei Stresa auf die Autobahn Richtung Mailand fuhr. Ein Zwischenstopp, der ihm gelegen kam, konnte er sich doch auf diese Weise davon überzeugen, dass Nina Zanetti unversehrt in ihrem Büro angekommen war. Zum benachbarten Theater warf Matteo nur einen scheuen Blick. Aber die Zufahrtstore waren verschlossen. Teresa würde ihm hier nicht über den Weg laufen. Und auch in Mailand nicht. Sie lebte sehr wahrscheinlich mittlerweile in Turin, wie er seit gestern, als er das Plakat gesehen hatte, wusste. Um wie viel leichter das Wissen, ihr nicht zufällig begegnen zu können, eine Fahrt nach Mailand für ihn machte.

Als Matteo durch den überdachten und von Säulen flankierten Haupteingang auf die Galopprennbahn trat – das Gemälde hatte er bereits im Palazzo di Brera vorbeigebracht – war er sofort erfasst von Vorfreude und Spannung, was durch die halblauten Gespräche der Besucher über Wettquoten und Gewinnaussichten zusätzlich verstärkt wurde.

Wie stets, wenn er auf eine Rennbahn kam, meinte er, das untergründige Beben des Bodens zu spüren, was natürlich Unsinn war, weil man die Kraft, mit der die Hufe aufschlugen, nur wahrnehmen konnte, wenn man direkt am Geläuf stand. Bis auf den Vorplatz drangen die Schwingungen gewiss nicht. Das erste Rennen war gerade vorüber. In weniger als einer halben Stunde würden die Startboxen für das zweite aufspringen.

An einem der Wettschalter kaufte Matteo ein Programmheft, in dem die startenden Pferde verzeichnet waren, und schlenderte durch das Publikum, das häufig in kleinen Grüppchen zusammenstand. Zahlreiche Besucher waren aber auch alleine gekommen. Sie brauchten keine Gespräche, der Kitzel des Rennens genügte ihnen.

Die selbstverständliche Mischung aus einfachen Leuten und den vielen Reichen, die in mitunter haarsträubender Aufmachung erschienen waren, gefiel ihm. Das Ganze war ein einziger, herrlicher Kostümball. Wie steril wirkte dagegen der benachbarte Golfclub, in den nur die Wohlhabenden eingelassen wurden.

Nicht, dass Matteo schon auf zahllosen Rennbahnen gewesen war. Aber die Stimmung auf San Siro schien in jedem Fall eine außergewöhnliche zu sein. Das mochte auch daran liegen, dass es sich eben nicht nur um die Galopprennbahn und die benachbarte Trabrennbahn handelte. Gegenüber ragten die Tribünen des monumentalen, wenngleich wahrlich nicht sonderlich ansehnlichen Guiseppe-Meazza-Stadions in den Himmel, das sich die beiden Vereine der Stadt, Inter und AC, für ihre Heimspiele teilen mussten. Eine merkwürdige Konstellation, die Matteo nie ganz hatte einleuchten wollen. Aber auch der legendäre Meazza war 1940 nach dreizehn Jahren im schwarz-blauen Inter-Trikot zum Stadtrivalen gewechselt. Und unter Tränen war er, jedenfalls wurde das bis heute von den Inter-

Fans kolportiert, im Jahr darauf zum ersten Lokalderby angetreten. Und er war es dann auch gewesen, der mit dem Tor zum 2:2 den salomonischen Schlusspunkt des Spiels gesetzt hatte.

Für eine paar Augenblicke verharrte Matteo vor der riesigen, sieben Meter hohen Pferde-Statue, dem Cavallo di Leonardo, die vor noch nicht allzu langer Zeit nach Zeichnungen Leonardo da Vincis aus Bronze gegossen worden war.

Ob er auch einen Wettschein ausfüllen sollte? Es juckte ihn in den Fingern. Er verstand den Sinn eines Rennbahnbesuchs nicht, wenn man nicht auf eines der Pferde setzte, und sei es ein noch so geringer Betrag. Aber heute war er in einer anderen Funktion hier, wenngleich er gar nicht genau wusste, wonach er suchte.

Die Glocke, die den Jockeys das Signal zum Aufsitzen gab, ertönte, sodass Matteo beschloss, zumindest bei diesem Rennen auf eine Wette zu verzichten und stattdessen zu versuchen, noch einen Eindruck von Jockeys und Pferden zu bekommen, die nun von ihren Pflegern vom Sattelplatz auf das Geläuf gebracht wurden.

Natürlich war er nicht der Einzige, der auf diese Idee gekommen war. Dicht gedrängt bildeten die Besucher, die verpasst hatten, am Führring Pferde und Reiter zu begutachten, ein Spalier, durch das die Pferde schreiten mussten. Manche mit Scheuklappen, andere nervös tänzelnd. Die Mienen der Jockeys waren undurchdringlich, was vielleicht an den tiefen Falten lag, von denen beinahe alle Gesichter durchzogen waren. Matteo vermutete, dass es mit der Diät zu tun hatte, die diese ohnehin schon klein gewachsenen, zierlichen Männer halten mussten, um ihr geringes Gewicht zu wahren.

Die bunten Seidentrikots der Jockeys flatterten im Wind. Beinahe wie moderne Narren sahen sie aus, Matteo hatte von jeher eine gewisse Traurigkeit mit den kleinen Männern verbunden. Trotz ihrer zerfurchten, faltigen Gesichter erschienen sie auf unergründliche Weise alterslos.

Die Pferde betraten das Geläuf und galoppierten einmal vor den Stehplätzen und der Tribüne entlang, um die Muskeln zu lockern, bevor sie von den Pflegern in die engen Startboxen geschoben wurden. Matteo suchte sich einen Platz nah beim Zieleinlauf und beobachtete, wie sich die Sitzplätze auf der Tribüne füllten. Das geschäftige Murmeln, das er auf dem Vorplatz vernommen hatte, war einer angespannten Stille gewichen.

Plötzlich stutzte Matteo. Den Mann, der schräg vor ihm in der Menge stand und nervös an dem Riemen eines Fernglases zerrte, kannte er doch. Auch wenn er ihn nur von hinten sah, die Statur, der Bürstenhaarschnitt und vor allem das ruppige Gebaren selbst waren nicht zu verwechseln.

Dass er eine Schwäche für Pferderennen zu haben schien, machte ihm Buffon, den unausstehlichen Kollegen der Kommissarin, der offiziell gerade einen längeren Urlaub verbrachte, beinahe sympathisch. Aber nur beinahe. Eigentlich wünschte er sich natürlich, dass Buffon eine immense Summe auf ein Pferd gesetzt hatte, das sich als letztes ins Ziel schleppen würde. Matteo grinste. Den unvermeidlichen Wutanfall des ohnehin notorisch übellaunigen Kommissars konnte er sich bildhaft vorstellen.

Das Brummen in seiner Tasche lenkte Matteos Aufmerksamkeit von Buffon ab, der es mittlerweile immerhin geschafft hatte, den Riemen des Fernglases aus dem Hemdkragen zu befreien. Das Handy meldete eine SMS von Maria.

Um drei Uhr bei mir im Atelier? Ich habe etwas Hübsches entdeckt.

Zufrieden ließ Matteo das Handy zurück in die Tasche gleiten. Er hatte gewusst, dass er sich auf Maria verlassen konnte.

Die Glocke ertönte, die Boxen sprangen auf und die Pferde preschten los. 1800 Meter betrug die Distanz dieses Rennens, der Start war weit entfernt von den Tribünen. Das Feld der Pferde war für das Publikum in den ersten Sekunden wie eine Woge, die man erst nur erahnte, als diffuse, geräuschlose Bewegung am Horizont, die Stille einzig durchbrochen vom Rennbahnsprecher, der um Souveränität bemüht, tatsächlich aber mit kaum unterdrückter und sich von Sekunde zu Sekunde steigender Ekstase die Positionen der Pferde verkündete. »Prato Mariante ist gut aus der Box gekommen, Folega auf der Außenbahn, La Giancinta zwei Längen hinter Dovadola, macht aber Boden gut. Das Feld geht in die Kurve, Baffonero schon deutlich abgeschlagen. Folega gewinnt an Boden.«

Nun bogen die Pferde auf die Schlussgerade ein, das Ziel fokussiert, begannen die Jockeys, ihre Pferde mit den kurzen Gerten zu bearbeiten. Die Zuschauer feuerten lautstark die Pferde an, auf die sie gewettet hatten. Nun spürte Matteo endlich, wie der Boden durch die Wucht der herannahenden Hufe zu vibrieren begann, man konnte die Kraft der Tiere bis in jede einzelne Faser des eigenen Körpers fühlen.

Auch ihm, obgleich ihm herzlich egal sein konnte, welches Pferd als Erstes ins Ziel kam, schoss das Adrenalin in die Adern. Plötzlich durchbrach ein schriller Schrei von der Tribüne die Anfeuerungsrufe, es folgte ein dumpfes, beinahe chorisches Aufstöhnen. Die Zuschauer neben Matteo reckten die Köpfe, um zu erkennen, was geschehen war. Diejenigen, die auf den Tribünen saßen, hatten bessere Sicht.

In diesem Moment galoppierten die Pferde vorbei, die Stimme des Rennbahnsprechers überschlug sich fast, als könnte er durch seine Emphase die Pferde noch mehr anspornen. Mit dem nächsten Atemzug hatte er sich beruhigt und verkündete, triumphierend, wie es Matteo schien, den Zieleinlauf. Die Augen des Publikums aber waren fast ausnahmslos auf das letzte Pferd gerichtet, das weit abgeschlagen ins Ziel lief und dabei sogar in einen leichten Trab verfallen war.

Der Jockey war nicht heruntergefallen, wie Matteo jetzt erkannte, sondern hing schlaff über dem Hals des Pferdes. Nur die kurz gezogenen Steigbügel schienen ihn noch auf dem Rücken des Tieres zu halten. Einige Zuschauer wandten sich bereits ab, weil das Rennen in ihren Augen gelaufen war. Was sollten sie sich noch um einen strauchelnden Jockey kümmern?

Matteo drängte sich an den Entgegenkommenden vorbei bis an die Balustrade, die das Publikum vom Geläuf trennte. Plötzlich, mit einer abrupten Bewegung, blieb das Pferd stehen, es stemmte seine Vorderbeine erst in den Boden, dann knickten sie für ein paar Sekunden ein. Ein Wiehern, das wie ein Heulen klang, erscholl, dann warf das Tier den Kopf nach oben und stieg auf die Hinterbeine.

Schlaff und schwerfällig wie ein Sack, der am Sattel festgebunden war, bäumte sich auch der Körper des Jockeys auf, fiel aber sofort wieder nach vorn und schlug hart auf dem Hals des Pferdes auf, woraufhin dieses erschreckt zur Seite wich. Dann begriff es, dass der Verursacher des

Schmerzes sich auf seinem Rücken befand und begann wieder anzugaloppieren und panisch auszuschlagen.

Zwei Pferdepfleger eilten heran, um das aufgebrachte Tier einzufangen. Jeder an einer Seite des Pferdes führten sie es schließlich von der Rennbahn. Ein lang gezogener Signalton erklang: das Zeichen, dass die Rennleitung den Ausgang des Rennens noch einmal überprüfen musste. Matteo sah gerade noch, dass der Jockey sich mühevoll wieder aufrichtete. Wahrscheinlich hatte er einen Schwächeanfall erlitten.

Matteo holte die Futuras aus der Tasche und steckte sich eine Zigarette an. Nachdenklich lehnte er sich an die Balustrade und ließ seinen Blick über die Tribünen streifen, die sich langsam leerten. Er ließ den würzigen Rauch in die Lunge gleiten, dann zog er sein Handy aus der Tasche und tippte eine Antwort an Maria. *Drei ist wunderbar. Grazie, a presto.*

Mittlerweile waren fast alle Zuschauer zum Führring, wo die Pferde für das nächste Rennen präsentiert wurden, und zu den Wettschaltern gewandert, um ihre Tippscheine abzugeben oder ihre Gewinne abzuholen. Matteos Aufmerksamkeit blieb an einer alten Dame hängen, die, zahlreiche Taschen und Tüten um sich drapiert, auf der Wiese vor den Zuschauertribünen stand. Mit einem versonnenen Ausdruck in den Augen kämmte sie sich die spärlichen grauen Haare mit einem zierlichen Taschenkamm.

Unwillkürlich musste Matteo schmunzeln. Genau das war es, was er am Pferderennen liebte. Dass Menschen, die wie diese alte Frau ohne Frage ein wenig sonderbar waren, hier ebenfalls geduldet waren. Vielleicht nicht Schulter an Schulter mit den Schönen und Wohlhabenden, aber doch immerhin auf Rufweite. An der Mimik der Alten war nicht zu erkennen, ob sich ihr Einsatz bei diesem Rennen vervielfacht hatte. Vielleicht hatte sie auch gar nicht gewettet, dachte Matteo, und schlug nun den Weg zu den Wettschaltern ein. Beim nächsten Rennen wollte er eine kleine Summe setzen. Und er wollte bei der Gelegenheit überprüfen, ob jemand Vittorio Ferretti gekannt hatte.

Er gesellte sich zu den Besuchern, die sich um den Führring geschart hatten und glich die Vollblüter, die nun nach und nach von den Pferdepflegern im Kreis geführt wurden, mit den Angaben zu Gewicht und letzten Erfolgen ab, die im Programmheft vermerkt waren. Ohne dass er genau zu sagen gewusst hätte, was den Ausschlag gab, entschied er sich, sein Geld auf einen Fuchswallach zu setzen, der ihm anfangs zu knochig erschienen war. Vielleicht hatte das Pferd gerade dadurch sein Herz erobert.

Nach einem kurzen Zögern kreuzte er eine Platzwette und einen Einsatz von zehn Euro an. Es ging nur um den Spaß. Als er sich in die zum Glück überschaubare Schlange am Wettschalter stellte, entdeckte er Buffon, der gerade an einem der anderen Schalter seinen Wettschein über den Tresen schob. Matteo konnte nicht erkennen, wie hoch der Einsatz des Kommissars war. Aber es waren eindeutig mehrere Geldscheine, die der Mensch hinter dem Schalter entgegennahm.

Als Matteo an der Reihe war, gab er erst seinen Wettschein ab. Dann zeigte er dem Mann das Foto von Ferretti, das ein wenig ramponiert, aber glücklicherweise immer noch zu erkennen war, obwohl es während des nächtlichen Schwimmens im Lago in seiner Jacke gesteckt hatte.

»Kennen Sie dieses Gesicht? Dieser Mann muss häufiger hier gewesen sein.«

»Keine Ahnung. Schauen Sie sich um, wie viele Leute

sich hier rumtreiben. Ich merke mir die Gesichter nicht.« Der Mann grinste anzüglich. »Außer die der schönen Signorinas.«

»Schauen Sie noch mal genauer hin«, bat Matteo. »Es ist wirklich wichtig.«

Hinter ihm wurde gemurrt. Den anderen Wettwilligen gefiel nicht, dass es nicht voranging.

»Wer schickt Sie?«, fragte der Mann, »Wieder mal eine besorgte Ehefrau, tippe ich, die Angst hat, dass ihr Liebster die gemeinsamen Ersparnisse durchbringt?« Er deutete auf die Schlange. »Tut mir leid, ich kann wirklich nicht helfen.«

Matteo versuchte es noch an den anderen Wettschaltern. Aber er hatte kein Glück. Nur eine Frau glaubte, Ferretti schon einmal gesehen zu haben. Aber ihre Erinnerungen waren so unsicher und vage, dass sie nicht zu gebrauchen waren. Dass Ferretti hier gewesen war, wusste Matteo schließlich schon. Er interessierte sich dafür, mit wem der Tote in Kontakt gewesen war.

Das folgende Rennen verlief ähnlich enttäuschend wie seine Befragung. Ein Hindernisrennen über eine Distanz von fast drei Kilometern. Aber Matteo sah schon nach einem Drittel der Strecke, dass sein Wallach nicht die Energie haben würde, auf einen der vorderen Plätze zu gelangen. Er täuschte sich nicht. Als siebter überquerte das Pferd schließlich die Ziellinie.

Missmutig zerknüllte Matteo den Wettschein. Was trieb er überhaupt hier? Warum versuchte er nicht stattdessen herauszufinden, wer gestern Nacht das Boot gesteuert und ihn über Bord geschmissen hatte? Natürlich wusste er ganz genau, warum er hier war: weil er vermieden hatte, der Kommissarin von seinem nächtlichen Vorstoß zu erzählen.

Nein, anders, weil er es nicht geschafft hatte, ihr von seinem Entschluss zu erzählen, die Dinge auf sich beruhen zu lassen.

Erneut summte das Handy. Matteo vermutete eine kurze Erwiderung von Maria. Aber das Display meldete ihm eine Nachricht von Nina Zanetti.

Lese gerade die Befragungen von Zeugen aus Ferrettis Umfeld. Kaum Brauchbares. Aber eine Nachbarin hat ausgesagt, dass er in letzter Zeit ungewöhnlich oft in der Kirche gesehen wurde. Könnte evtl. eine Verbindung zu der Geschichte mit der Rippe schlagen. Was sagt San Siro? N.

Das persönliche N. für Nina durchzuckte Matteo. Aber wahrscheinlich war das nur das übliche Kürzel, das sie für SMS benutzte.

Dass Ferretti, offenbar entgegen seiner sonstigen Gewohnheit, zum Kirchgänger geworden war, konnte tatsächlich eine Spur sein. Matteo war, wie ihm nicht erst Beppo klargemacht hatte, nicht sonderlich firm in kirchlichen Fragen, aber er war sich ziemlich sicher, dass Menschenopfer nicht zu den Praktiken des hiesigen Katholizismus gehörten. Er würde sich bei Beppo noch mal nach diesem Thema erkundigen.

Matteo schlenderte zum Führring zurück. Wegen eines verlorenen Rennens würde er nicht verzagen. Überhaupt: Er musste eben Geduld haben.

Die Menge, die sich versammelt hatte, war dichter geworden. Um ihn herum wurde leise gemurmelt, dann wurde mit Schwung der Nebenstehende gegen ihn geschoben, sodass Matteo zur Seite ausweichen musste und seinerseits eine Frau anrempelte.

»Scusi«, Matteo hob entschuldigend die Hände, soweit ihm das in dieser Enge möglich war. Irgendeine Kraft bahnte sich durch die Menge. Dann erkannte Matteo den massigen Körper, der die Leute auseinanderdrückte, und jetzt vernahm er auch das Schnaufen, das ihm nur allzu bekannt war.

»Cesario!«

Der Hüne wandte sich erstaunt in seine Richtung. Dann verzog sich sein Gesicht zu einem breiten Lächeln.

»Impossibile!«

Als wären die Umstehenden aus Watte schob sich Cesario zu ihm hinüber. Matteo kannte keine Statistiken, aber er hätte dennoch ohne zu zögern geschworen, dass der Commissario in den vergangenen zwei Jahrzehnten mindestens fünfzig Prozent der Mailänder Verbrechen fast im Alleingang aufgeklärt hatte. Und dennoch war er einer der angenehmsten Menschen, denen Matteo während seiner Arbeit begegnet war.

Cesario klopfte ihm herzlich auf die Schulter.

»Du, in Mailand, wie schön! Wie geht es dir? Spielst du immer noch den Fleischermeister?«

Matteo grinste.

»Du würdest dich wundern, mittlerweile bin ich richtig gut geworden.«

Der massige Commissario setzte eine skeptische Miene auf.

»Matteo, das ist doch nichts für dich. Nicht auf Dauer. Komm doch zurück. Du fehlst, wir vermissen dich. Ich vermisse dich.«

Noch bevor Matteo dazu kam, eine Art Rührung zu empfinden, lachte Cesario sein feixendes Lachen, das immer zum Einsatz kam, wenn Situationen allzu emotional wurden, sei es, weil unversehens Aggression oder Wut aufkam oder aber, wie in diesem Fall, die Stimmung ins Rührselige zu kippen drohte. Es gab kaum etwas Erleichternderes als Cesarios Lachen.

Mit einer Kopfbewegung deutete der Commissario in Richtung der Stallungen.

»Ich habe leider keine Zeit für einen Caffè. Die Pflicht ruft. Du hast es sicher schon gehört.«

»Nein, hab ich nicht. Was ist passiert?«

»Ein Jockey ist tot.«

»Der aus dem zweiten Rennen? Ich hab gedacht, der hätte nur einen Schwächeanfall.«

»Er hat es bis in den Stall geschafft. Dann ist er tot zusammengebrochen. Wenn du mich fragst«, Cesario senkte die Stimme, damit die Umstehenden ihn nicht hörten, »essen diese kleinen Kerle einfach zu wenig. Kein Wunder, dass die irgendwann aus den Latschen kippen. Die wiegen ja kaum mehr als fünfzig Kilo.«

Nun schüttelte es Cesario regelrecht vor Lachen. Sein dicker Bauch bebte.

»Sag mal, was treibt dich eigentlich nach Mailand?«

Cesario nahm Matteo an den Schultern und bugsierte ihn aus der Menge hinaus, die sich ohnehin schon in Auflösung befand, weil die Leute doch gespannter auf das nächste Rennen waren als darauf, was es noch über den Tod des Jockeys zu erfahren gab. Das würden sie noch früh genug in der Zeitung lesen.

An einer einigermaßen ruhigen Stelle auf der Rückseite der Wettschalter berichtete Matteo Cesario in aller Kürze von dem Mord auf der Isola Bella und den Fotos auf Ferrettis Rechner, die ihn bewogen hatten, nach San Siro zu kommen.

Cesario wischte sich den Schweiß von der Stirn, der ihm selbst bei gemäßigten Temperaturen aus allen Poren quoll.

Wahrscheinlich war das einfach der Kraft geschuldet, die er brauchte, um seinen massigen Körper in Bewegung zu setzen.

»Du weißt, dass ich dir verbieten sollte, dich in Polizeiangelegenheiten zu mischen«, grummelte er. »Aber ich kenne dich natürlich und weiß, dass es zwecklos ist.«

Matteo nickte lieber nicht.

»Also pass auf«, fuhr Cesario fort, »ich guck mir die Sache da drüben jetzt mal an. Vielleicht haben die Kollegen ausnahmsweise schon ein bisschen was erledigt. Falls er doch nicht nur wegen des spatzenhaften Essens gestorben ist, melde ich mich bei dir, auch wenn ich nicht glaube, dass es da eine Verbindung gibt.«

»Danke, Cesario.«

Matteo streckte seinem ehemaligen Kollegen – und Freund, das konnte man durchaus so sagen – die Hand entgegen. Wie immer musste er sich Mühe geben, nicht in die Knie zu gehen, als Cesarios Pranke zudrückte. Mit einem Ruck zog der Commissario Matteo zu sich heran.

»Pass auf dich auf, verstanden? Ich habe Gutes über die junge Kommissarin gehört, sonst würde ich dich das nicht machen lassen.«

»Nina Zanetti ist sehr in Ordnung. Du kannst dich auf uns verlassen.«

»Ciao, Matteo.«

Mit einer bei seiner Korpulenz erstaunlichen Wendigkeit drehte Cesario sich um und bahnte sich den Weg zu den Stallungen, nicht ohne zuvor noch einmal freundschaftlich Matteos Schultern gestreift zu haben.

»Ciao, Cesario«, rief Matteo ihm hinterher, etwas zu leise vielleicht, als dass der andere es durch die Geräusche der Rennbahn hindurch hatte hören können.

Noch ein Toter. Und das ausgerechnet hier auf der Rennbahn. Matteo rief sich ins Gedächtnis, wie der Jockey auf dem Tier zusammengebrochen war. Tote und Pferde. Bestand da ein Zusammenhang?

Eine knappe Dreiviertelstunde später stand Matteo im Atelier von Maria in der Pinacoteca di Brera. Ohne zu viele Details preiszugeben, erklärte Matteo der Restauratorin, dass das Gemälde vielleicht eine Spur in einem Mordfall sein könnte, und versuchte, die Einschätzung des Gutachters möglichst vollständig zu rekonstruieren.

Während er sich gemeinsam mit seiner alten Freundin über das Gemälde beugte, mischten sich in seiner Nase der Geruch von Farben und Verdünner und der ihm vertraute Duft Marias.

»Was sagtest du, haben die Experten von der Polizei herausgefunden?« Sie schnaufte verächtlich, was in merkwürdigem Widerspruch zu ihrem eleganten Auftreten stand, und stemmte die Hände in die Hüften. Auch im Atelier trug Maria stets hohe Schuhe zu fließenden schwarzen Blusen und ausgestellten Hosen.

»Ein altes Original soll das sein? Pah.«

»Was genau unter euch Kunstwissenschaftlern als Original gilt, weiß ich nicht, muss ich gestehen«, gab Matteo zurück. »Aber, ja, die Einschätzung war: alte Leinwand, alte Farbpigmente, sogar ein historischer Rahmen, der in die vermutete Entstehungszeit passt, also spätes 19. Jahrhundert.«

»Soso«, wieder schnaufte die Restauratorin vernehmlich durch die Nase.

»Komm Maria, mach es nicht so spannend.«

Sie griff einen winzigen Spatel.

»Alter Rahmen, o. k., alte Leinwand, auch einverstanden. Alte Farben«, sie machte eine Pause und schabte behutsam über eine Stelle auf der Bildmitte. »Wenn man nur an den Rändern des Bildes schaut, dann mag das stimmen.«

Dann richtete Maria sich auf und hielt triumphierend den Spatel in die Luft, an dem ein paar Farbpigmente klebten.

»Aber man sollte sich eben immer das Ganze anschauen, nicht nur an einer Stelle kratzen, weil man sich von einer gleichmäßigen und scheinbar natürlichen Craquelure in die Irre führen lässt. Wenn ein Detail stimmig ist, heißt das fürs Gesamte noch gar nichts.«

»Und was verrät dir der Blick aufs Ganze?«

»Auf dieses alte Bild wurde etwas anderes gemalt, als ursprünglich darauf zu sehen war, Matteo. Nicht über das gesamte Bild, sondern, soweit ich das bisher beurteilen kann, nur im mittleren Teil. Vielleicht betrifft es exakt den Teil, auf dem nun die Isola Bella zu sehen ist.«

»Wirklich?«, erstaunt beugte Matteo sich wieder über das Bild. Ihm war es unmöglich zu erkennen, dass diese Malerei nicht aus einem Guss war.

»Zugegeben«, Maria schabte ein weiteres Farbteilchen von der Leinwand. »Die- oder derjenige hat anständige Arbeit geleistet. Mit dem bloßen Auge ist es kaum zu bemerken.«

Matteo schüttelte den Kopf.

»Ich sehe nichts.«

»Hier«, Maria fuhr, ohne die Leinwand zu berühren, mit dem Spatel an dem Übergang zwischen Barockgarten und Lago entlang. »Die Schattenlinie ist nicht ganz sauber. Wenn du das mit der beim Übergang von den Bergen im Hintergrund vergleichst«, sie deutete auf eine Stelle im oberen Bereich des Bildes, »dann erkennst du den Unterschied.«

Matteo brummte etwas Unspezifisches, das sich mit gutem Willen als Zustimmung interpretieren ließ. Tatsächlich konnte er absolut keinen Unterschied ausmachen.

»Kannst du sagen, wie alt beziehungsweise wie neu diese Übermalung ist?«

Maria schürzte die Lippen.

»Hör zu, es wird sicher bis morgen dauern, bis ich eine Ahnung von dem habe, was unser begabter Hobbymaler da überpinselt hat. Ich muss das Gemälde noch einer Analyse mithilfe der Infrarot-Reflektografie unterziehen, die erlaubt die Erkennung von Einzelheiten unter der Bildoberfläche. Und mit der FTIR-spektroskopischen Analyse kann ich die Malschichten untersuchen, um festzustellen, welche Farben verwendet wurden und wie alt sie sind. Aber wie gesagt, mit Sicherheit wurde dieses Bild großflächig übermalt und nicht, wie dein Experte vermutete, an vereinzelten Stellen überarbeitet oder retouchiert. Ich gebe dir Bescheid, ja?«

»Hast du denn Zeit, das zu machen? Du hast doch hier sicher jede Menge zu tun. Soll ich das Bild nicht lieber in ein anderes Labor bringen lassen, damit sie sich dort darum kümmern?«

Wieder stemmte Maria resolut ihre Hände in die Hüften.

»Du glaubst doch nicht, dass ich dieses gute Stück noch mal aus der Hand gebe? Außerdem, wann hat jemand wie ich schon mal die Möglichkeit, an der Aufklärung eines Mordfalls mitzuarbeiten?«

Verschwörerisch zwinkerte sie Matteo zu.

»Wie kann ich dir danken?«, erwiderte er.

»Die Gelegenheit wird sich sicher irgendwann ergeben.«

»Dann schulde ich dir etwas.«

»Erst mal freue ich mich, dich wiederzusehen.«

Himmel. Tatsächlich war er so gespannt auf die Entdeckung gewesen, die Maria gemacht hatte, dass er kein Wort der Erklärung darüber verloren hatte, warum er seinerzeit einfach abgetaucht war.

»Maria, ich ...«

»Ist schon gut. Ich meine das ganz ernst: Ich freue mich, dich zu sehen. Und ich rufe dich morgen an. Ciao.«

Damit wandte sie sich wieder dem Bild zu.

Matteo verharrte einen Augenblick an der Ateliertür. Aber Maria war ganz auf das Gemälde konzentriert.

Als Matteo aus der Pinacoteca auf die Via Brera trat, ließ er sich für einige Meter treiben. Erst als er auf die nächste Kreuzung stieß, wurde ihm bewusst, dass das nicht der Weg zum Lancia war. Und noch etwas merkte Matteo: dass es längst nicht mehr so beklemmend wie beim letzten Mal war, in Mailand zu sein, als er unfreiwillig für einen Tag zurück in die Stadt hatte kommen müssen. Eigentlich – er schaute die mit Motorrollern zugeparkten Straßen hinunter und ließ den Blick über die voll besetzten Bars wandern – eigentlich war es beinahe schön, wieder hier zu sein. Ganz traute Matteo diesem Gefühl allerdings nicht. Womöglich erwischte ihn an der nächsten Ecke wieder diese kalte Panik, die ihm bei seinem letzten Aufenthalt permanent im Nacken gesessen hatte.

War es wirklich so banal, wie man immer sagte, dass die Zeit ihren Teil dazu beitrug, die Wunden heilen zu lassen? Oder lag es allein an der Gewissheit, dass er Teresa nicht über den Weg laufen würde?

Ein paar Minuten später stand Matteo auf der Piazza

del Duomo, vor ihm das altbekannte Gemisch aus Tauben, die alle paar Sekunden hektisch aufflogen, Touristen und Nippeshändlern, die billige Armbänder, Ketten oder Halstücher in den schrillsten Farben verkauften. Im Hintergrund erhob sich der weiße, marmorne Dom. Nur in Rom und in Sevilla gab es Kirchen, die flächenmäßig noch gewaltiger waren.

Eigentümlicherweise hatte Matteo die Erhabenheit, die der Dom auf andere ausstrahlte, nie wirklich nachempfinden können. Er verspürte eine solche Erhabenheit vielmehr, wenn er in den Bergen war und über die weit entfernten Gipfel in einen unendlichen Horizont schaute.

Er bog in die Via de Mercanti ein, um zurück zu seinem Auto zu gelangen. Dem Einzigen, dem er noch einen freundlichen Blick zuwarf, war die Statue des Heiligen Ambrosius am Palazzo dei Giureconsulti. Dem Schutzheiligen der Stadt, der an vielen Orten Mailands zu finden war, in Kirchen, als Mosaik. Oder eben, wie hier, als Denkmal.

Übel mitgespielt hatte man dem Heiligen Ambrosius an dieser Stelle allerdings schon. Beinahe über zwei Jahrhunderte hatte sich die Geschichte hingezogen. Ursprünglich, gegen Ende des 16. Jahrhunderts musste das gewesen sein, war die Statue an der Fassade Justitia gewesen, die Göttin der Gerechtigkeit. Als in Mailand die spanischen Habsburger die Macht übernahmen, ließen sie der Justitia kurzerhand den Kopf abschlagen und setzten ihr eine Nachbildung des Kopfes von Philipp II. auf.

Mit dem Abschlagen und Wechseln der Köpfe ging es in den kommenden Jahren weiter, bis schließlich Anfang oder Mitte des 19. Jahrhunderts der Statue der Kopf des Heiligen Ambrosius aufgesetzt wurde. Immerhin hatte Ambrosius dann das Privileg, bis heute bleiben zu dürfen. Allerdings musste sein männliches Haupt sich mit einem weiblichen Körper begnügen, der ja noch immer derjenige Justitias war. Doch die Statue war so dicht an der Fassade des Palazzo angebracht, dass den meisten Vorübergehenden gar nicht auffiel, dass der Heilige Ambrosius eine ungewöhnlich ausladende Figur hatte.

7

Angelini, der Galerist aus Santa Maria Maggiore, hatte sich noch immer nicht wegen des ehemaligen Besitzers des Gemäldes gemeldet, den er doch längst herausgefunden haben musste. Einigermaßen ärgerlich, weil zu spät, hatte Matteo bemerkt, dass auf der Quittung, die ihm der Galerist gegeben hatte, nur die Adresse, aber keine Telefonnummer angegeben war.

Von Mailand aus nahm er den direkten Weg in die kleine Stadt in den Bergen. Die Route über die A 8 und A 26. Der Umzug der Schornsteinfeger war bereits vorüber, als Matteo ankam. Glücklicherweise, sonst wäre ein Durchkommen unmöglich gewesen. Nun hallten Musik, Gelächter und Stimmen aus dem Garten des Schornsteinfegermuseums zu ihm herüber, das gleich neben dem Marktplatz am Anfang der historischen Fußgängergassen lag.

Wieder fand Matteo es befremdlich, dass dieses Fest eine so fröhliche und ausgelassene Angelegenheit war. Sicher lag es auch daran, dass er gerade beim Pferderennen gewesen war. Zum ersten Mal fiel Matteo auf, dass diese jungen Schornsteinfeger den klein gewachsenen Jockeys gar nicht so unähnlich waren. Winzige Gestalten, die von den Großen und Mächtigen nach Belieben eingesetzt wurden. Matteo überquerte den Marktplatz und lief an der Kirche mit dem beeindruckend langen Namen Chiesa Parrocchiale di Maria Santissima Assunta vorbei, um in die Gasse zu kommen, in der die Galerie lag.

Schon von Weitem sah er das Ungetüm von einem Hund, das sich wie bei seinem vergangenen Besuch vor der Galerie ausgestreckt hatte und beinahe einmal quer die Gasse durchmaß. Heute war Matteo dieser Anblick nur recht, bedeutete er doch, dass er wohl auch den Besitzer des Hundes antreffen würde. Der Gartenstuhl, auf dem Angelini beim letzten Mal vor seinem Laden gesessen hatte, war zwar verwaist, aber genau in dem Moment, als Matteo die Galerie erreichte, trat der Galerist mit staksigen Schritten die drei Stufen auf die Gasse hinunter. Seine Sonnenbrille schien er auch im Innern des Ladens aufbehalten zu haben.

»Da sind Sie ja«, umständlich ließ er sich auf seinem Stuhl nieder.

Matteo war ein wenig irritiert. Da sind Sie ja? Als ob sie hier verabredet gewesen wären. Eigentlich war die Absprache doch gewesen, dass Angelini ihn anrufen würde. Matteo wusste instinktiv, dass es wenig förderlich wäre, wenn er jetzt darauf bestand, dieses Missverständnis aufzuklären. Wenn es denn ein Missverständnis war. Mit einem großen Schritt stieg er über den Hund, der nur einmal leicht mit den Ohren zuckte.

»Und, haben Sie einen Namen für mich?«

»Selbstverständlich.«

Angelini reichte ihm einen Zettel: Alberto Montanelli, dazu eine Telefonnummer. Wenn Matteo sich nicht täuschte, war das die Vorwahl eines Ortes, der in der Nähe von Genua liegen musste.

»Danke sehr. Hat dieser Mann Ihnen noch andere Bilder verkauft?«

»Möglicherweise. Möglicherweise auch nicht. Scusi, ich bin ein alter Mann. Das Erinnern fällt mir schwer. Aber bitte sehen Sie sich doch drinnen um, wenn Sie noch ein weiteres Bild kaufen möchten.«

Matteo seufzte und holte sein Handy aus der Tasche, um der Kommissarin eine SMS mit den Daten des Käufers zu schreiben, damit sie den Mann ausfindig machen und überprüfen konnte. Dazu tippte Matteo eine kurze Notiz, in der er Nina Zanetti über den Toten auf der Galopprennbahn informierte. Die Neuigkeiten, das Bild betreffend, wollte er ihr ausführlicher und nicht in Anwesenheit des Galeristen berichten.

Erst jetzt registrierte Matteo Reflexe im Schaufenster der Galerie. Offenbar gab es doch jemanden, der sich mehr für Bilder als für die Feierlichkeiten der Schornsteinfeger interessierte. Äußerst erstaunt war Matteo, als sich die Tür des Ladens öffnete, und er sah, um wen es sich handelte.

»Signora Ferretti.«

Die Frau des Toten fuhr zusammen.

»Entschuldigen Sie, ich wollte Sie nicht erschrecken. Basso, Matteo Basso. Wir waren gestern bei Ihnen.«

»Natürlich, ja, ich weiß, wer Sie sind.«

»Wie geht es Ihnen heute?«, fragte Matteo und wusste selbst, dass das eine Frage war, auf die es im Grunde keine Antwort geben konnte. Wie sollte es einer Frau gehen, die vor etwas mehr als vierundzwanzig Stunden erfahren hatte, dass ihr Mann auf bestialische Weise ermordet worden war? Sie sah heute noch zerbrechlicher aus als bei ihrem gestrigen Besuch.

»Danke, es geht schon.« Carla Ferretti deutete auf das Schaufenster.

»Ich wollte ein wenig umdekorieren, die ganzen Fotografien im Wohnzimmer. Ich kann sie nicht ansehen. Nicht jetzt jedenfalls. Aber hier ist wohl doch nicht das Richtige dabei.«

»Es braucht alles seine Zeit«, erwiderte Matteo.

»Haben Sie denn schon etwas herausgefunden?«

»Nein, es tut mir leid«, Matteo legte ihr behutsam die Hand auf die Schulter. »Aber ich verspreche Ihnen, dass die Kommissarin sich sofort bei Ihnen meldet, wenn es etwas gibt, das Sie wissen sollten.«

Die Witwe nickte mechanisch.

»Eine Frage habe ich noch. Eine Nachbarin hat ausgesagt, dass Ihr Mann in letzter Zeit häufig in die Kirche gegangen ist. Wussten Sie davon?«

Entgeistert schaute Carla Ferretti ihn an und schwieg eine Weile.

»Er hat nie darüber gesprochen«, sie flüsterte beinahe, vielleicht um das Zittern, das ihre Stimme ergriffen hatte, zu verbergen. »Aber er ist in den vergangenen Monaten tatsächlich oft noch einmal weggefahren, an Tagen, an denen er eigentlich hatte zu Hause sein wollen. Ich habe gedacht, er hat … also, dass eine Frau …«

»Ich verstehe schon, was Sie meinen«, half Matteo ihr über die Verlegenheit hinweg. »Haben Sie Ihren Mann nicht darauf angesprochen?«

Mit einem Schlag wandelte sich Carla Ferrettis Stimmung.

»Nein, warum hätte ich das tun sollen? Auch in einer Beziehung muss man nicht alles teilen. Es gibt Dinge, die den anderen nichts angehen. Jeder Mensch hat das Recht auf seinen kleinen privaten Raum. Man gehört einander schließlich nicht.«

Beinahe wütend schaute sie ihn an, als wolle sie sich gegen den unausgesprochenen Vorwurf verteidigen, dass sie ihren Mann nicht zu den Ausflügen befragt hatte. Vielleicht aber richtete sich ihr Unmut auch ganz allgemein gegen einen bestimmten Anspruch, wie Beziehungen zu führen seien. Den hatte Matteo aber nun beileibe nicht geäußert, da war er ganz sicher.

»Verzeihen Sie«, murmelte Carla Ferretti nun. »Ich stehe gerade ein wenig neben mir.«

»Das ist nur allzu verständlich. Sie müssen sich für gar nichts entschuldigen.«

»Ich würde mich jetzt gern ein wenig ausruhen. Oder brauchen Sie mich noch?«

Angelini zeigte während des Gesprächs keinerlei Regung. Sein Kopf war ein wenig zur Seite gesunken, als sei er eingenickt.

»Danke, nein, ruhen Sie sich aus«, antwortete Matteo. »Wir melden uns, sobald es Neuigkeiten gibt.«

Carla Ferretti hüllte sich fester in ihren Mantel, obgleich es entschieden zu warm für dieses schwere Kleidungsstück war, und ging davon. Der Hund jaulte einmal kurz auf, als sie über ihn hinwegstieg.

Das Handy meldete eine Nachricht. Matteo dachte daran, wie er sich vor einiger Zeit noch dagegen gesträubt hatte, ein Mobiltelefon zu benutzen. Gerade wäre er ohne ein solches Ding aufgeschmissen. Eine SMS der Kommissarin.

Montanelli könnte eine heiße Spur sein. Stand auf der Gästeliste der Isola-Bella-Party. Er ist einer der wenigen, mit denen wir noch nicht gesprochen haben.

Das war doch immerhin etwas. Ein Strohhalm. Hälmchen. Bisher hatte Matteo das Gefühl, dass sie immer noch am Anfang standen, weil nichts von dem, was sie wussten, eindeutig aufeinander verwies. Stattdessen waren seltsame Dinge geschehen, und er war allerhand eigentümlichen Gestalten begegnet. Eine davon saß gerade vor ihm. Dazu das Gemälde, das durch Marias Entdeckung gleich doppelt mysteriös erschien. Sein nächtliches Kraulen durch den Lago nicht zu vergessen. Während der zurückliegenden Stunden hatten ihn die Bilder der vergangenen Nacht immer wieder eingeholt. So cool, wie er es von sich behauptet hatte, ließ ihn der Angriff nicht. Vielleicht hätte er doch die Kommissarin in Kenntnis setzen sollen. Und wie das alles zusammenhing, und was es mit dem Mord an Ferretti zu tun hatte – er konnte sich keinen Reim darauf machen.

»Haben Sie sich entschieden?«

Die tief krächzende Stimme des Galeristen unterbrach Matteos Überlegungen.

»Wofür?«

»Ob Sie sich noch im Laden umsehen möchten.«

»Wie lange haben Sie auf?«

Der Galerist machte eine vage Handbewegung.

Matteo betrat den Laden und wurde von dem gleichen Geruch nach kaltem Stein empfangen wie gestern. Anders als am Vortag aber mischte sich ein dezenter anderer Ton darunter. Vanille? Matteo schnupperte. Vielleicht war es der Rest des Parfüms von Carla Ferretti.

Während er vorsichtig die hintereinander gestellten Gemälde durchsah, versuchte er sich noch einmal zu vergegenwärtigen, warum und wie er gestern dazu gekommen war, die Galerie zu betreten. Hatte Angelini ihn nicht regelrecht hineinkomplimentiert? Zweifelsohne war das so gewesen. Aber zugleich eben auch nicht wesentlich anders, als das Andenkenhändler oder Gastronomen taten.

Die Gemälde ähnelten sich, was den Stil anging. Lag das nur daran, dass sie aus derselben Zeit stammten? Angelini war in den Laden getreten und Matteo gab die Frage an ihn weiter.

»Das liegt an der Kunstschule Rossetti Valentinis, die der hier 1879 gegründet hat. Er gab damals talentierten Leuten aus der Gegend kostenlos Unterricht. Die Schule existiert immer noch. Wenn auch nicht mehr auf diesem Niveau unterrichtet wird. Viele der Bilder, die Sie hier sehen, wurden von seinen Schülern gemalt. Nicht alle, natürlich.«

»Ich verstehe.« Matteo wandte sich wieder den Gemälden zu, aber nach einer Weile gab er die Hoffnung auf, dass er hier noch auf etwas Interessantes stoßen würde. Sie hatten den ehemaligen Besitzer des Bildes. Dieser Mensch war in der Nacht, als Ferrettis Leiche aufgehängt wurde, auf der Isola Bella gewesen. Sie sollten sich auf diesen Mann konzentrieren.

»Sie finden heute nichts zu Ihrer Zufriedenheit?«

Die Stimme des Galeristen, die nun wieder so klang, als würde sie aus einer Gruft tönen, die man lieber nicht betreten wollte, verursachte bei Matteo ein leichtes Frösteln.

»Danke, heute nicht. Aber sagen Sie, hier in der Gegend gibt es jede Menge Wallfahrtskirchen. Fällt Ihnen vielleicht eine ein, die mit einer besonders bekannten Wundergeschichte verbunden ist?«

Wahrscheinlich, dachte Matteo im selben Moment, sollte er das besser Beppo fragen. Aber er hatte sich getäuscht. Über das sonst so starre Gesicht Angelinis glitt die Andeutung eines Lächelns. Er rückte seine Brille zurecht und begann zu erzählen. Seine Stimme nahm einen ganz ungewohnten, beinahe feierlichen Ton an.

»Marienerscheinungen und Blutwunder gibt es hier an jeder Ecke. Nicht allen ist zu trauen, das ist ja immer auch ein Geschäft gewesen. Aber Re, nur ein paar Kilometer von hier entfernt, gilt allen in der Gegend als ein Ort des Wunders. Als wahrlich heiliger Ort, wenn Sie verstehen. Und beinahe jedes Kind kennt die Geschichte, die sich damals zugetragen hat. Wollen Sie sie hören?«

Matteo nickte.

»Es war an einem Tag im April 1494, abends, eine Stunde vor Sonnenuntergang. Auf dem Platz vor der Kirche wurde Piodella gespielt. Von Weitem musste man bei diesem Spiel versuchen, einen flachen Stein möglichst nah an den sogenannten ›mago‹ zu schleudern. Wer dem Behälter am nächsten kam, war Sieger und durfte die ganze Beute, also das Geld, das darunter verborgen lag, einstecken.

Am Spiel beteiligt war Giovanni Zucono, später wurde er ›Zuccone‹, also Dickschädel, genannt, und noch einige weitere. Und weil Zuccone verlor, warf er wutentbrannt seinen Stein auf das an der Kirchenfront gemalte Muttergottesbild. Das Bildnis stellt eine stillende Madonna dar. Es wurde im 14. oder 15. Jahrhundert von einem unbekannten Künstler gemalt, der viele Spuren auf den Fresken im ganzen Ossola-Gebiet hinterlassen hat. Der Steinwurf des Zuccone traf die Madonna an der Stirn, und weil der Stein flach war, grub er sich nicht in das Bild ein, sondern hinterließ eine schadhafte Stelle. Von den anderen zurechtgewiesen, bereute Zuccone seine Tat und bat um Vergebung, dann ergriff er zusammen mit seinen Freunden die Flucht.

In der Nacht nahmen zwei Passanten zu ihrem Erstaunen

einen Lichtschimmer zwischen den Säulen des Kircheneingangs wahr, so als würde dort eine Kerze brennen.«

Ein Hustenanfall unterbrach Angelinis Erzählung. So lange hatte er wahrscheinlich schon ewig nicht mehr am Stück geredet. Nachdem es in seiner Kehle noch einmal besorgniserregend gegurgelt hatte, sprach er weiter.

»Am nächsten Morgen, in aller Frühe, bemerkte der Küster eine vor dem Gemälde kniende, in Weiß gekleidete Frau, aber er beachtete sie nicht und begann das Ave Maria zu läuten. Als er wieder heraustrat, war sie verschwunden. Erst ein Greis entdeckte das Wunder: Aus der Stirnwunde der Gottesmutter rann Blut!

Wie ein Blitz verbreitete sich die Nachricht, und aus allen Dörfern strömten Leute herbei. Danach soll dieses Bildnis zwanzig Tage lang geblutet haben.«

»Wo genau sagten Sie, hat der Stein die Marienfigur getroffen?«

Als würde es ihn unendliche Kraft kosten, hob Angelini den Arm, führte ihn zum Kopf und tippte sich an die Stirn, zwischen die Augen.

»Genau hierhin«, röhrte er. »Und dann begann das Blut zu fließen.«

»Ich danke Ihnen«, sagte Matteo. »Ich danke Ihnen sehr.«

Ihm war, als er die Wundergeschichte aus Re gehört hatte, eine Idee gekommen. Wenn es stimmte, was sich soeben in seinem Kopf zusammengefügt hatte, dann hatte die Kommissarin womöglich gar keine Morddrohung erhalten, sondern eine Einladung, sich zur größten Wallfahrtskirche in dieser Gegend zu begeben.

Sofort kamen Matteo Zweifel an dieser Interpretation: Wenn jemand einen Hinweis zur Aufklärung des Falles hatte geben wollen, warum hätte er ihn dann derart verschlüsselt präsentieren sollen? Vielleicht handelte es sich ganz einfach um einen kranken Geist, dem solche Spielchen Spaß machten.

»Was stecken da eigentlich für Rassen drin?«, wandte er sich im Gehen noch einmal an den Galeristen und zeigte auf den Hund.

»Können Sie auch nur eine Rasse erkennen, die in diesem Wesen steckt?«

Wenn für Matteo die Stimme des Galeristen eben schon beinahe erträglich geklungen hatte, hatte sie jetzt wieder den Charme von einer Stahlbürste, die über Beton kratzte.

»Bedaure, nein.«

Angelini machte keine Anstalten, noch etwas hinzuzufügen.

»Also dann, Buonaserata«, stellte Matteo mehr fest, als dass er es wünschte.

Noch bevor er die Gasse verlassen hatte, klingelte sein Telefon. Auf Cesario war Verlass, wie immer.

»Pronto?«

»Mein Lieber«, keuchte es von der anderen Seite, »ich befürchte, ich kann dir wenig Spektakuläres berichten. Die Obduktion hat bisher nichts ergeben, das uns wirklich weiterbringen würde. Akutes Herzversagen. Warum das passiert ist, konnte die Gerichtsmedizin noch nicht feststellen.«

»Das finde ich gar nicht so unspektakulär«, erklärte Matteo und zündete sich im Gehen eine Zigarette an. »Dann gibt es jetzt schon den zweiten Toten innerhalb von zwei Tagen, dessen Tod scheinbar ohne Fremdeinwirkung eingetreten ist. Auch wenn der Jockey nicht hingerichtet wurde.«

Cesario grummelte unwillig.

»Für meinen Geschmack bist du etwas zu voreilig dabei, diese beiden Toten zusammenzudenken.«

»Mag sein«, musste Matteo eingestehen. »Hat sich ein Toxikologe der Sache angenommen?«

»Unsere Forensiker sind immer auch Toxikologen, du Schlaumeier«, Cesario lachte donnernd. »Ich gebe dir Bescheid, sollten die Kollegen etwas herausfinden.«

»Ist dir sonst noch etwas an dem Toten aufgefallen?«, erkundigte sich Matteo.

»Sei so gut und sag mir etwas genauer, was du meinst?«

»Irgendwelche Zeichen, frühere Verletzungen oder Verstümmelungen?«

»Verstümmelungen? Matteo, mein Guter, du bist mir gerade entschieden zu nebulös.«

»Aus der Leiche, die hier gefunden wurde, hat der Mörder eine Rippe geschnitten.«

Cesario pfiff durch die Zähne.

»Madonna mia. Klingt nach einem Wahnsinnigen.«

»Oder aber nach einem Ritual, das ich noch nicht richtig deuten kann.«

»Eine Rippe heraustrennen? Das wäre mir als Kulturpraxis allerdings neu.«

Cesario rutschte, wie dem unschönen Quietschen zu entnehmen war, auf seinem Schreibtischstuhl hin und her. Außerdem hörte Matteo nun ein ungeduldiges Wühlen in den Aktenstapeln, die Cesario auf seinem Schreibtisch auftürmen pflegte.

»Hier ist aber noch etwas. Keine Ahnung, ob das für dich oder für uns von Belang sein könnte. Vielleicht erinnerst du dich an diesen großen Dopingprozess, der vor fünf Jahren durch die Medien ging.«

»Hilf mir bitte kurz auf die Sprünge.«

Matteo ließ sich auf einer der steinernen Bänke nieder, die den lang gezogenen Marktplatz von Santa Maria Maggiore säumten.

»Es ging damals um etliche Krankheits- und Todesfälle, von denen ausnahmslos aktive oder ehemalige Profisportler betroffen waren. Vor allem Fußballer, aber im Grunde ging es quer durch alle Sportarten. Die meisten Opfer litten unter der Nervenkrankheit ALS.«

»Leidet nicht auch Stephen Hawking daran?«

»Ja. Allerdings ist er an einer sehr langsamen Variante von ALS erkrankt. Beim üblichen Krankheitsverlauf werden die für die Motorik zuständigen Nerven sehr viel schneller geschädigt, was rasch zur vollständigen Lähmung des Erkrankten und schließlich zu dessen Tode führt.«

»Und ALS ist manchmal eine Folge von Doping?«

»Doping, Medikamentenmissbrauch, so ganz konnte das nie nachgewiesen werden. Das Verfahren wurde nach einigen Monaten eingestellt.«

»Aus Mangel an Beweisen?«

Cesarios Lachen dröhnte so laut, dass Matteo das Handy ein wenig vom Ohr weghalten musste.

»Ja, wie so oft, aber das war eine ganz schmutzige Sache damals. ALS war nicht die einzige Krankheit, die auffallend oft bei Sportlern auftrat. Bei einigen versagte plötzlich das Herz, bei anderen die Nieren. Manche bekamen in vergleichsweise sehr jungen Jahren eine akute Demenz.«

»Wer saß damals auf der Anklagebank?«

»Zwei langjährige Vereinsärzte. Und unser Jockey sollte in diesem Prozess aussagen. Die Akten umfassen mehrere Ordner.«

»Wäre es sehr unverschämt, wenn ich dich bitte –«

»Schon in Ordnung, ich lasse dir die Unterlagen zukommen. Bist du mittlerweile im Besitz einer funktionierenden E-Mail-Adresse?«

Matteo tat empört und nannte Cesario die Adresse, an die er das Dokument senden sollte. Dass er einen E-Mail-Account, aber keinen eigenen Computer, geschweige denn einen Drucker hatte, verschwieg er allerdings. Spielte ja auch keine Rolle. Er würde die Unterlagen im Präsidium ausdrucken lassen. Oder aber, wie sonst auch, auf dem rumpeligen Computer in der Werkstatt der Alten.

»Also gut, mein Lieber, in ein paar Stunden solltest du die Unterlagen haben, meine Assistentin wird die augenfälligsten Dinge zusammentragen, einscannen und dir das Dossier dann mailen.«

»Du bist fabelhaft, Cesario, ich danke dir.« Matteo zögerte kurz. »Eine Sache noch. Ich kenne eure Routinen nicht und vermutlich checken die Toxikologen das ohnehin: Aber sag ihnen doch vielleicht, sie sollen auch nach Spuren von Quecksilber suchen.«

»Quecksilber?«

»Nur eine Idee. Ich hab neulich so eine alte Geschichte über Quecksilbervergiftungen gehört.«

Vom anderen Ende der Leitung drang wieder ein besorgniserregendes Quietschen, es folgte ein Keuchen. Offenbar hatte Cesario sich gerade von seinem Schreibtischstuhl hochgewuchtet.

»Du und deine Ideen. Wir lassen es prüfen. Ciao, Matteo.«

»Ciao, Cesario.«

Die Wallfahrtskirche della Madonna del Sangue war nur wenige Autominuten von Santa Maria Maggiore entfernt. Als der Lancia die letzte Kurve nahm und die riesige Basilika in seinem Blickfeld auftauchte, verspürte Matteo umgehend eine Mischung aus Unbehagen und Demut, angesichts der Monumentalität des heiligen Baus, der zugleich etwas Gewaltiges als auch Brutales an sich hatte. Als wollte die Kirche es mit der massiven Landschaft aufnehmen und den Bergen optisch etwas entgegensetzen.

Die wenigen Häuser von Re wirkten im Vergleich zu dem steinernen Kirchenkoloss mickrig und verloren. Als hätte sich der Fuß eines Riesen in den Ort gerammt und all das, was er nicht zermalmt hatte, an den Rand gedrängt, wo es nun ängstlich verharrend auf Gnade hoffte.

Wahrscheinlich sollte genau das der Effekt sein, dachte Matteo, während er den Wagen am Rand der eng geschwungenen Straße abstellte und kritisch Augenmaß nahm: nicht, dass irgendein Sonntagsfahrer an seiner geliebten Diva entlangschrammte. Aber die Parkplätze, die zur Basilika gehörten, waren alle besetzt. Offenbar nahmen noch immer viele Gläubige den langen Weg hinauf nach Re in Kauf, um von der wundersamen Wirkung der Kirche zu profitieren.

Wie schön, wenn man an so etwas glauben konnte. Matteo drückte die schwere Tür auf. Der intensive Geruch nach Weihrauch, der ihm entgegenschlug, ließ ihn einen Augenblick verharren. Dagegen war der Effekt, der sich regelmäßig beim Betreten von Dinos Osteria einstellte, geradezu lächerlich. Matteo schämte sich sofort für seine lästerlichen Gedanken, die obendrein reichlich albern waren. Aber dieser für ihn eigentlich ganz untypische Hang zur Albernheit überkam ihn immer in Kirchen, was er als eine Art Übersprungshandlung deutete, um sich der erhabenen Wirkung des Ortes zu entziehen. Irgendetwas in ihm sträubte sich dagegen, sich den religiösen Ritualen, die er zumindest teilweise kannte, zu beugen.

Matteo nahm auf einer der Kirchenbänke Platz und betrachtete die mächtige Kuppel. Vielleicht, überlegte er, war es auch ein Fehler, sich der Wirkungsmacht dieses Raumes entziehen zu wollen. Womöglich würde es ihm guttun, die Architektur, die Gerüche und die Atmosphäre von Kirchen häufiger auf sich wirken zu lassen. So wie er, wenn auch selten, durchaus Geschmack an Kirchenchorälen fand. Aber er schweifte ab. Was hatte Ferretti in den vergangenen Monaten hierher gezogen? Ein plötzlich erwachter Glaube? Aber warum dann immer wieder dieses überstürzte Aufbrechen, von dem Carla Ferretti gesprochen hatte? Dass Ferretti spontan und so häufig das Bedürfnis nach einem Gebet oder einer Beichte überkommen hatte, hielt Matteo für äußerst unwahrscheinlich.

Viel wahrscheinlicher schien es ihm, dass Ferretti zu bestimmten Zeitpunkten in der Kirche etwas zu erledigen gehabt hatte. Oder jemanden treffen wollte? Und von wem mochten die Hinweise stammen, die ihn – oder eher die Kommissarin – hierher hatten führen sollen? War womöglich der kleine Zettel, den er unter seinem Scheibenwischer gefunden hatte, auch nicht einfach zufällig, sondern genau in dieser Absicht darunter gesteckt worden?

In diesem Moment erklang aus dem hinteren Schiff der Kirche die Stimme eines Priesters, von Lautsprechern verstärkt und ein wenig verzerrt drang sie bis in den vorderen Bereich, in dem sich neben Matteo nur wenige Besucher aufhielten. Matteo zog seine Jacke fester um sich.

Diese Zweiteilung der Basilika war vermutlich dem mehrmaligen Um- und Ausbau der Kirche geschuldet. Oder es lag daran, dass hier zeitgleich verschiedene Messen gehalten wurden, um der vielen Pilger Herr zu werden.

Aus dem hinteren Schiff huschte ein Messdiener, der aussah, als mime er in seiner Freizeit den Glöckner von

Notre Dame oder als wolle er sich um eine Hauptrolle in *Der Name der Rose* bewerben. Diese Assoziation kam Matteo nur für einen Moment, dann schämte er sich, denn dieser Mensch war wirklich entstellt. Ein übergroßer Kopf mit struppigem Haar saß auf einem missgestalteten Körper. Das rechte Bein schleifte kraftlos über den Boden, der rechte Arm schien verkürzt und wie ausgerenkt am Rumpf zu hängen. Der nach vorn gebeugte Rücken trug schwer unter einem hässlichen Buckel. In der linken Hand schwenkte der Messdiener, dessen Alter kaum zu schätzen war, viel zu wild ein messingfarbenes Weihrauchfass.

Wie ein Wachhund, der einmal die Grenzen des von ihm zu beaufsichtigenden Grundstücks abläuft, hetzte der Messdiener an den Wänden der Kirche entlang. Auf halbem Weg schien er es sich anders zu überlegen, verharrte einige Sekunden regungslos auf der Stelle, dann verschwand er dorthin zurück, woher er gekommen war.

Matteo erhob sich und trat näher an den Hauptaltar heran. Nun erkannte er das heilige Bildnis der Madonna, das über dem Altar hing. Erstaunlich klein und unspektakulär sah es aus.

»Hast du mir irgendetwas zu sagen?«, murmelte er und blickte zu dem Bild hinauf. »Kannst du mir irgendwie weiterhelfen?«

»Sie lässt sich nicht von jedem Dahergelaufenen erweichen«, zischelte es hinter Matteo. Erschrocken fuhr er herum und hätte schwören können, dass zeitgleich mit den Worten ein kalter Hauch seinen Nacken gestreift hatte. Was ein gewaltiger und erhabener Ort wie diese Kirche innerhalb kürzester Zeit sogar mit seiner Fantasie anstellte. Kein Wunder, dachte Matteo, dass die einfachen Menschen früher aus Angst vor der Strafe Gottes alles gemacht hatten, was die Priester ihnen einflüsterten. Nur mit Einfältigkeit konnte man das nicht erklären. Es war tatsächlich eine fast magische Wirkung, die von Kirchen wie dieser ausging. Dagegen konnte man sich selbst als aufgeklärter Mensch nur mit großer Willenskraft wehren.

Vor Matteo stand der verwachsene Messdiener. Er musste so schnell, wie er in den hinteren Teil der Kirche geeilt war, wieder zurückgekommen sein. Das Weihrauchfass in seiner Hand pendelte noch immer, aber weniger hektisch als eben.

»Salve«, grüßte Matteo, so wie es hier in den Bergen üblich war. Dann griff er in die Innentasche seiner Jacke und holte das Foto von Ferretti heraus.

»Vielleicht können Sie mir helfen. Kennen Sie diesen Mann? Ist der in letzter Zeit häufiger in diese Kirche gekommen?«

Der Messdiener guckte so flüchtig auf das Foto, dass Matteo so gut wie sicher war, dass er kaum etwas erkannt haben konnte. Mit einer einzelnen harten Bewegung des Kopfes bedeutete er, dass ihm das Foto nichts sagte. Dann forderte der Mann ihn mit einer weiteren ruckhaften Bewegung des Kopfes dazu auf, ihm zu folgen, was Matteo mit einer leichten, aber nicht zu verleugnenden Irritation tat. Der Messdiener schob sich zwischen den Bänken hindurch, den einen Fuß schwer über den Boden schleifend. Matteo glaubte schon, der Mann wolle ihn einfach nur zu einer der seitlichen Türen der Kirche führen, weil er sich, ohne dass ihm das bewusst gewesen wäre, unerwünscht verhalten hatte.

Schließlich aber blieb der Messdiener vor einer Wand stehen, die über und über mit Zetteln, Fotos und Bildern behängt war.

»Hier kannst du bitten, wenn du noch Hoffnung hast«, zischelte der Mann und huschte ohne ein weiteres Wort davon.

Matteo schaute sich näher an, wohin der Messdiener ihn gebracht hatte. Es handelte sich wohl um die aufgeschriebenen Wünsche der Gläubigen, aber auch um Danksagungen. Sogar zahlreiche Geburtsanzeigen waren darunter, mitunter, das erkannte Matteo, als er näher herantrat, waren diese nicht etwa auf Papier geschrieben, sondern aufwendig auf Leinen gestickt.

Ein unbeholfen mit Buntstiften gemaltes Bild von einem gekenterten Schiff zog Matteos Aufmerksamkeit auf sich. Die handschriftlichen Zeilen informierten ihn darüber, dass es von einem Mann stammte, der sich als Passagier an Bord des Kreuzfahrtschiffs Costa Concordia befunden hatte, als dieses vor der Isola del Giglio durch die Fahrlässigkeit des Kapitäns gesunken war. Mit dem Bild bedankte er sich bei Gott für sein Überleben.

Langsam ging Matteo an der dicht behängten Wand entlang. Überlebende von Autounfällen hatten ihre Geschichte hinterlassen. In einem Kontrast dazu, der bei Matteo, ohne dass er es genau erklären konnte, Unbehagen verursachte, standen die beinahe verzweifelten Bitten vieler, dass ihr Kinderwunsch doch in Erfüllung gehen möge. Manchmal waren diese Bitten mit einem kleinen Stofftier verziert, das mit einer Nadel wie aufgespießt an dem Zettel hing. Vielleicht war es lediglich die Assoziation zur durchbohrten Leiche Ferrettis, die ihm aufstieß. Eher aber schien es Matteo die Geste des verwaisten Stofftiers zu sein, der eine schmerzvolle Abgründigkeit und Hilflosigkeit innewohnte.

Mit aller Macht drückte Matteo die Erinnerung weg, die

bei diesem Thema unweigerlich in ihm hochkam. Er musste sich konzentrieren, verdammt. Einen Hinweis darauf finden, ob dieser Ort in Verbindung mit Ferrettis Tod stand. Seine Aufmerksamkeit blieb an einem kleineren Zettel hängen, der nicht recht zu den übrigen Danksagungen und Bitten passte. Es schien sich um eine Art Gedicht zu handeln.

Erst wenn das Mädchen erwacht ist, beginnt der Tag.
Wenn sich die Hand ausstreckt, sinkt die Madonna auf die Knie. Und mit ihr die Gemeinde.
Die Vase wird geschmückt werden.
Denn Bohnen sind nahrhafter als Mäuse.
Man muss nur den Mönch richtig zusammenfügen.
Und auf den Boden schauen.
Die Vase mag zittern, aber zerbricht nicht.

Matteo spähte über beide Schultern, um zu sehen, ob ihn jemand beobachtete, dann bog er das Papier vorsichtig um, weil er sehen wollte, ob der Text auf der Rückseite weiterging. Aber dort stand nichts, stattdessen löste sich der Zettel von der Pinnwand und segelte zu Boden.

Matteo unterdrückte einen Fluch und beeilte sich, den Zettel aufzuheben. Hoffentlich hatte dieser Messdiener ihn nicht gesehen. Dann stutzte er. Vielleicht war es ein Zufall. Aber dieses kleine, unverständliche Papier unterschied sich durch ein Detail von den übrigen Botschaften an der heiligen Pinnwand. Es war nicht mit Nadeln an der Wand befestigt gewesen. Das Papier wies keinerlei Einstichstellen auf.

Matteo steckte das Blatt provisorisch hinter zwei andere, so wie es wohl auch vorher an der Wand gehangen hatte.

Die übrigen Botschaften, ob Danksagungen oder Bitten, waren ausnahmslos mit denselben kleinen Nadeln befestigt.

Das ließ darauf schließen, dass üblicherweise von einem Verantwortlichen der Wallfahrtskirche genehmigt werden musste, was hier aufgehängt wurde. Oder aber, dass man sich zumindest die Nadeln geben ließ, wenn man etwas hinterlassen wollte. Das hatte der Verfasser oder die Verfasserin dieses kryptischen Textes augenscheinlich umgangen. Vielleicht aus Bequemlichkeit. Möglicherweise aber auch nicht. Unauffällig, weil sich das selbstredend hier drinnen nicht schickte, holte Matteo sein Handy hervor, tippte den Text ab und steckte es schnell wieder ein. Vielleicht sollte er sich bei Gelegenheit ein Smartphone mit eingebauter Kamera zulegen.

Noch einmal schritt Matteo die Pinnwand ab, auf der Suche nach einem weiteren Papier, das nicht ins Bild passte. Erfolglos. Als er sich abwendete, bemerkte er, dass sich auf der gegenüberliegenden Seite noch einmal eine exakt gleich große Wand mit Danksagungen und Wünschen befand. Aber an dieser stieß er nur auf die üblichen Bittbriefe.

Er wollte versuchen, hier jemanden zu finden, der ihm vielleicht doch noch etwas zu Ferrettis Foto sagen konnte. Aber die Andacht war noch immer nicht zu Ende. Der litaneiartige Gesang des Priesters und die darauffolgenden Antworten der Gemeinde wechselten nun in rascher Folge ab. Er würde warten müssen.

Noch einmal ging er zu dem Bildnis der Maria hinüber, und als müsse er das Bildnis beschützen, kam, kaum dass Matteo stehen geblieben war, der bucklige Messdiener herbeigeschlurft.

Unauffällig betrachtete er dessen Gesicht, das eigentümlich entrückt wirkte. Stand der Mann unter Drogen? Oder war er vielleicht ein wenig zurückgeblieben, ein später

Leidtragender der Inzucht, wie sie in vorangegangenen Generationen in der Einsamkeit der Berge immer wieder vorgekommen sein mochte?

»Die Ungläubigen wird die Strafe Gottes treffen, ohne Gnade«, bellte der Messdiener plötzlich mehr, als dass er es rief. Matteo wich erschrocken einen Schritt zurück.

»Sie werden Höllenqualen leiden bis ans Ende ihrer Tage.«

Matteo begrub die Hoffnung, von diesem Mann noch etwas zu erfahren, das ihm weiterhelfen würde. Er nickte ihm zu und verließ die Basilika.

Die Sonne stand schon tief, als er auf den Vorplatz der Wallfahrtskirche della Madonna del Sangue trat. Matteo holte sein Handy hervor, nicht ohne zum wiederholten Male halb schmerzlich, halb wütend an seine geliebte Courage zu denken. Es war kurz nach achtzehn Uhr. Das Gerät meldete zwei Anrufversuche der Kommissarin, die Matteo in der Basilika entgangen waren.

Als er schon im Begriff war, die Rückruftaste zu drücken, zögerte er. Er hatte eine Person entdeckt, die unweit von ihm auf einem Bauchladen ein paar Waren ausgebreitet hatte. Rosenkränze, kleine Postkarten mit Heiligen, eine Wanderkarte mit einem Verzeichnis der umliegenden Wallfahrtskirchen. Kleine Modelle der Madonna del Sangue.

Matteo ging zu der Andenkenverkäuferin hinüber und tippte auf die Wanderkarte.

»Wie viel bekommen Sie dafür?«

Die alte Frau streckte die knochigen Finger der linken Hand vor ihm aus.

»Cinque.«

Matteo zog einen Fünfeuroschein aus der Tasche, legte

ihn auf den Bauchladen und griff sich die Wanderkarte. Eigentlich aber ging es ihm um etwas anderes. Prüfend sah er die Alte an.

»Haben wir uns nicht heute schon einmal gesehen?«

Die Alte lächelte maliziös. Zwei ihrer Schneidezähne fehlten.

»Sollten wir?«

»Doch, ich bin mir da ganz sicher«, beharrte Matteo. »Sie sind vorhin in San Siro gewesen, auf der Galopprennbahn in Mailand.«

»Sie sind ein guter Beobachter«, kicherte die Alte.

»Haben Sie mitbekommen, dass einer der Jockeys gestorben ist nach dem Rennen?«

»So, ist er das?«, die Alte spuckte auf das Pflaster.

»Das ist ungewöhnlich, meinen Sie nicht?«

»Was weiß ich«, gab die Alte zurück und begann, den Inhalt ihres Bauchladens neu zu dekorieren. »Ich bin alt, mir tut jeder Knochen weh. Ich kann mich nicht um die Gebrechen anderer Leute kümmern.«

»Dass wir uns ein paar Stunden später hier wiedertreffen, ist ein Zufall?«, setzte Matteo noch einmal anders an.

Die Alte, die in ein Kleid aus Leinen gehüllt war, dessen ursprüngliche Form ebenso wenig auszumachen war wie die Farbe, die jetzt einem zerschlissenen Tannengrün ähnelte, blickte ihn argwöhnisch an.

»Ich arbeite hier, wenn man das denn Arbeit nennen kann, bei den paar Almosen, die ich dafür bekomme. Und das tue ich seit Jahren. Täglich. Wollen Sie mir das zum Vorwurf machen? Oder dass ich hin und wieder versuche, meinen lächerlichen Lohn in San Siro ein wenig aufzubessern?«

Das Kinn der Andenkenverkäuferin hatte bei ihren letzten Worten angefangen zu zucken, sodass Matteo befürchtete, sie zu forsch angegangen zu sein.

»Vielleicht sind Sie mir ja auch gefolgt«, das Kinn der Alten hatte sich beruhigt. »Ich habe Sie jedenfalls noch nie gesehen hier oben. Und, wie gesagt, ich bin beinahe immer hier.«

»Wenn Sie so regelmäßig hier sind«, Matteo griff in die Tasche, ohne auf die Unterstellung der alten Frau einzugehen, »dann kennen Sie vielleicht auch diesen Mann?«

Er zeigte ihr das Foto von Ferretti. Die Alte nickte finster.

»Der ist also häufiger hier gewesen?«

Wieder nickte sie.

»Aber Sie mochten ihn nicht besonders?«

Die Andenkenverkäuferin spielte mit der Zunge in ihrer Zahnlücke.

»Hat nie etwas gekauft.«

»Können Sie mir sagen, ob dieser Mann zum Beten hergekommen ist?«

»Ich stehe hier draußen, ich weiß nicht, was dort drinnen vor sich geht.«

»Signora, dieser Mann ist tot. Er wurde auf bestialische Weise ermordet. Es würde mir sehr helfen, wenn Sie überlegen könnten, ob Ihnen nicht doch noch etwas zu ihm einfällt. Hat er sich seltsam verhalten? Hat er sich mit bestimmten Leuten hier getroffen? Gab es Auseinandersetzungen?«

Die Alte strich nachdenklich über ihre Heiligenbildchen.

»Nein, nein, es tut mir leid«, zum ersten Mal schaute sie Matteo direkt an. Beinahe erstaunt nahm er zur Kenntnis, dass ihre Augen von einem leuchtenden Blau waren, durchbrochen nur von ein paar grünen Einsprengseln. »Ich kann Ihnen nicht helfen.«

Matteo reichte ihr seine Karte.

»Wenn Ihnen noch etwas einfällt, rufen Sie mich doch bitte an.«

Die Andenkenverkäuferin hielt sich die Karte dicht vor die Augen. Dann glitt zum zweiten Mal das maliziöse Lächeln über ihr faltiges Gesicht.

»Ein Fleischer? Ich dachte, ich hätte es mit der Polizei zu tun. Oder haben Sie die Karten verwechselt?«

Matteo ärgerte sich. Das mit der Karte war wirklich nicht sonderlich schlau. Und zugleich konnte er nicht leugnen, dass er sich noch immer unwohl fühlte, wenn er sich auf seine Rolle als Fleischer reduziert sah. Eigentlich war das lächerlich. So gut und richtig sich sein neues Leben anfühlte, irgendwo in ihm, nicht allzu tief unter der Oberfläche, hockte noch der alte bildungsbürgerliche Dünkel, der zwar nicht abwertend auf das Handwerk schaute, aber einen gewissen Stolz nicht verhehlen konnte, dass Matteo sich mit dem Beginn seines Studiums in Mailand mehr und mehr von der einfachen Welt seiner Eltern emanzipiert zu haben.

»Das hat schon alles seine Richtigkeit«, antwortete er eine Spur zu grob, um seine Unsicherheit zu überspielen. »Wie gesagt, ich wäre Ihnen sehr verbunden, wenn Sie sich unter dieser Nummer melden würden, falls Ihnen noch etwas einfallen sollte.«

8

Matteo saß im Lancia, ohne den Motor gestartet zu haben, und versuchte, seine Gedanken zu ordnen. Ungeduldig schlug er aufs Lenkrad und entschuldigte sich gleich darauf mit einer sehr viel sanfteren Berührung bei seiner Diva, was ihm selbst albern vorkam. Das Problem war nicht nur, dass er, abgesehen von merkwürdigen Zeichen und Zufällen, kaum etwas in der Hand hatte. Mindestens ebenso fatal war, dass sie auch über Ferretti, über sein Leben und seine Geschäfte, immer noch viel zu wenig wussten.

Er nahm die lädierte Fotografie des Toten aus seiner Jacke.

»Wer bist du?«, murmelte Matteo. »Wer warst du?«

Er betrachtete das Abbild dieses scheinbar gewöhnlichen Menschen, sein 08/15-Gesicht, hinter dem sich aber doch etwas verbergen musste. Aber was? Vittorio Ferretti blieb ein Phantom. Nicht greifbar. Nicht rekonstruierbar. Bisher. Da waren die Summen, die auf seinem Konto eingegangen waren, von anonymer Hand angewiesen. Freunde schien er keine gehabt zu haben.

Immerhin führte eine Spur zu Montanelli, dem ehemaligen Besitzer des Bildes. Ihn würde er morgen aufsuchen, um der Frage nachzugehen, in welchem Zusammenhang dessen Aufenthalt auf der Isola Bella mit dem Mord stand. Das war der einzige Ansatzpunkt, der ihm gerade einfiel. Die Kommissarin hatte Montanellis Adresse sicher mittlerweile ausfindig gemacht. Genua oder Umgebung, wenn er die Vorwahl richtig zugeordnet hatte. Das waren von Cannobio aus etwa 260 Kilometer, also drei Stunden, wenn er gut durchkam.

Matteo kurbelte das Fenster runter und steckte sich eine Futura an. Es war unmöglich, die Macelleria noch einen weiteren Tag geschlossen zu lassen. Die Waren, die er gelagert hatte, würden verderben. Außerdem hatte er am Freitag bereits eine Bestellung beim Großhändler aufgegeben, und der Fahrer würde morgen vor seiner Tür stehen. Und mit ihm seine Stammkunden, deren Wohlwollen er sich mühevoll erkämpft hatte.

Matteo seufzte. Die drei Alten waren die Einzigen, die ihm dabei helfen konnten. Mit gemischten Gefühlen erinnerte er sich an das letzte Mal, als die drei für ihn eingesprungen waren. Zwar hatten sie, wie er neidlos anerkennen musste, hervorragendes Ragout gekocht und exzellente Würste zubereitet. Aber sie hatten sich während seiner Abwesenheit derart heftige Zänkereien und Hahnenkämpfe geliefert, dass es einem Wunder gleichkam, dass weder die Macelleria noch die drei Streithähne dauerhaften Schaden genommen hatten.

Mit großer Wahrscheinlichkeit saßen sie jetzt bei einem Glas Wein bei Dino. Dort würde er sie aufsuchen und einen von ihnen bitten, mit ihm rasch in die Werkstatt zu fahren, damit er die Mail von Cesario mit den Informationen über die Medikamentenaffäre ausdrucken konnte.

Wieder erschien die Nummer der Kommissarin auf dem

Display des Handys. Sie hatte es in der Zwischenzeit noch ein weiteres Mal versucht.

»Pronto?«

»Wo stecken Sie denn, verdammt?« Sie klang ungehalten.

»Wenn ich mich recht erinnere, bin ich wegen eines Mordfalles nach Mailand gefahren«, erwiderte er vielleicht eine Spur zu ironisch.

»Entschuldigen Sie, das weiß ich ja.« Erst jetzt hörte er die Anspannung in ihrer Stimme. »Hier überschlagen sich die Ereignisse.«

»Bitte erzählen Sie.«

»Es gibt eine weitere Leiche.«

»Um wen handelt es sich?«

»Das wissen wir noch nicht.«

In knappen Sätzen legte die Kommissarin ihm dar, was geschehen war. Ein anonymer Anrufer hatte das Präsidium über eine weitere Leiche auf der Isola Bella informiert. Nicht im Barockgarten, sondern auf der anderen Seite der Insel, wo sich eine kleine Landzunge in den See streckte, hatte der oder die Unbekannte angegeben, läge jemand unter der letzten Kamelie begraben. Die Kommissarin war sofort losgefahren, und tatsächlich, nach ein paar Spatenstichen war sie auf einen komplett skelettierten Körper gestoßen.

»Der Gerichtsmediziner glaubt, es handele sich um die Überreste einer 45 bis 55 Jahre alten Frau. Er vermutet, dass sie dort vor mehr als zwanzig Jahren begraben worden ist. Er arbeitet mit Hochdruck, um seinen Befund zu konkretisieren.«

»Hat er schon etwas über die Todesursache gesagt?«

Matteo klemmte sich den Hörer zwischen Ohr und Schulter und startete den Wagen.

»Ihr Genick ist gebrochen. Vermutlich erhängt. Ob durch eigene Hand oder durch Fremdeinwirkung, ist noch unklar. Begraben war sie beinahe liebevoll. Sogar die Hände hat man ihr gefaltet.«

»Und meinen Sie, diese Leiche hat mit unserem Fall zu tun?«

»Sieht ganz danach aus. Der Leiche fehlt eine Rippe.«

Matteo fuhr sich durch Gesicht und Haare und bog auf die Serpentinenstraße ein, die ihn nach Cannobio hinunterbringen würde. In das dichte Grün der Bäume und Sträucher mischte sich zaghaft erstes Herbstlaub. Drei Leichen innerhalb von drei Tagen! Das wurde langsam ein bisschen viel.

»Dieser anonyme Anrufer, war das ein Mann oder eine Frau?«

»Ich kann es beim besten Willen nicht sagen. Die Stimme klang künstlich verzerrt.«

Was war das für ein Spiel, das da mit ihnen getrieben wurde? Irgendjemand hatte Gefallen daran, sie durch nebulöse Hinweise und Zeichen zu lenken. Der Kommissarin schien etwas Ähnliches durch den Kopf zu gehen.

»Erst dieser plakative Mord, dann das Bild, jetzt dieser Anruf. Will da jemand mit allen Mitteln auf sich aufmerksam machen? Oder hält sich derjenige für besonders schlau und verschafft sich auf diese Weise noch ein wenig mehr Nervenkitzel? Und was bedeutet das mit den Rippen?«

»Schwer zu sagen«, Matteo drosselte das Tempo, als er durch einen der kleinen Orte fuhr, die an der Bergstraße lagen.

»Hallo? Sind Sie noch da?«

Die Verbindung war abgerissen. Es war ohnehin ein Wunder, dass der Empfang so lange stabil geblieben war.

Oft genug war man hier oben von der Außenwelt abgeschnitten. Das war Matteo unter normalen Umständen sehr recht. Mehr noch. Immer wieder zog er sich bewusst in die Einsamkeit der Bergwelt zurück. Das war noch einmal eine Steigerung der Abgeschiedenheit, die er am See gefunden hatte. Im Frühling hatte er begonnen, das kleine Haus in Orasso, in dem er aufgewachsen war und das ihm seine Eltern vererbt hatten, zu renovieren. Seitdem hatte er hier manche Wochenenden verbracht.

Aber jetzt, verflucht, er prüfte noch einmal das Display, konnte er diese Funkstille absolut nicht gebrauchen. Er warf das Handy auf den Beifahrersitz und drehte das Radio an.

Zwei der drei Toten hingen sehr wahrscheinlich miteinander zusammen. Und der Jockey? Es war an der Zeit, dass Nina Zanetti und er die Puzzlestücke neu zusammensetzten. Sein Handy surrte. Immerhin eine SMS hatte es geschafft, zu ihm durchzukommen.

Um acht bei Dino? Hätte noch mehr zu berichten. N.

Wieder »N.« Sicher war die Bewegung in der Magengegend, die er gerade verspürte, vor allem dem Hungergefühl geschuldet, das sich energisch meldete.

Im Radio endeten gerade die Sieben-Uhr-Nachrichten mit den Meldungen vom Sport. Die Fußballergebnisse interessierten ihn heute wenig, die spannenden Partien fanden erst am Abend und am Montag statt. Dafür ließen ihn die Meldungen vom Galopprennen aufhorchen. Der Tod des Jockeys wurde vermeldet, als Unfall allerdings. Die Rennen waren gerade erst zu Ende gegangen, mit einigen Überraschungen. Gleich zwei Favoriten hatten unerwartet schlechte Leistungen gezeigt.

Mit einer Hand tippte er ein kurzes *Bis gleich* an Nina

Zanetti und war froh, dass ihm während des Fahrens die Konzentration für eine längere Antwort fehlte. Es wäre gut möglich, dass er sonst zu viel Emphase in seine Worte gelegt und diese Minuten später bereut hätte.

Er prüfte die Tankanzeige und tätschelte das Lenkrad des Lancias. »Du könntest auch mal wieder etwas Futter vertragen.«

Matteo nahm Platz und las die Informationen von Cesario, die er mit Flavio in der Werkstatt ausgedruckt hatte. Sein Verdacht, dass der Tod des Jockeys von einer Quecksilbervergiftung verursacht worden sein könnte, hatte sich nicht bestätigt. Man suchte weiterhin nach der genauen Todesursache. Es war nicht auszuschließen, dass das Herzversagen durch Doping oder Medikamentenmissbrauch ausgelöst worden war. Das klang jedenfalls plausibler als seine Quecksilber-Theorie. Die Giftmischer des 21. Jahrhunderts hatten da offensichtlich andere Methoden, wie er den Polizeiakten entnahm. Aber er war in diesen Dingen zu wenig bewandert, um das auf die Schnelle einschätzen zu können.

Matteo orderte bei Dino eine Flasche Dolcetto und zwei Gläser, mit der Essensbestellung würde er auf die Kommissarin warten, auch wenn sein Magen entschieden andere Signale sendete. Halb lachend, halb genervt winkte er ab, als Luigi, Flavio und Beppo sich am Nebentisch gar nicht einkriegen wollten, weil sie es so spektakulär fanden, dass er sich nicht zu ihnen gesetzt hatte.

»Jungs, beruhigt euch. Die Kommissarin und ich haben ein paar Dinge zu besprechen.«

»Oh, oh, das wird ja immer pikanter«, krähte Luigi. »Dinge zu besprechen.«

»Ich sterbe vor Neugier«, jubelte Beppo.

»Das wird ja auch mal Zeit, du alter Ziegenbock«, überschrie ihn Flavio, der kurzzeitig vergessen hatte, dass die drei eigentlich gerade dabei waren, Matteo gemeinsam zu piesacken.

Donnernd stellte Dino zwei Gläser vor Matteo ab und goss ihm von dem Wein ein, der bereits – entgegen aller Höflichkeit – entkorkt war.

»Sag mal, Dino«, wandte sich Matteo an den Wirt, dessen Haare wild in alle Richtungen abstanden. »Kann es sein, dass es zu Ausfallerscheinungen im Gehirn kommt, wenn man zu viele Abgase oder Motorölausdünstungen einatmet?«

Dino sah aus, als würde er ihn gleich vor Wut am Kragen packen.

»Willst du sagen, es stinkt in meiner Küche nach Abgasen, Dottore?«

Nun konnte Matteo nicht anders und musste in das Gelächter vom Nebentisch einstimmen.

»Nein, Dino, alles in Ordnung. Es war mehr so eine grundsätzliche Frage«, beruhigte Matteo ihn und hatte alle Mühe, seine Fassung wiederzuerlangen. Rasch nahm er einen Schluck Wein.

»Sehr gut, wie immer, wirklich sehr gut«, nickte er dem Wirt zu.

Ganz überzeugt schien Dino nicht und guckte skeptisch zwischen Matteo und den drei Alten hin und her.

»Hier ist ja bombastische Stimmung«, Nina Zanetti, deren Eintreten Matteo gar nicht bemerkt hatte, zog sich einen Stuhl heran, schenkte sich umstandslos ein großzügig bemessenes Glas Dolcetto ein und trank es in einem Zug halb leer. »Darf ich ein bisschen mitlachen?«

Die Alten waren, als sie die Kommissarin erblickt hatten, verstummt und schauten nun verlegen und ehrfürchtig zu ihnen herüber. Durch das unterdrückte Glucksen, das Matteo von Zeit zu Zeit vom Nachbartisch vernahm, wusste er aber, dass es sich bei der Zurückhaltung nur um eine notdürftige Fassade handelte.

Nina Zanetti studierte die Tafel über der Theke, auf der in wilder Schrift die Speisekarte notiert war.

»Was empfehlen Sie? Ich habe unglaublichen Hunger.«

Gerade wollte Matteo der Kommissarin erklären, dass das mit Empfehlungen bei Dino so eine Sache war, da stellte der Wirt unaufgefordert eine Vorspeisenplatte vor ihnen ab, die Matteo, dem selbst vor Hunger schon ganz schwindelig war, wie eine Erscheinung vorkam: Schinken, Grana Padano, Rucola, Champignons, Oliven, getrocknete Tomaten, Mozzarella und Grillgemüse.

So etwas hatte er hier noch nie gesehen. Nina Zanetti begann, die Köstlichkeiten auf zwei Teller zu verteilen, und für eine paar kostbare Sekunden vergaß Matteo, warum sie sich hier trafen. Die Gesichtszüge der Kommissarin waren entspannt, was sicher auch an der Wirkung des Weins lag.

Verdammt noch mal, es war nicht zu leugnen. Nina Zanetti war eine hinreißende Person. Nicht Person. Frau. Sie war klug und schön und seit Teresa die erste Frau, zu der er sich hingezogen fühlte. Aber die Umstände konnten kaum misslicher sein. Es war schon heikel genug, dass sie ihn in die Ermittlungen einbezog. Gefühle haben da keinen Platz, rief Matteo sich zur Ordnung. Das Kichern vom Nebentisch bestätigte ihn nur noch mehr darin.

Nina Zanetti schaute ihn an, um ihre Mundwinkel spielte Belustigung. Zweifelsohne hatte sie ihn gerade mehrere

Male etwas gefragt, ohne dass er darauf reagiert hatte. Matteo hatte das ungute Gefühl, dass sein Gesicht wieder jene Röte annahm, die ihn schon am Vortag gepeinigt hatte. Allein das Wissen um die schummrige Beleuchtung ließ ihm die leise Hoffnung, dass Nina Zanetti es vielleicht nicht bemerkte.

Die Kommissarin hob die Vorlegelöffel an, zwischen denen sie zwei Peperoni balancierte.

»Möchten Sie?«

»Ja, bitte«, Matteo schob seinen Teller in ihre Richtung. Dann beschäftigte er sich ausgiebig damit, seine Serviette auf dem Schoß auszubreiten. Immerhin hatte er danach das Gefühl, dass seine Gesichtstemperatur sich auf Normalmaß heruntergekühlt hatte.

Die Kommissarin hob ihr Glas.

»Also dann. Entschuldigen Sie, dass ich das erste Glas so hinuntergestürzt habe. War ein unangenehmer Tag.«

Matteo hob sein Glas ebenfalls und entschloss sich zu ignorieren, dass sich mit dem leisen Aneinanderschlagen ihrer Gläser am Nachbartisch drei Arme hoben, um ihnen ebenfalls zuzuprosten. Auch die Kommissarin wandte sich den Alten nicht zu, aber in ihren Augen entdeckte Matteo ein Blitzen, das verriet, dass sie die ganze Szenerie außerordentlich amüsierte.

»Fangen Sie an?«

Das war keine Frage, sondern eine Aufforderung. Es war verwirrend, wie plötzlich die Kommissarin zwischen privatem und dienstlichem Ton hin und her wechseln konnte. Und obgleich sie ihm in den folgenden Minuten mit äußerster Konzentration zuhörte, hinderte sie das nicht daran, mit ebenso offensichtlichem Appetit zu essen. Was Matteo seinerseits dazu ermunterte, seinen Bericht immer wieder zu unterbrechen, um sich eine Köstlichkeit von Dinos großzügig arrangiertem Antipastiteller zu fischen.

Als er eine der getrockneten Tomaten aß, fragte er sich, ob Dino von jeher für attraktive Damen ein paar andere Register in seiner Küche ziehen ließ. Dergleichen war ihm in der Vergangenheit nie aufgefallen, doch war es dem eigenwilligen Wirt der Osteria durchaus zuzutrauen.

Matteo berichtete von den Ereignissen in San Siro, davon, was Maria bisher entdeckt hatte, und dass mit weiteren Resultaten im Laufe des kommenden Tages zu rechnen sei. Dann kam er auf sein Zusammentreffen mit der Witwe Vittorio Ferrettis in der Galerie zu sprechen, auf seine Fahrt nach Re sowie auf die Begegnungen mit dem Messdiener und der Andenkenverkäuferin, die er vorher schon in San Siro gesehen hatte. Wo ihm, wie er ebenfalls kurz erwähnte, auch Buffon über den Weg gelaufen war.

Auch wenn er mittlerweile dazu tendierte, das Ganze für einen harmlosen Witz zu halten, erzählte er ihr am Ende seiner Ausführungen von dem seltsamen Gedicht – oder waren es religiöse Sinnsprüche? – das er zwischen den zahllosen Wünschen und Danksagungen in der Basilika in Re entdeckt hatte. Die Kommissarin ließ sich sein Handy geben und las stirnrunzelnd, was er abgetippt hatte. Dann schüttelte sie den Kopf und reichte ihm das Gerät zurück.

Schließlich schob Matteo, während Dino die leere Vorspeisenplatte abräumte und für den Hauptgang eindeckte, der Kommissarin die Dokumente zu, die Cesario ihm gemailt hatte. Nina Zanetti überflog sie flüchtig, und scheinbar übergangslos bedachte sie Dino mit einem Lächeln, das selbst Matteo verlegen machte, obgleich es ihm gar nicht gegolten hatte.

»Grazie. Es war köstlich.«

Hatte Dino gerade eine Verbeugung angedeutet? Das war doch nicht zu fassen.

»Sie meinen, dieser Dopingprozess könnte mit dem Tod des Jockeys in Verbindung stehen?«, wandte sie sich an Matteo.

»Der tote Jockey war in diesem Prozess einer der Zeugen der Anklage. Und er starb, wie auch einige der Profisportler, an Herzversagen. Man müsste die Akten im Detail prüfen, um zu erfahren, welche Aussage er getätigt hat, und was die damaligen Untersuchungen und Obduktionen ergeben haben. Einen Teil der Akten hat Cesario mir geschickt, aber nicht alle.«

Nina Zanetti tippte etwas in ihr Handy.

»Okay, ich veranlasse, dass wir Kopien von allen Dokumenten erhalten und bitte unseren Rechtsmediziner, sich in den Fall einzulesen.«

Matteo goss Wein nach.

»Womöglich liegt auch hier eine Verbindung zu Ferrettis Tod: Er hatte die Bilder der Pferderennen auf dem Rechner. Dazu passt außerdem, dass auf der Isola Bella dieses Treffen zwischen Sportfunktionären und Sponsoren stattgefunden hat. Wäre meines Wissens nicht das erste Mal, dass solche Leute bei dem Wort ›Sponsoring‹ einen durchaus großzügigen Interpretationsspielraum walten lassen. Fragt sich nur, wie genau sich unser Fotograf in den Fall einfügt.«

Nina Zanetti nahm einen Schluck Dolcetto, drehte prüfend das Etikett zu sich hin und nickte zufrieden. Von Wein verstand Dino etwas, keine Frage.

»Dazu könnte ich vielleicht etwas beisteuern«, hob die Kommissarin an, »ich habe mich heute ausgiebig mit den Bewegungen auf Ferrettis Konto beschäftigt und, mit gnädiger Unterstützung der Steuerfahndung, herausgefunden, von wem die meisten der gebuchten Zahlungen stammen.«

Sie schaute Matteo auffordernd an.

»Sagen Sie es mir, ich bin nicht mehr in der Verfassung für Ratespiele.«

Nina Zanetti grinste.

»Von Montanelli, unserem Freund aus Ligurien.«

»Der ehemalige Besitzer des Gemäldes?«

»Korrekt. Scheint ein ziemlich vermögender Mann zu sein. Altes Geld auf neuen Konten und unter dem Deckmantel verschiedenster Firmen.

Eine CD mit Bankdaten von Steuersündern hat die Kollegen der Steuerfahndung auf seine Spur gebracht. Ihm gehören einige der, halten Sie sich fest, 7000 Konten mutmaßlicher italienischer Steuersünder mit insgesamt 6,9 Milliarden Dollar Vermögen. Die Daten stammen aus Jersey, von der Tochtergesellschaft einer britischen Großbank, die auch zahlreiche Geschäfte in Monaco tätigt.«

Das war allerdings eine Neuigkeit.

»Ich habe das seinerzeit nicht mitbekommen, aber es ist nicht lange her, da waren die Zeitungen voll davon. Und die Steuerbehörden gehen jetzt jedem einzelnen Fall nach. Es ist kein Zufall, dass Montanelli einer der Ersten war, den sie sich vorgenommen haben. Auf seinen Konten lagen mehr als zehn Millionen Euro. Und er hat ein großes Anwesen in Portofino.«

»Portofino? Wie romantisch«, entfuhr es Matteo eine Spur zu neckisch, aber die Kommissarin schien sich daran nicht zu stören.

»Ja, schönes Fleckchen. Und sehr exklusiv.«

»Sie sagten eben, dass Sie die meisten Überweisungen zurückverfolgen konnten. Nicht alle also?«

»So ist es. Es gibt einige Beträge, bei denen ich noch nicht weitergekommen bin. Es handelt sich dabei um kleinere Summen, allesamt Bareinzahlungen, die in verschiedenen Filialen getätigt worden sind.«

»Und die Filialen waren wo?«

»Alle nicht weit von hier. Mal Mailand, mal Turin. Und viele stammen auch aus kleineren Ortschaften in der Umgebung.«

»Haben Sie die Liste dabei? Vielleicht lässt sich daraus etwas ableiten?«

Die Miene der Kommissarin verfinsterte sich.

»Die lässt sich leider erst morgen wieder rekonstruieren.«

Auf Matteos fragenden Blick hin fuhr sie fort:

»Während ich auf der Isola Bella war, hat jemand meinen Computer außer Gefecht gesetzt.«

»Was meinen Sie damit?«

»Na ja«, Nina Zanetti schien kurz zu überleben, ob sie Matteo das ganze Ausmaß offenbaren sollte. »Jemand ist in mein Büro eingebrochen und hat meinen Rechner gestohlen.«

»Eingebrochen? Im Präsidium? Wie kann das denn passieren?«

»Das möchte ich auch gern wissen. Der Pförtner war ganz kleinlaut, faselte irgendwas von neuer Putzkolonne. Die kommen immer am Wochenende, wenn nicht so viel Betrieb ist. Und da könne sich dann schon mal jemand mit hineinschummeln.«

Sie deutete auf den Wein.

»Bekomme ich noch einen Schluck?« Matteo beeilte sich, ihr einzuschenken.

»So was darf echt nicht passieren. In diesem Fall ist das

nicht ganz so schlimm, weil alle Daten auf dem Zentralrechner sind. Aber ich hatte vorhin nicht die Nerven, abzuwarten, bis die IT-Abteilung alles auf dem Ersatzrechner installiert hat. Die zentrale Information scheint mir die Überweisungen von Montanelli zu sein. Die Bareinzahlungen soll Fabio morgen früh prüfen.«

Nur mit halber Aufmerksamkeit nahm Matteo zur Kenntnis, das Dino einen Hauptgang servierte, den sie ebenso wenig wie die Antipasti bestellt hatten. Mit bloßen Fingern brach Nina Zanetti ein Stück von dem gegrillten Fisch ab.

»Hm, Felchen?«, das Essen tröstete die Kommissarin unmittelbar über den Verlust ihres Computers hinweg.

Dino machte, Matteo hatte es genau gesehen, tatsächlich eine kleine Verbeugung.

»Frisch aus dem See.«

Dieser Diebstahl gefiel Matteo ganz und gar nicht. Das war schon sehr dreist und sprach für jemanden, der viel zu verlieren hatte, wenn er so etwas wie einen Einbruch in ein Büro der Polizei riskierte.

Am Nebentisch wurde es unruhig. Für Beppo, Luigi und Flavio war der Abend vorüber.

»Einen Moment«, Matteo sprang auf und lief zu den Alten hinüber. Eine Sache hatte er beinahe vergessen: die Macelleria. Die drei waren sofort einverstanden, ihn morgen im Laden zu vertreten. Und nach einem flehentlichen Blick von Matteo ließen sie sich sogar dazu erweichen, nicht jetzt, sondern auf dem Nachhauseweg zu diskutieren, wie sie die Schichten aufteilen würden: Mindestens einer von ihnen musste schließlich in der Autowerkstatt bleiben, was selbstverständlich jedem von ihnen als die am wenigsten attraktive Aufgabe erschien.

Als Matteo sie bis zur Tür der Osteria geleitet hatte, zog Luigi ihn zu sich heran und wisperte ihm ins Ohr:

»Wir wünschen euch einen wunderbaren Abend. Matteo, wirklich, du hast das verdient.«

Matteo guckte perplex von einem zum anderen. Mit todernsten Mienen standen die drei Alten da und nickten ihm andächtig zu. Flavio war der Erste, der sich nicht mehr beherrschen konnte und wieder in das Giggeln verfiel, das bis vor Kurzem die akustische Hintergrundkulisse gebildet hatte.

»Ihr habt wirklich einen Knall. Raus mit euch. Bis morgen!« Matteo schob die drei auf die Gasse, ganz froh darum, dass er durch das kleine Gerangel, das dabei entstand, diesen doch ein wenig peinlichen Moment überspielen konnte.

»Um noch mal zu der Doping-Sache zu kommen«, begann die Kommissarin, als er sich wieder setzte. »Ich bin mit Pferden einigermaßen vertraut. Auch ein wenig mit dem Reitsport, aber ich habe noch nie gehört, dass man Jockeys dopt. Allenfalls die Pferde, oder irre ich mich?«

Matteo hätte wahnsinnig gern eine Zigarette geraucht, wollte das Gespräch aber jetzt nicht unterbrechen. Es war leider relativ schlüssig, was die Kommissarin sagte. Bei Fußballern, bei Schwimmern, bei Leichtathleten, da war Doping sinnvoll. Aber bei Jockeys? Die brauchten keine schnell wachsenden Muskeln, die mussten ihr ohnehin verschwindend geringes Gewicht halten. Er beschränkte sich auf ein Nicken.

Ohne dass sie ihn darum gebeten hatten, brachte Dino in seiner nun wieder gewohnt robusten Art die Rechnung. Matteo ignorierte die Proteste der Kommissarin und bestand darauf, für sie gemeinsam zu zahlen.

»Ich gehe also davon aus, dass wir morgen zusammen nach Portofino fahren?«, fragte sie und tastete in der Tasche ihrer Lederjacke nach dem Schlüssel für ihre Vespa.

»Auf keinen Fall.«

»Wie meinen?«

»Ich meine: Ja, lassen Sie uns morgen diesen Montanelli unter die Lupe nehmen.«

Er zögerte, um die richtigen Worte zu finden, merkte aber, dass es ohnehin eigentümlich klingen würde, was er ihr jetzt vorschlug.

»Ich habe noch eine Isomatte und einen Schlafsack im Auto. Sie können mein Bett haben. Verstehen Sie das jetzt um Himmels willen nicht falsch. Aber Sie sollten heute Nacht nicht alleine bei sich zu Hause schlafen. Das Foto, der Einbruch in Ihrem Büro.«

Dass er auch an die Männer auf dem Schiff dachte, die ihn über Bord geschmissen hatten, verschwieg er. Sie hatten es nicht nur mit einem oder mehreren Mördern zu tun, sondern auch mit Leuten, die sich mit allen Mitteln dagegen wehrten, dass man ihnen auf die Schliche kam.

Matteo hatte mit massivem Widerstand gerechnet. Zu seiner Überraschung nahm Nina Zanetti seinen Vorschlag gelassen an. Wahrscheinlich sei das keine schlechte Idee, entgegnete sie lediglich. Und in jedem Fall sei es praktisch, dass sie am nächsten Morgen ohne große Umstände aufbrechen könnten.

Als Matteo aus der Küche zurückkam, wo er noch eine Flasche Nebbiolo für ein letztes Glas entkorkt hatte, hielt Nina Zanetti die kaputte Courage in der Hand, die er auf dem Nachttisch abgelegt hatte.

»Was ist mit Ihrer schönen Uhr passiert?«

»Nichts weiter, die ist dummerweise ein bisschen nass geworden«, antwortete er ausweichend und schenkte umständlich Wein ein, damit er der Kommissarin den Rücken zudrehen konnte.

»Ein bisschen? Die sieht mir eher danach aus, als wären Sie damit versehentlich auf Tauchgang gegangen.«

Weil Matteo nicht reagierte, kam sie zu ihm herüber und zwang ihn auf diese Weise, sie anzusehen.

»Sie verschweigen mir etwas, kann das sein?«

Matteo ärgerte sich. Wahrscheinlich hätte er die Kommissarin schon viel eher über seine nächtliche Fahrt nach Stresa und den Vorfall auf dem Schiff informieren sollen. Jetzt wurde er entlarvt wie ein dummer Schuljunge. Doppelt zerknirscht berichtete er ihr von den Männern, den heimlich verladenen Kisten und seinem unfreiwilligen Bad im Lago.

»Das kann doch jetzt echt nicht sein.« Nina Zanetti war mehr fassungslos als wütend. »Ich fasse es nicht. Ich weihe Sie in alles ein, ich vertraue Ihnen, und Sie machen solche Alleingänge, ohne mir davon zu erzählen?!«

»Das war nicht in Ordnung, ich weiß. Es tut mir leid.«

»Das war nicht nur nicht in Ordnung! Das war komplett blödsinnig. Sie haben sich unnötig in Gefahr gebracht. Das ist das eine. Und haben Sie schon mal darüber nachgedacht, dass es schlauer gewesen wäre, gleich die Polizei einzuschalten und die Schmuggler nicht in aller Seelenruhe fliehen zu lassen?«

Nach einer kurzen Pause fügte sie an:

»Die Polizei, Signor Basso, das sind übrigens wir. Nicht Sie.«

»Schon klar«, langsam verwandelte Matteos Stimmung sich vom Kleinlauten ins Widerwillige. Sollte er sie nun unterstützen oder nicht? Dass sein nächtlicher Ausflug vor ihrer Bitte stattgefunden hatte, unterschlug er an dieser Stelle.

»Beim nächsten Mal sagen Sie bitte gleich Bescheid, okay?«

Erstaunlicherweise schien das Thema für Nina Zanetti damit vorerst erledigt.

Sie kniete sich vor den Plattenspieler, den Matteo noch nicht wieder zurück auf den Schrank gestellt hatte.

»Hier hören Sie also Ihre Opern. Darf ich?«

Sie legte die Nadel auf die *Rigoletto*-Platte. Eigentlich war Matteo das gar nicht lieb. Nicht Verdi, nicht jetzt. Andererseits war er ganz froh, nicht länger über die missliche Schiffsgeschichte diskutieren zu müssen.

Er reichte der Kommissarin ein Glas Wein und suchte anschließend in der Schublade des Tisches nach einem Blatt Papier. Der kleine Raum war von den ersten Klängen der Ouvertüre erfüllt. Matteo öffnete den Speicher seines Handys und schrieb den Text ab, den er in der Wallfahrtskirche della Madonna del Sangue gefunden hatte.

Erst wenn das Mädchen erwacht ist, beginnt der Tag.
Wenn sich die Hand ausstreckt, sinkt die Madonna auf die Knie. Und mit ihr die Gemeinde.
Die Vase wird geschmückt werden.
Denn Bohnen sind nahrhafter als Mäuse.
Man muss nur den Mönch richtig zusammenfügen.
Und auf den Boden schauen.
Die Vase mag zittern, aber zerbricht nicht.

Er rieb sich die Augen. Was um alles in der Welt sollte das bedeuten? Sollte es überhaupt etwas bedeuten? Nina Zanetti zog einen Stuhl heran und setzte sich neben ihn.

Sie schüttelte den Kopf.

»Das klingt für mich nach vollkommenem Nonsens. Eine Albernheit, das Werk eines humorbegabten Atheisten, der sich über die Heiligenverehrung lustig macht.«

»Habe ich auch schon überlegt«, räumte Matteo ein.

Nina Zanetti wischte ihre Haare aus der Stirn und beugte sich näher über das Papier. Ein leichter Duft nach Blumen und Minze streifte Matteos Nase.

Abrupt lehnte die Kommissarin sich zurück.

»Keine Ahnung.«

Matteo fühlte sich ertappt, als hätte sie seinen kurzen Moment der Versunkenheit bemerkt.

»Ist ja vielleicht auch Blödsinn.« Seine Stimme klang rau, als er das Blatt zur Seite schob und beide Gläser, die noch nicht einmal halb geleert waren, noch einmal mit Wein füllte.

Eine Weile hörten sie schweigend der Musik zu. »*Ach, wache sorglich und behüte, / Was ich bang dir anvertraue. / Diese zarte reine Blüte, / Sie ist ja mein einzig Glück! / Schütze treu sie vor dem Sturme, / Der manch andre schon zerstörte, / Und gib rein die Unversehrte / In des Vaters Hand zurück.*«

Die Kommissarin nippte hin und wieder an ihrem Glas, und Matteo merkte mit stummer Beklemmung, wie der leise Zauber, den dieser Abend bisher, trotz der widrigen Umstände, gehabt hatte, unaufhaltsam verflog. Fieberhaft überlegte er, was da gerade passierte, wie er die Stimmung, die sich in ihm anbahnte, stoppen konnte. Aber er fühlte sich machtlos. Das war eine fremde Frau, die dort saß, das fühlte sich alles falsch an. Abwesend starrte er vor sich hin und brachte kein Wort mehr hervor.

Auch Nina Zanetti schien sich plötzlich unwohl zu fühlen. Sie stellte ihr Glas ab und bekundete, dringend schlafen zu müssen. Matteo nickte erleichtert, richtete ihr das Bett zurecht und wünschte ihr eine gute Nacht. Dann verzog er sich auf sein Isomattenlager, das er in der Küche bereitet hatte.

Bevor er sich in seinen Schlafsack rollte, befestigte er den Zettel mit der Abschrift des Textes an der Magnettafel, die er unlängst über der Arbeitsfläche angebracht hatte, um Rezepte aufhängen zu können.

Die Kommissarin hatte recht. Das war schlichtweg Unsinn. Matteo löschte das Licht und zog den Schlafsack hoch. Rigolettos verzweifeltes *»Gebt mein Kind, gebt mein Alles mir wieder, Und der Himmel – segne Euch dafür!«* schwirrte ihm durch den Kopf, bevor er langsam wegdämmerte. *»Ridonarla a voi nulla ora costa, tutto al mondo tal figlia è per me.«*

9

Missmutig blickte Matteo auf die Masse aus Schweineschulter und Lardo, die er in den vergangenen Minuten durch den Fleischwolf gedreht hatte. Das würde eine stattliche Menge Salsicce geben. Aber ansonsten sah es mit seinem Angebot heute nicht berauschend aus. Offenbar hatte er am Freitag seine Bestellung beim Lieferanten, der ihm üblicherweise hervorragendes Fleisch von einem Bauern aus dem Valle Vigezzo brachte, sehr nachlässig aufgegeben. Oder aber der Lieferant hatte geschlampt. Außer einem Prosciutto, der allerdings exzellent aussah, einer Schweineschulter und zwei Kalbskeulen hatte er nichts für Matteo dabeigehabt.

Mit einer Hand maß Matteo Gewürze ab – ein wenig Koriander, Fenchel, Salz und Pfeffer natürlich. Dann goss er eine großzügige Menge Wein dazu, vermengte das Ganze und begann, die Masse in Därme abzufüllen.

Nina Zanetti hatte sich noch nicht sehen lassen, aber am Rauschen der Dusche hatte er gehört, dass sie bereits wach war. Ob er ihr einen Caffè bringen sollte? Matteo hatte unruhig geschlafen, was sicher zum Teil der nicht unbedingt luxuriösen Isomatte geschuldet war, auf der er gelegen hatte. Aber auch sein abrupter Stimmungsabfall am

Ende des gestrigen Abends hatte ihm schwer im Magen gelegen.

Es war kurz nach halb neun. Die Alten hatten versprochen, um neun die Macelleria zu übernehmen, damit Matteo und die Kommissarin nach Portofino fahren konnten. Langsam rollten sich die Würste vor ihm auf der Arbeitsfläche zu Schnecken auf, was auf Matteo einen beinahe versöhnlichen Eindruck machte, als hätte immerhin hier, in seinem kleinen Laden, noch alles seine Ordnung.

»Sie lesen Kriminalromane?«

Nina Zanetti lehnte in der Tür, das nasse Haar zu einem Knoten hochgebunden und machte einen weitaus ausgeschlafeneren Eindruck als er.

»Buongiorno«, grüßte Matteo und wandte sich wieder seiner Arbeit zu, um seine Befangenheit zu überspielen, die von dem jähen Ende des gestrigen Abends geblieben war. Es dauerte eine Sekunde, bis die eigentümliche Frage der Kommissarin bei ihm ankam.

»Ich lese was?«

»Kriminalromane«, sie schwenkte ein Buch in der Hand, blieb aber noch immer am Türrahmen stehen. »Das jedenfalls lag neben Ihrem Bett. Simenon: *Vor Gericht*.«

Erst jetzt fiel Matteo das Buch wieder ein, das ihm der Antiquar der Isola Bella zum Abschied geschenkt hatte.

»Das liegt da nur zufällig, ein Geschenk. Ich habe noch gar nicht reingeschaut.«

Matteo merkte selbst, dass er wegen seiner Unsicherheit eine Schroffheit an den Tag legte, die weder angemessen noch wirklich seine Absicht war.

»Ja, gern.«

»Wie?« Verwirrt guckte er zu Nina Zanetti. Vielleicht

überspielte sie einfach nur gekonnt ihre Verstimmung über sein gestriges Verhalten, das er gerade, wider Willen, fortsetzte.

»Ach, ich dachte, Sie hätten mich gefragt, ob ich einen Caffè möchte. Deshalb antwortete ich: Ja, gern.«

Die Augen der Kommissarin blitzten verschmitzt. Diese Frau war offenbar nicht so schnell aus der Fassung zu bringen. Und dazu war sie auch noch witzig. Das war ein ziemlich guter Mix. Beinahe noch besser, als die Salsiccia-Mischung, die er heute Morgen zubereitet hatte.

Matteo zog die dünnen Handschuhe aus, die er während der Arbeit trug.

»Sie hatten mir noch nicht verraten, ob mit einem Schluck aufgeschäumter Milch oder ohne. Deshalb konnte ich noch nicht tätig werden.«

»Mit, bitte. Und zwei Löffel Zucker.«

Matteo machte sich an der Maschine zu schaffen und merkte, wie sich seine Verspannungen lösten. Was war das nur Teuflisches gewesen, das ihm da gestern mit einem Mal in die Knochen gefahren war und ihm die Stimmung verdorben hatte? Teresa natürlich, er seufzte leise, was zum Glück durch das Zischen des Milchaufschäumers übertönt wurde.

»Ist gar nicht so schlecht«, bemerkte Nina Zanetti, als Matteo ihr den fertigen Caffè reichte. Erst als sie weitersprach, verstand er, was sie meinte. »Auch wenn es kein richtiger Krimi ist.«

»Sie haben den Simenon schon gelesen?«

»Ein bisschen reingelesen.«

»Panino mit Prosciutto? Gerade ist frischer gekommen.«

»Das wäre ein Traum.«

Während Matteo sich an die Zubereitung machte, schlenderte die Kommissarin in der Küche der Macelleria umher.

»Macht Ihnen das eigentlich Spaß?«

Matteo zuckte die Schultern.

»Mir geht es gut hier.«

»Eine kleine Insel, auf die Sie sich gerettet haben.«

Argwöhnisch blickte Matteo zu Nina Zanetti hinüber, die seinen Blick aber so geradeheraus erwiderte, dass er den Gedanken verwarf, dass sie sich über ihn lustig machte. Eine Antwort wollte ihm dennoch nicht einfallen, was auch nicht nötig war, weil in diesem Moment ein ohrenbetäubendes Getrommel am Rollladen der Macelleria einsetzte, das selbst in der Küche noch wahnsinnig laut war.

Matteo musste nicht lange raten, wer da vor seinem Laden randalierte, aber man konnte sich sehr wohl fragen, warum die Alten nicht wie normale Menschen die Hintertür benutzten, von der sie wissen sollten, dass sie um diese Zeit offen war.

Aber sie wollten anscheinend einen großen Auftritt. Es sei ihnen gegönnt, jedenfalls heute, wo sie ihm einen Gefallen taten, dachte Matteo, während er sich, gefolgt von Nina Zanetti, beeilte, in den Verkaufsraum zu kommen und den Rollladen hochzuziehen, damit der Lärm eine Ende hatte.

Apropos Auftritt. Zu welcher Seite hin wurde nun der Vorhang gelüftet? Matteo konnte sich ein Grinsen kaum verkneifen, als er Beppo und Luigi sah, die ihre Verblüffung kaum im Zaum zu halten wussten und plötzlich erstaunlich stumm waren, als sie neben Matteo die Kommissarin erblickten. Aber noch ehe die Alten sich wieder gefangen hatten, wurde Matteo klar, dass er außer dem Überraschungseffekt nicht viel zu bieten hatte. Eher, das konnte er jetzt schon absehen, würde er in eine gewisse Erklärungsnot geraten. Aber warum sollte er überhaupt irgendetwas erklären müssen? Lächerlich.

Er schloss die Ladentür auf und öffnete sie mit einem Ruck, um immerhin noch ein wenig Souveränität zu demonstrieren, die im nächsten Moment aber in sich zusammenfallenfiel.

Es kam prompt, was Matteo erwartet hatte: ganz großes Theater. Beppo schlug, scheinbar erschrocken, die Hand vor den Mund, machte einen tiefen Diener und trippelte mit gezierten Schritten an ihnen vorbei in die Küche, während er den Blick zu Boden gesenkt hielt. Luigi hingegen stieß ein »Madonna mia, Bellessima« aus, deutete einen Handkuss in Nina Zanettis Richtung an, dann umarmte er Matteo, rüttelte ihn ungelenk durch, schlug ihm übertrieben fest auf die Schulter und bekundete:

»Hier sind wir. Du kannst dich auf uns verlassen.«

Matteo schob Luigi und Beppo vor sich in die Küche und besprach die wichtigsten Dinge mit ihnen. Obwohl er natürlich wusste, dass sie sich an keine seiner Vorgaben halten würden.

»Wie steht es um Flavio?«

»Wir haben gewürfelt«, erklärte Beppo. »Da gibt es Gewinner und Verlierer, so ist das nun mal.«

»So, so.«

Matteo konnte sich zwar nicht erklären, warum die Alten sich wie die Kinder darum stritten, wer von ihnen ihn hier vertreten durfte. Aber er konnte sich lebhaft vorstellen, wie so ein Würfelduell ausgetragen wurde.

»Es könnte spät werden heute Abend. Schließt ihr einfach ab?«

»Du kannst dich auf uns verlassen, Matteo«, versicherten Beppo und Luigi nun noch einmal im Chor.

Matteo nickte, halb zweifelnd, halb belustigt und ergab sich der Unabänderlichkeit des Schicksals. Besser ein wenig Chaos, als dass die Macelleria einen weiteren Tag geschlossen blieb.

»Ich danke euch, Jungs.«

Damit überließ er die Macelleria allem, was da kommen mochte.

Nina Zanetti lehnte, als er hinaustrat, an der Motorhaube des Lancias und aß ihr Sandwich. Das hatte Matteo ganz vergessen. Wie zum Gruß hob sie das zweite in die Luft, das sie für ihn mitgebracht hatte.

»Ich muss ohnehin gleich tanken, dann kaufen wir noch Wasser«, murmelte Matteo, während sie einstiegen. Ganz war seine Befangenheit noch nicht verflogen.

Während er ausparkte, fing Nina Zanetti ungeniert an, in den CDs zu wühlen, die er im Handschuhfach gestapelt hatte. Der CD-Player, der natürlich üblicherweise nicht zur Grundausstattung eines Lancia Gamma Coupés gehörte, war ein Weihnachtsgeschenk von Luigi, Beppo und Flavio gewesen, über das Matteo gleichzeitig so gerührt und konsterniert gewesen war, dass er erst Tage später darüber hatte nachdenken können, ob er so eine technische Neuerung, die eigentlich nicht dem Charakter seines Wagens entsprach, gutheißen konnte. Aber ehe er sich versah, hatte er schon ein paar CDs gekauft. Einfach nur, um den Sound auszuprobieren, wie er sich einredete. Nach wie vor aber nutzte er das Gerät nur für längere Fahrten.

Ohne dass er hätte Einspruch erheben können, hatte Nina Zanetti eine Aufnahme von alten Schlagern eingelegt.

Schon erklangen die ersten Takte von *Tu Vuò Fa' L'Americano* mit Renato Carosone am Klavier.

Nina Zanetti drehte die Lautstärke auf. Dass er diese CD mochte, war ihm genau genommen ein wenig peinlich. Gleichzeitig konnte er nicht verhehlen, dass es ihn freute, dass sie ausgerechnet diese ausgesucht hatte. Der See lag von leichten Schaumkronen bedeckt zu ihrer Linken, die spätsommerliche Sonne strich noch etwas verhalten darüber, schien aber durchaus gewillt, sich im Laufe des Tages vernehmlicher Ausdruck zu verschaffen. Die Uferstraße war ausnahmsweise angenehm unbefahren und blieb es auch, nachdem Matteo den Lancia vollgetankt und zwei Flaschen Mineralwasser gekauft hatte.

Mit etwas Glück würden sie in drei Stunden in Portofino sein. Von außen hätte man sie tatsächlich für ein Paar auf einem romantischen Ausflug halten können. Ausgerechnet Portofino. Dieses malerische Örtchen am Mittelmeer, das wegen seiner idyllischen Lage in den vergangenen Jahren leider auch zu einem Domizil für die Reichen und Schönen geworden war. Matteo wollte kein Spielverderber sein. Aber einen himmelweiten Unterschied zwischen den Städtchen und der Landschaft hier am Lago Maggiore und der viel beschworenen ligurischen Küste konnte er nicht wirklich ausmachen. Gut, das Meer. Das duftete anders. Nach Salz und Ferne.

Dafür hatte man am Lago ein bisschen mehr Abgeschiedenheit. Und nicht so viel sentimentale Beleuchtung am Ufer, wenn es Abend wurde. Aber vermutlich war es das, was die Leute liebten. Oder war es einfach nur dieses kitschige Lied, das Scharen von Touristen nach Portofino zog? Man müsste Fred Buscaglione auf ewig verdammen, dachte Matteo, wenn der nicht ohnehin schon lange tot wäre, so ein Kitsch! Dabei stammte Buscaglione aus Turin, nicht vom Mittelmeer. Wäre es da nicht angemessen gewesen, der Po-Ebene oder den Bergen rund um Turin ein kleines Ständchen zu widmen?

Das Handy der Kommissarin klingelte und riss Matteo aus seinen Gedanken, die ohnehin gerade drauf und dran waren, in reichlich seltsame Gefilde abzudriften. Nina Zanetti drehte mit einer raschen Bewegung die Musik leise.

»Pronto?«

Matteo sah aus dem Augenwinkel, dass sie konzentriert lauschte.

»Gut, könnt ihr euch die Fälle noch mal ganz genau anschauen, überprüfen, ob es irgendwelche Übereinstimmungen mit unserer Leiche gibt?«

Sie nickte, obwohl ihr Gesprächspartner das nicht sehen konnte.

»Eins noch, Fabio, mach mir doch bitte eine Liste mit all den Personen aus dem Umfeld der Toten, Familie, Freunde, Kollegen. Je eher du mir die schicken kannst, desto besser.«

Sie strich sich das Haar aus der Stirn und Matteo gab sich instinktiv Mühe, nicht zu tief einzuatmen. Sie waren auf dem Weg zur Befragung eines Verdächtigen. Er sollte sich jetzt nicht aus dem Tritt bringen lassen.

»Alles klar, Fabio, ich danke dir. Ich fahre gerade zu einer Zeugenbefragung.« Sie stockte.

»Na klar, ich melde mich, wenn ich was rausgefunden habe. Ich muss mich jetzt mal wieder auf die Straße konzentrieren. Ciao.«

»Auf die Straße konzentrieren?«

»Verdammt noch mal, ja. Was soll ich denn sagen?! Dass ich mir einen Beschützer mitgenommen habe für meine Arbeit? Dass ich unfähig bin, die Sachen allein zu regeln?«

Fahrig öffnete sie eine der Wasserflaschen, die Matteo gekauft hatte und trank in großen Schlucken.

»Das sind Sie ja nicht. Erinnern Sie sich, wir hatten eine Abmachung, die besagt, dass das in diesem Fall eine vernünftige Lösung ist.«

Nina Zanetti warf die PET-Flasche vor sich in den Fußraum. Ein Gefühlsausbruch, den Matteo nicht ganz verstand. Es war doch ihre Idee gewesen, ihn einzubeziehen.

Für einige Augenblicke war Matteo abgelenkt, weil er im Begriff war, sich auf die Autobahn einzufädeln, die kurz hinter Stresa begann. Nina Zanetti drehte die Musik wieder auf, allerdings nicht ganz so laut wie zuvor. Sofort stellte sich bei Matteo das dazu passende Bild im Kopf ein: Sophia Loren beim *Mambo Italiano*.

»Ich weiß, es war meine Idee. Aber zwischendurch ärgere ich mich darüber, weil es auf mich wie eine Bankrotterklärung wirkt.«

»Sie wissen ganz gut, dass das Unsinn ist«, unterbrach Matteo sie ein wenig strenger, als es üblicherweise seine Art war. »Sie werden bedroht, ihr Kollege Buffon ist nicht anwesend. Und auf offiziellem Dienstweg um Unterstützung zu bitten, ist in diesem Stadium Ihrer Karriere nicht sinnvoll. Zumal Buffon sich vermutlich durch einen loyalen Kollegen über die Aktivitäten seiner ehemaligen Untergebenen unterrichten lässt. Ich kann mir nicht vorstellen, dass er Ihnen Böses will, aber einen möglichen Erfolg wird er Ihnen auch nicht gönnen. Oder sehen Sie das anders?«

Er spürte den dankbaren Blick der Kommissarin, hatte aber hier auf der Autobahn eine gute Ausrede, nicht zu ihr hinüberzuschauen.

»Allora«, sie rückte sich ein wenig im Sitz zurecht. »Machen wir also weiter, Herr Interims-Kollege. Die eine Hälfte von meinem Telefonat haben Sie ja mitbekommen. Die andere lautet wie folgt: Die Kollegen im Präsidium haben recherchiert, dass es im fraglichen Zeitraum, also in den letzten zwanzig bis dreißig Jahren, elf Fälle von verschwundenen Frauen in ganz Italien gab, die mit dem Alter des gefundenen Skeletts zusammenpassen. Zwei Vermisste stammen hier aus der Gegend.«

»Sind die Fälle damals als Mordfälle untersucht worden?«

»Teils, teils, wie es scheint. Ohne Leiche kommt man da aber mit den Ermittlungen in der Regel nicht weit. Es sei denn die Spuren, die auf ein Verbrechen hindeuten, sind offensichtlich. Allerdings soll es ja auch Frauen geben, die es darauf anlegen, von ihrem Mann nicht mehr gefunden zu werden.«

Die Kommissarin packte so abrupt sein Handgelenk, dass Matteo Mühe hatte, den Lancia in der Spur zu halten.

»Entschuldigung. Das wollte ich nicht.«

»Schon gut.«

Galt die Entschuldigung nun ihrer Attacke während des Fahrens? Wohl eher der ziemlich ungeschickten Bemerkung, die Matteo zwangsläufig auf sich und Teresa münzen musste.

Nach einem Moment der Stille sagte sie schließlich: »Dieses Buch ist übrigens wirklich interessant.«

»Welches Buch?«

»Ihr Simenon. Es ist kein Kriminalroman im eigentlichen Sinne. Es geht um einen jungen Mann, einen Hochstapler und Kleinkriminellen, der sich eine ältere, vermeintlich reiche Frau angelt – die so reich aber gar nicht ist, sondern sich ihrerseits selbst als Mätresse von wohlhabenden Männern aushalten lässt. Dann wird sie ermordet.«

»Von ihm?«

»Eben nicht. Oder: sehr wahrscheinlich nicht. Man weiß es nicht genau. Aber er gerät sofort in Panik, weil ihm klar ist, dass bei seiner Vergangenheit und angesichts der Schieflage der Liaison der Verdacht auf ihn fallen wird.«

»Er lässt die Leiche verschwinden?«

Die Kommissarin lachte hell auf.

»Gut kombiniert, Kollege. Er richtet sie übel zu. Es gibt ein paar unschöne Szenen mit einem Bügeleisen, schließlich zersägt er sie, steckt sie in einen Koffer und schmeißt den ins Meer.«

Matteo überholte eine Kolonne von Lkw und lenkte den Lancia anschließend wieder auf die rechte Spur.

»Bisschen reingelesen, verstehe. Haben Sie überhaupt geschlafen letzte Nacht?«

»Solche Bücher liest man schnell.«

»Und verraten Sie mir das Ende?«

»Er wird geschnappt, und dann beginnen die Zeugenvernehmungen. Und das ist wirklich bitter. Für alle steht fest, dass er schuldig ist, was aber gar nichts mit dem konkreten Fall zu tun hat, sondern mit dem schlechten Bild, das sie von ihm haben. Selbst seine Mutter, die auch vorgeladen ist, berichtet nur die schlimmsten Geschichten über ihren Sohn. Horror. Keinerlei Empathie.«

»Tja, das ist wohl die Quittung, wenn man sein Leben lang ein Arschloch gewesen ist.«

Nina Zanetti schüttelte energisch den Kopf.

»Aber das ist doch nicht der Punkt. Aus ermittlungstechnischer Sicht ist es eine Katastrophe, wenn nicht nach den Fakten in einem Fall gesucht wird, sondern nur der Charakter und die Vergangenheit des Verdächtigen beurteilt wird.«

»Eben haben Sie gesagt, es sei nicht ganz klar, ob er die Frau nicht vielleicht doch umgebracht hat.«

»Das ist das Perfide an dem Buch: Am Anfang denkt man, dass er es auf keinen Fall getan hat, sondern dass es seine ehemaligen Komplizen gewesen sind, weil er sie um Geld betrogen hat. Aber dann wird man zusehends unsicherer. Am Ende hätte ich es nicht mehr sagen können.«

Domenico Modugno schmolz nach allen Regeln der Kunst dahin: Die letzten Takte *Dio, come ti amo* schnulzten durch die Lautsprecherboxen. Das war wirklich ein bisschen dicke.

»Sie haben sich also auch blenden lassen von den üblen Geschichten über den Angeklagten.«

»Das ist ja eben die Frage. Lässt man sich blenden? Oder muss man noch um eine Ecke mehr denken?«

»Das hieße?«

»Alle malen an einem bestimmten Bild dieses jungen Mannes mit. Dieses Bild scheint nicht aus der Luft gegriffen. Aber weil es sich so in den Vordergrund drängt, sträubt man sich dagegen, dass sich dieser Mordfall nun auch noch so genau in dieses Bild einfügt. Und vielleicht ist gerade dieses Sträuben der Fehler.«

Matteo trommelte den Takt von Adriano Celentanos *Susanna* auf dem Lenkrad mit. Die Kommissarin wippte mit den Knien.

»Und was lehrt uns das für den Mord an Vittorio Ferretti?«

»Das kann ich Ihnen leider auch nicht sagen. Vielleicht gar nichts.«

Die nächsten Kilometer fuhren sie schweigend, betrachteten die üppige, von Reisfeldern dominierte Landschaft der Po-Ebene, die von unzähligen Seidenreihern bevölkert war. Am Horizont, an dem es hell und, wie Matteo dachte, beinahe verheißungsvoll leuchtete, meinte er bereits das Meer zu ahnen.

»Wussten Sie«, hörte sich Matteo sagen, »dass das berühmte Lied *Bella Ciao* hier entstanden ist? Zumindest die Melodie stammt von einem Protestlied der Reispflückerinnen. Ihr Lied endete allerdings mit der Prophezeiung, dass sie eines Tages das Joch des Padrone abstreifen und in Freiheit arbeiten würden. Meine Mutter hat es manchmal gesungen.«

Mein Gott, er klang schon wie Gerini.

»Nein, das wusste ich nicht. Ich habe auch Giuseppe De Santis Film *Riso amaro* leider nie gesehen. Aber ich habe natürlich von dem Schenkel-Skandal gehört, den der Film 1949 hervorgerufen hat. Mein Gott, wie prüde die Menschen früher gewesen sind.«

Dieses Mal war es Matteos Handy, das klingelte.

»Pronto?«

»Matteo, Maria hier«, kam es ein wenig verrauscht von der anderen Seite.

»Ciao Maria. Hast du es tatsächlich geschafft, das Bild unter dem Bild freizulegen?«

»Selbstverständlich, für wen hältst du mich? Ich befürchte allerdings, ich habe keine sonderlich spektakulären Nachrichten für dich.«

»Ich höre. Oder, warte mal, ich schalte auf laut, ich bin hier gerade mit der ermittelnden Kommissarin unterwegs.«

Matteo legte das Handy auf die Ablage in der Mittelkonsole. Nina Zanetti beugte sich vor, um Maria besser verstehen zu können, denn deren Stimme kam knacksend und abgehackt bei ihnen an.

»Ich kann mir den Sinn der Sache nicht ganz erklären, aber vielleicht fällt euch etwas dazu ein. Das ursprüngliche Bild zeigt ebenfalls die Isola Bella, nur aus einer anderen Perspektive.«

Matteo horchte auf.

»Können Sie die Perspektive näher beschreiben«, fragte die Kommissarin. »Buongiorno, Nina Zanetti, ich bin es, die hier neben ihrem Freund sitzt.«

»Buongiorno, freut mich, Maria Renzi. Es sieht wie folgt aus: Derjenige, der das Gemälde übermalt hat, hat die Insel im Grunde einfach um 180 Grad gedreht. Auf dem Original ist der Barockgarten von hinten zu sehen. Er rückt etwas aus dem Blickfeld, dafür sieht man die Rückseite des Palazzos sehr gut. Im Zentrum des Originals steht der eigentlich unbedeutende Teil der Isola, die kleine Landzunge, die im Nordwesten ins Wasser ragt, in Richtung der Isola dei Pescatori.«

Matteo schlug vor Aufregung auf das Lenkrad.

»Das gibt es doch nicht.«

»Was sagst du?«

»Maria, was du da entdeckt hast, ist alles andere als unspektakulär. Ich danke dir!«

Aus dem Handy schepperte Marias Lachen, das tief und ein wenig gurrend klang. Matteo hatte sich nie ganz entscheiden können, an welches Tier ihn dieses Lachen erinnerte.

»Kannst du einschätzen, wann das Bild übermalt worden ist?«

»Ganz genau kann ich das nicht eingrenzen. Aber die Farbe, die verwendet wurde, kam erst vor etwa dreißig

Jahren auf den Markt. Das heißt: Mit einem wirklich alten Meister haben wir es nicht zu tun.«

»Könnten Sie uns ein Foto von dem Bild schicken? Ich schicke Ihnen gleich meine Mobilnummer«, sagte die Kommissarin.

»Das mache ich. Schön, dass meine kleine Bastelarbeit doch nützlich gewesen ist.«

»Ist sie, Maria, ist sie. Ciao.«

»Ciao.«

Zwei, drei Minuten brauchten sowohl Matteo als auch die Kommissarin, um dieses neue Puzzlestück zu den bisherigen Teilen hinzuzufügen.

Die Kommissarin war die Erste, die das Wort ergriff.

»Da übermalt also jemand ein Bild, das den Schauplatz eines Todes zeigt – ob Mord oder Selbstmord wissen wir noch nicht – mit dem Ort, an dem ein weiterer Mord passiert ist.«

»Nicht nur mit dem Ort.«

»Das stimmt, er malt den Mord selbst. Oder genauer: die zur Schau gestellte Leiche.«

»Stellt sich die Frage: Hat der Maler eine Vergeltung ins Bild gesetzt, die er später selbst ausführte? Oder hat er jemand anderen zu einer Tat inspiriert?«

»Das setzt allerdings voraus«, wandte Matteo ein, »dass der Maler wusste, dass unter dem Baum auf der Landzunge eine Leiche liegt.«

»Das stimmt. Aber das ist ja auch naheliegend.«

»Zu naheliegend vielleicht. Jedenfalls, wenn man Ihrem neuen Freund Simenon glauben will.«

»Verflucht. Sie haben recht.«

Die Kommissarin tastete die Taschen ihrer Jacke ab.

»Darf man hier drinnen eigentlich rauchen?«

»Darf man.«

»Und«, die Kommissarin klopfte ein weiteres Mal ihre Taschen ab, »hätten Sie eventuell auch …«

»Habe ich. Wenn Ihnen die Mischung nicht zu stark ist.«

»An die könnte ich mich glatt gewöhnen.«

Matteo reichte ihr die Futura-Schachtel und gab ihr, ohne hinzusehen, Feuer, dann steckte er sich ebenfalls eine Zigarette an.

»Wie passt der anonyme Anrufer ins Bild? Oder die Anruferin?«, geschickt balancierte Matteo die Futura zwischen den Lippen.

Die Kommissarin kurbelte das Fenster auf ihrer Seite runter und aschte hinaus. Matteo folgte ihrem Beispiel.

»Ob wir es bei dem- oder derjenigen mit dem Maler zu tun haben?«

»Gute Frage.«

Matteo setzte den Blinker und nahm kurz vor Genua die Ausfahrt auf die E 80, auf der sie die verbleibenden Kilometer bis nach Portofino zurücklegen würden. Noch ein paar Minuten, dann würde neben ihnen das Meer auftauchen, wenn ihnen nicht einer der zahllosen Tunnel die Aussicht versperrte. Matteo meinte jetzt schon, es aus der Luft herausschmecken zu können, was sicherlich Einbildung war.

»Aber warten wir mal ab, inwieweit Montanelli uns in dieser Sache weiterhelfen kann. Haben Sie uns eigentlich angemeldet?«

»Das hab ich tatsächlich machen lassen, damit wir den Weg nicht umsonst auf uns nehmen. Mein Appuntato hat das für mich erledigt. Sie haben Fabio ja kurz kennengelernt, als er das Bild aus meinem Büro geholt hat.«

»Der putzige Dicke?«

»Das war jetzt aber nicht besonders charmant.«

Dem leichten Schwanken in der Stimme der Kommissarin war allerdings anzumerken, dass sie Matteos Bemerkung durchaus lustig fand.

»Im Innendienst ist er absolut unverzichtbar. Organisiert alles. Total penibel.«

»Davon bin ich absolut überzeugt.«

Dieses Mal war es ein leichter, freundschaftlicher Puff, den Nina Zanetti ihm gegen die Schulter gab. Matteo durchströmte es warm und freudig. Er heftete die Augen auf die Straße. Er wollte Nina Zanetti nicht verraten, wie nahe ihm diese Berührung ging und ahnte, wie gut es war, dass sie seine Augen jetzt nicht sehen konnte. Wenn man spüren konnte, dass die eigenen Augen leuchteten, dann leuchteten seine im Augenblick sehr.

»Schön, oder? Immer wieder.«

»Bitte?«

»Das Meer.«

Da lag es tatsächlich zu ihrer Rechten, das Mittelmeer, so unverschämt türkis, als wäre noch Hochsommer. Nun war es Matteo, der eine neue CD in den Player schob. Das Wasser war an dieser Küste so salzig, dass es unmöglich war, die Augen auch nur für einen Moment zu öffnen, wenn man tauchte. Aber wenn man den klaren, kalten Wellen für ein paar Minuten Stand gehalten hatte, dann kam man als anderer Mensch wieder hinaus. Jedenfalls hatte es sich so angefühlt, als Matteo die letzten Male hier gewesen war. Nicht in Portofino, sondern ein paar Kilometer östlich von Genua, in dem kleinen Hafenstädtchen Camogli. Aber an diese Urlaube würde Matteo sich jetzt nicht erinnern. Entschlossen drehte er die Musik laut – Fred Buscaglione, der eben auch anders konnte, sang äußerst lässig *Eri piccola così*. Matteo ignorierte den amüsierten Seitenblick der Kommissarin.

Das Anwesen von Alberto Montanelli lag etwas außerhalb von Portofino, dazu ein wenig erhöht, sodass man zwar keinen direkten Wasserzugang, dafür aber den Ausblick über die Bucht hatte. Nina Zanetti stieg aus dem Lancia und nickte anerkennend.

»Hier lässt es sich leben, würde ich sagen.«

»Allerdings«.

Matteo lehnte sich aufs Wagendach und ließ seinen Blick über das Meer schweifen.

»Eigentlich vollkommen unnötig, jemanden zu ermorden, wenn man so ein Leben hat«, stellte die Kommissarin fest.

»Haben wir also den Täter schon gefunden und sind nur zum Abholen vorbeigekommen?! Verzeihen Sie, ich bin mitunter etwas langsam, so weit war ich noch gar nicht.«

»Sie sollten mich ausreden lassen«, erwiderte die Kommissarin. »Was ich sagen wollte: Wer so ein Leben hat, der hat keinen Grund, jemanden zu ermorden, außer, ihm wird dieses Leben streitig gemacht.«

Matteo konnte nichts dagegen machen. Seine Laune war gerade außergewöhnlich gut.

»Dann wären wir also doch an der richtigen Adresse.«

»Ach, reden Sie keinen Unsinn«, wies ihn die Kommissarin zurecht, ohne dass sie ernsthaft verstimmt wirkte. »Wir hören jetzt erst mal, was der feine Herr uns zu erzählen hat.«

Der Mann, der sie an der Tür empfing, sah aus wie jemand, der Ende fünfzig war, sich aber alle Mühe gab, einen wesentlich jüngeren Eindruck zu machen, was zwangsläufig lächerlich wirkte. Gekleidet war der trotz seiner sicherlich mit Verbissenheit betriebenen sportlichen Aktivitäten stattliche Montanelli in ein dunkelblaues Jackett mit goldenen Knöpfen, dazu trug er ein mit Ankern bedrucktes Halstuch, eine Hose in gedecktem Gelb und weiße Schuhe. Das sollte zweifelsohne etwas Maritimes ausstrahlen.

»*I found my love in Portofino*«, summte Matteo tonlos, während Nina Zanetti und er Montanelli durch eine opulente, weiß geflieste Eingangshalle ins Wohnzimmer folgten. Die Fliesen setzten sich übergangslos im Wohnzimmer fort. Das war ein Ort, an dem man beständig das Gefühl hatte, im nächsten Moment ausrutschen zu müssen. Matteo prüfte mit dem Fuß die Glätte des Bodens. Aber der machte einen erstaunlich stumpfen Eindruck.

Montanelli bedeutete ihnen, sich an den großen ovalen Esstisch zu setzen, der bereits für zwölf Personen eingedeckt war.

»Erwarten Sie Besuch?«, fragte die Kommissarin.

Montanelli schüttelte leicht den Kopf, mit einer Miene, die den Eindruck erweckte, als würde ihm diese Bewegung erhebliche Schmerzen bereiten.

»Meine Frau hat es gern ein wenig festlich. Wir verstehen das als eine Geste der Gastlichkeit, die auf künftige Freunde und Freuden verweist.«

Matteo war jetzt schon schlecht von so viel süßem und falschem Herumgetöne.

»Um Himmels willen, wie unhöflich. Darf ich Ihnen etwas anbieten?« Montanelli hatte sich schon halb erhoben, aber Nina Zanetti brachte ihn mit einer Handbewegung dazu, sich wieder zu setzen.

»Wir würden Ihnen gern ein paar Fragen stellen.«

Alberto Montanelli nickte betroffen.

»Zu Vittorio Ferretti, Gott hab ihn selig, ja, das hat mir Ihr Kollege bereits am Telefon gesagt.« Er guckte zu Matteo hinüber. »Haben wir telefoniert?«

Matteo verneinte knapp, woraufhin Montanelli beflissen nickte, als habe er genau diese Antwort erwartet. Matteo gab sich keine große Mühe, zu verbergen, was er von Montanellis Gebaren hielt.

»In welchem Verhältnis standen Sie zu Ferretti?«, fragte die Kommissarin.

»Nun, Verhältnis«, Montanelli lachte prustend auf, als hätte die Kommissarin einen besonders guten Witz gemacht. »So würde ich das nicht nennen.«

»Wie würden Sie es denn nennen?«

Am süffisanten Lächeln der Kommissarin erkannte Matteo, dass Sie Montanelli ähnlich abstoßend fand wie er selbst.

Montalli lehnte sich in seinem Stuhl zurück und breitete die Arme aus.

»Ferretti war Fotograf, das wissen Sie sicher. Ich vermittle Partnerschaften zwischen Sport und Industrie. Der eine braucht den anderen. Der Sport ist angewiesen auf das Geld aus der Industrie. Die Industrie profitiert von den Gesichtern des Sports. Und ich bin derjenige, der besser als jeder andere weiß, welcher Sportler oder welcher Verein zu welcher Firma passt, und sorge dafür, dass die Richtigen zusammenfinden.«

»Sie sind so eine Art Sponsorenscout?«, fragte die Kommissarin.

»Wenn Sie es so nennen wollen. Ich verstehe mich eher als Synergieexperte.«

Die Kommissarin zog die Augenbrauen hoch.

»Verstehe. Sie haben uns nun aber noch nicht verraten,

welche Rolle Ferretti innerhalb dieser Synergien gespielt hat.«

»Verzeihen Sie, natürlich. Wollen Sie wirklich keinen Caffè?«, unterbrach er sich. Die Kommissarin lehnte mit einer ungeduldigen Geste ab. Matteo hätte eigentlich recht gern einen Caffè gehabt, allein schon deshalb, weil der penetrante Geruch nach Reinigungsmitteln, der im Raum hing, ihn ganz schummerig machte.

Offenbar hatte Montanelli begriffen, dass er endlich zum Punkt kommen musste.

»Ferretti hat für mich fotografiert, so einfach ist das.«

»So«, die Kommissarin schrieb sich etwas auf. Dann blätterte sie scheinbar gedankenverlorenen in ihrem zerfledderten Notizbuch.

»Was mich nur wundert. Wir haben alle Sportwerbekampagnen der vergangenen Jahre durchscannen lassen. Der Name Ferretti tauchte dabei nicht auf.«

Matteo schaute zu ihr hinüber. Sie hatte, während er in Mailand war, offenbar einiges recherchiert.

»Das hat einen ganz einfachen Grund«, Montanelli beherrschte die Kunst, sein Lächeln auch während des Sprechens vollkommen unverändert zu behalten. Als wäre es über das Gesicht geklebt.

»Ferretti hat nur die Probeaufnahmen gemacht, die Dummies, wenn Sie so wollen. Diese Aufnahmen sind absolut unerlässlich, damit das Produkt am Ende stimmt. Aber«, Montanelli machte eine Handbewegung, die aussah, als würde er den Rauch einer Zigarette wegwischen. »Dazu braucht man keinen exzellenten Fotografen. Verstehen Sie mich nicht falsch. Ferretti war ein guter Kerl. Aber eben nur ein mittelmäßiger Fotograf.«

Aus der Halle näherte sich das Klappern hoher Schuhe. Sehr hoher Schuhe, wie Matteo feststellte, als eine zierliche Frau das Wohnzimmer betrat, der man schon auf einige Meter Entfernung ansah, dass ein mäßig begabter Schönheitschirurg mit ihr ein kleines Vermögen verdient hatte.

»Amore!« Montanelli erhob sich. »Darf ich Ihnen meine Frau vorstellen? Liebling, das sind die Herrschaften von der Polizei.«

Nina Zanetti und Matteo erhoben sich ebenfalls.

Die Gesichtszüge von Signora Montanelli waren starr. Die Hand, die sie Matteo reichte, fühlte sich schlaff und kalt an.

»Mein Mann hat mir von der grausamen Geschichte berichtet. Wie tragisch. Ich bin sicher, dass Sie den Mörder finden.«

Während Signora Montanelli sprach, entspannten sich ihre Züge. Sie bekamen beinahe etwas Herzliches.

»Das werden wir«, entgegnete die Kommissarin, und Matteo meinte aus ihrem Gesicht zu lesen, dass auch sie dieser Frau gegenüber Gefühle hegte, die zwischen Irritation und einer gewissen Sympathie schwankten. Es konnte aber auch Mitleid sein, dass sie ihr Leben mit einem großspurigen Unsympathen wie Montanelli teilen musste.

»Ich würde gerne noch mal auf Ihr geschäftliches Verhältnis mit Vittorio Ferretti zurückkommen«, nahm die Kommissarin das Verhör wieder auf.

»Wir haben da eine stattliche Menge von Zahlungseingängen bei Ferretti gefunden, und ich kann mir beim besten Willen nicht vorstellen, dass so horrende Beträge für bloße Dummie-Aufnahmen geflossen sind. Aber vielleicht können Sie mich eines Besseren belehren?«

Zum ersten Mal schien Montanellis Fassade Risse zu bekommen.

»Aber das waren gewiss keine Zahlungen von mir.«

Nun war es an der Kommissarin, ein zuckersüßes Lächeln aufzusetzen.

»Oh, da haben Sie selbstverständlich recht. Die Zahlungen erfolgten von ganz unterschiedlichen Adressen. Aber auch die lassen sich durchaus zurückverfolgen, wenn unterbezahlte Bankangestellte mit dem Verkauf einer Daten-CD ihr Gehalt aufbessern.«

»Amore!« Montanelli schlang heftig den Arm um seine Frau, was sie reglos über sich ergehen ließ, »wie du siehst, ist die Kommissarin eine akribische Person, das wird hier noch eine Weile dauern. Und du weißt, ich verabscheue nichts mehr, als wenn du dich langweilst.«

»Ganz wie du meinst, Alberto. Wenn Sie mich entschuldigen«, Signora Montanelli nickte ihnen freundlich zu und stöckelte auf ihren hohen Schuhen davon. Die drei blickten ihr wortlos nach, und erst als ihre Schritte in der Halle verklungen waren, setzten sie sich wieder, und Montanelli wandte sich der Kommissarin und Matteo zu.

Seine Miene hatte in der Zwischenzeit einen bemerkenswerten Wandel vollzogen. Die generöse Selbstgefälligkeit war purer Angst gewichen.

»Sie haben die Zahlungen also nachverfolgen können. Gut.« Montanelli rückte das Besteck zurecht, das auf Gäste wartete. »Dann werde ich offen mit Ihnen reden müssen. Aber eins müssen Sie mir versprechen. Verschonen Sie meine Frau mit der unschönen Wahrheit, die Sie jetzt hören. Sie würde sie nicht ertragen.«

»Wir versprechen Ihnen hier gar nichts«, erwiderte die Kommissarin.

Montanelli vergrub sein Gesicht in den Händen, atmete zweimal schwer aus, dann setzte er sich wieder aufrecht hin.

»Ferretti war eine miese kleine Ratte.«

Die Kommissarin und Matteo wechselten einen vielsagenden Blick.

»Sie haben den ganzen Dreck sicher bei ihm gefunden. Aber ich frage Sie, was hätte ich tun sollen? Dieser Hund wollte mein Leben zerstören.«

»Bitte der Reihe nach«, forderte Nina Zanetti Montanelli auf. »Mir sind das gerade ein bisschen zu viele Tiere und zu wenige Informationen.«

Montanelli fixierte einen imaginären Punkt vor den Terrassenfenstern, wo ein, soweit man das von hier erkennen konnte, prachtvoller Garten sanft abfiel.

»Ich liebe meine Frau, das müssen Sie mir glauben. Aber jeder Mann hat Schwächen.«

Montanelli rang mit sich.

»Er hat mir Fotos geschickt. Schreckliche Fotos. Die hätten mich ruiniert. Der Umgang mit Prostituierten, das hätte mich den Kopf gekostet.«

Er schaute Nina Zanetti mit weit aufgerissenen Augen an.

»Haben Sie etwa noch welche von diesen beschämenden Bildern gefunden?«

Nina Zanettis Kopfbewegung ließ sich ebenso als Ja wie auch als Nein deuten. Matteo war klar, dass sie bluffte, um Montanelli zum Reden zu bringen. Sie hatten keine Bilder entdeckt, die ihn kompromittierten. Der Trick schien zu funktionieren.

»Ich dachte, wenn ich ihm Geld gebe, viel Geld, dann lässt er mich in Ruhe, dann hat er, was er will. Aber er hat nicht aufgehört. Es kamen immer mehr.«

»Fotos, die er selbst gemacht hat?«

»Ich habe keine Ahnung. Vielleicht hat sie ihm auch jemand zugespielt.«

»Wer könnte Interesse daran gehabt haben?«, fragte Matteo.

»Ach, wissen Sie, wenn man erfolgreich ist, gibt es viele Menschen, die einem diesen Erfolg missgönnen.«

»Denken Sie an jemand Bestimmtes?«

»Nein, wirklich nicht, nein, ich habe keine Ahnung. Vermutlich stammten sie alle von Ferretti.«

»Sie haben Ferretti in den letzten drei Jahren mehrmals pro Jahr Geld überwiesen, insgesamt gut 400.000 Euro. Das kann Ihnen nicht sonderlich gefallen haben«, übernahm die Kommissarin wieder das Gespräch.

»Natürlich hat es das nicht. Aber ich wollte, dass er mich endlich in Ruhe lässt.«

»Und weil er das nicht getan hat, haben Sie ihn aus dem Weg geräumt? Hatte er neues kompromittierendes Material?«

Montanelli sprang auf. Sein Stuhl fuhr auf dem gefliesten Boden quietschend nach hinten. Abwehrend fuchtelte er mit den Händen durch die Luft, dann begann er, wie wild im Wohnzimmer herumzulaufen.

»Das hängen Sie mir nicht an! Das können Sie mir nicht anhängen! Hat dieses Schwein mir nicht schon genug angetan?!«

Nina Zanetti blieb ganz ruhig.

»Setzen Sie sich bitte wieder hin.«

Montanelli folgte ihrer Aufforderung.

»Dann erzählen Sie uns doch bitte Ihre Version.«

»Das ist doch eine Verschwörung! Irgendwer will mich fertigmachen«, Montanelli war, obgleich er nun saß, nicht weniger aufgebracht als zuvor. »Das ist doch kein Zufall, dass der ausgerechnet an dem Abend umgebracht wird, an dem ich in der Nähe bin.«

»Erzählen Sie uns bitte Ihre Version des Abends«, wiederholte die Kommissarin ruhig, aber bestimmt.

Montanelli gab an, gegen halb zehn die Veranstaltung verlassen und aufs Festland übergesetzt zu haben. In Begleitung seiner Frau. Gemeinsam hätten sie noch einen Drink in der Bar des Hotels in Stresa genommen, wo sie auch übernachtet hätten. Seine Frau könne bezeugen, dass sie den ganzen Abend zusammen gewesen sind. Sicher auch der Barkeeper.

Während Montanelli den Abend rekonstruierte und die Kommissarin sich Notizen machte, war Matteo aufgestanden und zur breiten Fensterfront hinübergegangen. Die Terrassentür stand einen Spalt breit auf. Milde Spätsommerluft strömte herein, die man allerdings nur bemerkte, wenn man unmittelbar in der Nähe stand, trat man einen Schritt zurück, wurde alles von dem scharfen Putzmittelgeruch überdeckt. Das war die erste klare Aussage, die sie zu Ferretti bekommen hatten. Ein gemeiner Erpresser also. Ob seine Frau davon gewusst hatte?

»Mit was für einem Boot sind Sie nach Stresa gefahren?«, fragte die Kommissarin. »War das ein offizieller Shuttle?«

Montanelli verneinte. Es hätten, wegen der Feierlichkeiten, ein paar Männer mit ihren Motorbooten im Hafen gelegen und auf Kunden gewartet.

»Können Sie den Mann beschreiben, der Sie gefahren hat?«

Montanelli rieb sich die Augen, als könne er die Erinnerung auf diese Weise hervorholen.

»Relativ jung, nicht besonders groß. Wenn ich mich recht entsinne, erzählte er etwas von einem Kiosk, den er am Hafen von Stresa betreibe.«

Matteo horchte auf, war aber gleichzeitig abgelenkt durch etwas, das er soeben im hinteren Teil des Gartens ausgemacht hatte, der sich von hier aus als noch sehr viel weitläufiger erwies, als er angenommen hatte. Aber jetzt ging es erst mal um etwas anderes.

»Hieß dieser junge Mann vielleicht Roberto?«, schaltete sich Matteo ein.

»Ich habe keine Ahnung«, erwiderte Montanelli.

Die Kommissarin schaute überrascht zu Matteo hinüber.

»Aber Sie sind sicher, dass er von einem Kiosk erzählt hat? «

»Das bin ich. Fragen Sie ihn. Er wird bezeugen, wann ich die Isola verlassen habe. Sie müssen mir glauben, ich habe nichts mit dem Mord an Ferretti zu tun.«

Montanellis Gesicht verzerrte sich zu einer hässlichen Grimasse.

»Auch wenn ich nicht verhehlen kann, dass es mir nur recht ist, dass es diesen Menschen nicht mehr gibt.«

Die Kommissarin nickte, nicht zustimmend, sondern um zu bekunden, dass dieser Teil der Befragung abgeschlossen war.

Gleich nach der Rückkehr würde Matteo sich Roberto vorknöpfen, den jungen Mann, der ihn nach Luigis Feier mit ans Festland genommen hatte. Der hatte ausdrücklich gesagt, an diesem Abend nur auf der Isola dei Pescatori gewesen zu sein. Was gab es für einen Anlass, die Überfahrt mit Montanelli, so sie denn stattgefunden hatte, zu verleugnen?

Das Klackern auf den Fliesen verriet, dass Signora Montanelli zurückkehrte. Matteo meinte zu registrieren, dass sich Montanellis Nacken versteifte. Er wollte diese Angelegenheit ohne seine Frau regeln, das war offensichtlich.

»Ich möchte nicht stören. Aber ich habe Ihnen nun doch einen Caffè gemacht. Vielleicht möchten Sie auch ein wenig Wasser?«

Dankbar nahm Matteo die Getränke entgegen, die Signora Montanelli auf einem emaillierten Tablett herumreichte. Nina Zanetti griff nur nach einem Glas Wasser.

Als Signora Montanelli das Wohnzimmer schon fast wieder verlassen hatte, deutete Matteo auf die Freifläche, die sich hinter dem Haus erstreckte.

»Sie haben Pferde?«

Montanelli hatte seine Fassung wiedererlangt.

»Eine kleine Leidenschaft, ein Hobby. Meiner Frau zuliebe, nicht wahr, Amore?«

»Das ist ja interessant«, Nina Zanetti erhob sich und kam zu Matteo hinüber. »Wie viele Pferde haben Sie?«

»Neunzehn sind es gerade. Aber die Einjährigen sind schon verkauft, die stehen hier nur noch und warten auf ihre Abholung.«

»Rennpferde?«, erkundigte sich Nina Zanetti.

»Wie gesagt, ein Hobby.«

»Dürfen wir uns die Pferde mal anschauen?«

»Sicher, ich führe Sie gern herum.«

»Einen Moment noch«, Nina Zanetti winkte auch Signora Monatelli, die bis dahin ein wenig unentschlossen an der Tür verharrt hatte, an den Tisch.

»Eine Sache hätte ich noch. Es geht um ein Bild, das Sie vor einiger Zeit verkauft haben.«

»Ein Bild?« Montanelli war augenscheinlich irritiert.

»Ein altes Gemälde, das die Isola Bella zeigt.«

Signora Montanelli schüttelte den Kopf.

»So ein Bild haben wir nie besessen. Und auch nicht verkauft.«

»Meine Frau hat recht. Wie kommen Sie auf die Idee?«

»Es ist relativ einfach«, klärte Nina Zanetti die beiden auf. »Wir haben bei einem Galeristen die Quittung über den Kauf einsehen können. Darauf waren Sie als Verkäufer angegeben.«

»Ich verstehe nicht«, setzte Signora Montanelli an, verstummte dann aber.

Montanelli sprang so abrupt auf, dass er die Gläser auf dem Tisch zum Klirren brachte.

»Was soll der Unsinn! Was wollen Sie uns unterstellen? Alte Gemälde? Sehen wir aus, als würden wir uns um alte Gemälde scheren?«

Wenn man sich in diesem weiß gefliesten Wohnzimmer umsah, dessen Wände ein paar vereinzelte, wohl als monochrom zu bezeichnende Gemälde zierten, hätte man Montanelli zweifelsohne zustimmen müssen.

»Was für ein Irrsinn«, erregte Montanelli sich.

»Wir werden das überprüfen lassen.«

Dann erhob sich die Kommissarin.

»Seien Sie doch jetzt so freundlich und zeigen uns Ihre hübschen Vierbeiner.«

Montanelli packte die Kommissarin aufgebracht am Handgelenk.

Ein Blick von ihr genügte, damit er sie wieder losließ.

»Verzeihen, Sie«, stammelte er. »Verzeihen Sie, ich weiß nicht, was in mich gefahren ist. Es ist alles zu viel gerade.

Nun fragen Sie auch noch nach einem Gemälde. Was ist denn mit diesem Gemälde, Madonna mia?«

Die Kommissarin musterte Montanelli eingehend, was diesen noch verzagter erscheinen ließ.

»Das werden Sie rechtzeitig erfahren, wenn wir es für angebracht halten.« Sie nickte in Richtung der Stallungen. »Können wir?«

»Aber natürlich, bitte«, Montanelli beeilte sich, zur Terrassentür zu kommen. Matteo sah zu Signora Montanelli. Sie hatte sich in einen Sessel fallen lassen und schaute ihrem Mann entgeistert nach. Wenn Matteo sich nicht sehr täuschte, hatte diese Frau keine Ahnung von den Dingen, in die ihr Mann verwickelt war. Wie auch immer diese Dinge genau aussehen mochten.

Nina Zanetti stand bereits an einer der Boxen, als Matteo die Stallungen erreichte. Sie schien in eine innige Plauderei mit dem auffallend hübschen Pferd vertieft, das seinen schwarzen, mit einer schmalen Blässe gezeichneten Kopf zutraulich durch die breiten Gitterstäbe steckte. Die Boxen waren in Hufeisenform um einen Innenbereich gruppiert, sodass die Pferde sich gegenseitig sehen konnten. Hatten Pferde Interesse daran, ihre Artgenossen zu beobachten? Matteo hatte keine Ahnung. Er kannte die Tiere nur von Ferne, als laienhafter Rennbahnbesucher. Im Gegensatz zu der Kommissarin. Jedenfalls schloss Matteo das aus der selbstverständlichen Weise, mit der sie dem Pferd nun den Hals kraulte.

Montanelli hatte derweil zu einem Inspektionsgang an den übrigen Boxen angesetzt. Vermutlich war er erleichtert, sich für einen Moment entfernen zu können.

»Was ist mit der Schönen passiert?«

Montanelli trat heran und Matteo bemerkte, dass das

Pferd, das bis dahin mit halb geschlossenen Augen das Kraulen der Kommissarin genossen hatte, leicht scheute.

»Na, na«, brummelte Montanelli beruhigend. »Miranda? An der Fessel meinen Sie? Ganz ärgerliche Sache. Da hat einer der neuen Pfleger geschlampt und ihr die Gamaschen falsch angelegt. So ein Stümper. Dabei war sie unsere große Hoffnung in dieser Saison.«

»Du Arme«, Nina Zanetti fuhr mit festen Bewegungen über den Hals des Pferdes.

»In welchen Rennen starten Ihre Pferde?«, fragte Matteo.

Montanelli zuckte unbestimmt die Schultern.

»Wie gesagt, Miranda ist sehr talentiert. Sie hat in den vergangenen beiden Jahren einige Preise eingebracht. In San Siro, aber auch international. Beim letzten Rennen hatte sie Pech. Und nun auch noch diese unnötige Blessur.«

Montanelli zeigte auf eine Box schräg gegenüber.

»All unsere Hoffnung für Meran ruhen jetzt auf Peppino.«

»Sie sprechen vom Großen Preis?«

Matteo war nie auf der Meraner Rennbahn gewesen, wusste aber natürlich, dass dort jährlich im September das wichtigste Galopprennen Italiens stattfand.

Montanelli nickte bestätigend. Die Kommissarin verabschiedete sich mit einem Klaps von Miranda und ging zu dem Grauschimmel hinüber. Auch mit diesem Pferd sprach sie leise, während sie es tätschelte und die Box begutachtete, wofür sie sich, wie Matteo ein wenig amüsiert zur Kenntnis nahm, auf die Zehenspitzen stellen musste.

»Was hat Peppino da am Rücken?«, fragte die Kommissarin halblaut, um das Pferd nicht zu erschrecken. »Darf ich mir das mal näher anschauen?«

Montanelli richtete sein Halstuch.

»Der ist manchmal etwas ungestüm, reibt und scheuert sich an allem, was er finden kann, gerade im Sommer. Offenbar gab es einen herausstehenden Nagel an einem der Weidezäune.«

Mit übertriebener Verzweiflung schüttelte er eine Hand in Richtung Himmel.

»Mit Tieren ist es wie mit Kindern. Immer nur Sorgen, Sorgen, Sorgen.«

Die Kommissarin trat zu Peppino in die Box, was Montanelli mit Argwohn zur Kenntnis nahm.

»Wie und wo haben Sie Ihre geschäftlichen Vereinbarungen mit Ferretti getroffen?«, wandte sich Matteo an Montanelli.

»Was meinen Sie?«

»Die Probe-Fotografien, die Ferretti für Sie gemacht hat. Haben Sie das telefonisch vereinbart? Gab es Treffen? Haben Sie ihn in seinem Atelier in Santa Maria Maggiore besucht?«

Montanelli stieß verächtlich die Luft aus.

»Diesen miesen Typen habe ich doch seit Jahren nicht mehr für mich fotografieren lassen. Was denken Sie? Dass ich ihm aus Dankbarkeit noch ein paar Geschäftspartner zuführen wollte?«

»Dann haben Sie uns eben also angelogen, als Sie gesagt haben, Ferretti habe Dummies für Sie fotografiert?«

»Himmelherrgottnochmal«, brüllte Montanelli, sodass die Pferde unruhig wurden. »Dieser Mann wollte mein Leben zerstören.«

»Und Sie sind sicher, dass Sie nicht ein bisschen nachgeholfen haben, um endlich Ruhe vor ihm zu haben?«

Montanelli machte einen Schritt auf Matteo zu. Er bebte vor Zorn.

»Glauben Sie mir«, presste Montanelli zwischen den Zähnen hindurch, »dass dieser Kerl tot ist, war die beste Meldung, die ich in den vergangenen Monaten in der Zeitung gelesen habe.«

Interessant, wie schnell die bemühte Höflichkeit dieses Mannes in cholerische Wut umschlug.

»Sie haben von Ferrettis Tod durch die Zeitung erfahren?«, fragte Matteo wie beiläufig.

»Wodurch denn sonst?«, blaffte Montanelli.

»Verraten Sie es mir.«

Irritiert guckte Montanelli ihn an. Matteo hob die Augenbrauen.

»Ja, was weiß ich«, keifte Montanelli, »wo man so was eben erfährt. Zeitung. Internet. Mag sein, dass auch einer meiner Geschäftspartner mich angerufen hat.«

»Aber warum sollten die das tun, wo doch Ferretti angeblich seit Jahren nicht mehr für Sie gearbeitet hat?«

»Ja, warum, warum?! Warum wohl? Weil der Mensch nun mal das Bedürfnis hat, darüber zu reden, wenn an dem Ort, an dem man einen gemeinsamen Abend verbracht hat, kurz darauf jemand auf so schreckliche Weise zu Tode kommt.«

Da war zweifelsohne etwas dran. Dennoch war erstaunlich, wie sehr sich Montanelli durch diese harmlose Frage aus dem Konzept bringen ließ.

Die Kommissarin war derweil damit beschäftigt, Box für Box abzuschreiten und sich Notizen zu den Pferden zu machen. Montanelli ließ sie widerwillig gewähren.

Nachdem Nina Zanetti die Begutachtung der Pferde abgeschlossen hatte, kam sie zu Montanelli und Matteo herüber.

»Lassen Sie mir bitte eine Aufstellung aller Rennen zukommen, in denen Ihre Pferde in den vergangenen drei Jahren gestartet sind. Inklusive Reiter und Platzierung.«

»Darf ich fragen, welches Interesse Sie daran haben? Und welches Recht, das zu erfahren? Denken Sie, ich merke nicht, dass Sie hier völlig haltlos nach irgendetwas suchen, das Sie mir in die Schuhe schieben können? So wie den Unsinn mit diesem Gemälde. Wenn Sie noch Fragen haben oder irgendetwas von mir benötigen, dann läuft das von nun an nur noch über meine Anwälte. Haben wir uns verstanden?«

Seelenruhig steckte die Kommissarin ihr Notizbuch weg.

»Nun, das ist Ihr gutes Recht. Aber Sie glauben hoffentlich nicht, dass Ihnen so ein Verhalten dienlich ist.«

Matteo erkannte in Montanellis Augen die Wut über die kaum verhohlene Drohung der Kommissarin.

Nina Zanetti reichte Montanelli ihre Karte.

»Falls Ihnen doch noch etwas einfallen sollte.«

Montanelli stopfte die Karte in die Innentasche seines Jacketts.

»Sie finden den Weg?«, fragte er schroff.

»Durchaus.«

»Dann wünsche ich eine gute Heimfahrt. Passen Sie auf sich auf. Heutzutage geschehen ja so viele Unfälle.«

»Das werden wir. Arrivederci.«

Bevor sie das Anwesen verließen, drehte sich Matteo noch einmal um und sah, dass Signora Montanelli aus dem Haus getreten war und ihnen nachschaute. Montanelli hatte sich halb abgewandt und telefonierte.

10

Die Fahrt zurück an den Lago Maggiore verlief ohne Musik. Matteo war versucht gewesen, die Kommissarin zu einem Mittagessen in eines der Hafenrestaurants einzuladen. Beinahe meinte er, den gegrillten Fisch schon auf der Zunge zu schmecken, dazu ein eisgekühltes Glas Weißwein. Aber die Miene der Kommissarin und ihre Telefonate mit Fabio, in denen sie ihn anwies, Informationen über Montanellis Rennpferde zusammenzustellen, waren ein relativ eindeutiges Zeichen dafür gewesen, dass eine Einladung zum Essen gerade nicht angesagt war.

Nina Zanetti hatte es eilig, nicht nur diese Informationen durchzusehen, sondern auch die Dossiers, die Fabio zu den verschwundenen Frauen erstellt hatte. Zudem wollte sie die Angestellten des Hotels vernehmen, in dem Montanelli angeblich übernachtet hatte. Außerdem wollte sie selbst mit Roberto sprechen, nachdem Matteo ihr berichtet hatte, was der ihm Freitagnacht bei der gemeinsamen Überfahrt erzählt hatte: dass er den ganzen Abend auf der Isola dei Pescatori verbracht habe. Das war, wenn Montanellis Aussage stimmte, gelogen.

Immerhin hatte Matteo an einer Bar, an der sie vorbeigefahren waren, zwei mit Mozzarella und Tomaten belegte

Tramezzini erstanden, sodass sie die Rückfahrt nicht hungrig antreten mussten. Ein wirklicher Ersatz für einen frischen Fang aus dem Mittelmeer war das allerdings nicht.

Nina Zanetti, die sich keinen Deut darum scherte, dass sie einen guten Teil ihres Tramezzino auf den Sitz des Lancias krümelte, klärte Matteo darüber auf, warum sie Montanellis Erklärungen keinen Glauben schenkte.

»Es ist mehr als unwahrscheinlich, dass man so wertvolle Pferde unfähigen Pflegern anvertraut, oder dass an den Weidezäunen fahrlässig angebrachte Nägel die Tiere verletzen können.«

»Aber möglich wäre es«, merkte Matteo an.

»Klar, möglich ist alles«, stimmte die Kommissarin zu und schob den Rest des Brotes halb in den Mund, halb verteilte sie ihn auf ihrem Schoß, bevor sie mit vollem Mund weitersprach.

»Mir ist noch etwas Merkwürdiges aufgefallen.«

»Und was?«

»Der Hufbeschlag der Pferde. Unter den Hufeisen der Tiere befinden sich spezielle Einlegeplatten.«

»Was ist daran so besonders?«

»Eigentlich setzt man die ein, um die Gelenke zu schonen, wenn die Pferde regelmäßig auf hartem Gelände gehen müssen.«

»Auf Stein?«

»Genau, auf Pflaster, Teer oder felsigem Gelände. Aber auf dem Geläuf von Rennbahnen sind die vollkommen überflüssig. Eigentlich sogar unsinnig, weil diese Platten das Gewicht des Pferdes unnötig erhöhen. Bei Galopprennen zählt jedes Gramm. Statt Stahlhufeisen werden mittlerweile sogar welche aus Kunststoff eingesetzt, um das Gewicht zu reduzieren. Eigentlich gibt es dafür nur eine

Erklärung: Pferde, die so beschlagen sind, sind gar keine Galopper.«

»Was hätte es für einen Sinn, dass Montanelli sie uns als solche verkauft?«

»Darauf werden wir schon bald eine Antwort haben. Jedenfalls hoffe ich, dass Fabio mit reichlich Material auf mich wartet.«

»Wie kommt es eigentlich, dass Sie sich so gut mit Pferden auskennen?«

»Jeder hat so seine Leidenschaften.«

Rasch schaute Matteo in den Seitenspiegel, die Augen zusammengekniffen, als würde ihn die Sonne blenden, und wechselte die Spur. Das war doch nicht zu fassen, dass er sich schon ertappt fühlte, wenn Nina Zanetti nur das Wort »Leidenschaften« aussprach. Das war doch albern.

»Und was halten Sie ansonsten von Montanelli?«, fragte ihn die Kommissarin und Matteo war froh, dass seine krausen Gedanken so in andere Bahnen gelenkt wurden.

»Widerlicher Typ!«

»Ja, aber wie wir nicht erst seit Simenons *Vor Gericht* wissen, sollte das keine Kategorie sein.«

»Aber er hat ein Motiv. Es ist haargenau so, wie Sie vermutet haben: Einen Mord begeht jemand wie Montanelli nur, wenn ihm streitig gemacht wird, was er besitzt. Und das hat Ferretti offenbar getan.«

Die Kommissarin runzelte die Stirn.

»Aber warum sollte Montanelli Ferretti umbringen und diesen Mord dann zwei Tage später derart ausstellen? Noch dazu an einem Ort, von dem klar ist, dass er sich um den fraglichen Zeitpunkt dort aufgehalten hat? Das ergibt keinen Sinn. Außerdem machen sich Leute vom Schlag Montanellis nur ungern selbst die Hände schmutzig.«

»Warum haben Sie ihn eigentlich nicht nach seinen Briefkastenfirmen gefragt?«

Nina Zanetti strich sich die Haare aus dem Gesicht und rieb sich einmal reichlich undamenhaft mit dem Ärmel ihrer Jacke über den Mund, um mögliche Krümel zu entfernen.

»Dafür werden wir ihn ohnehin drankriegen. Ich wollte nicht zu viele Baustellen aufmachen.«

Auf Matteos Handy leuchtete Beppos Nummer auf. Er reichte der Kommissarin das Telefon.

»Könnten Sie rangehen und auf laut stellen?«

Noch bevor Nina Zanetti sich melden konnte, war der Wagen von Beppos herzzerreißendem Winseln erfüllt.

Matteo registrierte den besorgten Blick der Kommissarin und gab sich alle Mühe, keine Miene zu verziehen. Wenn Beppo sich derart gebärdete, konnte man mit großer Sicherheit davon ausgehen, dass es sich nicht um ein ernsthaftes Anliegen handelte, sondern dass er nur ein wenig Wind machen wollte.

Natürlich musste Matteo das Theater ein Stück weit mitspielen. Das war eine Frage der Höflichkeit.

»Beppo, mach mir keine Angst. Was ist passiert in der Macelleria?«

Von der anderen Seite drang ein leiser Jauler.

»Matteo, du bedauernswerte Dörrpflaume, steht es wirklich so schlimm um dich?«

»Um mich? Nicht, dass ich wüsste.«

»Sollen wir dir Geld leihen?«, raunte Beppo.

»Du musst doch nicht Hunger leiden, du dreimaldürrer Hering! Sag doch was!«, brüllte es aus dem Hintergrund.

Ärgerlich registrierte Matteo das unterdrückte Lachen der Kommissarin.

»Sag mal, du vierschrötige Rübe, was ist in dich gefahren? Wovon sprichst du?«

Beppo schnaufte ergeben.

»Bist du so arm, Fleischermeisterchen, dass du es mit Glücksspiel versuchen musst?«

»Beppo, verdammt noch mal, sprich Klartext! Glücksspiel? Was meinst du damit?«

»*Man muss nur den Mönch richtig zusammenfügen. Und auf den Boden schauen. Die Vase mag zittern, aber zerbricht nicht*«, sang Luigi im Hintergrund.

Gleichzeitig rückten Nina Zanetti und Matteo ein wenig näher an das Handy heran, das die Kommissarin auf die Ablage gelegt hatte.

»Beppo, mal ganz langsam. Dieser Zettel, wieso kommst du darauf, dass der etwas mit Glücksspiel zu tun hat?«

»Geld macht ohnehin nicht glücklich«, krähte Luigi von hinten. »Und im Lotto gewinnst du doch bis zum Sanktnimmerleinstag nicht. Küss lieber die schöne Kommissarin, davon hast du mehr.«

Der Lancia machte einen Satz, weil Matteo vom Gas abgerutscht war. Seine Wangen glühten.

»Ciao Luigi, ciao Beppo, ich bin übrigens auch hier«, bemerkte die Kommissarin. Vor lauter Schreck hätte Matteo nicht zu sagen vermocht, ob sie belustigt oder ebenfalls befangen klang.

Er räusperte sich und unterbrach damit Beppos glucksendes Lachen. Luigi, der noch immer im Hintergrund herumfuhrwerkte, hatte von der peinlichen Lage, in die er Matteo gebracht hatte, gar nichts mitbekommen.

»Beppo, lasst mal den Unsinn. Erklär uns lieber, was das mit dem Zettel deiner Meinung nach auf sich hat.«

»Das weißt du nicht? Hast du diesen schauerlichen Unsinn etwa nicht selbst gedichtet? Na, da bin ich ja ein wenig erleichtert. Wir haben schon befürchtet, du seist vollkommen verrückt geworden, als wir dieses lyrische Esoterikgewurste gelesen haben. Das ist ja schlimmer als deine Salsicce.«

»Beppo, bitte!« Matteo wurde jetzt wirklich ungehalten. Außerdem hatte er um ein Haar die Ausfahrt zur Autostrada verpasst. »Klartext!«

»Du weißt wirklich nicht, wovon ich spreche?«

»Nein, wissen wir nicht«, antwortete die Kommissarin an Matteos Stelle.

»Diese ganzen Dinge, von denen da die Rede ist: Vase, Mönch, Bohnen, Mäuse, Madonna, das sind Begriffe aus der Smorfia.«

»Smorfia?«

»Himmel, Matteo, du verlorener Sohn einer komplett unwissenden Gegenwart. Die Smorfia ist das Traumdeutungsbuch der Zahlen«, Beppo stöhnte übertrieben laut auf. »Sag mir bitte nicht, dass du davon noch nie gehört hast.«

»Doch, natürlich, früher, sicherlich«, Matteo merkte selbst, dass seine Beteuerung unglaubwürdig klang. »Aber meine Erinnerungen sind ein wenig diffus.«

»Böse Zungen behaupten, es stamme aus Neapel, ich persönlich halte das für Unsinn.«

»Herkunfts- und Geschmacksfragen bitte später«, unterbrach Matteo den Alten. »Erzähl mir lieber, was du mithilfe dieses Traumdeutungsbuchs aus dieser kruden Botschaft herauslesen kannst.«

»Diese Symbole stehen jeweils für eine Zahl«, erklärte Beppo eifrig. »Der Mönch steht für die 37. Das Mädchen für die 2. Das Schwein bedeutet 4.«

Matteo schlug aufs Lenkrad.

»Das ist es! Beppo, kannst du den Text noch mal vorlesen und an allen Stellen, wo es möglich ist, Zahlen einsetzen?«

»Nichts einfacher als das!«

Matteo und die Kommissarin zuckten zusammen, als ein metallisches Scheppern aus dem Telefon schallte. Ganz offensichtlich hatte Beppo das Telefon kurzerhand auf die Arbeitsplatte geworfen, um sich den Zettel zu holen. Wenn Matteo nicht alles täuschte, entsponn sich nun ein kurzes Handgemenge mit Luigi, der sich den Zettel offenbar geschnappt hatte.

Mamma Mia! Die drei Alten waren ein Geschenk. Aber man musste auch einen ordentlichen Batzen Geduld aufbringen. Die Kommissarin nahm ihr Notizbuch hervor.

»Hallo? Hallo? Hört ihr mich? Seid ihr noch da?«

»Beppo, wir sind da und wir hören.«

Beppo holte so tief Luft, als wollte er zu einer Opernarie ansetzen.

»*Erst wenn die 2 erwacht ist, beginnt der Tag.*

Wenn sich die 5 ausstreckt, sinkt die 8 auf die Knie. Und mit ihr die Gemeinde.

Die 7 wird geschmückt werden.

Denn 10 sind nahrhafter als 11.

Man muss nur die 37 richtig zusammenfügen.

Und auf die 6 schauen«, er zögerte kurz, »nein, eigentlich heißt es nur: *Und 6 …* Hm, dieser Satz ist unvollständig. *Auf den Boden schauen*«, Beppo kicherte, »meint eigentlich das gute Stück zwischen den Beinen der Frauen.«

»Weiter Beppo, bitte.«

»*Die 7 mag zittern, aber zerbricht nicht.* Das war es.«

Als Beppo geendet hatte, nickte die Kommissarin Matteo zu. Dann beugte sie sich zum Telefon.

»Männer, ihr habt den Ermittlungen gerade einen großen Dienst erwiesen. Ich danke euch sehr.«

»War mir eine Ehre.«

»Uns«, kreischte es aus dem Hintergrund. »Uns war es eine Ehre! Die blinde Schaluppe wäre doch ohne mich komplett aufgeschmissen gewesen.«

Als würde das die Durchschlagskraft seiner Aussage noch zusätzlich betonen, krachte in diesem Moment ein Gegenstand mit ohrenbetäubendem Lärm zu Boden. Nicht nur an Luigis Fluchen erkannte Matteo, dass das wohl der gusseiserne Bräter gewesen war. Zum Glück war der Boden aus Stein und nicht gefliest. Die Frage, wozu die beiden den Bräter brauchten, würde er jetzt nicht stellen.

»Jungs«, beeilte Matteo sich zu sagen, damit nicht die nächste endlose Diskussion losbrach. »Die Kommissarin hat absolut recht: Ihr seid fabelhaft. Könnt ihr noch bis zum Feierabend die Stellung halten?«

»Naturalmente, Capitano!«, schmetterten die beiden beinahe einträchtig. Matteo drückte das Gespräch weg. Für ein paar Sekunden herrschte Schweigen im Wagen. Wahrscheinlich genoss Nina Zanetti ebenso wie er die nur von den Fahrgeräuschen begleitete Stille.

Die Kommissarin war die Erste, die das Wort ergriff.

»Vielleicht bin ich gerade zu sehr auf das Pferdethema fixiert. Aber könnten diese Zahlen nicht etwas mit Pferderennen zu tun haben?«

»Sie meinen Rennmanipulation? Wettbetrug?«

»Wäre doch möglich. Immerhin haben Sie den Zettel in der Kirche gefunden, die Ferretti regelmäßig besucht hat, da hätten wir den Bogen zu Montanelli. Nicht zu vergessen die Fotos der Rennbahnen, die wir bei Ferretti gefunden haben.«

»Dann hätte also auf dem Zettel jemand notiert, wie die Rennen ausgehen?«, führte Matteo den Gedanken weiter. »Können Sie den Text noch mal vorlesen?«

Die Kommissarin blätterte ihr Notizbuch auf.

»*Erst wenn die 2 erwacht ist, beginnt der Tag.* Was könnte das heißen?«, nachdenklich rieb die Kommissarin sich das Kinn. »Pferd Nummer zwei? Aber was bedeutet das Erwachen?«

»Und wenn nicht die Nummer des Pferdes gemeint ist, sondern das Rennen?«, überlegte Matteo. »Im Sinne von: Beim zweiten Rennen beginnt das Ganze?«

»Klingt schlüssig.«

Die Kommissarin schrieb etwas in ihr kleines Buch.

»Schauen wir mal, wie es weitergeht. *Wenn sich die 5 ausstreckt, sinkt die 8 auf die Knie. Und mit ihr die Gemeinde.* Das ist eindeutig, oder? Pferd Nummer 5 gewinnt, auch wenn 8 der Favorit ist.«

»Fast zu einfach.«

»Ja, fast zu einfach. Aber in Zeiten, in denen alle digitalen Kommunikationswege mit Leichtigkeit abgehört oder nachverfolgt werden können, bewähren sich die alten Zettelwirtschaften. Und«, Nina Zanetti lächelte ein wenig schelmisch, »in Zeiten, in denen noch nicht mal die einfachen Leute aus den Bergen die Smorfia erkennen …«

»Moment, Moment«, fiel Matteo ihr ins Wort. »Haben Sie die Symbole etwa deuten können?«

Nina Zanetti lachte hell auf.

»Pace! Ich gestehe. Aber lassen Sie uns kurz weitermachen.«

»Ausnahmsweise«, stieg Matteo auf ihren neckischen Ton ein.

Die Kommissarin überflog ihre Notizen.

»Ich glaube, die nächsten Angaben sind auch relativ leicht zu entschlüsseln. Nur hier, die 37, das erscheint mir seltsam. Eher ungewöhnlich, dass es eine Startnummer 37 bei einem Rennen gibt. Das ist ja nicht wie beim Fußball, wo man sich die Rückennummern aussuchen kann, sondern da wird einfach von 1 an durchgezählt.«

»Können Sie den Satz noch mal vorlesen?«

»*Man muss nur die 37 richtig zusammenfügen.*«

»Zusammenfügen? 3 plus 7? 10, kommt da bei mir raus.«

»Fantastisch!«, die Kommissarin machte sich eine Notiz. »Mithilfe dieser Angabe sollten wir problemlos den fraglichen Renntag identifizieren. Wenn wir richtig liegen, müssen in den jeweiligen Rennen genau die Pferde mit den hier angegebenen Nummern gewonnen haben.«

»Aber ob Montanelli tatsächlich etwas damit zu tun hat, wissen wir noch nicht.«

»Das sollte nicht allzu schwer herauszufinden sein. Ich lasse Fabio recherchieren, auf wessen Konten die höchsten Wetteinnahmen geflossen sind. Wirklich interessant. Wenn ich mit meiner Vermutung richtig liege, geht es hier eher um eine Form des negativen Dopings.«

»Helfen Sie mir bitte auf die Sprünge, liebe Pferdeexpertin.«

»Ganz einfach. Klassisches Doping meint, man verabreicht Sportlern Substanzen, die ihre Siegeschancen verbessern. Das ist, soweit ich weiß, bei Pferden nicht so einfach. Und bei Jockeys würde es, wie ich Ihnen gestern Abend schon erklärt habe, meiner Ansicht nach gar keinen Sinn ergeben, die müssen gut reiten können und dürfen nicht zu schwer sein. Aber negatives Doping meint, man hindert jemanden, in diesem Fall die Pferde, daran, die optimale Leistung abrufen zu können.«

»Denken Sie auch an die Blessuren, die wir an Montanellis wichtigsten Galoppern bemerkt haben?«

»Absolut.«

»Das hieße sehr wahrscheinlich«, dachte Matteo weiter, »dass noch andere Pferdebesitzer involviert sind.«

Matteo kratzte sich am Hinterkopf, so verquer kam ihm im ersten Moment der Gedanke vor. Aber vielleicht war er das gar nicht.

»Man verzichtet also auf die Siegprämie und streicht stattdessen die Wettquote ein.«

»Das ist zumindest meine These.«

»Und die Verbindung zu Ferretti?«

Die Kommissarin klemmte eine widerspenstige Haarsträhne hinter ihr Ohr.

»Vielleicht ist er Montanelli auf die Schliche gekommen?«

»Den sexuellen Eskapaden und der Wettmanipulation?«

»Mir kommt die Sache mit den Fotos ohnehin komisch vor. Lässt sich ein Mann wie Montanelli deswegen 400 000 Euro abpressen? Ich weiß nicht, mir scheint das eine etwas einfältige Begründung.«

»Oh, ich wusste nicht, dass es bei Ihnen zwangsläufig kreativ zugehen muss. Dann hat Ihnen dieser Mord ja sicher zugesagt.«

»Sehr witzig.«

Matteo konzentrierte sich auf den Verkehr und versuchte währenddessen, die Neuigkeiten der letzten Stunden in ein sinnvolles Verhältnis zu dem Mord zu bringen. Zu den Morden, um genau zu sein. Die skelettierte Leiche hätte er beinahe vergessen. Irgendetwas fehlte noch. Irgendetwas ganz Entscheidendes. Dass Montanelli in schmutzige Geschäfte verwickelt war, stand nun außer Frage. Aber dass er der Mörder von Ferretti und womöglich auch von der Frau war, die sie skelettiert gefunden hatten, war eben doch eher unwahrscheinlich.

Erst in diesem Moment fiel Matteo etwas ein.

»Montanelli hat ja geleugnet, dass ihm das Gemälde gehört hat. Sie haben etwas von einer Quittung gesagt, woher haben Sie die?«

Die Kommissarin trommelte mit den Fingern einen unruhigen Rhythmus an die Fensterscheibe.

»Das war gelogen. Vorerst. Vielleicht hat Ihr merkwürdiger Galerist ja tatsächlich eine. Aber darauf konnte ich nicht warten. Man musste diesem Kerl doch ein bisschen einheizen. Dass der lügt, sobald er den Mund aufmacht, war kaum zu überhören.«

»Was ist«, überlegte Matteo laut, »wenn wir das Ganze so zusammensetzen: Ferretti ermordet vor Jahren – den Grund kennen wir noch nicht – diese Frau und vergräbt sie auf der Isola Bella. Ein Mitwisser oder, nein, Freund des Opfers rächt sich jetzt, ein paar Jahre später, ermordet Ferretti und spießt ihn auf dem Einhorn auf, als eine Geste des Triumphs. Oder um eventuelle Mitwisser zu warnen, dass ihnen Ähnliches blühen könnte.«

»Lassen Sie uns versuchen, bei den Tatsachen zu bleiben.«

Wie, als würde ihr plötzlich etwas Irritierendes einfallen, schaute sie ihn abrupt von der Seite an.

»Jetzt rede ich mit Ihnen schon wie mit einem wirklichen Kollegen.«

Matteo grinste.

»Kommen Sie, wir bringen diesen Fall jetzt gemeinsam zu Ende, und machen uns über solche Formalitäten keine Gedanken. Dafür ist es jetzt ohnehin zu spät.«

Die Kommissarin grummelte etwas Unverständliches, das Matteo dennoch als Zustimmung wertete.

Mailand hatten sie bereits hinter sich gelassen. Die Kilometeranzeige am Rande der Autostrada zeigte an, dass sie noch eine gute halbe Stunde unterwegs sein würden, bis sie den Lago erreichten.

»Wohin soll ich Sie fahren? Ins Präsidium?«

»Was ist Ihr Plan, wenn ich fragen darf?«

»Ich würde mich etwas am Ostufer umsehen. Ich habe keine Ahnung, ob diese nächtliche Schiffstour, der ich in die Quere gekommen bin, etwas mit den Morden zu tun hat. Aber ich möchte wenigstens versuchen, etwas darüber herauszufinden, wohin die mit ihrer Ladung wollten.«

»Aber keine Selbstjustiz, wenn ich bitten darf. Auch wenn Sie vermutlich eine ziemliche Wut auf die Typen haben. Allein wegen Ihrer Uhr. Wenn Sie auf etwas stoßen, rufen Sie mich an. Verstanden?«

»Ja, Chef.«

»Ich meine das ernst.«

Sehr wahrscheinlich war es ohnehin nicht, dass er etwas entdeckte. Schließlich hatte er kaum mehr als die grobe Richtung, in die das Schiff gefahren war.

In den folgenden Minuten entspann sich ein kurzes Hin und Her, in dem Matteo zunächst darauf bestand, die Kommissarin im Präsidium vorbeizubringen, um anschließend alleine zum Ostufer des Lago überzusetzen. Nina Zanetti dagegen fand es sinnvoller, auf dem kürzesten Weg nach Laveno zu fahren. Von dort würde sie die Fähre direkt nach Verbania nehmen, schließlich befand sich die Anlegestelle in Fußweite vom Präsidium. Natürlich war es die Kommissarin, die das letzte Wort behielt.

Nachdem er Nina Zanetti zur Fähre gebracht hatte und den Lancia langsam durch das Hafenviertel von Laveno steuerte, überlegte er, wie er am sinnvollsten vorgehen sollte. Einfach das Ostufer abzufahren und zu warten, bis ihm eine Erleuchtung oder der Zufall zu Hilfe kämen, wäre vollkommen unsinnig. Vielleicht musste man die Frage umdrehen. Nicht, wohin könnte das Schiff gefahren sein, sondern: Wer am Ostufer des Lago könnte ein Interesse an inoffiziellen Lieferungen haben? Möglich wäre natürlich auch, dass es sich um Schmuggler handelte, die Waren von Stresa ans Schweizer Ufer bringen wollten. Aber dann hätte das Boot von Anfang an eine andere Route einschlagen müssen.

Matteo parkte den Lancia. Ein paar Minuten musste er suchen, dann fand er eine Bar, deren Leuchtreklame auch Internetverfügbarkeit versprach. Nach Caffè stand ihm gerade nicht der Sinn. Er orderte ein alkoholfreies Peroni und setzte sich an einen der leicht speckigen Rechner. Das Firmenverzeichnis der Region brachte ihn nicht weiter, also klickte er sich durch die Seiten der einzelnen Städte und Kommunen. Plötzlich hielt er inne. Noch einmal las er den Artikel, auf den er in der Rubrik »Aktuelles« gestoßen war. Es handelte sich um die Ankündigung einer Diskussionsveranstaltung in einem Gemeindesaal von Arolo, einem kleinen Ort, der ein paar Kilometer südlich von Laveno lag. *Die Macht Wissenschaft – Macht Wissenschaft kaputt?* lautete der etwas bemühte Titel. Die Beschreibung der Veranstaltung informierte Matteo darüber, dass sich in den vergangenen Jahren immer wieder kleine Bürgerproteste organisiert hatten. Anlass des Protests: ein wissenschaftliches Forschungsinstitut in der Region.

Matteo gab das Institut in die Suchmaske ein. Durstig

trank er das Bier bis zur Hälfte leer. Das konnte tatsächlich etwas sein. Das Institut lag unterhalb von Laveno, beinahe unmittelbar am Ufer des Lago. Woran dort genau geforscht wurde, wurde ihm nicht ersichtlich. Dafür stieß er in einer Lokalzeitung auf einen weiteren Bericht, in dem Anwohner über Schlaflosigkeit und Atembeschwerden klagten.

Matteo notierte die Adresse des Instituts und öffnete vorsichtshalber noch eine Kartenansicht, weil sich seine Ortskenntnis am Ostufer in Grenzen hielt, dann bezahlte er das Bier und die Computernutzung und lief zu seinem Wagen. Vielleicht hatte er tatsächlich gefunden, wonach er suchte.

Als Matteo eine gute Stunde später im kleinen Büro des überraschend jungen Institutsleiters saß – Matteo schätzte ihn auf Mitte dreißig – und auf den Caffè wartete, den dieser eigenhändig zubereitete, wunderte er sich noch immer, dass er derart umstandslos vorgelassen worden war. Er hatte sich als Mailänder Journalist vorgestellt, der an einer Reportage über die Gegend schrieb. Eigentlich hatte er damit gerechnet, dass ein solches Institut darauf bedacht war, sich gegen neugierige Besucher abzuschirmen.

Professor Carragio, so hatte sich der gut aussehende, schlanke Mann vorgestellt, setzte mit einer eleganten Handbewegung, als hätte er in den besten Ristoranti gelernt, den Caffè vor Matteo ab und nahm auf der gegenüberliegenden Seite des Schreibtisches Platz.

»Was kann ich für Sie tun?«

»Mich würde interessieren, woran genau Sie hier forschen. Darüber gibt es in der Öffentlichkeit ja nur wilde Spekulationen.«

Die auffallend blauen Augen Carragios funkelten beinahe fröhlich, fand Matteo. Aber vielleicht war das nur Bestandteil der freundlichen Fassade, die der Institutsleiter aufrechtzuerhalten erprobt war, umso mehr, da er von der Öffentlichkeit misstrauisch beäugt wurde.

»Was wir machen, ist vollkommen transparent. Niemand muss spekulieren. Was da kursiert, sind einzig und allein Vorurteile von Leuten, die sich nicht die Mühe machen, sich mit unserer Arbeit auseinanderzusetzen.«

Carragio ging um den Schreibtisch herum und setzte sich auf dessen vordere Kante. Matteo erhob sich ebenfalls, um auf Augenhöhe mit dem Institutsleiter zu bleiben. Carragio, der ihn zuvor aufmerksam betrachtet hatte, während sie sprachen, hatte seine Augen nun auf das Fenster gerichtet.

»Wissen Sie, ich stamme aus dieser Gegend. Und ich liebe sie von Herzen, das kann ich Ihnen versichern«, begann er. »Und ich mag auch ihre Bewohner. Aber es sind in gewisser Weise verstockte Menschen, die sich dagegen sträuben, sich von ihren alten Gewohnheiten und Überzeugungen zu lösen.«

Carragios Gesicht wirkte nun härter konturiert.

»Natürlich, es ist liebenswürdig, wenn Menschen am Althergebrachten festhalten und nicht jeder Mode hinterherhecheln. Aber dieser Aberglaube, der das Denken hier prägt, in den Bergen noch stärker als in den Orten am Ufer, macht es Idealisten wie mir auch schwer.«

»Idealisten wie Ihnen?«

»Ich bin Wissenschaftler. Was mich interessiert, ist das Leben, oder, lassen Sie es mich pathetisch sagen: das Dasein der Menschen zu verbessern.«

»Was darf ich mir darunter vorstellen?«

»Nun, wir arbeiten, um es in einem Satz zu sagen, daran, die unnötigen Defizite, die sich über Generationen in unserem Erbgut festgeschrieben haben – in Ihrem ebenso wie in dem Meinigen – zu eliminieren. Wer an gottgegebenes Schicksal glaubt, dem müssen solche Eingriffe als Frevel, ja, als Gotteslästerung erscheinen.«

»Sie sprechen von Genmanipulation?«

Der Institutsleiter stöhnte genervt auf.

»Ich spreche davon, dass die Wissenschaft mittlerweile in der Lage ist, bestimmte Krankheiten zu vermeiden. Ich weiß, dass man sich jahrtausendelang damit zufrieden gegeben hat, die Symptome von Krankheiten zu bekämpfen. Also zu löschen, wenn das Feuer schon ausgebrochen ist. Finden Sie das nicht auch unlogisch? Wäre es nicht sinnvoller, funktionierende Brandschutzvorrichtungen zu installieren?«

Das alles klang, als ob Carragio es nicht zum ersten Mal erzählen würde. Und ohne dass Matteo schon einzuschätzen vermochte, was er von den Ausführungen zu halten hatte, weigerte sich etwas in ihm, diesen allzu einfachen Feuer-Vergleich anzuerkennen. Eine, wenn man so wollte, goldene Regel, die er während seiner Arbeit als Psychologe stets zu beherzigen versucht hatte, besagte: Die Analogie ist der natürliche Feind der Erkenntnis. Gerade weil sie so gut und schlüssig wirkt, verstellt sie den Blick auf die Besonderheiten des eigentlichen Zusammenhangs.

»Das klingt mir alles sehr nach CRISPR«, wandte Matteo ein. »Und wenn ich mich nicht irre, existiert dieses Verfahren bereits.«

»Das ist richtig, CRISPR gibt es schon. Aber es hat einige gravierende Nachteile und Schwachstellen. Durch CRISPR ist man in der Lage, relativ treffsicher einzelne schadhafte

Abschnitte aus einer DNA zu entfernen. Bei komplexeren genetischen Zusammenhängen funktioniert das Ganze nicht mehr. Woran wir arbeiten, ist ein Verfahren, mit dem auch komplexere Genanomalien, beispielsweise jene, die Diabetes auslösen, ersetzt werden können. Und nicht nur das. CRISPR ist ein Verfahren, das nur mit dem Material arbeiten kann, das bereits vorhanden ist. Bei künstlicher Befruchtung etwa ist es möglich, eine geschädigte Erbinformation aus einer befruchteten Eizelle zu entfernen, bevor man sie der Mutter einsetzt. Aber dann könnte man genauso gut eine nicht geschädigte nehmen. Man muss größer denken, vollkommener. Mir geht es darum, alle körpereigenen Zellen in idealer Form herzustellen.«

»Künstliche Menschen?« Matteo runzelte die Stirn.

Carragio schlug die Beine übereinander und sah noch ein wenig lässiger aus als ohnehin schon.

»Ich kann mir genau vorstellen, was jetzt durch Ihren Kopf geht.« Carragio hatte die Stimme merklich angehoben, nicht aggressiv, aber doch, als wolle er Matteos Einwände mit Nachdruck abschmettern.

»Wo es um Genetik geht, da haben Sie sofort Frankenstein im Kopf. Einen Manipulator, der die Natur herausfordert und dem die Ergebnisse seiner Wissenschaft über den Kopf wachsen, weil sie sich von ihm lösen. Einen modernen Prometheus, der die Menschheit dem Untergang weiht! Einen Faust auf dem neuesten Stand der Technik, der vor lauter Begeisterung und Selbstüberschätzung aus Versehen die Büchse der Pandora öffnet und alles Unglück, alles Elend, am besten gleich den Untergang der ganzen Menschheit heraufbeschwört!«

Je mehr Carragio sich in Rage redete, desto ruhiger wurde Matteo. Der junge Wissenschaftler war nicht nur ziemlich firm in Sachen Menschheitsoptimierung, sondern auch darin, die Exegese der Mahner nachzubeten.

»Mich würde eher interessieren, was Sie hier ganz konkret machen«, erklärte Matteo.

»Es ist ganz einfach und ich kann mich da nur wiederholen. Wir forschen, damit wir dem, was wir bisher als Schicksalsschläge der Natur hingenommen haben, nicht mehr hilflos ausgeliefert sind.«

Ganz so einfach erschien Matteo dieses Verfahren, von dem Carragio sprach, nun nicht. Nachdenklich fuhr er sich durch die Locken.

»Das klingt erst mal wie ein Wunder. Aber haben Sie sich auch über die Konsequenzen Gedanken gemacht? Sind wir, wenn wir Menschen nach Lust und Laune verbessern und all ihre Schwachstellen ausmerzen können, nicht ganz schnell bei einer eigentlich menschenverachtenden Ideologie? Bei einer Gesellschaft, in der nur noch zählt und geschätzt wird und vielleicht sogar nur noch leben darf, wer perfekt ist, wer keine Schwachstellen hat? Mir kommt es so vor, als hätte es das in der Geschichte des 20. Jahrhunderts schon mal in ähnlicher Form gegeben.«

Carragio nickte.

»Natürlich, Rassenideologie. Eugenetik. Ich weiß, wovon Sie sprechen.« Er räusperte sich. »Wissenschaft birgt immer ein Risiko, wenn sie in falsche Hände gelangt. Aber hätte man das Rad nicht erfinden dürfen, weil daran auch die Existenz des Streitwagens gekoppelt ist? Hätte man das Messer nicht erfinden dürfen, weil man damit jemanden ermorden kann?«

Matteo hob die Hand, um Carragio zu bedeuten, dass er sein Argument verstanden hatte.

»Wollen Sie sich unsere Arbeit anschauen?«, fragte Carragio.

Selbstverständlich hatte Matteo nichts gegen eine Führung durch das Institut einzuwenden. Während er Carragio in einen Raum folgte, in dem sie Schutzkleidung anzogen – nicht um sich selbst zu schützen, sondern um keinen Schmutz oder Bakterien in die Labore zu bringen – sah er, dass Cesarios Nummer auf seinem Handy aufleuchtete. Er würde ihn später zurückrufen.

Carragio reichte ihm einen weißen Overall mit Kapuze aus dünnem Zellstoff. Dann wies er Matteo an, sich die Hände zu desinfizieren. Matteo spürte in seiner Hosentasche das Summen seiner Mailbox.

»Wie kommt es, dass Sie mir so offen Ihre Arbeit zeigen?«

»Was meinen Sie?«

»Üblicherweise arbeiten Wissenschaftler so lange hinter verschlossenen Türen, bis sie so weit in ihren Forschungen sind, dass sie damit an die Öffentlichkeit treten können. Auch um nicht anderen Forschern leichtfertig die eigene Arbeit zugänglich zu machen.«

»Um sich nicht um den Lohn ihrer Arbeit zu bringen, meinen Sie?« Carragio lachte kurz und abfällig. »Sie haben es immer noch nicht verstanden. Mir geht es nicht um meinen persönlichen Ruhm, mir geht es darum, den Menschen zu helfen. Wenn ein anderer schneller als ich sein sollte, wenn ein anderer meine Ergebnisse nutzen kann: umso besser.«

Er bedeutete Matteo, ihm zu folgen.

»Abgesehen davon: Sie sind Journalist, Sie können den Leuten, die nicht an unsere Arbeit glauben, erzählen, dass wir hier an etwas Sinnvollem arbeiten. Verstehen Sie es als Einladung, an einer besseren Welt mitzuarbeiten.«

Sie waren in einem der Labore angekommen, das, bis auf die Petrischalen und vielen Computerbildschirme, über die irgendwelche Zahlenreihen rasten, eher an eine Großküche erinnerte. Eine Mitarbeiterin saß über ein Mikroskop gebeugt, ohne Matteo und Carragio Beachtung zu schenken.

»Was wird hier gemacht?«

»Gelesen.«

Auf Matteos verständnislosen Blick hin erklärte Carragio:

»Die Details sind zu komplex, um von einem Laien verstanden zu werden. Ich nenne Ihnen drei Dinge, an denen wir hier konkret arbeiten. Wenn Sie ein krankes Kind haben, ein Kind mit Blutkrebs, sagen wir. Wären Sie nicht froh, wenn dieses Kind gerettet werden könnte? Ein Kind ohne funktionierende Leber? Ein Kind, das bei einem Unfall einen Arm verloren hat? Würden Sie diesem Kind nicht ermöglichen wollen, ein Leben zu führen, wie es seine Freunde führen? Ohne Handicap?«

Wieder argumentierte Carragio mit einem Beispiel, das gut und überzeugend klang, das aber das von Matteo genannte Grundproblem außer Acht ließ. Dennoch hatte Matteo jetzt genug gesehen und gehört.

»Okay, okay«, er nickte Carragio zu. »Sie haben mich überzeugt. Vollkommene Transparenz. Alles im Dienste der Menschheit. Alles vollends selbstlos.«

»Ich habe versucht, Sie zu überzeugen. Aber ich habe es nicht geschafft, wie ich an Ihrer Reaktion bemerke.

Sie wissen ja: Mit Ihren Bedenken sind Sie nicht alleine. Aber alles, was wir hier tun, steht im Einklang mit den strengen Gesetzen, die uns der Gesetzgeber auferlegt hat. In dem Moment, wo es uns gelingt, eine der eben genannten Krankheiten zu behandeln, wird die Akzeptanz für unsere Arbeit steigen. Mehr noch, man wird uns für unsere Forschung feiern. Im Übrigen, auch das werden Sie sicher wissen, wird hier seit Jahrzehnten geforscht. Und aus jener Zeit, als auf diesem Areal vor allem Atomforschung betrieben wurde, stammen auch die Spekulationen und Ammenmärchen, die sich in der Bevölkerung manifestiert haben. Damals wie heute Ängste, die man ernst nehmen muss. Es ist unsere Aufgabe, den Dialog zu suchen, diese Ängste zu entkräften, und uns, um es auf den Punkt zu bringen, in den Dienst der Menschheit zu stellen.«

Matteo schwankte innerlich. Die Offenheit des Institutsleiters war ihm sympathisch. Gleichzeitig kam sie ihm auch falsch vor. Oder zumindest kalkuliert.

Ein schrilles Piepsen unterbrach die Gesprächspause. Carragio drückte auf ein kleines Display, das sich an seinem Gürtel befand und das Matteo erst jetzt auffiel.

»Entschuldigen Sie, ich werde dringend in einem der Labore gebraucht. Finden Sie allein hinaus?«

»Natürlich«, nickte Matteo. Ehe er sich verabschieden konnte, eilte Carragio davon. Der Flur war verwaist. Mit ein paar Schritten war Matteo an der Bürotür des Institutsleiters angelangt und drückte die Klinke hinunter. Er schlüpfte hinein und blickte sich um.

In den Regalen stand ein mehrbändiges medizinisches Nachschlagewerk. Der Schreibtisch war leer, bis auf einen Computer und eine lederne Unterlage. Schubladen gab es keine. Alles sehr minimalistisch. Nein, alles sehr digitalisiert, so wie es heute üblich war.

Auf dem Gang erklangen Schritte. Hastig zog Matteo den Schutzanzug aus, verhedderte sich in einem der Hosenbeine, strauchelte, und stürzte um ein Haar. Gerade noch konnte er sich an einem kleinen Beistelltisch abstützen, der neben Carragios Schreibtisch stand. Er unterdrückte ein Fluchen.

Wer auch immer da auf dem Flur war, lief an der Bürotür vorbei, die Schritte entfernten sich wieder. Matteo faltete den Overall notdürftig zusammen und wollte ihn auf dem Tisch ablegen, als seine Augen an der Tischplatte hängen blieben, in deren Mitte eine kleine, vielleicht zehn mal fünfzehn Zentimeter große Glasplatte eingelassen war. Im ersten Moment dachte er, dass sich unter dem Glas einfach ein helleres Holz befand, um dem schwarzlackierten Tisch eine besondere Note zu verleihen. Aber es handelte sich um etwas anderes. Matteo hielt auf dem Schreibtisch Ausschau nach einem spitzen Gegenstand, einer Schere oder einem Brieföffner, mit dem er die Glasplatte nach oben stemmen konnte. Aber da lag nichts.

Er nestelte seinen Schlüsselbund hervor und setzte den Schlüssel, der ihm am schmalsten erschien, zwischen Glasplatte und Holzumrandung an. Schrill quietschend fuhr das Metall über das Glas, als er abrutschte.

»Porca miseria.«

Beim dritten Versuch gelang es ihm, die Platte hochzudrücken. Er hatte sich nicht getäuscht. Unter dem Glas lag ein helles, in genarbtes Leder gebundenes Buch, dem ersten Anschein nach ein Notizbuch, denn bedruckt war der Einband nicht. Als Matteo die ersten Seiten überflogen hatte, war ihm klar, was er in Händen hielt: handschriftliche Aufzeichnungen über Experimente, die hier vor mehr als drei Jahrzehnten durchgeführt worden waren. Das würde er sich gern in Ruhe ansehen.

Vorsichtig ließ Matteo die Glasplatte zurück in ihre Verankerung gleiten und blätterte zum Anfang der Notizen.

Für einen neuen Menschen – Gedanken von Alessandro Bianchi stand dort in ausladender Handschrift. Wieder näherten sich Schritte der Bürotür. Ohne zu zögern, steckte Matteo das Buch unter seine Jacke. Es würde nicht lange dauern, bis Carragio dessen Fehlen bemerkte. Aber vielleicht hatte Matteo bis dahin etwas Aufschlussreiches in den Notizen entdeckt. Das hatte der junge Wissenschaftler nun von seiner Transparenz, mitunter war es fahrlässig, einem dahergelaufenen Journalisten zu vertrauen.

Kaum zwanzig Minuten später war Matteo mit seinem Lancia über die Rampe der Autofähre gerollt, die ihn nach Verbania bringen würde. Zweimal hatte er bereits versucht, die Kommissarin zu erreichen. Aber beide Male war sofort die Mailbox angesprungen. Als die Fähre ablegte, zündete Matteo sich eine Futura an und hörte die Nachricht ab, die ihm Cesario hinterlassen hatte.

Er nahm einen tiefen Zug. Mehr und mehr entfernte sich die Fähre vom Ufer, die Berge wirkten beinahe schon beschaulich. Auf dem Oberdeck lärmte eine pubertierende Schulklasse.

Cesario hatte brisante Details herausgefunden. Der tote Jockey, von dem Matteo bereits wusste, dass er vor einigen Jahren Zeuge der Anklage in einem Dopingprozess gewesen war, hatte während des Prozesses seine in den Vernehmungen gemachten Aussagen revidiert. Und mit ihm etliche andere Zeugen, woraufhin das Verfahren ohne Ergebnis eingestellt werden musste. Cesario vermutete, dass die seinerzeit in den Zeugenstand geladenen Personen entweder bestochen oder bedroht worden waren.

Noch interessanter war die zweite Information: Eine der Telefonnummern, die der Jockey in seinem Handy gespeichert hatte, gehörte zu dem Mobilanschluss von Vittorio Ferretti.

Außerdem, Cesarios Stimme dröhnte, hätten sie die Todesursache geklärt. Matteo schirmte mit der Hand den Wind ab, um den Commissario besser verstehen zu können. Der Tote sei seit Jahren herzkrank gewesen und hätte nur durch die regelmäßige Einnahme von Medikamenten seinen Beruf fortführen können. Der Tablettenvorrat, den sie in seiner Wohnung sichergestellt hätten, hätte nur aus Placebos bestanden. Offenkundig hatte jemand die überlebensnotwendigen Medikamente gegen unwirksame ausgetauscht, sodass der Mann früher oder später an Herzversagen sterben musste. Man ermittle jetzt wegen Mordes.

Langsam ließ Matteo den Rauch der Futura aus dem Mund gleiten und beobachtete, wie der Wind ihn hektisch zerpflückte und forttrieb.

Abermals sprang die Mailbox der Kommissarin an. Matteo bat sie nun bereits zum dritten oder vierten Mal um einen Rückruf. Sowohl über die Neuigkeiten von Cesario als auch über seinen Besuch in dem Forschungsinstitut wollte Matteo so rasch wie möglich mit ihr reden.

Matteo schrieb Cesario eine SMS mit der Bitte, zu überprüfen, ob der Jockey in Kontakt zu Alberto Montanelli gestanden hatte. Zudem informierte er Cesario über den Verdacht der Wettmanipulation und bat ihn zu veranlassen, dass seine Assistentin eine Liste der Rennen aufstellte, an denen der Jockey in den vergangenen Monaten teilgenommen hatte.

Als die Fähre Anstalten machte, in Verbania anzulegen, setzte sich Matteo wieder hinter das Steuer und ließ den Wagen an. Noch einmal versuchte er es bei Nina Zanetti, wieder sprang sofort die Mailbox an. Es blieb ihm nichts anderes übrig, als sie im Präsidium aufzusuchen.

Während sich die Autoschlangen auf dem Hafenvorplatz langsam auflösten, überlegte Matteo, was der Besuch im Institut gebracht hatte. Genau genommen hatte er gar nichts gesehen, oder eben nur das, was Carragio ihm zu zeigen bereit gewesen war. Was sich nach 100 Prozent Transparenz anfühlte, konnte in Wahrheit eine geschickte Vernebelungstaktik sein.

Aber solange es keine Beweise dafür gab, dass die nächtliche Schifffahrt zu dem Labor geführt hatte, gab es keine Handhabe, um die Arbeit des Instituts genauer zu untersuchen.

Und wenn das Schiff nicht dorthin gefahren war, wohin dann? Matteo stöhnte entnervt auf. Es gab unzählige Möglichkeiten, das Ostufer war lang und ähnlich dicht besiedelt wie das Westufer des Lago. Aber vielleicht barg ja das lederne Notizbuch einen Hinweis.

11

Der Pförtner des Polizeipräsidiums erwies sich als äußerst störrisch. Er weigerte sich nicht nur, ihn vorzulassen. Matteo musste überdies seine ganze Überredungskunst aufbringen, um ihn dazu zu bewegen, im Büro von Nina Zanetti anzurufen.

»Die Kommissarin war heute noch nicht hier, aber bitte!«

Gelangweilt hielt der Pförtner das Telefon in die Luft, damit Matteo den Signalton hören konnte.

Matteo schüttelte beharrlich den Kopf.

»Das kann nicht sein, sie müsste längst da sein. Ist sie vielleicht nur kurz hier gewesen und dann wieder weggefahren?«

Der Pförtner sah Matteo mitleidig an, so wie Erwachsene ein Kind anschauen, das einfach nicht begreifen will, dass die Gestalten aus Filmen nicht in der Wirklichkeit existierten.

Matteo stützte sich mit beiden Händen auf die Ablage vor der Pförtnerloge und beugte sich zu dem Mann hinunter.

»Tun Sie mir den Gefallen und rufen Sie bitte Fabio an und fragen ihn, ob er etwas von der Kommissarin gehört hat.«

»Fabio – wer?«, fragte der Pförtner, der mittlerweile aussah, als hätte er alle Hoffnung aufgegeben, dass er je einen gescheiten Satz von Matteo vernehmen würde. Wahrscheinlich hatte er nach dem Einbruch im Büro der Kommissarin reichlich Ärger bekommen und kam nun seiner Pflicht, niemanden hineinzulassen, mit doppeltem Eifer nach.

»Verdammt noch mal«, fuhr Matteo wütend auf. »Fabio, der Assistent der Kommissarin, was weiß ich, wie der mit Nachnamen heißt. Sie wissen es sicher, und so viele Fabios wird es hier ja wohl nicht geben. Halten Sie mich nicht zum Narren!«

Ohne eine weitere Bemerkung wählte der Pförtner eine Nummer und reichte Matteo mit säuerlicher Miene das Telefon durch die kleine Glasluke.

Fabio bestätigte, was der Pförtner gesagt hatte: Nina Zanetti war nicht in ihrem Büro gewesen. Matteo ballte die Faust in der Hosentasche, bis die Fingernägel schmerzhaft in das Fleisch schnitten.

Er spürte, wie sein Puls zu rasen begann. Nicht panisch werden jetzt, sagte er sich, bis jetzt ist gar nichts passiert.

»Kann ich noch irgendetwas für Sie tun?«

»Wäre es möglich, dass ich mir die Unterlagen ansehe, die Sie für die Kommissarin vorbereitet haben?«

Fabio lachte auf, aber eher gutmütig als spöttisch.

»Mit Verlaub, es ist schon ungewöhnlich genug, dass Nina Sie in Ihrer Eigenschaft als Psychologe bei diesem Fall als externen Berater hinzugezogen hat, aber natürlich werde und darf ich Ihnen keine Einblicke in die Ermittlungsergebnisse der Polizei geben.«

»Natürlich nicht. Das verstehe ich vollkommen«, antwortete Matteo. Interessant, so hatte Nina Zanetti also seine Anwesenheit offiziell gerechtfertigt. Relativ naheliegend. Und im Grunde auch kaum falsch.

»Eine Sache noch«, stoppte er Fabio, der gerade im Begriff schien, das Gespräch zu beenden. »Nina Zanetti war heute nicht mit ihrem Roller unterwegs.« Der parkte ja seit gestern Abend in Cannobio. »Hat Sie hier noch einen Dienstwagen?«

»Hat Sie, ja. Warten Sie einen Augenblick«, lispelte der Appuntato und Matteo hörte, wie er sich von seinem Schreibtisch erhob und mit raschen, trippelnden Schritten durch den Raum lief.

»Das ist allerdings seltsam.«

»Wie bitte?« Matteo konnte die Unruhe in seiner Stimme kaum verbergen.

»Der Wagen steht hier«, informierte ihn Fabio. »Eigentlich müsste Nina mit dem losgefahren sein, nachdem Sie sie hier abgesetzt haben. Zu Fuß kommt man ja von hier kaum weg.«

»Ich habe sie nicht abgesetzt«, entgegnete Matteo tonlos. »Sie hat die Fähre genommen. Von Laveno aus. Ich hatte dort noch einen Termin.«

»Na, wie dem auch sei«, Fabio klang unbeschwert, »sie wird schon auftauchen oder sich melden. Vielleicht ist sie noch einen Caffè trinken gegangen. Wobei mich das schon ein bisschen beleidigt«, er lachte albern. »Wo ich hier derart delikate Informationen für sie zusammengetragen habe.«

»Wären Sie so freundlich, mir Bescheid zu sagen, wenn Nina Zanetti auftaucht, oder ihr auszurichten, dass sie mich anrufen soll? Ich habe etwas Dringendes mit ihr zu besprechen.«

»Naturalmente, das mache ich gern.«

Damit hatte Fabio aufgelegt.

Matteo nickte dem Pförtner zu und eilte zu seinem Wagen. Verdammt noch mal, er hätte sie nicht alleine lassen dürfen. Weil er nicht wusste, wohin mit der explosiven Mischung aus Wut und Angst, trat Matteo mit voller Wucht gegen den Reifen seines Lancias. Erschrocken starrte er im nächsten Augenblick erst auf den Reifen, der natürlich unbeschädigt war, dann auf seinen Fuß.

»Entschuldige, meine Schöne«, murmelte er beschämt, als er sich hinter das Steuer gleiten ließ. »Ich weiß auch nicht, was da gerade in mich gefahren ist.«

Noch einmal versuchte er es auf dem Handy. Wie erwartet, meldete sich sofort die Mailbox.

Auf der Uferstraße Richtung Stresa beschleunigte Matteo den Lancia. Er biss sich auf die Lippen und versuchte sich erneut einzureden, dass bisher nichts passiert sei. Dass es im Grunde keinen Anlass zur Sorge gebe. Sicher würde er die Kommissarin in Stresa finden, entweder im Hotel oder im Gespräch mit Roberto, um zu erfahren, warum er gelogen hatte. Vorausgesetzt, Montanelli hatte in diesem Fall die Wahrheit gesagt und Roberto hatte ihn tatsächlich nach der Feier zum Festland gebracht.

Es war kurz vor achtzehn Uhr. Schlimmster Feierabendverkehr. Matteo fluchte unaufhörlich vor sich hin. Die Sonne war bereits hinter den Bergen verschwunden, dem See schenkte er keine Beachtung. Als auch noch unmittelbar vor ihm ein Bus träge aus einer der Hoteleinfahrten schwenkte und sich gemächlich vor ihm in den Verkehr drängelte, hätte Matteo aufheulen können vor Wut.

Er kurbelte das Fenster runter, zündete sich eine Zigarette an, stellte den CD-Player wieder an, aber schon nach den ersten Takten von Fred Buscaglione wieder aus.

Nach einer gefühlten Ewigkeit erreichte er Stresa und

bog eine Spur zu schwungvoll auf den Parkplatz am Fähranleger ein, was ihm ungehaltene Blicke der auf Kundschaft wartenden Bootsleute einbrachte. Mit schnellen Schritten eilte er zu dem Kiosk, den Roberto betrieb. Dort stand aber nicht der Mann, den er suchte, sondern ein schlecht gelauntes junges Mädchen, das Matteo, nachdem sie sich endlich bequemt hatte, die Kopfhörer aus den Ohren zu nehmen, keine Auskunft darüber geben konnte, wo Roberto zu finden war. Auch eine Adresse hatte sie von ihm nicht. Auf Matteos Bitte zu schauen, ob nicht im Kiosk eine Anschrift oder zumindest eine Telefonnummer – das war doch selbstverständlich! – hinterlegt war, antwortete sie mit genervt verdrehten Augen, bückte sich halbherzig und guckte kurz unter die Verkaufstheke, um dann den Kopf zu schütteln.

Matteo riss ein Stück Papier von einer La Repubblica ab, kritzelte seine Handynummer darauf und schärfte der jungen Frau ein, Roberto möge ihn umgehend anrufen.

»Passt schon«, sie nahm den Zettel und malträtierte ihren Kaugummi.

»Die Zeitung kostet aber«, rief sie ihm hinterher, als er sich schon abgewendet hatte. Matteo ärgerte sich, dass er tatsächlich in seiner Tasche nach einer Zweieuromünze suchte und sie dem Mädchen zuwarf.

Er lief zur Anlegestelle. Auch dort erblickte er Roberto nicht. Die Bootsleute zuckten nur müde mit den Schultern. Verflucht, was sollte das, wollten die ihn hier alle zum Narren halten?!

Wieder versuchte er, Nina Zanetti zu erreichen.

Seine letzte Hoffnung war das Hotel, in dem Montanelli in der Mordnacht übernachtet haben wollte. Vielleicht überprüfte die Kommissarin dort dessen Angaben.

Wenige Minuten später wusste Matteo, dass sie auch dort bisher nicht aufgetaucht war. Montanellis Angaben bestätigten die Angestellten hingegen.

Niedergeschlagen kehrte er zum Parkplatz zurück und überlegte, was um alles in der Welt er nun tun könnte. Er hatte den Wagenschlüssel schon in der Hand, als er auf zwei Männer aufmerksam wurde, die am Hafenbecken standen und heftig miteinander diskutierten. Matteo kannte die beiden und war mehr als überrascht, sie zusammen zu sehen. Es waren Roberto, der Kioskbetreiber, und Gerini, der Antiquar von der Isola Bella.

Matteo rannte los. Gerini schaute ihm erstaunt entgegen, als er quer über den Parkplatz auf sie zuhastete. Als er Matteo erkannte, hob er die Hand zum Gruß. Roberto hingegen machte einen nervösen Schritt zurück und strauchelte, als er merkte, wie nah er an der Kante zum Wasser stand.

Kurz bevor er die beiden Männer erreichte, bremste Matteo ab. Die letzten Schritte legte er langsam zurück.

»Signor Basso, welche Freude«, setzte Gerini an.

Das kalte Kopfschütteln Matteos ließ ihn verstummen.

»Ich will wissen, was hier gespielt wird. Wo ist die Kommisssarin?«

Gerini legte fragend den Kopf schief.

»Sie müssen verzeihen. Ich verstehe nicht ganz.«

Roberto inspizierte angestrengt seine Fußspitzen.

»Schluss«, fuhr Matteo Gerini an. »Fangen Sie gar nicht erst an, mir hier Unsinn aufzutischen. Ein nächtlicher Spaziergang im Barockgarten! Dass ich nicht lache. Wie konnte ich so naiv sein, Ihnen das nur eine Sekunde zu glauben? Hatten Sie etwas vergessen am Tatort? Ich weiß, dass Sie in diese ganze Sache verstrickt sind. Und es wird nicht mehr lange dauern, bis ich Ihnen das auch nachweisen kann.«

»Was für eine Sache?«, machte Gerini noch einen halbherzigen Versuch.

»Genug«, brüllte Matteo, selbst ein wenig erschrocken darüber, wie hochgradig er unter Strom stand. »Es geht hier um drei Morde und eine Entführung. Das kann sehr teuer für Sie werden, wenn Sie jetzt nicht mit der Wahrheit herausrücken.«

Gerini ließ sich nicht aus der Ruhe bringen.

»Ich habe keinen blassen Schimmer, wovon Sie sprechen. Seien Sie lieber dankbar, dass ich Sie vor einer Erkältung bewahrt habe.«

Roberto jedoch, dessen Gesicht noch immer stark geschwollen war, konnte seine zitternde Unterlippe kaum noch im Zaum halten.

»Bitte.« Beschwörend schüttelte er den Kopf, seine Stimme klang heiser. »Matteo, du musst mir glauben. Mit dem Mord haben wir nichts zu tun.«

Matteo verzog keine Miene.

»Es gibt Zeugen dafür, dass du in der Mordnacht auf der Isola Bella gewesen bist«, sagte er. »Du hast mich angelogen, als du mir weismachen wolltest, dass du den ganzen Abend auf der Isola dei Pescatori verbracht hast. Und«, unterbrach er Robertos Versuch, etwas einzuwenden, »du hast ein Boot. Wer sagt mir, dass du nicht wieder auf die Isola Bella gefahren bist, um Vittorio Ferrettis Leiche dort hinüberzubringen?«

Er blickte Gerini an.

»Und gemeinsam mit diesem netten Herrn an dem Einhorn aufzuhängen?«

»Eine infame Unterstellung«, fuhr Gerini auf.

Matteo fixierte den Antiquar, dann schüttelte er langsam, wie bedauernd, den Kopf.

»Da Sie ein regelmäßiger nächtlicher Besucher des Barockgartens sind, wird es, befürchte ich, an Ihnen sein, zu beweisen, dass Sie sich ausgerechnet in der Mordnacht nicht dort aufgehalten haben.«

Gerini starrte mit zusammengekniffenen Lippen auf das Wasser, das zu ihren Füßen gegen die Kaimauer schlug.

»Was ich Sie übrigens die ganze Zeit noch fragen wollte: Wie kam es, dass Sie mich an dem Abend, als ich über Bord gegangen bin, nicht nur erwartet haben, sondern auch noch eine Decke dabeihatten?«

Roberto hatte mittlerweile schreckgeweitete Augen.

»Und du«, wandte sich Matteo wieder an den jungen Kioskbesitzer, »willst mir sicher noch eine Erklärung dafür geben, warum man dich so zugerichtet hat. Nur an deiner Prahlerei hat das ganz sicher nicht gelegen.«

Roberto schüttelte den Kopf, ohne ein Wort herauszubringen.

»Was hältst du davon, wenn ich mal den Bootsleuten hier ein wenig auf den Zahn fühle? Die geben sicher eine etwas andere Version der Geschichte zum Besten und werden kaum erfreut sein, wenn sie hören, dass du sie bei mir angeschwärzt hast.«

Roberto atmete ein paarmal schnell und tief ein, als müsse er Anlauf nehmen, um ein hohes Hindernis zu überwinden.

»Okay«, seine Stimme klang brüchig, er warf einen ängstlich flatternden Blick zu Gerini, der immer noch stur auf den Lago stierte. »Ich erzähle dir alles, wenn du mir glaubst, dass ich kein Mörder bin.«

»Ich höre.«

Als Matteo die beiden Männer eben so hart angegangen war, hatten ihn vor allem die Sorge um die Kommissarin und die Gewissheit geleitet, dass beide etwas zu verbergen hatten. Denn jeder für sich hatte ihm eine Geschichte aufgetischt, in der es Widersprüche gab. Oder offensichtliche Lügen. Was er nun erfuhr, frappierte ihn erheblich. Er hatte richtig gelegen mit seiner Vermutung, dass das Forschungsinstitut etwas mit der Sache zu tun hatte.

Roberto und Gerini hatten regelmäßig Schiffstouren quer über den Lago Maggiore organisiert. Zwischen dem Dreieck Stresa, Isola Bella und einer inoffiziellen Anlegestelle am Ostufer des Lago Maggiore, unmittelbar vor dem Institut. Geliefert wurde Carragio für seine Forschung organisches Material von Pflanzen, Tierkadavern und – Roberto zögerte, rang sich dann aber doch dazu durch, es auszusprechen: verstorbenen Menschen.

Matteo horchte auf.

»Verstehe ich das richtig? Ihr habt Organe geschmuggelt?«

An dieser Stelle mischte sich Gerini ein.

»Schmuggeln ist ein irreführender Begriff. Carragio wollte lediglich verhindern, dass die Öffentlichkeit davon erfährt.«

»Lediglich verhindern?« Matteo lachte auf. »Spenderorgane sind ein heiß begehrtes Gut. Das ist alles andere als harmlos!«

Gerini stieß den Zeigefinger in die Luft und wedelte, wie ein Lehrer, der einen Schüler einer Dummheit überführen will, damit hin und her.

»Es geht eben nicht um gesunde Organe, sondern um kranke, um beschädigte, die man für nichts anderes mehr gebrauchen kann. Das hat Carragio uns versichert.«

»Leichenfledderei ist auch eine üble Sache. Woher stammten die Organe denn überhaupt?«

»Von Menschen, die an Krebs oder einer anderen schlimmen Krankheit gestorben sind. Die Angehörigen waren immer informiert«, versicherte Roberto eilig.

»Das glaubst du doch selbst nicht! Wo habt ihr die Ware denn in Empfang genommen?«

»Sie wurde uns gebracht.« Roberto klang kleinlaut.

»Vor allem«, schaltete sich nun wieder Gerini ein, »ging es auch um den Abtransport der … nun ja, der Reste, die nicht mehr gebraucht wurden. In einem Institut wie jenem von Carragio werden regelmäßig strenge Kontrollen durchgeführt. Da wäre es natürlich fatal, wenn nicht deklarierte Organe oder Tierkörper gefunden würden.«

»Verstehe. Und wohin wurden diese Altlasten gebracht? Ich hoffe doch, dass ihr sie nicht einfach im Lago versenkt habt?«

»Natürlich nicht«, beeilte sich Gerini zu sagen. »Wir haben sie zwischengelagert.«

Matteo runzelte die Stirn.

»Zwischengelagert?«

Gerini schaute zur Isola Bella hinüber. Nun schien auch er für ein paar Sekunden mit sich zu kämpfen.

»Unter dem Barockgarten befindet sich ein ausgedehntes System von Gängen und Lagerräumen, die früher für die Aufbewahrung von Essen, vor allem aber von Waffen genutzt wurden. Die betritt heute niemand mehr. Ein idealer Ort.«

»Weil ihn niemand entdeckt?«

»Auch, weil die Dinge dort niemanden stören.«

Ganz überzeugt war Matteo nicht.

»Ginge das nicht einfacher? Verbrennen beispielsweise?«

Gerini hatte seine Aufmerksamkeit scheinbar noch immer auf die Isola Bella gerichtet.

»Wir haben die Sachen nur transportiert und dort abgestellt, wo Carragio sie haben wollte. Alles andere müssen Sie mit ihm klären.«

»Das werde ich, darauf können Sie sich verlassen«, gab Matteo zurück. »Aber bevor wir jetzt nach Verbania ins Präsidium fahren, damit sich die Polizei der Sache annimmt, würde ich gern noch hören, ob es auch am vergangenen Freitagabend einen Transport gegeben hat.«

»Freitag ist alles schiefgelaufen«, gestand Roberto zerknirscht. »Durch einen anonymen Hinweis hatte Carragio von einer unangekündigten Kontrolle des Instituts am darauffolgenden Morgen erfahren. Ungewöhnlich für einen Samstag. Jedenfalls hat Carragio mich angerufen, was er sonst nie tut, und mir die Nachricht hinterlassen, dass er Sachen wegschaffen muss. Danach war er nicht mehr zu erreichen. Ich war in Panik, wollte Gerini informieren, mich mit ihm absprechen. Aber dessen Telefon war aus. Es ist ja nicht weit, von einer Insel zur anderen. Ich dachte, ich bin in zwanzig Minuten zurück, ohne dass es jemandem auffällt.«

»Und dann hat Montanelli dich als Wassertaxi gechartert? Hättest du das nicht ablehnen können?«

»Das wäre vielleicht aufgefallen. Wer da mit einem Boot liegt, verdient sich gern ein paar Euro dazu. Außerdem hat Montanelli gleich mit einem außergewöhnlich großen Schein gewunken. Und dann dachte ich, es sei vielleicht eine gute Idee, nach Stresa zu fahren und Carragio vom Bootsanleger aus zu morsen, dass er sich seinerseits mit dem Boot nicht auf den Weg machen darf. Er wusste ja nichts von der Feier auf der Isola Bella.«

»Du musst mehr als eine Stunde weg gewesen sein. Hat niemand auf der Isola dei Pescatori dein Fehlen bemerkt? Immerhin warst du dort, um zu arbeiten.«

Roberto schüttelte den Kopf.

»Die Stimmung war gut. Der Wein stand auf dem Tisch. Die haben sich alle munter selbst bedient. Aber warum erzähle ich dir das? Du warst doch selbst da.«

»Aber Carragio hat deine Zeichen ignoriert?«

Roberto scharrte mit dem Fuß zwischen den Fugen der Pflastersteine.

»Ja, er ist losgefahren und offenbar nervös geworden. Als er merkte, dass er die Kiste mit dem Forschungsabfall nicht abgeben kann, hat er sie mit Benzin übergossen, angezündet und die Reste über Bord geworfen.«

Matteo pfiff durch die Zähne. Der feuerspeiende Drache, den Dino gesehen hatte. Zugegeben, eine etwas hochtrabende Fantasie, aber im Kern richtig. Den Denkfehler hatte in diesem Fall Matteo gemacht: Er war, warum auch immer, davon ausgegangen, dass das Schiff, von dem Dino gesprochen hatte, in Richtung Ostufer unterwegs gewesen war. Aber tatsächlich war es aus dieser Richtung gekommen. Möglich war natürlich, dass Carragio zu diesem Zeitpunkt bereits gewendet hatte. Wie auch immer, es spielte keine Rolle mehr.

»Als ich Carragio heute besucht habe, machte er nicht den Eindruck, als ob er schnell aus der Ruhe zu bringen sei.«

»Ist er auch nicht, solange er in seinem Institut ist«, bestätigte Gerini. »Aber so ein Fährschiff nachts auf dem Lago, das kann schon mal Aufmerksamkeit erregen. Mit jeder Minute, die man sich dort länger aufhält, steigt das Risiko, entdeckt zu werden.«

»Wenn die Fährschiffe so auffällig sind, warum habt ihr nicht eure Motorboote benutzt?«, wunderte sich Matteo.

»Für viele Lieferungen sind die zu klein. Und Carragio hat gute Kontakte zu einem Menschen, der ihm Zugang zu einem Schiff organisiert, das üblicherweise in Luino liegt und offiziell nicht mehr in Betrieb ist.«

Verdammt noch mal, was interessiere ich mich überhaupt für diese ganzen Details, fragte Matteo sich plötzlich. Ihm lief die Zeit weg. Darum musste Fabio sich kümmern.

»Gut, meine Herren«, er bedeutete den beiden, sich zum Lancia zu begeben, »den Rest klären wir im Präsidium.«

Widerstandslos folgten die beiden seiner Aufforderung.

»Sie müssen uns glauben«, beteuerte Gerini noch einmal, »wir haben nur im Dienst einer guten Sache gehandelt.«

»Was ich glaube, interessiert ohnehin niemanden.«

Als Matteo den Lancia auf die Uferstraße lenkte, versuchte er, ohne jede Hoffnung, noch einmal die Kommissarin zu erreichen. Wieder sprang nur die Mailbox an.

Matteo schaute in den Rückspiegel. Gerini saß kerzengerade und stierte durchs Seitenfenster. Roberto hing zusammengekauert in seinem Sitz.

»Eine Frage noch. Wem verdanke ich denn diesen netten Badeausflug?«

Der junge Kioskbesitzer schreckte hoch.

»Matteo, es tut mir leid, mein Kumpel Daniele, der in dieser Nacht das erste Mal dabei war, ist nervös geworden«, stammelte er. »Und dann habe ich auch die Nerven verloren: erst die Sache am Freitag, dann dieser grausame Mord …«

Matteo sprach an Robertos Stelle weiter.

»… und vor allem die Angst, dass euer lukratives Geschäft auffliegt. Die Prügel hast du doch sicher von den Bootsleuten bekommen, weil sie geahnt haben, dass du sie durch unsaubere Unternehmungen in Verruf bringst.«

Roberto sank, obgleich das eigentlich kaum möglich war, noch ein wenig weiter in sich zusammen.

»Meinst du, man kann von so einem kleinen Kiosk leben? Meine Eltern sind alt, bekommen kaum Rente. Oder von alten Büchern? Wen interessiert das heute noch?«

Matteo wusste nicht recht, was er darauf erwidern sollte.

»Immerhin habe ich Gerini angerufen, damit er dich in Empfang nehmen und dir trockene Kleidung geben kann«, schob Roberto kleinlaut nach.

Matteo schlug wütend auf das Lenkrad.

»Und jetzt soll ich mich wohl auch noch bedanken, dass du mir nicht in den Kopf geschossen hast?«

»Das war doch nur eine Schreckschusspistole. Die hab ich, falls irgendwelche Typen an meinem Kiosk Ärger machen.«

12

Matteo schreckte hoch. Er hatte keine Ahnung, wie lange er eingenickt war. Auf dem Parkplatz des Präsidiums brannten mittlerweile die Laternen. Automatisch hob er den Arm, um auf seine Courage zu blicken. Aber die lag seit seinem unfreiwilligen Bad im Lago noch immer defekt in der Macelleria. Das Display seines Handys sagte ihm, dass es kurz nach neun war. Anrufe hatte er keine, dafür einen Akkustand im roten Bereich.

Ächzend schälte er sich aus dem Lancia, um durch eine Zigarette an der frischen Luft die Müdigkeit und das nicht zu ignorierende Hungergefühl zu vertreiben.

Die Abendluft war angenehm kühl. Tief inhalierte er den kräftigen Geschmack der Futura. Für einen Moment schloss er die Augen. Was war der Punkt, den er übersehen hatte? Wo bestand die Verbindung von all den Dingen, die Nina Zanetti und er aufgedeckt hatten, zum Ausgangspunkt, zur Hinrichtung des Fotografen? Und warum um alles in der Welt war er so dumm gewesen, die Kommissarin alleinzulassen, nachdem es gleich zwei Hinweise darauf gegeben hatte, dass es jemand auf sie abgesehen hatte?

Matteo ließ den Blick die gelb getünchte Fassade des Präsidiums hinaufwandern, die im diffusen Licht der Laternen einen fahlen, grünlichen Einschlag bekommen hatte. Plötzlich stockte er. Er war ganz sicher, hinter einem der Fenster den flackernden Lichtkegel einer Taschenlampe gesehen zu haben. Matteo zählte die Stockwerke, zählte die Fenster. Das Stockwerk war das, in dem sich auch das Büro der Kommissarin befand.

Gebannt fixierte er das Fenster, hinter dem es nun wieder dunkel war. Hatte er sich getäuscht? Hatte sich das Licht nur von außen an der Fensterscheibe gespiegelt? Suchend sah er sich um, bis er zum zweiten Mal erstarrte. Sein Hals war zugeschnürt, der Boden unter seinen Füßen schien sich in eine gallertartige Masse zu verwandeln. Die Person auf der anderen Seite des Gitters, das den Parkplatz des Präsidiums einfasste, schien schon eine Weile dort zu stehen und ihn beobachtet zu haben.

»Hast du einen neuen Job gefunden? Ich hatte nur gehört, dass du nicht mehr in Mailand bist.«

Diese Stimme. Matteo hatte das Gefühl, als wäre eine zentnerschwere Decke über ihn gestülpt worden, die alle Geräusche dumpf werden ließ und ihn daran hinderte, sich zu bewegen.

»Teresa«, stammelte er.

Das perlende, leise Lachen, dass er so liebte – geliebt hatte – klang zu ihm herüber.

»Du hast mich also noch erkannt, da bin ich froh.«

»Teresa, ich … –«, das Rauschen in seinen Ohren wurde immer lauter. »Wie … wie geht es dir?«

»Gut, Matteo. Mir geht es gut. Wieder. Wie steht es um dich? Arbeitest du jetzt dort?«

Verwirrt sah Matteo sich um, weil er im ersten Moment nicht verstand, was Teresa meinte. Natürlich, das Präsidium. Er rieb sich so heftig das Gesicht, dass es beinahe schmerzte. Mit den Augen suchte er die Stockwerke ab. Da war er wieder, der Lichtkegel in dem ansonsten dunklen Raum. Er hatte sich das nicht eingebildet. Es war jemand im Büro von Nina Zanetti. Und zweifelsohne handelte es sich auch um denjenigen, der mit ihrem Verschwinden zu tun hatte. Nervös und alarmiert wandte er sich wieder Teresa zu.

An Teresas fragendem Ausdruck erkannte Matteo, dass er noch nicht auf ihre Frage geantwortet hatte.

»Nicht ganz, so ungefähr. Ein bisschen schwer zu erklären.«

Hektisch drehte er sich wieder nach dem Bürofenster um, konnte aber kein Licht mehr erkennen.

»Matteo, wenn ich dich störe … wir müssen nicht reden.«

Teresa machte Anstalten, zu gehen.

»Nein«, rief Matteo eine Spur zu laut.

Stirnrunzelnd sah sie ihn an. Diese sanften, freundlichen Augen, in denen ein Hauch von Melancholie lag. Aber vielleicht wollte Matteo diesen auch nur sehen, weil er selbst spürte, wie seine Lähmung der Traurigkeit Platz gemacht hatte, die ihn an so vielen Abenden heimgesucht und die sich als dunkler Schmerz in seine Knochen gefressen hatte.

»Nein«, wiederholte er etwas leiser. »Dir geht es gut, das ist schön. Arbeitest du dort am Theater?«

Teresa nickte.

»Ja, mit Francesco, erinnerst du dich, wir haben schon in Mailand *La Bohème* zusammen gemacht.«

Matteo durchfuhr ein Stachel der Eifersucht, der ihm längst nicht mehr zustand. Ausgerechnet Francesco. Auf den war er schon damals nicht gut zu sprechen gewesen. Er drehte sich zum Präsidium, suchte nach dem Lichtkegel. Nichts.

Als er sich wieder Teresa zuwandte, bemerkte er, dass sie seinem Blick gefolgt war.

»Wartest du auf jemanden?«

»Nein, nein, alles in Ordnung. Erzähl mal, wie läuft die Produktion? Welches Stück inszeniert ihr?«

Natürlich wusste er das längst. Sofort leuchteten Teresas Augen, wie immer, wenn es um die Oper ging. Er hatte dieses Leuchten, diese Begeisterung geliebt. Zugleich hatte ihm Teresas Hingabe an die Theaterwelt stets ein wenig mit Angst erfüllt, weil er gewusst hatte, dass das eine Kraft war, der er wenig entgegenzusetzen hatte.

»Wieder ein Verdi, *Rigoletto*, diese wunderbar traurige Geschichte von dem Narren«, erzählte sie jetzt beinahe unbeschwert, »der seine Tochter vor dem Herzog schützen will. Und der sie am Ende aus Versehen ermorden lässt, weil sie sich als Mann verkleidet hat.«

Das Lachen von Teresa ging ihm durch Mark und Bein.

»Heute habe ich mich den halben Tag mit Francesco darüber gestritten, ob wir wirklich einen Sack brauchen, in dem die falsche Leiche zu Rigoletto gebracht wird. Ich finde das ein bisschen altmodisch.«

Hinter ihm schlug eine Tür zu und Schritte überquerten den Parkplatz. Die untersetzte Gestalt erkannte Matteo auch im Halbdunkel. Buffon, der Kollege von Nina Zanetti, machte offenbar eine Sonderschicht. Das war ja auch das Mindeste in dieser Situation. Obwohl Matteo diesem Kerl nicht zutraute, dass er eine anständige Ermittlung leiten konnte.

Plötzlich durchzuckte es ihn wie ein Blitz. Buffon war beurlaubt. Buffon, Mailand, San Siro, die Rennbahn. Das

Foto, das die Kommissarin im Briefkasten gefunden hatte. Als Kollege wusste Buffon sicher, wo sie wohnte. Für ihn war es ein Leichtes, in ihr Büro zu gelangen.

»Entschuldige«, unterbrach er Teresa, »ich muss ganz dringend etwas erledigen.«

Ihr irritierter Blick war das Letzte, was er noch sah.

»Kann ich dich erreichen?«, rief er ihr über die Schulter zu. Aber er bekam keine Antwort.

Buffon ging mit schnellen Schritten und steuerte die Ausfahrt des Parkplatzes an. Als er Matteo hinter sich hörte, begann er zu rennen.

»Verdammt noch mal, warte«, brüllte Matteo und bekam Buffon an der Schulter zu packen. Der schleuderte herum und rammte Matteo mit aller Wucht die Faust ins Gesicht. Matteo taumelte, fing sich aber wieder. Buffon rannte auf einen kleinen Kastenwagen zu, der am Rand der Straße halb schief an der Böschung geparkt stand. Mit einem Sprung war Matteo wieder bei ihm und riss den bulligen Mann zu Boden. Die Aktenmappe, die Buffon unter dem Arm getragen hatte, flog zur Seite und rutschte ein Stück über die Straße.

Buffon stieß einen greinenden Schrei aus, als er auf dem Asphalt aufschlug. Abrupt wich alle Spannung aus seinem Körper, widerstandslos ließ er sich umdrehen. Das Gesicht des Kommissars war schweißüberströmt, seine Augen weit aufgerissen. Er wehrte sich nicht mehr, sondern lag einfach erschlafft da.

Matteo tastete Buffons Oberkörper ab und zerrte die Pistole hervor, die er trotz seines Urlaubs in der Innentasche seiner Jacke trug. Er richtete sie auf den Kommissar.

Buffon wimmerte.

»Wo ist Nina Zanetti?«

»Ich weiß nicht«, Buffon lief der Schweiß in Rinnsalen von der Stirn.

»Verarsch mich nicht, verdammte Scheiße«, fuhr Matteo ihn an und erhob sich langsam. »Aufstehen. Mach den Wagen auf.«

»Das ist nicht mein Wagen«, beteuerte Buffon.

Matteo entsicherte die Waffe.

»Mach den Wagen auf.«

»Ich kann nicht«, Buffon zitterte am ganzen Körper, als er sich hochrappelte. Erst jetzt roch Matteo die massive Alkoholfahne.

Mit einem Ruck riss Matteo die Waffe hoch und schoss in den Abendhimmel. Der Aufschrei Buffons mischte sich mit dem Nachhall des Schusses.

»Ich mache ja schon, ich mache ja schon.«

Mit fahrigen Händen versuchte Buffon, den Autoschlüssel aus seiner Hostentasche zu ziehen. Als er das endlich geschafft hatte, fiel ihm der Schlüssel aus der Hand. Buffon beeilte sich, ihn aufzuheben. Er brauchte mehrere Anläufe, um die Hecktür des Wagens zu öffnen, immer wieder rutschte der Schlüssel ab und schrammte am Schloss entlang.

Als der Kommissar es endlich geschafft hatte und die Tür zu Seite schwang, atmete Matteo auf, auch wenn der Anblick, der sich ihm bot, alles andere als schön war. Zwischen Gerümpel und alten Decken, an Händen und Füßen mit einem Klebeband gefesselt, lag Nina Zanetti zusammengekauert auf dem Boden des Autos. Einen weiteren Klebestreifen hatte Buffon ihr über den Mund gezogen.

Alarmiert durch den Schuss kamen nun zwei Carabinieri angerannt, ihnen voran lief Fabio, der trotz seiner unvorteilhaften Körperproportionen überraschend schnell war.

»Porca puttana!«, stieß er hervor, als er Nina Zanetti sah. Er hatte die Situation sofort erfasst.

»Festnehmen«, wies er die beiden Beamten an. Buffon leistete keinerlei Widerstand. Matteo reichte Fabio Buffons Dienstwaffe und war mit einem Satz im Wagen. Vorsichtig richtete er die Kommissarin auf, deren Augen ihn dankbar empfingen.

»Sind Sie verletzt?«, murmelte Matteo und zog behutsam den Klebestreifen von ihrem Mund. Eine Mischung aus Wutschrei und Ausspucken des widerwärtigen Kunststoffgeschmacks war ihre erste Reaktion.

Fabio reichte Matteo ein Taschenmesser, mit dem er die Fesseln an Händen und Füßen durchtrennen konnte.

»Mir geht es gut.« Die Kommissarin schüttelte sich und krabbelte vor Matteo aus dem Wagen. Sie streckte sich, befühlte die Handgelenke und legte den Kopf in den Nacken, als könne sie auf diese Weise mehr von der frischen und kühlen Abendluft einatmen, die vom See herüberwehte.

»Das war ganz schön unbequem«, ihr Gesicht verfinsterte sich. »Was ist nur in den gefahren? Der ist vollkommen durchgedreht. Hat mir vor dem Präsidium aufgelauert.«

»Was hältst du davon«, unterbrach Fabio sie, »wenn ich euch erst mal etwas zu essen und zu trinken besorge?« Schuldbewusst wandte er sich an Matteo. »Verzeihen Sie, dass ich Ihnen nicht geglaubt habe. Wenn ich Sie in Ninas Büro gelassen hätte, hätten wir sie sicher ein wenig früher befreien können.«

»Schon okay«, brummte Matteo.

»Das hätte echt nicht geschadet«, Nina Zanetti rieb sich die Hüfte. »Ich hätte gern auf andere Weise erfahren, wie viele Schlaglöcher die Straßen hier haben.«

Als sie Fabios verzweifeltes Gesicht sah, musste sie lachen und tätschelte ihrem Assistenten die Schulter.

»Ich weiß, mein Lieber, du hast dich nur an die Vorschriften gehalten. Und das ist auch richtig so. Ist ja alles gut gegangen. Wer kümmert sich um Buffon?«

»Wenn du nichts dagegen hast, nehme ich mir den vor, nachdem ich eine kleine Stärkung für euch organisiert habe.«

»Das wäre mir sehr lieb. Mein Buffon-Bedarf ist bis auf Weiteres gedeckt.«

Matteo lief ein Stück die Straße entlang und hob die Aktenmappe auf, die dem Kommissar aus der Hand gefallen war.

»Das könnte uns vermutlich interessieren.«

Fabio öffnete die Mappe und nickte düster.

»Allerdings. Buffon hat offenbar die Unterlagen, die ich zusammengestellt habe, aus deinem Büro geklaut, Nina. Mein Gott, wie sehr von Sinnen ist dieser Mann? Der muss doch wissen, dass alles auf dem Zentralrechner gespeichert ist.«

Kopfschüttelnd machte sich Fabio in Richtung Präsidium auf.

Die Kommissarin fasste Matteo am Arm »Vielen Dank. Und entschuldigen Sie, dass ich nicht auf Ihre Bedenken gehört habe.«

»Schon okay«, murmelte Matteo noch einmal.

»Sie sturer Bock. Ich will Ihnen danke sagen, nehmen Sie das doch einfach mal an.«

Matteo grinste.

»Gut, mache ich.«

Als sie zum Präsidium zurückgingen, suchte Matteo mit den Augen den Vorplatz des Theaters ab. Im Dunkeln sah der Bau nicht ganz so missglückt aus wie bei Tageslicht. Teresa war nicht mehr zu sehen. Sollte er noch mal hinübergehen? Matteo verwarf den Gedanken und es war weniger schmerzhaft, als er erwartet hatte.

Nachdem sie das Büro notdürftig von den Verwüstungen, die Buffon hinterlassen hatte, befreit hatten, brachte Matteo Nina Zanetti auf den Stand der Dinge. Dabei verzehrten sie die Panini, die Fabio organisiert hatte. Er begann mit Cesarios Informationen über den Tod des Jockeys. Anschließend schilderte er seine Entdeckung des Forschungsinstituts und seinen dortigen Besuch.

»Ganz korrekt klingt mir das alles nicht. Überhaupt, unheimlich, diese Manipulation am Menschen«, versetzte Nina Zanetti.

»Carragio sagt, es sei zum Wohle der Menschheit.«

Die skeptische Miene der Kommissarin war Antwort genug.

Gleich darauf kam ihr ein Gedanke.

»Was wäre mit dieser Variante? Spekulativ vielleicht, aber spielen wir sie ruhig mal durch: Auf der einen Seite haben wir Sportfunktionäre, unter ihnen vielleicht auch einige Pferdezüchter, die sich auf der Isola Bella ein Stelldichein geben. Und nur einen Steinwurf entfernt davon befindet sich ein Laboratorium, das sich nicht nur mit Carragios Formeln zur Menschheitsrettung beschäftigt, sondern relativ problemlos auch die Substanzen herstellen könnte, die einen Wettbetrug – wenn es ihn denn wirklich gegeben hat – möglich machen. Indem für Nichteingeweihte unsichtbar die Physis der Pferde manipuliert wird. Wenn unsere Annahme von dem negativen Doping stimmt, bei dem die Tiere mit irgendwelchen Substanzen geschwächt werden.«

»Denkbar.«

Matteo tippte auf das Notizbuch, das er zuvor noch aus dem Auto geholt hatte.

»Ich habe hier übrigens noch etwas aus dem Institut mitgebracht. Wenn ich mich nicht irre, handelt es sich um die Aufzeichnungen, mit denen ein früherer Forscher seine Experimente dokumentiert hat.«

»Was veranlasst Sie zu der Annahme, dass das wichtig sein könnte? Hat Carragio Ihnen das gegeben?«

»Nicht direkt«, antwortete Matteo ausweichend. »Sagen wir, es war auf so ungewöhnliche Weise deponiert, dass ich ziemlich sicher bin, dass es etwas damit auf sich hat.«

»Beweise gestohlen?«, die Kommissarin maß ihn streng. »Davon weiß ich offiziell aber nichts.«

Matteo beeilte sich, vom Thema abzulenken, indem er von Gerini und Roberto berichtete. Die Kommissarin machte sich währenddessen Notizen.

»Sie sind ja ziemlich fleißig gewesen, während Buffon mit mir durch die Schlaglöcher gerumpelt ist. Fabio soll überprüfen, inwieweit diese Organ-Geschichten strafbar sind. Ich glaube nicht, dass die beiden ungescholten davonkommen. Wie heißt es so schön? Unwissenheit schützt vor Strafe nicht. Und überhaupt, wie makaber ist es denn, an Krankheiten verstorbenen Menschen heimlich Organe zu entnehmen? Und dann kommt noch hinzu, dass man das, was die mit Ihnen gemacht haben, als versuchten Mord werten kann.«

»In dieser Nacht waren das offenbar Roberto und ein Freund von ihm namens Daniele. Gerini hat mich ja quasi aus dem Wasser gefischt.«

»Wie auch immer. Das wird der Staatsanwalt zu entscheiden haben.«

»Nun ja, Mordversuch, das ist vielleicht ein bisschen dick aufgetragen«, hörte sich Matteo sagen.

Anschließend begannen sie, die Unterlagen zu studieren, die der Assistent der Kommissarin zusammengetragen hatte. Die Auflistungen der letzten Renntage – Fabio hatte ganze Arbeit geleistet, auch Rennen außerhalb Italiens waren aufgeführt – und die Aufschlüsselung der Wettquoten in Verbindung mit der Nachverfolgung, wer die großen Gewinne verbucht hatte, sprachen eine eindeutige Sprache: Alberto Montanelli hatte in den vergangenen Monaten erhebliche Wettgewinne eingestrichen, die jeweils über die Konten geflossen waren, über die Montanelli auch die Zahlungen an Ferretti vorgenommen hatte.

Im Grunde war es ein Leichtes zu entschlüsseln, dass alle Fäden bei Montanelli zusammenliefen. Nur musste erst einmal jemand darauf kommen, das zu überprüfen. Montanelli hatte seine Manipulationen geschickt über die zahlreichen europäischen Rennbahnen gestreut und Matteo pfiff durch die Zähne, als er grob überschlug, was dieser an Gewinnen gemacht hatte. Auch die Kommissarin blätterte beinahe ungläubig durch die Unterlagen.

»Noch absurder als dieses ganze Geld, das er mit seinen Rennmanipulationen eingenommen hat, erscheint mir ja das hier«, sie tippte auf eine Seite, die Matteo noch nicht gelesen hatte.

»Worum handelt es sich?«

»Es ist noch nicht ganz bewiesen, dass Montanelli dahintersteckt. Die Kollegen in der nördlichen Toskana schlagen sich offenbar seit geraumer Zeit mit illegalen Straßenrennen herum. Nicht jugendliche Autoraser, sondern Pferderennen. Das würde die Unterlegscheiben unter den Hufeisen von Montanellis Pferden erklären. Die braucht man, wenn man die Gelenke der armen Viecher nicht vollständig ruinieren will.«

»Und damit ist auch Geld zu machen?«

Unentschlossen zuckte die Kommissarin die Schultern.

»Ich bin da keine Expertin. Wenn man dem glaubt, was die Kollegen bisher ermittelt haben, dann geht es nicht um viel. Die ermitteln vor allem wegen Tierquälerei.«

»Was hätte es dann für einen Sinn, dass Montanelli dort mitmischt?«

»Das ist es ja eben«, Nina Zanetti überflog noch einmal den Bericht, »manche Dinge ergeben keinen Sinn. Wahrscheinlich ist das einfach eine Leidenschaft Montanellis. Ein bisschen Abenteuer, ein wenig Vergnügen.«

Sie klappte den Aktenordner zu.

»Wie auch immer. Ich denke, den reizenden Herrn können wir auf jeden Fall zum Gespräch komplimentieren, auch wenn wir diesen ganzen Wust noch nicht vollständig gelesen haben.«

Gerade griff sie nach dem Telefon, um ihren Assistenten zu bitten, zwei Beamte zu Montanelli zu schicken, als Fabio in den Raum trat, ohne eine Antwort auf sein Klopfen abzuwarten.

»Buffon schläft jetzt endlich. War total betrunken.«

Seine Nase hatte Matteo vorhin also nicht getäuscht.

Fabio lehnte den Kopf an den Türrahmen.

»Himmel, was ist bloß mit dem passiert? Ich dachte, der erholt sich gerade vom Stress, den er hier gehabt hat. Aber der ist vollkommen neben der Spur. Schlimmer als je zuvor.«

»Bitte, Fabio, erzähl mal etwas ausführlicher«, forderte die Kommissarin ihn auf.

Was jetzt zum Vorschein kam, waren Abgründe, die selbst Matteo, auch wenn er Buffon von der ersten Sekunde an nicht hatte leiden können, fassungslos machten. Es war kein Zufall, dass Matteo den Kommissar in San Siro gesehen hatte. Buffon war spielsüchtig.

Er war bis über beide Ohren verschuldet, hatte unzählige Kredite aufgenommen, sein Haus beliehen. Seine Frau hatte sich schon vor Monaten von ihm getrennt.

»Das wusste ich gar nicht«, warf Nina Zanetti ein.

»Wir wussten das alle nicht«, erklärte Fabio. »Buffon hat so lange wie möglich versucht, eine funktionierende Fassade aufrechtzuerhalten.«

»War er etwa auch in die Wettmanipulationen verwickelt?«, schaltete Matteo sich ein.

»Allerdings«, bestätigte Fabio. »Aber in einer eher tragischen Weise. Natürlich, das lässt sich nicht abstreiten, hat er sich strafbar gemacht.«

Vorsichtig strich er sich über die gut geölten Haare.

»Vielleicht liegt es daran, dass ich ihn gerade so derart aufgelöst erlebt habe. Im Moment würde ich sagen, er ist ebenso Opfer wie Täter.«

»Willst du dich nicht setzen?«, fragte die Kommissarin.

»Nee, lass mal. Ich finde das ganz angenehm, ab und zu meine Stirn an deinem Türrahmen kühlen zu können. Also. Offenbar ist Buffon, wenn er in diesem Punkt die Wahrheit sagt, und soweit ich das seinem ziemlich aufgebrachten, wirren Gestammel eben entnehmen konnte, durch einen Strohmann geködert worden. Er hat von der Möglichkeit erfahren, die Ergebnisse der Rennen vorab zu erfahren und dadurch Wettgewinne einzustreichen.

Er hat übrigens bestätigt, was ihr herausgefunden habt:

Das funktionierte tatsächlich ganz altmodisch über Zettel, die in der Wallfahrtskirche von Re aufgehängt wurden.

Es lief eine Zeit lang ganz gut, bis es eines Tages bei ihm klingelte, der Strohmann vor seiner Tür stand und Schweigegeld forderte. Was Buffon nicht wusste: Nicht nur waren ihm von diesem Mann – auf Provisionsbasis – die Informationen über die manipulierten Rennverläufe zugespielt worden. Dieser Mann hatte auch haarklein Buffons Verstrickungen dokumentiert.«

»Und hatte ihn damit in der Hand«, setzte Nina Zanetti den Gedanken fort. »Und lass mich raten: Fortan hat der Strohmann es nicht bei der Provision belassen?«

»Ganz genau«, bestätigte Fabio. »Mit dem, was er durch die Wettgewinne eingenommen hat, konnte Buffon die Forderungen des Strohmanns nicht mehr begleichen. Er stand vor der Wahl: weiterzahlen und sich verschulden und hoffen, irgendwie, durch ein Wunder, aus der Sache herauszukommen. Oder es darauf ankommen zu lassen, dass der Mann auspackt.«

»Damit wäre zumindest seine Karriere bei der Polizei beendet gewesen.«

»Nicht nur das«, nickte Fabio zu Matteo hinüber.

Nina Zanetti hatte sich erhoben und lehnte sich an ihren Schreibtisch.

»Ich gehe davon aus, dass Buffon dir den Namen des Strohmanns genannt hat.«

»Hat er.«

»Soll ich raten?«

»Wenn es dir Freude macht.«

»Vittorio Ferretti.«

Fabio nickte.

Die Kommissarin schlug so unvermittelt und heftig auf einen Stapel Akten, der auf ihrem Schreibtisch lag, das Matteo zusammenzuckte. Er konnte nicht verhehlen, dass auch er einigermaßen bestürzt war. Buffon war ein Arschloch. Aber ein Mörder? Sollte er tatsächlich seinen Peiniger Ferretti aus dem Weg geräumt haben?

»Mein Gott, wie kann es sein, dass wir von alldem nichts mitbekommen haben?«, hilflos schaute die Kommissarin zu Matteo hinüber. Der wusste nur zu gut, wie perfekt Menschen, wenn es um ihre Existenz ging, es verstanden, selbst ihrer nächsten Umwelt ein Schauspiel aufzuführen. Irgendwann aber, wenn der Druck zu groß wurde, brachen die Kulissen zusammen. So wie es jetzt bei Buffon geschehen war.

Nina Zanetti wandte sich an ihren Assistenten.

»Wann können wir mit Buffon sprechen?«

»Nicht vor morgen früh. Der schläft jetzt seinen Rausch aus.«

»Hat er denn ein Alibi für die Tatnacht?«

»Frag lieber nicht.«

»Also nein?«

»Er sagt, er habe die ganze Nacht Online-Poker auf seinem Telefon gespielt. Ich glaube kaum, dass das als Beweis ausreicht. Theoretisch könnte jeder sein Handy benutzt haben.«

»Überprüf doch bitte, ob es noch etwas anderes gibt, das Buffon entlasten könnte.«

»Wird gemacht.«

»Und noch eine Sache, Fabio. Kannst du mir ein Exposé zu diesem Forschungsinstitut am Ostufer zusammenstellen? Alle Angestellten der letzten, sagen wir, dreißig Jahre.

Und bitte ausführliche Hintergründe zum derzeitigen Leiter.« Sie warf Matteo einen fragenden Blick zu.

»Carragio«, half der ihr.

»Danke«, sie schaute zu Fabio. »Hast du?«

»Hab ich.«

»Und bitte um Amtshilfe bei den Kollegen in Genua. Montanelli möchte ich hier morgen auch sprechen.«

Nachdem Fabio den Raum verlassen hatte, rieb die Kommissarin sich die Augen, als könne sie auf diese Weise eine unliebsame Erkenntnis vertreiben.

»Glauben Sie, dass Buffon es war?«

»Das hört sich auf jeden Fall alles nicht gut an«, entgegnete Matteo. »Aber lassen Sie uns mal kurz überlegen, was Buffons Aussagen darüber hinaus bedeuten: Wir wissen jetzt, dass die Sache mit der Erpressung, die uns Montanelli aufgetischt hat, ein Märchen ist. Ferretti hat ihn nicht bedroht, sondern war sein Handlanger. Die Gelder, die auf Ferrettis Konto geflossen sind, waren in diesem Sinne ehrlich verdient.«

Nina Zanetti hatte begonnen, nervös im Büro auf und ab zu gehen.

»Ja, und in diese Machenschaften können theoretisch noch zig andere Leute verstrickt sein, die Ferretti ähnlich erpresst hat wie Buffon. Da eröffnet sich doch ein ganz neuer Täterkreis. Wir stehen also vielleicht auch wieder ganz am Anfang.«

»Das glaube ich nicht. Sie haben doch eindeutige Belege dafür, dass es nur Geldflüsse zu Ferretti gab, die über Umwege entweder von Montanelli stammten oder aber von vermutlich immer demselben Bareinzahler, wenn es um die kleineren Beträge geht.«

»Und das war vermutlich, wie wir jetzt wissen, Buffon.«

»Genau«, bestätigte Matteo. »Wenn ich mich nicht täusche, sind die anderen Beteiligten in dieser Sache eher Nutznießer. Wir sollten in jedem Fall überprüfen lassen, wer vor dem Rennen am Samstag die Wallfahrtskirche besucht hat.«

»Damit hätten wir dann aber vermutlich wieder nur weitere Beteiligte an dem Wettskandal, nicht aber Ferrettis Mörder«, setzte die Kommissarin seine Überlegung fort.

Matteo versuchte noch immer zu ordnen, was sich durch Buffons Aussagen verändert hatte. Ferretti als Handlanger, der seine Kompetenzen überschritt – vielleicht eröffnete sich dadurch noch ein anderer möglicher Tathergang.

»Wäre nicht auch dieses Szenario vorstellbar: Montanelli bekommt mit, dass Ferretti zusätzlichen Profit aus dem Wettbetrug schlägt, indem er Buffon erpresst. Das passt ihm nicht, weil Ferretti das ganze System dadurch gefährdet. Also schaltet er Ferretti aus oder lässt ihn ausschalten. Und zur Warnung an alle anderen, die für ihn arbeiten, stellt er die Leiche öffentlich zur Schau. Er selbst macht sich natürlich nicht die Hände schmutzig, deshalb hat er auch ein Alibi für den Abend.«

Die Kommissarin schlug noch einmal, dieses Mal aber weniger heftig, auf den Aktenstapel.

»Sag ich doch, wir kommen keinen Schritt weiter. Dieser Fall ist wie ein Morast, in dem man mit jedem Schritt, den man macht, tiefer einsinkt.« Matteo hatte noch gar nicht Luft geholt, da piekste sie mit dem ausgestreckten Zeigefinger in seine Richtung. »Und jetzt kommen Sie mir nicht mit der alten Geschichte von der Milch, die zu Butter wird, wenn man nur lange genug strampelt.«

Sie ging um ihren Schreibtisch herum und riss polternd eine Schublade auf.

»Wollen Sie ein Glas Wein?«

»Gern.«

»Die Gläser, die ich hier habe, sind aber schon etwas angeschlagen.«

»Macht gar nichts.« Matteo verkniff sich die Bemerkung, dass Gläser, die im Schreibtisch aufbewahrt wurden, zwangsläufig Kratzer oder Sprünge bekommen mussten, wenn man ständig auf den Tisch schlug oder dermaßen grob die Schubladen aufriss.

Die Kommissarin entkorkte einen Dolcetto, der, wie Matteo an der von Gambero Rosso verliehenen Auszeichnung erkannte, von einem sehr guten Winzer stammen musste. Nachdem sie den Wein großzügig eingeschenkt hatte, hielt sie die beiden Gläser nebeneinander, um Matteo schließlich das unversehrtere zu reichen.

Dann prostete sie ihm zu.

»Nina.«

Matteo brauchte eine Sekunde, um zu verstehen, dass sie ihm gerade das Du angeboten hatte.

»Matteo.«

Sie ließen die Gläser aneinanderstoßen und die Kommissarin lächelte ihn für einen Moment, der ihm wie eine Ewigkeit vorkam, an. Aus Verlegenheit schützte Matteo vor, dass er etwas ins Auge bekommen hatte und senkte den Kopf zur Seite, um das imaginäre Staubkorn herauszuwischen.

»Gut«, resolut stellte die Kommissarin ihr Glas ab. »Ich nehme mir jetzt die Unterlagen zu den verschwundenen Frauen vor. Wollen Sie … willst du nicht langsam mal schlafen gehen? Es ist fast Mitternacht.«

»Das Thema hatten wir doch schon, oder?« Glücklicherweise hatte Matteo seine Fassung wiedergefunden. »Diese Sache bringen wir jetzt gemeinsam zu Ende.«

Offenbar hatte sie keine andere Antwort erwartet, sondern das mit dem Schlafen nur pro forma vorgeschlagen.

»Meinen Sie, … ähm, meinst du, es ließe sich ein Aufladekabel für mein Handy auftreiben?« Matteo hielt sein mittlerweile komplett schwarzes Handy hoch.

»Der Pförtner hat ein ganzes Kabel-Lager.«

Nina Zanetti lachte auf.

»Ich werde ihn fragen, ob er auch einen Museumsfundus hat.«

Der Pförtner hatte wider Erwarten das richtige Kabel für das Handy griffbereit. Als Matteo es abholte, reichte er es ihm mit zusammengekniffenen Lippen durch die Glasluke. Es war nicht zu übersehen, dass es ihm unangenehm war, wie herablassend er Matteo behandelt hatte, er konnte sich jetzt aber auch nicht überwinden, sich zu entschuldigen. Matteo war das ganz recht, er hatte keine Lust auf Small Talk.

Als er ins Büro zurückkam, hatte die Kommissarin sich bereits in die Akten über die verschwundenen Frauen vertieft. Matteo nahm sich die Aufzeichnungen des ehemaligen Institutsdirektors vor.

Eine Weile saßen sie schweigend, jeder in seine Lektüre vertieft. Als Matteo noch einmal zu Nina Zanetti hinüberschaute, sah er, wie sie leise gähnte. Kein Wunder nach den Strapazen, gefesselt in dem Lieferwagen. Darüber, wie Buffon sie ansonsten traktiert hatte, hatte sie kaum Worte verloren.

Je länger Matteo in den Notizen las, desto gebannter starrte er auf die handschriftlichen Zeilen. Was er da zu Gesicht bekam, waren Protokolle von Experimenten, in denen Menschen zu Versuchskaninchen degradiert worden waren. Detailliert wurde aufgelistet, welche Dosierungen welcher Substanzen einem Probanden verabreicht worden waren. Mit den Abkürzungen und chemischen Formeln konnte Matteo nur bedingt etwas anfangen.

Mit wachsendem Befremden aber nahm er die Beschreibungen der psychischen und physischen Veränderungen zur Kenntnis, die akribisch erfasst waren. Verstärkter Haarwuchs war eine der harmlosesten Nebenwirkungen. Organe schrumpften oder dehnten sich unter dem Einfluss der Medikamente aus, die Bianchi den Probanden spritzte. Immer wieder kam es zum Kollaps einzelner Organe, sodass Bianchi Gegenmaßnahmen einleiten musste, die er ebenso detailliert protokolliert hatte.

Matteo zählte noch einmal nach. In diesem Buch vermerkt waren sechzehn Probanden, denen zum Teil über mehrere Jahre hinweg verschiedene Substanzen gespritzt worden waren. Manche waren auch nur ein paar Wochen in Behandlung gewesen. Matteo scheute sich angesichts dieser ungeheuerlichen Menschenversuche das Wort »Behandlung« überhaupt nur zu denken.

Mit Unbehagen nahm er die datierten Kreuze zur Kenntnis, die mehr als die Hälfte der Aufzeichnungen abrupt abbrechen ließen. Unschwer zu entschlüsseln, was das zu bedeuten hatte. Diese Probanden hatten die Experimente nicht überlebt, die – wenn Matteo die Aufzeichnungen richtig deutete – ein einzelner Mann an ihnen vorgenommen hatte. Sollte man von einem Arzt sprechen? Ganz sicher nicht.

Matteo nahm einen Schluck Wein und blätterte nachdenklich durch die Seiten. Was hatte diese Menschen bewogen, ihren Körper für diese Versuche zur Verfügung zu stellen? Geld? In zwei Fällen schien es die Hoffnung zu sein, dass eine Krankheit geheilt würde. Bei einer Person, Matteo stutzte, ging es offenbar um die Überwindung einer Angststörung. Agoraphobie bezeichnete die klassische Platzangst, die manche Menschen entwickelten, wenn sie sich in einer Menschenmenge oder einem abgeschlossenen Raum aufhielten. Bei den anderen Versuchspersonen waren die Gründe, warum sie sich den Experimenten aussetzten, nicht ersichtlich.

»Was Interessantes?«

»Allerdings«, gab Matteo zurück, »du solltest dir das mal ansehen.«

Nina Zanetti zog ihren Stuhl neben Matteo.

»Madonna mia«, murmelte sie, nachdem sie die ersten Seiten überflogen hatte. »Das ist ja grausam. Frankenstein ist nichts dagegen.«

»Nur leider ist das hier kein Roman.«

»Nein«, stimmte die Kommissarin ihm zu. »Danach sieht es leider nicht aus. Irgendwelche Hinweise darauf, um wen es sich bei diesen armen Menschen handelte?«

Matteo schüttelte den Kopf.

»Namen sind keine vermerkt. Allerdings die Daten der Versuche.« Er blätterte zu einem der Probanden. »Manche Experimente scheinen auf einen langen Zeitraum angelegt gewesen zu sein. Hier, dieser etwa, erstreckt sich über mehr als fünfzehn Jahre. Anfang der neunziger Jahre reißen die Aufzeichnungen ab. Genauso wie die zu allen anderen Versuchen. Da scheint unser Frankenstein die Lust verloren zu haben.«

»Oder er ist aufgeflogen«, erwiderte die Kommissarin. »Genauso möglich ist natürlich auch, dass nur die Notizen in diesem Buch nicht weitergeführt worden sind.«

»Auch wieder wahr.«

Nach einem kurzen Klopfen ging die Tür auf und Fabio kam herein. Müde winkte er mit einer Aktenmappe.

»Hier, die ersten eilig recherchierten Hintergründe zu diesem Institut. Morgen wissen wir aber sicher schon mehr.«

Nina lief ihrem Assistenten entgegen, drehte ihn mit einer gekonnten Bewegung um die eigene Achse und schob ihn in Richtung Tür, wobei sie ihm freundschaftlich über die Schulter strich.

»Mein Lieber, ich danke dir sehr. Und jetzt machst du bitte, dass du nach Hause und ins Bett kommst.«

»Und ihr?« Fabios Protest fiel angesichts seiner Erschöpfung einigermaßen halbherzig aus.

»Wir machen uns gleich einen Caffè und lesen noch ein wenig.«

Sie wedelte mit der Aktenmappe, die sie Fabio aus der Hand genommen hatte, und Matteo staunte, wie fit sie plötzlich wieder schien. Wenn er ehrlich war, spürte auch er die Strapazen des Tages langsam in allen Knochen. Dennoch nickte er aufmunternd in Fabios Richtung.

»Gute Nacht und vielen Dank.«

Ohne weiteren Widerspruch abzuwarten, wollte Nina Zanetti ihren Assistenten hinausschieben, aber am Türrahmen konnte er sich noch einmal aus ihrem Griff befreien.

»Falls ihr doch eine Pause braucht: Ich habe euch im Aufenthaltsraum zwei Betten fertig gemacht. Alles ein bisschen provisorisch allerdings.«

»Du bist ein Schatz, Fabio. Buonanotte.«

Damit schloss die Kommissarin die Tür. Auf dem Weg zurück zum Tisch, an dem Matteo saß, blätterte sie die Unterlagen auf.

Nachdenklich ließ sie sich neben ihn sinken.

»Das ist allerdings seltsam«, murmelte sie.

»Ich höre.«

»Wenn es stimmt, was hier steht, dann ist das Institut lange Jahre nur auf die Züchtung von Pflanzen spezialisiert gewesen. Von Humanbiologie lese ich hier nichts.«

»Bis wann genau, sagst du?«

Nina Zanetti schlug auf die Aktenmappe, dieses Mal allerdings nicht wütend, sondern triumphierend.

»Bis 1992.«

»Das passt mit den Aufzeichnungen von unserem Herrn Frankenstein zusammen. Vielleicht hat er im Keller noch ein wenig Parallel-Forschung betrieben.«

»Klingt schlüssig«, nickte die Kommissarin. »Hier steht, der Direktor des Instituts war ein gewisser Alessandro Bianchi.«

Matteo deutete auf das Notizbuch.

»Den haben wir ja schon kennengelernt.«

Nina Zanetti nickte und überflog die nächsten Zeilen. »Tja, hier steht außerdem, dass er ein paar Monate nach seinem Ausscheiden aus dem Institut verstorben ist. Den können wir also nicht mehr befragen.«

»Moment mal«, unwillkürlich hatte Matteo seine Hand auf den Arm der Kommissarin gelegt. »Moment mal, ich hab hier vielleicht etwas.«

Während Nina Zanetti den Verbleib des Institutsdirektors studiert hatte, hatte Matteo weiter in den Versuchs-Aufzeichnungen gelesen.

»Hier ist von einem Mann die Rede, der über Jahre in Behandlung gewesen ist. Er hat, halt dich fest, sein Geld als Jockey verdient. Wenn ich das richtig verstehe, hat er sich Mittel injizieren lassen, die einen Aufbau besonders leichter, aber ausdauernder Muskelmasse bewirken sollten.«

»Was bei Galopprennen durchaus sinnvoll ist, da kommt es ja darauf an, dass die Reiter nicht zu schwer sind.«

Matteo nickte.

»Allerdings scheinen die Mittel auch ein paar unerwünschte Nebenwirkungen gehabt zu haben.« Er schob der Kommissarin das Buch hinüber.

Sie verzog schmerzlich das Gesicht, nachdem sie die Passagen gelesen hatte, auf die Matteo mit dem Finger getippt hatte.

»Verstehe ich das richtig? Dieser Mann hat durch diese Medikamente mehr und mehr weibliche Geschlechtsmerkmale ausgebildet?«

»Und die männlichen verloren«, Matteo versuchte das Unwohlsein, das ihn schon eben überkommen hatte, beiseitezuschieben. »Er scheint sich geradezu unaufhaltsam in eine Frau verwandelt zu haben.«

»Ich meine, dass ich in den vergangenen Jahren ein paarmal von umgekehrten Fällen gelesen habe«, Nina Zanetti drehte eine ihrer Haarsträhnen mit dem Finger ein. »Sportlerinnen, denen zu Dopingzwecken so viele männliche Hormone gespritzt worden sind, dass sie zu Zwittern wurden. Nicht nur körperlich, auch gefühlsmäßig. Es gibt ein paar Fälle, wo diese Frauen sich dann zu einer Geschlechtsumwandlung oder eher Geschlechtsanpassung entschieden haben.«

Matteo nickte ungeduldig. Das stimmte alles, was die

Kommissarin sagte. Aber er war noch auf etwas anderes gestoßen.

»Dieser Mann ist vor etwas mehr als dreißig Jahren Vater geworden, also zu einer Zeit, als er schon eine Weile den Injektionen ausgesetzt war. Das Kind kam missgestaltet zur Welt.«

»Kein Wunder«, murmelte die Kommissarin finster. »Was hatte das Kind, steht das dort auch?«

»Einen schief gewachsenen Fuß, einen Arm mit chronischer Muskelschwäche und eine Wucherung am Rücken. Der Volksmund würde wohl sagen: einen Buckel.«

»Wie im Märchen, furchtbar.«

»Ja, und wie der Messdiener in der Basilika von Re, in der Ferretti die Zettel mit den Wettmanipulationen aufgehängt hat.«

Mit blitzenden Augen sah Nina Zanetti Matteo an.

»Aber wie hängen beide Sachen zusammen?«

»Das weiß ich noch nicht. Aber danach sollten wir den Messdiener auf jeden Fall fragen.«

Die Kommissarin erhob sich.

»Eine Sache noch«, unterbrach Matteo sie. »Du hast doch eben die Akten der verschwundenen Frauen durchgesehen, bei denen es sich, in einem Fall, um die skelettierte Leiche auf der Isola Bella handeln könnte. Hatte eine der Frauen Kinder?«

»Ja, mehrere.«

»Ist das die Mappe?«

Sie nickte.

»Wir brauchen nur eine einzige Information.«

Eilig überflog er die Personenbeschreibungen der Frauen. Dann warf er der Kommissarin die Mappe zu.

»Die Tote heißt Antonella D'Inzeo.«

Verwundert schaute Nina Zanetti ihn an.

»Es ist die Einzige, die einen Sohn im passenden Alter hat.«

Verwirrt schüttelte die Kommissarin den Kopf.

»Das geht mir jetzt eine Spur zu schnell.«

»Hundertprozentig klar sehe ich auch noch nicht. Aber ich bin mir sehr sicher, dass der Messdiener der Sohn des Mannes ist, der unfreiwillig zu einer Frau geworden ist.«

»Und du meinst, dessen Frau hat sich erhängt? Oder wurde umgebracht? Und der Sohn hat sich nun gerächt? So haben wir das übermalte Bild ja gedeutet. Aber warum an Ferretti?«

»Wie gesagt, das weiß ich auch noch nicht genau. Irgendwas passt da noch nicht ganz zusammen. Aber das dieser Messdiener etwas mit der Sache zu tun hat, scheint mir absolut zwingend.«

13

Ein paar Stunden hatten sie schließlich doch noch auf den Liegen geschlafen, die Fabio im Aufenthaltsraum des Präsidiums für sie vorbereitet hatte. Als Matteo um kurz vor sieben Uhr am nächsten Morgen aufwachte, lehnte Nina Zanetti bereits am Fenster und band sich die Haare zu einem kurzen Zopf.

»Buongiorno«, quietschend gaben die Metallfedern der Liege nach, als er sich aufrichtete. »Angenehme Nacht gehabt?«

»Geht so«, antwortete Nina Zanetti. »Auf das Gespräch mit Montanelli freue ich mich sogar ein bisschen.« Sie blickte auf die Uhr. »Ich hoffe, der wird bald hier sein. Aber das mit Buffon hat mich gleichermaßen beängstigt wie entsetzt. Es war wirklich gruselig, wie der sich gestern aufgeführt hat.«

Sie kniff die Augen zusammen, als würde die Morgensonne sie blenden und schaute auf den Lago hinaus.

»Und um ehrlich zu sein: Ich mag ihn auch nicht. Aber wenn sich tatsächlich rausstellen sollte, dass er Ferretti auf dem Gewissen hat – das würde mir doch zu schaffen machen.«

»Wollen wir lieber zusammen mit ihm sprechen?«

»Nein, ist schon gut. Er würde das nie akzeptieren. Und es wäre auch fahrlässig, wenn du, ohne eine offizielle Funktion innezuhaben, bei der Befragung dabei wärest. Es wäre ein gefundenes Fressen für jeden Verteidiger. Oder bist du an einem offiziellen Vertrag als Polizeipsychologe interessiert?«, wehrte Nina Zanetti lächelnd sein Angebot ab. »Fahr du nach Re. Vielleicht ist tatsächlich etwas dran an deinem Verdacht mit dem Messdiener.«

Während auf dem See schon die Sonne schien, hing in den Bergen noch der Nebel. Je höher Matteo kam, desto dichter wurden die grauweißen Schlieren, die sich um den Lancia zogen und die Sicht auf ein Minimum begrenzten. Er musste sich zwingen, langsam zu fahren. In der Nacht war er, ohne noch einen klaren Gedanken fassen zu können, und obwohl die Liege allenfalls leidlich bequem gewesen war, innerhalb von Sekunden in einen traumlosen Schlaf gefallen. Nun kamen die Bilder von Teresa zurück. Was für ein Hohn, dass er sie nach all den Monaten ausgerechnet in dem Moment getroffen hatte, in dem ihm die Umstände nicht erlaubt hatten, mehr als ein paar Sätze mit ihr zu wechseln.

Jäh trat Matteo auf die Bremse. Nur wenige Meter entfernt stand, mitten auf der Fahrbahn, ein Rehbock. Hatte der Nebel dem Tier die Orientierung geraubt? Als die Scheinwerfer des Lancias, die Matteo wegen des Wetters angeschaltet hatte, das Tier erfassten, sprang es, die Hinterläufe panisch in die Luft schlagend, die Böschung hinauf.

Vielleicht, kam es Matteo in den Sinn, war es genau der richtige Dreh gewesen, den das Schicksal gefunden hatte. Es hatte ihm gezeigt, dass auch er mittlerweile ein eigenes Leben führte. Auch wenn er nicht genau zu sagen vermochte, wann es angefangen hatte, wann sich aus diesem Provisorium etwas geformt hatte, das er als sein neues Leben angenommen hatte, mit einer Gegenwart, die ihm durchaus gefiel, und einer Zukunft, die er zwar noch nicht kannte, die er sich aber hier am See vorstellte, nicht in Mailand.

Das kleine Örtchen Re lag so früh am Morgen noch in völliger Stille. Aber die Wallfahrer würden nicht mehr allzu lange auf sich warten lassen. Matteo lenkte den Wagen auf den kleinen Parkplatz vor der monumentalen Basilika.

Auch hier strich der Nebel in dichten Schwaden an den steinernen Wänden der Kirche entlang. Die umliegenden Berge waren allenfalls zu erahnen. Der gewaltige sakrale Bau und dazu der Nebel, der – wie das Wetter in diesen Höhen es stets tat – mit einer Macht auftrat, die man an den Uferregionen und im Flachland nicht kannte, erzeugten eine bedrückende Atmosphäre. Und das, obgleich Matteo das Klima in den Bergen doch gewöhnt war.

Die Kirchentür war noch verschlossen. Matteo setzte sich wieder in den Wagen und wartete. Ein zweiter Caffè und etwas zu essen wären jetzt nicht übel, dachte er. Aber der Rollladen des kleinen Ladens hinter der Basilika war noch heruntergelassen. Er würde sich gedulden müssen. Beinahe wäre Matteo, der nun schon ein paar Nächte hintereinander wenig geschlafen hatte, eingenickt, als sein Telefon ihn aufschrecken ließ.

»Ich bin es, Nina«, meldete sich die Kommissarin. »Nur kurz, damit du auf dem aktuellen Stand bist: Montanelli leugnet nach wie vor, irgendetwas mit den Morden zu tun zu haben. Aber er hat eingeräumt, dass er den toten Jockey gekannt hat. Der hat wohl Probleme gemacht, wollte sich nicht schmieren lassen.«

»Also hat er ihn ausgeschaltet?«

»Wie gesagt, Montanelli behauptet, damit nichts zu tun zu haben und will das Ganze auf Ferretti abwälzen. Aber in Kürze werden wir das hoffentlich genauer wissen. Ich habe deinem Freund Cesario gerade die Fingerabdrücke Montanellis und Ferrettis geschickt. Vielleicht stimmen die mit den Spuren überein, die sie in der Wohnung des Jockeys gefunden haben.«

Eine in einen dunklen Mantel gehüllte Gestalt näherte sich der Kirche. Trotz der Kapuze, die der Mensch tief ins Gesicht gezogen hatte, erkannte Matteo an dem nachgezogenen Fuß und dem verwachsenen Rücken sofort, um wen es sich handelte.

»Nina, ich danke dir. Ich muss jetzt Schluss machen.«

Matteo stieg aus dem Wagen und lief der Gestalt nach.

»Signor D'Inzeo?«

Der Messdiener hob den Kopf, seine Augen waren stark gerötet.

»Woher kennen Sie meinen Namen? Man nennt mich hier nur Francesco.«

»Wir gehen davon aus, dass Sie denselben Nachnamen tragen wie Ihre Mutter, die vor zwanzig Jahren umgekommen ist«, erwiderte Matteo.

Der Messdiener schüttelte wild den Kopf, als wolle er die Erinnerung, die Matteo gerade aufgerufen hatte, abschütteln.

»Ich weiß, was Ihrer Familie widerfahren ist«, beharrte Matteo. »Und Sie werden nicht umhinkommen, mit mir zu sprechen. Die Polizei interessiert sich sehr dafür, was Sie mit dem Tod von Vittorio Ferretti zu tun haben.«

»Bitte nicht«, das Kopfschütteln des Messdieners wurde noch heftiger, »die Leute, seien Sie doch ruhig!«

Matteo deutete auf die Basilika. Ächzend zog der Messdiener einen Bund mit massiven Schlüsseln aus der Tasche seines Mantels, der mehr einem altmodischen Umhang glich. Was für eine bedauernswerte Kreatur, dachte Matteo, als der Bucklige sich gegen die Kirchentür stemmte, die kreischend nachgab. Der missgestaltete Mann, der Matteo jetzt sehr viel jünger vorkam als bei ihrer ersten Begegnung, nahm eine Laterne von einem Bord neben dem Eingang, öffnete das kleine Glasfenster und zündete die Kerze an.

Begleitet vom flackernden Licht führte er ihn an den Kirchenbänken vorbei. Ihre Schritte hallten auf dem steinernen Boden. Sicher war es Einbildung, dass es im Innern der Basilika noch ein wenig kälter war als draußen. War es nicht möglich, elektrisches Licht anzumachen? Was war das für ein mittelalterliches Theater!

Abrupt bog der Messdiener nach links ab, öffnete eine weitere, unverschlossene Tür und betätigte nun tatsächlich einen Lichtschalter. Die Birne war allerdings so schwach, dass selbst das kleine Büro, in das der Messdiener ihn geführt hatte, nur diffus beleuchtet wurde. Matteo betrachtete die kärgliche Einrichtung – ein Schreibtisch, zwei Stühle, ein schmaler Bücherschrank, eine Kommode – und versuchte, den Geruch zu identifizieren, der in der Luft lag. Aber der war zu schwach, als dass Matteo darauf kam, worum es sich handelte.

Ohne dass er eine Frage stellen musste, begann der Messdiener zu reden.

»Ich weiß, von welchem Mann Sie sprechen. Ich kenne auch seinen Namen, ich habe ihn in der Zeitung gelesen.

Aber Sie müssen mir glauben, ich habe ihn nicht umgebracht.«

»Vittorio Ferretti ist häufig hier gewesen«, entgegnete Matteo, »er war an Wettmanipulationen beteiligt. Pferderennen. Im großen Stil. Hier in Ihrer Kirche wurden die Informationen weitergegeben.«

»Wettmanipulationen? Davon weiß ich nichts«, der Messdiener schien ehrlich überrascht. »Ich bin ein gläubiger Mensch. Ich habe mein Leben der Kirche verschrieben. Einen Menschen zu töten, widerspricht allem, was mir heilig ist.«

»Haben Sie mir nicht von den Strafen erzählt, die den Ungläubigen drohen? Sind Sie Ferretti auf die Schliche gekommen? Haben Sie ihn zur Rede gestellt? Was wollten Sie? Dass er aufhört mit seinen Betrügereien? Dass er beichtet oder gar büßt? Ja, Buße, das ist es doch, worum es euch Gläubigen geht?« Matteo trat einen Schritt auf den Messdiener zu, der unwillkürlich nach hinten wich. Wieder drang Matteo der Geruch in die Nase und jetzt meinte er plötzlich zu wissen, worum es sich handelte.

»Oder wollten Sie beteiligt werden an Ferrettis Geschäften? Das wäre auch eine Variante. Hat er sich geweigert? Haben Sie ihn deshalb umgebracht?«

»Nein!«, schrie der Messdiener grell auf und sein verwachsener Körper zuckte hektisch.

»Was liegt dahinter?«

Matteo klopfte gegen eine schmale Tür, hinter der sich noch ein weiterer Raum befinden musste. Der Geruch, den er nun immer deutlicher wahrnahm, kam eindeutig daher.

»Ich schwöre, bei allem, was mir heilig ist, ich habe niemanden ermordet«, wiederholte der Messdiener noch einmal.

»Wären Sie so freundlich, diese Tür zu öffnen?«

»Das ist nur eine Abstellkammer.«

»Ich würde sie trotzdem gern sehen.«

»Dafür gibt es keine Schlüssel, ich jedenfalls habe keine.«

Matteo lächelte gequält. Dann stieß er seine Schulter gegen die Tür. Das Schloss splitterte und das Holz gab unmittelbar nach. Er griff sich die Laterne, die der Messdiener auf der Kommode abgestellt hatte, und leuchtete in das kleine Zimmer, bei dem es sich mitnichten nur um eine Abstellkammer handelte. Der Messdiener war kraftlos auf einen Stuhl gesunken.

»Madonna mia. Das ist ja vollkommen irrsinnig!«

Wegen des Geruchs – den er mittlerweile als Terpentin ausgemacht hatte – war Matteo nicht mehr überrascht, dass sich hinter der Tür ein Atelier befand. Aber was er auf den Bildern sah, die hier an den Wänden hingen, verschlug ihm den Atem.

Die Malwerkstatt von Francesco D'Inzeo mutete an wie ein gespenstisches Spiegelkabinett. In verschiedenen Größen, in verschiedenen Varianten, stand da das immer gleiche Bild: die Isola Bella, das Einhorn-Denkmal und an dessen Horn eine Leiche.

»Ich werde jetzt die Polizei rufen.«

Der Messdiener schwieg mit gesenktem Kopf.

Zum Glück hatte Matteo Empfang. Mit knappen Worten informierte er die Kommissarin über seine Entdeckung. Nina Zanetti versprach, sofort zwei Beamte loszuschicken.

Als Matteo aufgelegt hatte, hob der Messdiener den Kopf. »Ich habe niemanden ermordet.« Seine Augen waren blutunterlaufen.

»Das können Sie der Kommissarin erzählen, oder dem Staatsanwalt«, entgegnete Matteo. »Oder wollen Sie jetzt reden? Ich höre Ihnen gern zu. Wir haben noch ein bisschen Zeit, bis die Polizei eintrifft.«

Der Messdiener wies ungelenk auf den zweiten Stuhl, der in dem finsteren Raum stand.

Die Geschichte, die D'Inzeo nun stammelnd und mit Tränen in den Augen erzählte, war derart abgründig und tragisch, dass Matteo mehr und mehr den Eindruck hatte, in diesen verwachsenen Mann habe sich dessen Vergangenheit buchstäblich eingeschrieben.

Sein Vater, berichtete D'Inzeo, sei tatsächlich Jockey gewesen, allerdings stets nur mit mittlerem Erfolg, was den ohnehin schon geringen Verdienst noch einmal gedrückt hätte. Aber es sei für ihn nie infrage gekommen, dass seine Frau sich auch eine Arbeit suchte. Irgendwann, lange vor der Geburt Francesco D'Inzeos, habe sich das Blatt gewendet. Plötzlich war D'Inzeo senior in den großen Rennen eingesetzt worden, hatte Sieg um Sieg eingefahren, wurde unter Rennstallbesitzern berühmt dafür, dass er mit unerschütterlicher Kondition die schwierigsten Pferde und die härtesten Rennen bewältigte.

Francesco D'Inzeo fuhr sich durch die stumpfen, struppigen Haare.

»Eines Tages hat meine Mutter herausgefunden, warum die Karriere meines Vaters sich so gewandelt hat. Da war ich schon geboren und sie hielt das erste Opfer in den Händen.«

Ein Zittern durchfuhr den missgestalteten Körper.

»Mein Vater hat Medikamente genommen, über Jahre. Sie machten die Muskeln ausdauernder, aber die Knochen und den gesamten Körperbau leichter.«

Matteo nickte. Er kannte die Protokolle der Behandlung.

»Wer hat Ihrem Vater diese Medikamente verabreicht? War er regelmäßig in dem Institut bei Laveno?«

»Institut?« Mit geröteten Augen blickte der Messdiener Matteo an. »Ich weiß von keinem Institut. Seit ich mich erinnern kann, kam ein Junge zu uns nach Hause, ein Bote, der meinem Vater brachte, was er sich spritzen musste.«

»Warum hat Ihr Vater diese Medikamente immer weiter eingenommen, wo doch klar war, dass sie seinem Körper schadeten?«, fragte Matteo.

Der verzweifelte Blick, den der Messdiener ihm zuwarf, verriet nur allzu deutlich, dass der Mann auch nicht verstand, was seinen Vater dazu veranlasst hatte, und dass er und seine Mutter ihn das ebenfalls unzählige Male gefragt hatten.

»Ich glaube, anfangs hat er es verdrängt. Er wollte nicht wahrhaben, dass …«, der Messdiener stockte und tastete nach seinem Buckel, ohne ihn erreichen zu können.

»Und irgendwann war es zu spät. Da war er gefangen in diesem –«, die Stimme des Messdieners wurde rau, »Teufelskreis. Er hatte Schmerzen und musste dagegen Mittel einnehmen. Dann … dann veränderte sich sein Körper. Er bekam … er bekam …«

»Sie müssen nicht ins Detail gehen.«

D'Inzeo stand auf und machte einen Schritt auf ihn zu.

»Sie wissen, wer dieser Teufel ist, der uns das angetan hat?«

»Wir haben nur seine Aufzeichnungen gefunden. Wir gehen davon aus, dass er tot ist. Aber ich dachte, dass Sie mir Näheres über den Mann sagen könnten?«

D'Inzeo senkte erneut den Kopf, was ihm nur gelang,

wenn er ihn schief nach vorne legte, bis er auf den, wie Matteo jetzt erst bemerkte, auffällig gewölbten Brustkorb stieß.

»Er war ein Phantom. Es gab nur diesen Boten.«

Matteo erhob sich ebenfalls und trat zu dem kleinen Fenster, durch das kaum Licht hereindrang. Er hatte das dringende Bedürfnis nach frischer Luft.

»Meine Mutter hat das alles nicht mehr ertragen. Meinen Vater nicht, der immer mehr verschwand.« Er stockte. »Und auch den Anblick ihres verkrüppelten Kindes nicht.« D'Inzeo schwieg für ein paar Augenblicke, dann hob er langsam den Kopf.

»Sie hat sich aufgehängt. Auf der Isola Bella. Es war der Ort, an dem sie mit meinem Vater besonders gerne gesessen und auf den See geschaut hatte. Als sie verschwunden war, wussten wir sofort, wo wir sie suchen mussten.«

Matteo brauchte nicht nur Luft, er brauchte auch dringend eine Futura.

»Sie haben sie gefunden und begraben?« Er deutete auf die Kammer mit den Bildern. »Und fortan davon geträumt, sich an demjenigen, der Ihrer Familie das alles angetan hatte, zu rächen.«

»Hätten Sie das an meiner Stelle nicht getan?«

Was sollte er darauf antworten?

»Aber warum Vittorio Ferretti? Was hatte der damit zu tun?«

Die Züge D'Inzeos verhärteten sich.

»Seit Monaten kam dieser Mann hierher, er betete, trieb sich vor den Wänden mit den Danksagungen und Wünschen herum. Mir wurde immer kalt, wenn er die Basilika betrat. Meine Knochen begannen zu schmerzen. Zuerst hatte ich keine Erklärung dafür. Ich habe mich zurückgezogen, sobald der Mann kam. Aber das Unwohlsein wurde nicht besser. Eines Tages, als er wieder vor der Wand stand und las, habe ich mich hinter ihn gestellt. Ich wollte wissen, ob die Nähe zu ihm diese Wirkung verstärkt. Ich wollte wissen, was es damit auf sich hat. Und erst da hab ich es gesehen.«

»Was gesehen?«

»Das Muttermal an seinem Nacken, kurz unter dem Haaransatz. Ein Brandmal, merkwürdig lang gezogen, das sich an der Unterseite gabelte. Wie eine Wünschelrute.«

»Sie kannten dieses Muttermal«, wurde Matteo nun klar. »Es war dasselbe Mal, das der Junge im Nacken gehabt hatte, der Ihrem Vater das Gift gebracht hatte. Habe ich recht?«

Der Messdiener nickte.

»Und plötzlich, vergangene Woche, war der Tag da, auf den Sie seit Jahren gewartet haben.«

D'Inzeo schüttelte wie wild den Kopf.

»Ich habe Ihnen doch gesagt, ich war es nicht. Ich würde niemals ein von Gott gegebenes Leben antasten.«

»Signor D'Inzeo, es wird ein Leichtes sein, Ihre Spuren an Ferrettis Leiche zu finden.«

»Die werden Sie finden«, erklärte der Messdiener, nun mit fester Stimme. »Ich habe diesen Teufel gerichtet, auf dass ihn alle Welt sehen kann. Auf dass er sein schändliches Angesicht vor Gott zeigen muss.« D'Inzeo nickte so wild, wie er zuvor den Kopf geschüttelt hatte.

»Ja, ich habe ihn aufgehängt, so, wie ich es mir immer gewünscht hatte. Aber ich habe ihn nicht umgebracht. Auch wenn mich sein Tod mit Genugtuung erfüllt hat. Wenn ich ihn hätte umbringen wollen, dann hätte ich das doch viel eher tun können. Seit Monaten kam er immer wieder hierher.«

»Wie ist Ferretti denn Ihrer Ansicht nach zu Tode gekommen?«

»Ich habe keine Ahnung. Er kam in die Kirche, vergangenen Mittwoch. Plötzlich brach er zusammen. Ich habe das nur gehört, ich war im hinteren Teil der Basilika. Er röchelte. Ich lief nach vorn, um zu sehen, was passiert ist.«

Der Messdiener lachte bitter auf.

»Wenn ich gewusst hätte, dass es dieser Teufel war, der da lag, hätte ich mich sicher nicht beeilt. Aber es hatte ohnehin nichts mehr genützt. Er war tot. Endlich.«

»Sie glauben doch wohl nicht im Ernst, dass ich Ihnen dieses Märchen abnehme?«

»Ich schwöre Ihnen, bei allem, was mir heilig ist«, fuhr D'Inzeo auf. »Er war tot, ich habe ihn in die Katakomben gebracht, dort ist es kühl. Er konnte doch nicht hier oben liegen bleiben. Dann habe ich überlegt, was ich tun soll. Zwei Tage lang, bis Freitag. Aber eigentlich war das schon längst keine Frage mehr. Ich musste vollziehen, was ich mir so lange Jahre ausgemalt hatte.«

Er starrte Matteo so eindringlich an, dass er sich fragte, ob dieser Mann wahnsinnig war, auch wenn er in den vergangenen Minuten sehr klar mit ihm gesprochen hatte.

»Das war ein Zeichen, glauben Sie mir. Ich musste es tun. Es war das letzte kleine Stückchen Gerechtigkeit, das meiner Familie noch widerfahren konnte. Er hat mit diesem Giftmischer zusammen die Schuld daran, dass meine Mutter ihrem von Gott geschenkten Leben ein Ende setzte und dass wir sie wegen ihres Selbstmords nicht in geheiligter Erde bestatten konnten.«

»Warum sind Sie nicht zur Polizei gegangen, als Sie Ferretti vor Monaten erkannt haben?«, fragte Matteo.

»Wer hätte mir denn geglaubt? Sie vielleicht?«

D'Inzeo schaute durch das winzige Fenster, hinter dem sich der Himmel nur erahnen ließ.

»Außerdem«, fuhr er leise fort, »hatte auch mein Vater sich schuldig gemacht. Vor dem Gesetz, als gedopter Sportler. Und vor Gott, weil er gewagt hat, in die Schöpfung des Allmächtigen einzugreifen.«

»Wo lebt Ihr Vater heute?«, erkundigte Matteo sich.

»Ich habe keine Ahnung«, entgegnete D'Inzeo. »Er ist verschwunden, nachdem meine Mutter gestorben ist. Und ich bin hierhergekommen, um Gott zu dienen.«

»Sie wollen mir also weismachen, der Mann, den Sie für das Leid Ihrer Familie verantwortlich machen, spaziert seit Monaten hier bei Ihnen ein und aus und plötzlich fällt er tot um. Was soll das sein? Ein zweites Blutwunder? Warum haben Sie Ferretti nicht nach dem wirklichen Verantwortlichen gefragt? Nach demjenigen, der das Gift für Ihren Vater gemixt, der diese Behandlung zu verantworten hat? Ist das nicht sehr unlogisch?«

Wieder lief ein Zittern durch den Körper des Messdieners.

»Meine Vermutung ist eher: Sie haben ihn gefragt, er hat sich geweigert, es ist zu einer Auseinandersetzung gekommen, zu einem Kampf. Dabei ist Ferretti gestorben. Ob Sie ihn vorsätzlich umgebracht haben, werden wir herausfinden.«

Nun war es nicht mehr der Körper des Messdieners, der zitterte, sondern nur noch seine Schläfen, sie pochten, als würde etwas aus seinem Kopf hinausdrängen, mit solcher Macht, dass Matteo flüchtig den Gedanken hatte, dass die Hautpartien im nächsten Moment tatsächlich aufplatzen könnten.

»Haben Sie denn Kampfspuren an seinem Körper gefunden?«

Der Messdiener hatte recht. Es gab keine Spuren einer körperlichen Auseinandersetzung.

»Dann verraten Sie mir doch wenigstens, wer Ihnen geholfen hat, die Leiche auf das Einhorn zu wuchten?«

»Niemand«, antwortete D'Inzeo abrupt. »Das habe ich allein getan. Mit einem Flaschenzug.«

Die Glocke schlug, Matteo zählte nicht mit. D'Inzeo aber wurde unruhig.

»Ich muss die Kirche öffnen. Die Menschen warten.«

»Tun Sie das. Die Polizei wird ohnehin gleich da sein. Sie werden all Ihre Aussagen auf dem Präsidium noch einmal wiederholen müssen.«

Francesco D'Inzeo schloss die Türen der Basilika auf, vor der bereits einige alte Menschen standen. Auch die Andenkenverkäuferin, die mit diesen Leuten sicher kein Geschäft machen würde, sondern auf Touristen warten musste, hatte ihren Bauchladen schon neben dem Eingang auf einem wackligen Gestell platziert.

»Haben Sie bei all Ihren Bildern«, wandte sich Matteo an den Messdiener, »alte Gemälde übermalt?«

Überrascht blickte D'Inzeo Matteo an.

»Woher wissen Sie das? Das habe ich nur bei dem allerersten Bild getan, das ich gemalt habe. Es hing in unserem Wohnzimmer, weil meine Mutter es so liebte. Ich konnte den Anblick nicht mehr ertragen. Ich wollte, dass das Bild zeigt, was ich vor meinem inneren Auge sah, wenn ich an die Isola Bella dachte. Es sollte die Wahrheit über diesen Ort abbilden.«

»Was haben Sie mit diesem Bild getan?«

»Nichts«, entgegnete der Messdiener und trat hinaus in den noch immer ein wenig kühlen Vormittag. Der Nebel hatte sich aufgelöst, die Sicht war klar. Matteo nahm einen tiefen Atemzug von der frischen Luft und ließ seinen Blick über die Bergkuppen schweifen, die selbst auf dieser Höhe noch bewachsen waren, auch wenn immer wieder der scharfkantige Fels unter dem Grün zum Vorschein kam.

»Was meinen Sie mit ›nichts‹?«

»Wir haben es nur noch ein paar Monate ausgehalten nach dem Tod meiner Mutter. Alles war zerstört. Wir haben einfach alles zurückgelassen. Die Möbel. Die Kleidung. Die Leute sollten sich nehmen, was von unserem kaputten Leben noch übrig geblieben war.«

Aus den Augenwinkeln nahm Matteo wahr, dass die Andenkenverkäuferin sie misstrauisch beäugte.

»Eine Frage habe ich noch. Was hat es mit den herausgeschnittenen Rippen auf sich? Sowohl Ihrer Mutter als auch Ferretti fehlte eine.«

Auf der gewundenen Straße, die den Berg herauf und bis zur Basilika führte, sah man in einiger Entfernung den Polizeiwagen fahren. Immer wieder verschwand er hinter Felsvorsprüngen oder Bäumen.

Wieder starrte der Messdiener Matteo an, seine Augen waren nun glasig, er wirkte entrückt.

»Sie liegt in der Krypta. Eingeschlagen in roten Samt. Mit Gold umwirkt.«

»Wie bitte?«

»Die Rippe meiner Mutter. Sie war eine Heilige, wissen Sie. Und Sie war ein Opfer der verkommenen Welt. Das war die letzte Ehre, die ich ihr erweisen konnte. Und ich wollte doch wenigstens einen Teil von ihr in meiner Nähe haben.«

Matteo schüttelte ungläubig den Kopf. Dieser Mann war vollkommen verrückt.

»Und die Rippe Ferrettis? Erzählen Sie mir nicht, dass Sie die auch in eine Reliquie verwandelt haben?«

Der Messdiener lachte grell und böse, erschrocken schaute die Andenkenverkäuferin zu ihnen herüber.

»Nein, nein, nein!«, er schien seinen unheimlichen Lachanfall gar nicht mehr stoppen zu können. Mit einem Schlag aber erstarb das Gelächter.

»Diese Rippe habe ich herausgeschnitten und zertrümmert, in kleinste Teile zerschlagen. Das war die einzige Gewalt, die ich diesem Teufel angetan habe. Damit ihm niemals jemand eine ähnliche Ehre erweisen kann, wie sie meiner toten Mutter beschieden war.«

Erleichtert begrüßte Matteo die beiden Carabinieri, die auf dem Platz vor der Kirche ankamen. Seine Lust, sich mit diesem Mann länger zu unterhalten, hielt sich in Grenzen. Dass er Ferretti nicht ermordet, sondern nur dessen Leiche gefunden hatte, war absolut unglaubwürdig. Das würde ihm die Kommissarin sicher problemlos nachweisen.

»Bitte steigen Sie ein«, forderte Matteo den Messdiener auf. Der zwängte sich ohne Widerstand, wenngleich etwas mühsam, auf den Rücksitz.

»Francesco«, schrie in diesem Moment die Andenkenverkäuferin auf.

»Bleib weg«, zischte der Messdiener, »bleib weg!«

Aber die Alte kam, so schnell sie konnte, zu ihnen gelaufen. Einer der Carabinieri schloss die Tür hinter dem Messdiener, der andere ließ bereits den Motor an. Zornig trommelte die Andenkenverkäuferin auf das Wagendach.

»Lassen Sie den Jungen!«, greinte sie.

Plötzlich war Matteo vollkommen klar, was gerade passierte und wen er hier vor sich hatte. Begütigend legte er ihr die Hand auf die Schulter.

»Wollen Sie Ihren Sohn begleiten, Signor D'Inzeo?«

Die Miene der alten Frau gefror. Dann glitt ein schwaches Lächeln, das Matteo beinahe liebevoll erschien, über das zerfurchte Gesicht.

»Sie sind ein kluger Mann. Das werde ich tun. Ich hole nur meine Sachen.«

»Warten Sie bitte noch einen Augenblick, es kommt noch jemand mit«, erklärte Matteo den Carabinieri, die seine Bitte mit mäßigem Interesse, aber bereitwillig hinnahmen.

Mit zittrigen Händen schob die Alte ihre Waren zusammen, schloss den Bauchladen und kehrte zum Polizeiwagen zurück. Als Matteo ihr entgegensah, meinte er unter dem weiten Rock einen ausladenden obeinigen Gang zu bemerken. Einen Gang, wie ihn Menschen haben, die lange Jahre Tag für Tag geritten sind. Den Gang eines greisen Jockeys.

Nachdem das Polizeiauto abgefahren war, steckte Matteo sich endlich eine Futura an. Gerade wollte er die Nummer der Kommissarin wählen, als sein Handy klingelte.

Matteo konnte sein »Pronto« noch nicht einmal halb über die Lippen bringen, da ging das Spektakel auf der anderen Seite schon los.

»Du Rübenbirne, du hast doch einen Sprung an deiner Erbse von einem Gehirn, du viermal gebratenes Ochsenohr«, krakeelte es durcheinander. »Du Sohn einer verdorbenen Sardelle!«

Matteo hielt das Handy ein Stück von seinem Ohr weg.

Es stimmte natürlich, er hätte sich bei den Alten melden müssen, wo sie doch gestern den ganzen Tag die Macelleria geschmissen hatten.

»Scusi?«, brüllte Matteo ins Telefon. Nicht, weil er wütend war, sondern ganz einfach, damit er gehört wurde. Nach und nach verebbte das Schimpfen.

»Ich konnte mich noch nicht melden, weil ich die ganze Nacht unterwegs war.«

Ein lang gezogenes, chorisches »Ohhhh« war die Antwort.

»Um im Mordfall zu ermitteln«, fügte Matteo an.

»Und habt ihr den Mörder?«, fragte Flavio eifrig.

»Hast du ihm den Garaus gemacht?«, kreischte Beppo aus dem Hintergrund.

»Sieht ganz so aus.«

»Du bist gar nicht so blöd, Fleischermeister, auch wenn du aussiehst wie eine deiner missratenen Würste.«

»Jungs, ich bin noch in Re, aber in einer guten Stunde in der Macelleria, dann schaue ich mir das Chaos an, das ihr angerichtet habt.«

Wieder entbrannte wildes Schimpfen. Matteo rief ein »Ciao« dazwischen und drückte den Anruf weg.

Dann rief er die Kommissarin an und informierte sie über alles, was er nach der Entdeckung der Bilder noch herausgefunden hatte.

»Das gibt es doch nicht«, unterbrach sie ihn, als er ihr berichtete, dass Ferretti ebenfalls in die Menschenmanipulation involviert gewesen war, wenngleich nur als Überbringer der Medikamente.

Nina Zanetti hatte ihrerseits Neuigkeiten für ihn. Die Auswertung der Fingerabdrücke war eindeutig ausgefallen: Es war Vittorio Ferretti gewesen, der in die Wohnung des

Jockeys eingebrochen war und dessen Herztabletten gegen Placebos ausgetauscht hatte.

»Wer sich für die Rennmanipulationen nicht instrumentalisieren lassen wollte, wurde aus dem Verkehr gezogen.« Matteo konnte die Verachtung in ihrer Stimme hören. »Was für ein widerlicher Kerl, dieser Ferretti. Hat sich nicht nur einmal, sondern gleich zweimal als Handlager für schmutzige Geschäfte hergegeben. Kein Wunder, dass kaum jemand etwas über ihn erzählen wollte. Wahrscheinlich haben alle, die nur geahnt haben, was für ein mieser Typ er war, sich von ihm ferngehalten.«

»Bis auf seine Frau. Na ja, wo die Liebe hinfällt.« Matteo bereute den Satz sofort und war froh, dass die Kommissarin nicht neben ihm stand.

»Aber sag mal, wie um alles in der Welt bist du darauf gekommen, dass es sich bei dieser Andenkenverkäuferin um D'Inzeos Vater handelt?«

»War mehr so eine Vermutung«, gestand Matteo ein. »Ich habe die Alte in Mailand auf der Rennbahn gesehen. Dann hier. Irgendwie hatte ich das Gefühl, das kann kein Zufall sein. Und ihre Reaktion, als wir den Messdiener in den Polizeiwagen gesetzt haben, war natürlich ziemlich eindeutig.«

»Mit D'Inzeo senior hätten wir dann vermutlich auch denjenigen, der Francesco geholfen hat, die Leiche auf das Einhorn zu ziehen. Und vielleicht auch denjenigen, der den Mord begangen hat? Kein Wunder, dass der Messdiener geleugnet hat, dass er einen Komplizen hatte. Er wollte seinen Vater decken. Verdammt tragisch, diese Geschichte. Aber damit ist wenigstens Buffon aus der Sache raus. Der hat nämlich außer seinen Pokerspielchen auf dem Handy kein Alibi für den Freitag.«

»Und für Mittwoch? D'Inzeo behauptet, dass Ferretti da schon tot in der Kirche zusammengebrochen ist, was ja auch mit dem Todeszeitraum übereinstimmt, den die Pathologie vermutet.«

»Lassen wir prüfen. Warte mal kurz, bitte.«

Matteo hörte, wie die Kommissarin im Hintergrund mit jemandem redete.

»Da bin ich wieder. Wir wissen übrigens endlich auch die Todesursache von Ferretti. Er wurde vergiftet. Eine extrem schwer nachweisbare Proteinverbindung, die zu komplettem Organversagen führen kann. Vermutlich hätte anstelle der Lunge genauso gut ein anderes Organ kollabieren können.«

»Wo stellt man so was her?«

»Du denkst vermutlich an Carragio und das Institut. Ich schicke da gleich jemanden vorbei.«

Sie räusperte sich.

»Wie auch immer. Ich denke, wir haben nun alle, die damit zu tun haben. Die Details klären wir hier im Präsidium. Ich danke dir sehr. Und ich hoffe, du kannst jetzt wieder in Ruhe angeln, Opern hören und deine Würste machen, die sollen wirklich fantastisch geworden sein, wie man hört.«

»Och,« antwortete Matteo, verdutzt darüber, wie abrupt er aus dem Fall hinauskomplimentiert wurde, »ich angle eigentlich nur hin und wieder.«

Das war eine glatte Lüge, er wusste auch nicht, warum er das gesagt hatte. Gleichzeitig merkte er, wie sehr sein morgendliches Ritual am See in den letzten Tagen zu kurz gekommen war. Und woher wusste Nina eigentlich, was man über seine Salsicce sagte?

Um das Gespräch noch nicht gleich zu beenden, öffnete er die Autotür und fischte die Quittung für das Gemälde aus der Tasche, für das ihm der Galerist eine unverschämte Summe abgeknöpft hatte. Immerhin aber hatte es einen erheblichen Teil zur Aufklärung beigetragen. Erstatten lassen wollte er sich das Geld schon ganz gern.

Als er den zerknitterten Zettel mit einer Hand glatt strich, traf es ihn wie ein Schlag.

»Nina, komm sofort her.«

»Was soll ich?«

»Nicht hierher, nach Santa Maria Maggiore. Steig ins Auto, mach schon.«

»Kannst du mir bitte mal sagen, was los ist?!«

»Die Schrift auf der Quittung, die ich von dem Galeristen bekomen habe«, Matteo schaute immer noch perplex auf den Zettel in seiner Hand. »Das ist dieselbe Handschrift wie in dem Notizbuch über die Menschenversuche.«

»Bist du sicher? Du hast das Buch doch gar nicht da, um die beiden Schriften nebeneinanderzulegen.«

»Ich bin absolut sicher. Dieser Kringel im e-Anstrich. Die Schreibweise der 1, bei der der eigentlich kurze Strich genauso lang ist wie der lange. Das ist mir gestern aufgefallen.«

»Warte, ich schaue schnell in das Buch.« Matteo hörte ein Rascheln, dann ein Umschlagen von Seiten.

»Madonna mia, du hast recht. Ich komme sofort. Treffen wir uns auf dem Marktplatz?«

»Machen wir.«

Matteo musste diese Entdeckung erst einmal verdauen. Der ehemalige Leiter des Forschungsinstituts, der so viel Schreckliches angerichtet hatte, war keineswegs verstorben. Er lebte, unscheinbar, als Inhaber einer kleinen Galerie in Santa Maria Maggiore. Als Matteo an die gefärbten Haare des Mannes und dessen kaputte Stimmbänder dachte, war er sich ziemlich sicher, dass Angelini bzw. Bianchi seine Substanzen hin und wieder auch selbst ausprobiert hatte.

Dieses Mal traf Matteo sehr viel eher als die Kommissarin in Santa Maria Maggiore ein. Er vertrieb sich die Zeit mit einem Panini und einem Caffè in einer Bar am Marktplatz, wo sie verabredet waren. Die Minuten zogen sich. Eigentlich war es unsinnig, dass er nicht einfach allein zu Angelini ging. Aber er war so überrascht gewesen über seine Entdeckung, dass er darüber nicht nachgedacht hatte. Sei es drum. Er hatte Angelini jedes Mal in der Galerie angetroffen. Der Mann machte nicht den Eindruck, als würde er größere Ausflüge vorhaben oder sich absetzen wollen.

Endlich kam die Kommissarin. Ohne viel zu sprechen, liefen sie gemeinsam zu der schmalen Gasse, in der sich die Galerie befand. Schon von Weitem erkannte Matteo den unförmigen Hund, der quer ausgestreckt auf dem Pflaster lag. Jede Wette würde er darauf abschließen, dass diese arme Kreatur auch Opfer von Angelinis Experimenten geworden war. Warum war ihm das nicht früher aufgefallen? Die Natur allein brachte so eine Gestalt nicht zustande, selbst durch die gewagteste Kreuzung von Rassen nicht.

Der Galerist saß mit geschlossenen Augen auf dem Gartenstuhl.

»Signor Angelini«, sprach die Kommissarin ihn an.

Angelini schlug sofort die Augen auf. Es hatte nur den Anschein gemacht, dass er döse. Auch das kannte Matteo bereits.

»Oder ist es Ihnen lieber, wenn wir Sie mit dem Namen ansprechen, den Sie während Ihrer menschenverachtenden Panschereien im Institut benutzt haben, Signor Bianchi?«

Das Lachen, das aus der Kehle des Galeristen drang, klang wie ein Aneinanderschaben zweier Metallplatten.

»Sie waren schnell, gratuliere. Ich habe damit gerechnet, dass Sie gut sind. Hat die junge Dame Ihnen geholfen?«

»Kommissarin Nina Zanetti …«, setzte sie an, wurde aber durch Angelinis metallisches Lachen unterbrochen.

»Lassen Sie mich doch ausreden«, röhrte der Alte. »Sie waren schnell. Aber ich befürchte, nicht schnell genug.« Er stieß mit dem Fuß gegen eine gläserne Ampulle, die auf dem Pflaster lag.

»Was ist das?«, fragte Matteo.

»Das war mein Frühstück. Stopp«, herrschte der Galerist die Kommissarin an, die sich nach dem Röhrchen bücken wollte.

»Nicht anfassen. Jedenfalls nicht, wenn Sie noch ein paar Jährchen leben wollen. Und das sollten Sie, so schön, wie Sie sind.«

»Hören Sie auf, Unsinn zu reden. Was ist das für ein Zeug? Was haben Sie geschluckt?«

»Exquisit, sage ich Ihnen, eine Eigenkreation. Ein Nervengift. Es wirkt äußerst unauffällig, kaum nachzuweisen, aber ebenso wenig aufzuhalten. Und die besondere Finesse dabei: Man weiß nie, wie lange es braucht, irgendwann fällt man um und das war es. Alles ganz schmerzfrei.«

Noch einmal lachte er, aber nur kurz. »Selbst den Aufprall spürt man schon nicht mehr.«

»Warum haben Sie das genommen?«, fragte Matteo.

Der Galerist schob seine Sonnenbrille hoch und Matteo bemerkte, wie Nina Zanetti beim Anblick der kalten, leblosen Augen erschrak.

»Ich habe alles gesehen, was ich sehen wollte in diesem

Leben. Und ich habe alles getan, was ich tun wollte. Ich habe es zumindest probiert. Aber die Menschen sind ein elendes Pack. Niemand dankt es einem.«

Er ließ die Brille wieder sinken. »Ich langweile mich, wissen Sie. Damit ist nun Schluss. Heute Nacht oder übermorgen, wer weiß. Das ist mein letzter Nervenkitzel. Endlich, danach habe ich mich lange gesehnt.«

Nina Zanetti versuchte, Angelini alias Bianchi zu fixieren, was nicht so einfach war, weil man wegen der Sonnenbrille nicht erkennen konnte, wohin der Galerist gerade schaute.

»Dieses Gift, von dem Sie gesprochen haben, haben Sie das auch Ihrem ehemaligen Assistenten verabreicht, Vittorio Ferretti?«

Mit einem Ruck wandte der Galerist den Kopf zur Kommissarin.

»Ferretti hat die Strafe bekommen, die er verdient hat. Er hat nie an irgendetwas geglaubt, nur an seinen eigenen Vorteil, an ein bisschen Geld. Gekrochen ist er, mir die Füße geleckt hat er, feige und korrupt. Widerwärtig. Auf Typen wie Ferretti muss man spucken.«

»Eine ganze Weile haben Sie seine verachtungswürdigen Dienste aber bereitwillig genutzt.«

Der Galerist spuckte, als wolle er seine Worte bekräftigen, eine gräuliche Substanz auf das Pflaster.

»Und warum haben Sie mir Montanelli in die Hände gespielt?«, fragte Matteo. »Der hat das Gemälde, das Sie mir verkauft haben, nie besessen, habe ich recht?«

»Ein kleiner mieser Gauner, dieser Montanelli«, röhrte der Galerist. »Genau der richtige Umgang für jemanden wie Ferretti. Aber es wurde Zeit, dass der endlich mal hochgeht, dieser Möchtegern-Mafioso.«

»Kannten Sie ihn denn?«, erkundigte sich die Kommissarin.

Nach einer längeren Pause, in der Matteo schon annahm, er würde gar nicht mehr antworten, erwiderte der Galerist:

»Was heißt schon kennen? Er ist ein genauso unwürdiger Mensch wie Ferretti es war. Ohne Ideale, ohne den Glauben an etwas Besseres. Ich hatte immer Ideale, eine Utopie. Ich wollte die Menschen von den Leiden und Unzulänglichkeiten befreien, die ihnen das Leben auferlegt hat.«

»So«, war der einzige Kommentar der Kommissarin auf die Darlegungen, bevor sie ihre Handschellen zückte.

»Bitte stehen Sie auf. Ich nehme Sie fest wegen des Mordes an Vittorio Ferretti.«

Der Galerist lachte krächzend auf.

»Das ist vergebliche Liebesmüh. Ich habe Ihnen doch gesagt, es kann noch ein paar Stunden dauern oder zwei Tage. Länger ganz sicher nicht. Sparen Sie sich Ihre wertvollen Kapazitäten.«

»Sie mögen sich für ungemein klug halten«, gab die Kommissarin kalt zurück. »Aber in diesem Fall irren Sie sich leider. Ich werde dafür sorgen, dass Sie mir in der Zeit, die Ihnen noch bleibt, so kurz sie auch sein wird, möglichst viel über Ihre Verbrechen erzählen. Und jetzt los, mein Wagen wartet an der Via Torino.«

Ächzend erhob sich der Galerist und stieß einen heiseren Pfiff aus, woraufhin der Hund Anstalten machte, sich aufzurappeln.

»Oh nein«, die Kommissarin lächelte böse, was Matteo noch nie an ihr gesehen hatte. »Den Hund können Sie leider nicht mitnehmen.«

»Aber …«, wollte der Galerist widersprechen.

»Kein Aber, Signor Bianchi. Mein Kollege wird sich um Ihren Hund kümmern.«

»Ich?«, entfuhr es Matteo vielleicht eine Spur zu verblüfft.

»Nur bis heute Nachmittag. Da kann das Tier sich schon mal an ein Leben ohne seinen alten Besitzer gewöhnen. Das muss es ja ohnehin tun, nicht wahr, Signor Bianchi? Oder hatten Sie vor, den Hund auch noch umzubringen? Bitte, nach Ihnen, dort entlang.«

Matteo blickte der Kommissarin und dem mit schwerfälligen, staksigen Schritten vor ihr hergehenden Galeristen nach, bis sie um die nächste Ecke verschwunden waren.

Dann bückte er sich und kraulte das schwarze Ungetüm von einem Hund hinter dessen zu kleinen Ohren.

»Und wir zwei Hübschen? Was machen wir jetzt? Wie heißt du überhaupt?«

Er klopfte dem Hund aufmunternd auf den Rücken.

»Na komm, Schwarzer, auf geht es. Ein bisschen Seeluft schnuppern.«

Unter undefinierbaren knarzenden Geräuschen, die tief aus dem Leib des Tieres zu kommen schienen, erhob der Hund sich und trottete erstaunlich widerstandslos neben Matteo her.

Bevor der Hund schwerfällig in seinen Lancia klettern durfte, holte Matteo vorsorglich eine Decke aus dem Kofferraum und breitete sie auf dem Rücksitz aus. Sollten ihn alle für einen Spießer halten, aber er hatte keine Lust, später die Hundehaare zwischen den Sitzpolstern herauszusammeln.

»Lange kannst du aber nicht bleiben«, erklärte er dem Tier, während er auf die Ortsausfahrt zufuhr, »ein Hund in einer Macelleria, das ist keine gute Idee. Nimm es mir nicht übel, Kumpel.«

Aus dem leisen Schnarchen vom Rücksitz schloss Matteo, dass der Hund nicht mehr gehört hatte, was er ihm über seine Zukunft gesagt hatte. Er hatte den Blinker schon gesetzt, um aus dem Kreisel hinaus die Straße nach Malesco und von dort aus hinunter an den See einzuschlagen, als ihn wie ein Blitz ein Gedanke durchfuhr. Ohne den Blinker auszuschalten, fuhr er eine weitere halbe Runde im Kreisel, beschleunigte, und lenkte den Wagen nach Santa Maria Maggiore zurück. Dieses Mal machte er sich nicht die Mühe, einen Parkplatz zu suchen, sondern ließ den Lanica einfach auf der Via G. M. Farina stehen.

Es dauerte eine Weile, bis Carla Ferretti die Tür öffnete. Als sie Matteo erkannte, bedachte sie ihn mit einem freundlichen Lächeln.

»Sie? Haben Sie den Mörder gefunden?«

»Das haben wir, Signora Ferretti. Ich muss Sie bitten, mich aufs Präsidium zu begleiten.«

»Weshalb?«

Matteo schüttelte leicht den Kopf, um ihr zu bedeuten, dass es wenig Sinn hatte, sich in Ausflüchte zu begeben.

»Erinnern Sie sich, dass Sie uns gesagt haben, Sie hätten Ihren Mann am Donnerstag zuletzt gesehen? Da war er aber, Signora Ferretti, bereits seit einem Tag tot. Haben Sie sich einfach nur verrechnet? Wussten Sie nicht, wie langsam oder schnell das Gift wirkt? Und die fehlenden Daten auf dem Computer, das waren auch Sie, habe ich recht? Was war da drauf? Etwas, das Sie verraten hätte? Oder wollten Sie einfach nur ein bisschen Chaos in die Angelegenheit bringen?«

Als Carla Ferretti keine Anstalten machte, etwas zu erwidern, fuhr Matteo fort.

»Angelini hat Ihnen das Gift gegeben, richtig? Warum hat er das getan? Haben Sie sich bei ihm bedankt, als ich Sie in der Galerie getroffen habe? Oder wollten Sie ihm sagen, dass alles geklappt hat?«

Carla Ferretti strahlte eine eigentümliche Ruhe aus.

»Nein, an dem Tag wollte ich tatsächlich Bilder kaufen. Aber es war nicht das Passende dabei, wie ich Ihnen bereits gesagt habe.«

Für ein paar Augenblicke schaute Carla Ferretti in den Himmel über den Häusern auf der gegenüberliegenden Straßenseite, als habe sie vergessen, dass Matteo ihr gegenüberstand.

»Signora Ferretti, warum haben Sie Ihren Mann umgebracht?«

»Ich habe Vittorio umgebracht, um wieder ein freies Leben führen zu können«, erklärte sie mit leiser Stimme und sah Matteo dabei nun geradewegs in die Augen.

»Er war nicht nur, wie Ihnen vermutlich bereits verschiedene Menschen erzählt haben, ein auf seinen Vorteil bedachter krimineller Handlanger. Das war er in der Öffentlichkeit. Oder, wenn Sie es so nennen wollen, in der Halböffentlichkeit. Das Katzbuckelnde, das er nach außen getragen hat, war seiner Angst geschuldet. Er war feige, wissen Sie. Feige, aber narzisstisch. Deshalb hat er sich auch so verachtet für seine Angst, die ihn zum Gehilfen der Großen werden ließ. Aber hier«, sie deutete hinter sich, »hier hat er all seine andernorts unterdrückte Herrschsucht ausgespielt. Ich war all die Jahre nur dazu da, seine Eitelkeit zu befriedigen, ihn zu bewundern. Er hat mich benutzt, damit ich diese Feigheit, von der jeder wusste, die man gerochen hat, wenn er nur den Raum betrat, leugne, damit ich ihn großrede.«

»Aber all die Fotos von Ihnen beiden, alles sah nach so einer glücklichen Beziehung aus.«

Matteo hatten Carla Ferrettis Worte kurzzeitig aus der Fassung gebracht.

»Wer glücklich ist, muss das nicht demonstrieren, indem er die Wände mit Bildern davon zupflastert. Das war nur eine Täuschung, für ihn, für mich, für andere. Wenn uns denn mal jemand besucht hat. Das ist nicht oft vorgekommen in all den Jahren.«

»Warum haben Sie sich nicht einfach getrennt?«

Traurig schüttelte Carla Ferretti den Kopf.

»Er war ein Narzisst, das sagte ich Ihnen doch. Er hätte mich nicht gehen lassen. Menschen wie Vittorio verzeihen nicht, wenn man sie verlässt. Ich war der einzige Beweis, den er dafür hatte, ein normaler Mensch zu sein, ein Mensch, der geliebt wird. Immer wenn er nur eine Ahnung davon bekam, dass das schon längst nicht mehr so war, hat er mich so lange mit Hass verfolgt, bis ich nur noch zwei Möglichkeiten hatte: nachgeben oder zusammenbrechen.«

»Und dieser Hass«, ergänzte Matteo mehr, als dass er fragte. »Dieser Hass galt in Wirklichkeit ihm selbst, nicht Ihnen. Aber deshalb haben Sie ihn umso stärker zu spüren bekommen.«

Matteo hatte in seiner Arbeit als Psychologe oft mit narzisstisch gestörten Persönlichkeiten zu tun gehabt und wusste nur allzu gut, wie destruktiv und gewalttätig sie auf ihre Umwelt reagieren konnten. Gerade auf die Menschen, die ihnen am nächsten waren, denn das waren diejenigen, die das Geheimnis ihrer Krankheit ausplaudern konnten. So wie der Mann aus Mailand, der auf Teresa schießen wollte, weil Matteo ihn zurückgewiesen hatte. Schnell schob Matteo das Bild zur Seite.

»Und Angelini?«

»Angelini hat in seinem Leben viele Fehler gemacht. Vielen Menschen schlimme Dinge angetan. Aber das ist Vergangenheit. Mir hat er geholfen. Er hat mich von einer unerträglichen Last befreit.«

Carla Ferretti lächelte müde.

»Wollen Sie ein paar Sachen packen?«

»Ja, das mache ich.«

Wie in Zeitlupe drehte sich Carla Ferretti um und verschwand im Haus.

Nina Zanetti war einigermaßen perplex, als Matteo sie ein weiteres Mal anrief und sie bat, noch einen Wagen vorbeizuschicken.

»Nicht schlecht, Matteo«, bemerkte sie schließlich, als er ihr die Umstände, wie er zu seiner Schlussfolgerung gekommen war, und das Geständnis Carla Ferrettis offenbart hatte.

Kaum zwanzig Minuten später trafen die Carabinieri ein, die Carla Ferretti nach Verbania bringen würden.

Beinahe mitleidig beobachtete Matteo, wie die zerbrechlich wirkende Frau abgeführt wurde. Als Carla Ferretti seinen Blick bemerkte, blieb sie stehen.

»Machen Sie sich keine Gedanken. Ich werde freier sein, als ich es in den vergangenen Jahren gewesen bin.«

Dann stieg sie in den Polizeiwagen, der mit einem Ruck anfuhr.

Der Hund auf dem Rücksitz schlief noch immer, ebenso reglos, wie er das auch in der Gasse vor der Galerie getan hatte.

»Du bist mir echt ein ganz schöner Sonntagsbraten«, brummelte Matteo und stupste den Hund leicht an. Keine Reaktion.

»Na, wir werden schon klarkommen, bis auf Weiteres, was meinst du?«

Dieses Tier gefiel ihm. Es gab, im Gegensatz zu manch anderen Lebewesen in seinem Umfeld, angenehm wenig Widerworte.

Matteo lehnte sich an den Lancia, legte den Kopf in den Nacken und ließ sich die wärmende Septembersonne ins Gesicht scheinen. Dann zog er sein Handy heraus und tippte eine SMS.

Hast du heute Abend schon was vor? Ich habe gehört, dieser Fleischer aus Cannobio soll ganz fantastische Salsicce machen. Um acht Uhr?

Er zögerte nur eine Sekunde. Dann sandte er die Nachricht an Nina Zanetti.